HEYNE <

Das Buch

Die letzten zehn Jahre hat Cora das Älterwerden erfolgreich verdrängt, aber ihren sechzigsten Geburtstag wird sie so schnell nicht vergessen: Die Geburtstagsüberraschung von Ehemann Ivan erweist sich als teurer Flop, Sohn Paul verlobt sich mit seiner schrecklichen Freundin, und Coras beste Freundin Uli lüftet ein Geheimnis, das ihre Freundschaft zu zerstören droht. Zu allem Überfluss erhält Cora bald darauf eine Nachricht, die sie vor eine schwierige Entscheidung stellt. Da endlich beschließt sie, nicht mehr darauf zu warten, dass alles wieder gut wird, sondern selbst zu handeln. Mit Mut und Witz trotzt sie den Herausforderungen, die vor ihr liegen. Am Schluss ist sie um einige Illusionen ärmer, aber um eine wichtige Erkenntnis reicher: Heute ist der erste Tag vom Rest deines Lebens – mach etwas draus!

Die Autorin

Amelie Fried, Jahrgang 1958, wurde als TV-Moderatorin bekannt. Alle ihre Romane waren Bestseller. *Traumfrau mit Nebenwirkungen, Am Anfang war der Seitensprung, Der Mann von nebenan, Liebes Leid und Lust* und *Rosannas Tochter* wurden erfolgreiche Fernsehfilme. Für ihre Kinderbücher erhielt sie verschiedene Auszeichnungen, darunter den »Deutschen Jugendliteraturpreis«. Zusammen mit ihrem Mann Peter Probst – mit dem sie Workshops in Kreativem Schreiben gibt – schrieb sie den Sachbuch-Bestseller *Verliebt, verlobt – verrückt?*. Bei Heyne erschien zuletzt der Roman *Der längste Sommer ihres Lebens*.

AMELIE
FRIED

Traumfrau

mit Ersatzteilen

ROMAN

WILHELM HEYNE VERLAG
MÜNCHEN

MIX
Papier | Fördert gute Waldnutzung
FSC® C104608

Penguin Random House Verlagsgruppe FSC® N001967

3. Auflage
Vollständige Taschenbuchausgabe 04/2024

Umschlaggestaltung: t.mutzenbach design, München,
unter Verwendung von Motiven von © Shutterstock.com
(Galushko Sergey, Coffeemill, Ann Muse, Gringoann)
Satz: satz-bau Leingärtner, Nabburg
Druck und Bindung: Norhaven book A/S
Printed in Denmark

ISBN 978-3-453-42766-2

www.heyne.de

Für Nina,
in Zuneigung und Bewunderung

EINS

Meine runden Geburtstage begannen immer harmlos und endeten mit einer Überraschung. An meinem dreißigsten erfuhr ich, dass meine beste Freundin schwanger war und bei mir einziehen wollte. An meinem vierzigsten bangte ich im Krankenhaus um das Leben meines Sohnes. An meinem fünfzigsten verließ mich mein Mann. Nicht auszudenken, was heute passieren würde.

Am besten würde ich im Bett bleiben und den Tag verschlafen. Mein Smartphone hatte ich ausgeschaltet, das Kabel des Festnetzanschlusses rausgezogen. Mails und Nachrichten würde ich nicht lesen. Ich würde einfach so tun, als wäre nichts, und das Ereignis ignorieren. Und morgen wäre der Spuk vorbei.

Ich zog mir die Decke über den Kopf und versuchte weiterzuschlafen. Das Schrillen der Klingel katapultierte mich wieder aus dem Bett. Ich ging zur Wohnungstür und öffnete.

»Was ist denn los?«, murmelte ich verpennt. »Du hast doch einen Schlüssel.«

»Happy Birthday, Traumfrau!« Ivan zog mich an sich.

Mein Mann. Der mich vor zehn Jahren verlassen hatte. Genau genommen hatte er mich gar nicht verlassen, sondern war nur in sein Atelier gezogen, um an einem neuen Bilderzyklus zu arbeiten. Und dort war er dann geblieben. Ivan war Künstler, und in seinem Leben gab es nichts Wichtigeres als die Kunst.

Wir waren immer noch ein Paar, lebten aber nicht mehr zusammen. »Kompliziert« wäre eine unzureichende Bezeichnung für unseren Beziehungsstatus. Ich hatte es aufgegeben, mir Gedanken darüber zu machen. Oder besser: Ich wollte es aufgeben, aber es gelang mir nicht so recht.

Ich vergrub meine Nase in seiner Halsbeuge. Er roch gut, kein bisschen nach altem Mann. Wenn ich etwas schrecklich fand am Alter, dann war es der Geruch. Ein bisschen staubig, modrig und nach zu lang getragener Kleidung. Manchmal schnüffelte ich an mir selbst, aber noch hatte ich ihn nicht bemerkt.

»Danke«, murmelte ich. Dann fiel mir ein, dass ich noch nicht Zähne geputzt hatte. Mit kaum geöffneten Lippen fragte ich: »Willf du Kaffee?«

Ivan grinste. »Hast du vergessen, dein Gebiss einzusetzen?«

»Fehr wipfig.«

Ich schaltete die Kaffeemaschine an und zog mir schnell etwas über. Der Anblick meines abgerockten Morgenmantels war selbst nach meinen Maßstäben niemandem zumutbar.

Als ich über den Flur ging, öffnete sich der Briefschlitz in der Wohnungstür, und eine Flut von Umschlägen und Karten ergoss sich aufs Parkett.

»Herzlichen Glückwunsch!«, hörte ich die Stimme des Briefträgers von draußen rufen.

»Danke«, gab ich zurück.

Ich sammelte die Postsendungen ein und legte sie in der Küche auf den Tisch. Ivan machte große Augen. »Du bist aber beliebt!« Er fuhr mit der Hand durch den Stapel und zog die eine oder andere Karte heraus, um sie mir vorzulesen.

»Willkommen im Club! Sechzig ist das neue vierzig! Besser sechzig werden als nicht sechzig werden! Man ist so alt, wie man sich fühlt! Sexy mit sechzig! Keep on rockin' …«

»Hör auf«, bat ich. »Das ist ja grauenhaft.«

Er nahm einen Umschlag in die Hand und drehte ihn um. »Sogar deine Bank gratuliert dir.«

Ich lachte. »Kein Wunder, bei dem, was die an mir verdienen. Eigentlich müssten sie einen reitenden Boten mit einem auf Büttenpapier geschriebenen Brief schicken.«

Ich zahlte immer noch den Kredit für die Wohnung ab, samt den Zinsen von früher, die damals fünfmal so hoch waren wie die heutigen.

Er nahm einen anderen Umschlag. »Und deine Frauenärztin.«

»Danke«, sagte ich und schob den Haufen Post zur Seite. »Lese ich dann später.«

Ich schenkte uns Kaffee ein, fügte entrahmte Milch dazu und reichte Ivan seine Tasse. Er entblödete sich nicht, sie zu erheben, als wäre es ein edler Tropfen, und mit mir anzustoßen. So weit war es also gekommen: Rentnerplörre statt Champagner.

»Auf uns, die Liebe und viel gutes Essen«, deklamierte er unseren Familientrinkspruch. Er nahm einen Schluck und setzte die Tasse ab. »Ich habe eine Überraschung für dich.«

Das hob meine Laune. Ich mochte Überraschungen eigentlich nicht besonders, aber Ivans Einfälle waren meistens originell. Einmal hatte er ein Kino gemietet und mir eine Nacht lang künstlerisch hochwertige Pornos gezeigt. Ein anderes Mal hatte er Karten für ein Technofestival besorgt, auf dem wir zwei Nächte unter lauter Teenies campiert hatten. Ein Dinner im Dunkeln, bei dem Geruchs- und Geschmackssinn geschult werden sollten, war noch eine der harmloseren Ideen gewesen. Ich war gespannt.

»Pack bitte für zwei Tage«, forderte er mich auf. »Bequeme Sachen, Turnschuhe und Badeanzug. Und was Elegantes.«

Ich hätte nichts dagegen gehabt, den Tag allein und ungewaschen im Bett zu verbringen, in Gesellschaft eines Tabletts voller Junkfood und einer Flasche Sekt. Ich hätte mir meine Lieblingsfilme auf Netflix angesehen, hätte geheult und gelacht, mit meinen Freundinnen telefoniert und wäre irgendwann betrunken und zufrieden eingeschlafen.

Aber nun ging ich folgsam ins Schlafzimmer und packte nach Ivans Anweisungen. Das gehörte zu den ungeschriebenen Regeln für eine glückliche Ehe: dem anderen nicht die eigene Geburtstagsüberraschung zu verderben.

»Wohin fahren wir?«

Ivan warf mir einen amüsierten Blick zu. »Wie oft willst du noch fragen?«

»Bis ich eine Antwort kriege.«

»Dann wär's keine Überraschung mehr.«

Das stimmte, ich hätte es aber nicht schlimm gefunden. Nicht alle Überraschungen waren schließlich erfreulich. Mit Schrecken erinnerte ich mich an meinen vierzigsten Geburtstag, als meine Freunde mich überrascht hatten. Ich kam fix und fertig aus der Klinik zurück, wo mein Sohn Paul mit einem anaphylaktischen Schock eingeliefert worden und gerade dem Tod von der Schippe gesprungen war. Sosehr ich meine Freunde liebte, aber der Moment, in dem ich die Tür öffnete und sie mit Wunderkerzen dastanden und »Happy Birthday« sangen, gehörte zu den schlimmsten meines Lebens. Ich war in Tränen ausgebrochen und weggelaufen.

»Aber es ist nichts Komisches?«, fragte ich Ivan. »Irgendwas, wo ich mich blamiere oder heulen muss oder so was?«

»Na klar«, sagte er. »Sonst wär's ja nicht lustig.«

Ich warf ihm einen misstrauischen Blick zu. Bei ihm konnte man nie wissen.

In meiner Handtasche, die vor mir im Fußraum lag, brummte es unaufhörlich. Ich hatte mein Telefon leise gestellt, aber es vibrierte bei jeder Nachricht. Ich nahm es raus, um es auszuschalten.

»Noch mehr Glückwünsche?«, fragte Ivan. »Wie ist es nur möglich, dass dich so viele Leute für einen netten Menschen halten?«

Ich lächelte ihn kokett an. »Vielleicht, weil ich einer bin?«

»Die sind ja auch nicht mit dir verheiratet.«

Ich knuffte ihn spielerisch. »Witzig.«

Wir hatten die Stadt verlassen und fuhren auf der Landstraße. Draußen zogen grasende Kühe auf sattgrünen Wiesen und Bauernhöfe mit Geranienschmuck vorüber. Die Junisonne knallte, und obwohl erst später Vormittag war, zeigte das Thermometer bereits achtundzwanzig Grad. Ich ließ das Fenster auf meiner Seite ein Stück herunter und hielt mein Gesicht in den Fahrtwind. Die Landschaft wurde immer hügeliger, in der Ferne zeichneten sich die Alpen ab.

»Du weißt schon, dass ich Bergsteigen hasse, oder?«, sagte ich freundlich.

»Nein!«, sagte Ivan. »Das wusste ich nicht. Ich habe eine zweitägige Bergtour mit Hüttenübernachtung für uns gebucht!«

»Haha.«

Ich lehnte sämtliche Formen körperlicher Ertüchtigung ab. So ungefähr alle Frauen meines Alters machten Yoga, manche auch Zumba oder Bauchtanz. Diejenigen, die noch nicht geschieden waren, zwangen ihre Männer zu einem Tangokurs. Für Tango hätte ich mich erwärmen können, aber der Versuch, Ivan davon zu überzeugen, hätte fast mit unserer Scheidung geendet.

Wenn wir als Nichtargentinier Tango tanzten, sei das ein illegitimer Akt kultureller Aneignung, hatte er mir erklärt. Da könnte ich mir genauso das Gesicht schwarz anmalen und afrikanische Stammestänze aufführen. Oder mir wie die indischen Frauen einen roten Punkt auf die Stirn malen, um anzuzeigen, dass ich verheiratet sei.

Seit Ivan auf sozialen Netzwerken wie Facebook oder Twitter abhing, war er bestens informiert über die aktuellen gesellschaftlichen Debatten. Dass er diese auf niederträchtige Weise zur Durchsetzung seiner persönlichen Interessen benutzte, fand ich unfair.

Mein Bewegungsprogramm beschränkte sich darauf, dass ich im Alltag fast ausschließlich zu Fuß ging. Das hielt mich immerhin so gut in Form, dass ich noch in meine Klamotten von vor zehn Jahren passte. Und genau die trug ich auch noch.

Ivan legte mir die Hand aufs Bein und sah zu mir rüber. »Wie geht's dir eigentlich? Ist schon ein besonderer Tag, oder?«

Ich seufzte. »Was willst du jetzt hören?«

»Die Wahrheit.«

Ich stieß hörbar die Luft aus. »Phhh.«

Die Wahrheit war, dass ich das Vergehen der Zeit als persönliche Beleidigung auffasste. Dass ich mich fragte, was ich eigentlich aus meinem Leben gemacht hatte und wie es möglich war, dass dieses Leben so schnell vorbeigerast war. Sechzig zu werden war immer unvorstellbar für mich gewesen. Eine Zumutung, der ich mich nie hatte aussetzen wollen. Und nun war es doch passiert.

»Ich bin dankbar«, sagte ich.

»Das ist schön«. Er drückte meine Hand. »Wofür bist du dankbar?«

»Dafür, dass mein Mann noch einen hochkriegt«, sagte ich grinsend.

Er schüttelte den Kopf. »Romantik kommt in deinem Gefühlsrepertoire nicht vor, oder?«

»Das, was die meisten Menschen als Romantik bezeichnen, ist Kitsch«, sagte ich. »Romantik ist was anderes.«

»Was zum Beispiel?«

»Wenn du mir zeigst, dass wir zusammengehören. Dass es dir wichtig ist, wie es mir geht. Dass ich mich auf dich verlassen kann. Das bedeutet mir mehr als jeder Brilli.«

Er blickte schuldbewusst. Nicht dass er jemals auf die Idee gekommen wäre, mir einen Brilli zu schenken.

Fast dreißig Jahre hielt unsere Ehe nun schon. Das Praktische an so langen Beziehungen ist, dass man den anderen in- und auswendig kennt. Immer wieder staunte ich über Geschichten, in denen Ehefrauen nach Jahrzehnten feststellen, dass ihr Mann ein Doppelleben führt, eine Geliebte hat oder gar eine Zweitfamilie in einer anderen Stadt. Die waren für mich ähnlich glaubwürdig wie die Geschichten über Frauen, die neun Monate lang nicht merken, dass sie schwanger sind.

Ein weiterer Vorteil einer langen Ehe ist, dass man nicht mehr ununterbrochen miteinander sprechen muss. Man weiß sowieso meistens vorher schon, was der andere gleich sagen wird. Man kennt alle Beschwerden, alle Geschichten, hat alle Witze schon tausendmal gehört. In einer guten Ehe lacht man trotzdem.

Nach einer knappen Stunde bog Ivan von der Hauptstraße ab, fuhr durch ein größeres Dorf, folgte einer schmaler werdenden Straße und bremste vor einem Gebäude mit der Aufschrift: Relax-Hotel Johannser.

Erstaunt blickte ich ihn an. So ein gediegenes Ambiente passte gar nicht zu Ivan. Und zu mir auch nicht.

Das Hotel, ein ehemaliger Bauernhof mit einem modernen Anbau, lag eingebettet zwischen zwei sanften Hügeln. Die nächsten Häuser waren Kilometer entfernt, vermutlich wurde man morgens nur vom Zwitschern der Vögel und entfernten Kirchenglocken geweckt. Neben dem Gebäude erstreckte sich eine ausgedehnte Restaurantterrasse.

»Keine Experimente diesmal«, sagte Ivan. »Nur ein spießiges Wochenende zu zweit. Ich hoffe, du bist nicht enttäuscht?«

Vielleicht musste das einfach so sein, wenn man älter wurde. Da guckte man keine künstlerischen Pornofilme mehr und wälzte sich nicht mehr zu Technomusik im Matsch. Da buchte man sich in ein oberbayerisches Luxushotel ein und genoss erlesenes Essen und teuren Wein.

»Der Küchenchef hat vor Kurzem seinen ersten Stern bekommen«, sagte Ivan.

Immerhin hatte er mir keinen Gutschein für ein Brustlifting geschenkt, das kam bei Paaren unseres Alters vor. Ich sollte also dankbar sein.

Unser Zimmer lag im schönen alten Teil des Hotels, neben dem sogenannten Hochzeitszimmer. Ein riesiges, mit Schnitzereien verziertes Holzbett nahm den größten Teil des Raumes ein, an der Wand darüber hing ein Kruzifix. Durch die weit geöffneten Fenster sah man auf eine sonnenbeschienene Kuhweide, und ich glaubte, den Duft von frisch gemähtem Gras zu riechen. Direkt daneben lag ein üppiger Bauerngarten, dahinter erstreckten sich endlose Bergwiesen.

Wir packten aus und gingen hinunter auf die Terrasse, wo nahezu jeder Tisch besetzt war. Ganz offensichtlich waren nicht nur Hotelgäste hier, sondern auch Feinschmecker von außerhalb, angelockt vom Stern des Küchenchefs.

Ivan hatte sogar daran gedacht, einen Tisch zu reservieren, und schob mir nun den Stuhl zurecht. Ich kam mir vor, wie in einem absurden Theaterstück. *Älteres Ehepaar begeht gemeinsam den sechzigsten Geburtstag der Ehefrau.* Solche Stücke gingen meist nicht gut aus.

»Wirklich schön hier«, sagte ich.

Er schien erleichtert. »Gefällt's dir?«

Ich nickte und griff nach seiner Hand. »Danke«, sagte ich. »Für … alles.«

Ich studierte die Speisekarte und wählte das »sommerliche Mittagsmenü«, bestehend aus Brennnesselsalat mit Bachforelle, Zitronenhühnchen und Holunderblüteneis. Ivan schloss sich mir an.

Eine hübsche dunkelhäutige Kellnerin im Dirndl nahm die Bestellung auf.

Während wir warteten, ließ ich meinen Blick über die Terrasse wandern. Viel alpenländischer Designerschick, fette Klunker an gepflegten Damenhänden, sonnengebräunte Gesichter, wohlfrisierte Köpfe. Adrett angezogene Kinder, die quengelten, wenn sie nicht bekamen, was sie wollten, und von ihren Eltern zurechtgewiesen wurden, wenn sie zu laut waren.

Am Nebentisch feierte eine Familie den Geburtstag ihrer Patriarchin, einer mageren, aufrechten Frau mit sorgsam onduliertem Grauhaar und einem Zweiteiler im Chanel-Stil, die am Kopf des Tisches thronte. Vor ihr stand ein üppiges Blumengesteck, eine Girlande mit der Aufschrift *Alles Gute zum 80. Geburtstag* schlängelte sich über den Tisch.

Die Kellnerin kam und servierte unsere Vorspeise. Das Essen sah köstlich aus, und mir lief das Wasser im Mund zusammen.

Aufgrund unseres überstürzten Aufbruchs hatte ich nicht mal mehr Zeit zum Frühstücken gehabt.

Die Kellnerin, auf deren Namensschild *Sherry* stand, wünschte uns einen guten Appetit und wollte sich entfernen, da kam eine knarzige Stimme vom Nebentisch.

»Das ist ja hier wie bei den Hottentotten.«

Sherrys Rücken straffte sich, sie zögerte kurz und ging dann weiter. Ivan und ich tauschten einen Blick. Ich sah hinüber, direkt in das missmutig verzogene Gesicht der Patriarchin. Hoffend, der Spruch sei nur ein verunglückter Kommentar zum Verhalten eines ihrer Enkel gewesen, wandte ich mich wieder meiner Bachforelle zu.

»Was tun diese Neger hier bei uns?«, hörte ich als Nächstes.

Ich erstarrte, die Hand auf halber Höhe zum Mund. Dann knallte ich meine Gabel hörbar auf den Teller.

»Oma«, hörte ich eine Stimme am Nebentisch zischeln. »Hör auf.«

»Ist doch wahr«, legte die alte Frau nach. »Die haben doch hier nichts zu suchen.«

Ivan legte mir besänftigend eine Hand auf den Arm.

»Bitte nicht«, murmelte er.

Der Nachteil einer langjährigen Ehe ist, dass man den Partner sehr gut kennt. Ivan wusste genau, dass ich kurz davor war aufzustehen, zum Nebentisch zu gehen und zu sagen: »Halten Sie gefälligst Ihren Mund, Sie blöde, rassistische Kuh.«

Es wäre nicht das erste Mal, dass ich mich eingemischt und eine öffentliche Szene verursacht hätte. Genau genommen war das meine Spezialität, und Ivan hasste das Aufsehen, das ich damit erregte. So mutig er als Künstler war, so feige war er leider im Alltag.

Ich biss die Zähne zusammen. Wenn ich mich jetzt nicht beherrschte, wäre unser Wochenende im Eimer.

»Wenn Sie noch mal was sagt, stehe ich auf«, kündigte ich an.

»Hör einfach nicht hin«, empfahl er. »Mit solchen Leuten kann man nicht diskutieren.«

Ich hatte keineswegs die Absicht, zu diskutieren. Mir schwebte eher ein verbaler K.-o.-Schlag vor. Aber ihre Verwandten schienen es geschafft zu haben, die alte Giftspritze zu bremsen, jedenfalls hörte ich keine weiteren Sprüche mehr.

Ich schluckte meinen Ärger hinunter und tat so, als wäre nun alles wieder in Ordnung. Aber meine gute Stimmung war dahin.

Ich fragte mich, wie Ivan darauf gekommen war, dass ich ein Wochenende an einem solchen Ort verbringen wollte. Er fragte sich wahrscheinlich, ob er es mir eigentlich nie recht machen konnte. Und wir beide fragten uns, wie es möglich war, dass wir uns so gut kannten und manchmal so wenig verstanden.

Nachdem er die Rechnung abgezeichnet hatte, stand ich vom Tisch auf und streckte mich. Ich wollte irgendwas tun, um die Situation aufzulockern.

»Komm, wir legen uns hin«, schlug ich vor.

Ivan zögerte.

Ich zwinkerte ihm zu. »Mittagsschlaf!«

In den ersten Jahren unserer Beziehung war Mittagsschlaf das Synonym für einen nachmittäglichen Quickie gewesen, da wir abends meistens zu müde gewesen waren.

Paul hatten wir eingeschärft, dass er den Mittagsschlaf seiner Eltern unter keinen Umständen stören durfte. »Nur wenn das Haus brennt«, hatte Ivan ihm mit erhobenem Zeigefinger gedroht.

Es hatte nicht lange gedauert, bis der Dreijährige ins Zimmer gestürmt kam und rief: »Haus brennt!«

Ivan war nackt aus dem Bett gesprungen und suchend durch die Wohnung gerannt. Paul hatte sich kaputtgelacht. Danach hatten wir die Zimmertür abgeschlossen. Wenn Paul nicht selbst einen Mittagsschlaf machte, stand er davor und hämmerte dagegen. Vielleicht war das schon der Anfang vom Ende unseres ehelichen Sexlebens gewesen.

Mit einem Seufzer ließ ich mich auf das monströse Bauernbett fallen, in dem früher vermutlich eine ganze Familie geschlafen hatte.

»Komme gleich«, verkündete Ivan und verschwand im Bad.

Eine wohlige Schwere bemächtigte sich meiner, und ich schloss die Augen.

Als ich aufwachte, lag Ivan nackt neben mir, Arme und Beine von sich gestreckt, den Mund halb geöffnet, und schnarchte laut. Das war einer der Vorteile getrennter Wohnungen: dass man sein eigenes Schlafzimmer hat.

Eine in meinem Freundeskreis durchgeführte Befragung hatte ergeben, dass hundert Prozent der Männer über fünfzig schnarchten. Je älter sie wurden, desto lauter schnarchten sie. Den Prozentsatz schnarchender Frauen hatte ich nicht ermittelt. Der war unerheblich, da hundert Prozent der Männer weibliches Schnarchen nicht hörten, während sich hundert Prozent der Frauen von männlichem Schnarchen gestört fühlten. Kein Wunder, dass sämtliche Männer behaupteten, sie würden nicht schnarchen, und sich vehement gegen getrennte Schlafzimmer aussprachen, während alle Frauen angaben, sich ein eigenes Schlafzimmer zu wünschen.

Ich drehte mich auf die Seite, stützte den Kopf in die Hand

und betrachtete meinen Mann. Aus der Nähe sah er doch ganz schön alt aus. Sein Gesicht war faltig, die Haut am Kinn schlaff. In seinem rechten Mundwinkel hatte sich etwas Speichel gesammelt. Anders als früher trug er keinen Dreitagebart mehr, was ich schade fand. Ich hatte es immer gemocht, wenn er nicht so geschniegelt aussah. Aber er fand, mit Stoppeln wirke er »verwahrlost«.

Das Problem des Älterwerdens ist, dass man dem Eindruck der Verwahrlosung schwer etwas entgegensetzen kann. Der Körper entwickelt ein Eigenleben, setzt Fett an, wo nie welches war, wird breiter und unförmiger. Haare wachsen an Stellen, wo sie nicht hingehören, und fallen da aus, wo sie wachsen sollten.

Meine Augenbrauen kringelten sich neuerdings, als bestünden sie aus Schamhaar, und wenn ich sie nicht alle paar Tage zupfte, wucherten sie über die Augen.

Mein Blick wanderte über Ivans Brust und Bauch. Er achtete sehr auf seine Figur, trotzdem hatte sich um seine Taille ein kleiner Rettungsring gebildet. Sein Penis lag so schlaff da, als hielte er ebenfalls ein Nickerchen. Ich begann, ihn mit den Fingern zart zu umkreisen. Nach einer Weile zuckte er leicht.

Ivan bewegte sich. »Mhmm?«

Ich beugte mich vor und küsste seinen Bauch. Er griff mit der Hand in mein Haar. Gleich würde er meinen Kopf weiter nach unten schieben. Ich kannte doch die Vorlieben meines Mannes.

Ivan wuschelte mir durchs Haar, setzte sich auf und küsste mich auf die Stirn. »Wollen wir eine Radtour machen?«

»Eine Radtour?«, fragte ich entgeistert.

Wenig später fand ich mich auf dem Sattel eines E-Bikes wieder. Zu meiner Überraschung gefiel es mir gar nicht schlecht.

Es war halb so anstrengend wie normales Fahrradfahren, dafür war ich doppelt so schnell.

»Ist das nicht super?«, fragte Ivan ein ums andere Mal, und jedes Mal stimmte ich ihm bereitwillig zu. Dass er die Fahrradtour einem Blowjob vorgezogen hatte, machte mich allerdings nachdenklich. Lange Zeit hätte es auf der ganzen Welt keine Verlockung gegeben, die für Ivan stärker gewesen wäre als Sex, ausgenommen vielleicht ungestörte Zeit in seinem Atelier. Kunst und Sex hielten sich in seiner Wertschätzung die Waage. Dass ich nun erotisch gegen ein E-Bike konkurrierte und dabei den Kürzeren zog, musste ich erst mal verdauen.

»Nicht so schnell!«, rief Ivan mir nach, als ich in halsbrecherischem Tempo einen Berg hinabsauste. Ich stand in den Pedalen, den Sattel fest zwischen die Knie gepresst, wie es mir der Typ vom Fahrradverleih gezeigt hatte. Ich geriet regelrecht in einen Geschwindigkeitsrausch und fühlte mich, als würde ich ein wildes Pferd zureiten. Nachdem Ivan mich eingeholt hatte und wir beide wieder standen, fauchte er mich an.

»Spinnst du eigentlich? Willst du dich umbringen?«

»Ist doch nichts passiert.« Atemlos lächelte ich ihn an. Es tat gut, meinen Körper in Bewegung zu fühlen. Wenn schon der Sex ausgefallen war.

Verschwitzt und ausgepowert, kamen wir zum Hotel zurück.

»Und jetzt ab ins Schwimmbad!«, schlug Ivan vor.

Ich war schon ewig nicht mehr im Schwimmbad oder an einem öffentlichen Strand gewesen. Die schlaffe Haut an meinen Oberarmen, die hängenden Brüste, die Speckfalten um die Taille und meine delligen Schenkel – diesen Anblick wollte ich anderen nicht zumuten.

»Schwimm du eine Runde«, schlug ich vor. »Ich gehe so lange unter die Dusche.«

»Kommt nicht infrage«, sagte Ivan energisch. »Und komm mir nicht mit diesem Quatsch von der Cellulite. Das ist unter deiner Würde!«

Er war schon dabei, sich auszuziehen. Praktischerweise trug er die Badehose unter der Sportkleidung.

Ich seufzte. »Also gut.«

Gemächlich ging ich in unser Zimmer, schlüpfte in meinen Badeanzug, ging wieder hinunter und spazierte im Bademantel bis zum Beckenrand. Ivan stieg gerade aus dem Wasser und winkte mir zu.

»Es ist herrlich!«

Ich ließ den Mantel fallen und war so schnell im Wasser verschwunden, dass ein unbeteiligter Beobachter Mühe gehabt hätte, meine Anwesenheit wahrzunehmen – geschweige denn die Beschaffenheit meiner Oberschenkel.

Genüsslich durchpflügte ich das Becken, in dem sich außer mir nur zwei giggelnde Teenies aufhielten. Im nächsten Moment stieg eine magere alte Dame ins Wasser, deren Badekappe mit Blüten aus Gummi verziert war. Sie kühlte sich systematisch ab, erst die Beine, dann die Arme, dann den Oberkörper. Danach ließ sie sich ins Wasser sinken und begann mit majestätisch erhobenem Kopf zu schwimmen. Als sie näherkam, erkannte ich sie. Die Patriarchin.

Angewidert wandte ich mich ab und versuchte, ihr nicht in die Quere zu kommen. Ohne Notiz voneinander zu nehmen, schwammen wir nebeneinander unsere Bahnen. Ich drehte mich auf den Rücken, schloss die Augen und paddelte leicht mit den Füßen. Das kühle Wasser umschmeichelte meinen Körper, ich spürte die Strahlen der Abendsonne auf dem Gesicht, meine

Gliedmaßen entspannten sich. Bewegungslos lag ich da und ließ mich treiben.

Gedämpft durch das Wasser in meinen Ohren, hörte ich lautes Rufen, gleich danach aufgeregte Stimmen. Ich öffnete die Augen, hob den Kopf und versuchte, mich zu orientieren. Die zwei Teenies standen am gegenüberliegenden Beckenrand und deuteten ins Wasser. Ich sah mich um, begriff aber zuerst nicht, was sie meinten. Dann kapierte ich. Die Badekappe mit den Gummiblüten war verschwunden.

Ich drückte mein Gesicht mit geöffneten Augen unter Wasser. Nicht weit von mir entfernt sah ich eine Gestalt am Boden liegen. Mit aller Kraft schwamm ich auf die Frau zu und ließ mich nach unten sinken. Ich packte sie unter den Achseln, stieß mich mit beiden Beinen kräftig am Boden ab und zog sie nach oben. Dann schwamm ich zum Beckenrand, wo bereits Ivan und ein anderer Hotelgast warteten und die bewusstlose Frau aus dem Wasser zogen.

»Stabile Seitenlage«, befahl der Mann.

Er und Ivan beugten sich über die schmale Gestalt im dunkelblauen Badeanzug. Ivan nahm ihr vorsichtig die Kappe mit den Gummiblüten ab. Inzwischen waren noch mehr Leute zusammengelaufen, und alle Blicke konzentrierten sich auf die reglos daliegende Frau. Ich zog mich am Beckenrand hoch, stieg hinaus und hüllte mich in meinen Bademantel.

»Ich bin Arzt«, rief eine Stimme.

Ein korpulenter Typ in Shorts und Polohemd kniete sich neben die Frau und fühlte ihren Puls. Ihr Körper bäumte sich auf, sie erbrach Wasser. Nun legte der Mann sie auf den Rücken und begann mit Herzdruckmassage. Müsste er nicht zuerst Mund-zu-Mund-Beatmung machen? Ach herrje, keine Ahnung. Wie die meisten Menschen hatte ich den einzigen Erste-Hilfe-Kurs meines Lebens vor der Führerscheinprüfung gemacht. Und da ging es nicht um Ertrinkende.

Schwer atmend, ließ ich mich in einen Liegestuhl fallen.

Ivan setzte sich zu mir und drückte meine Hand. »Gut gemacht.«

»Eigentlich hätte ich die Alte absaufen lassen sollen«, sagte ich.

Einige Schaulustige drehten sich zu mir um, empörte Blicke richteten sich auf mich.

»Wie können Sie nur?«, sagte eine junge Frau mit einem Kind an der Hand.

Ivan grinste und reichte mir ein Handtuch. Ich begann, meine tropfenden Haare zu trocknen, und verkniff mir eine Antwort.

Nach kurzer Zeit hörte ich die Sirene des Rettungswagens. Zwei Sanitäter mit einer Trage sprinteten über die Wiese. Der Arzt erhob sich und machte ihnen Platz. Sie versorgten die Frau, legten sie auf die Trage und schnallten sie fest. Wenig später verließ der Wagen mit Blaulicht das Hotelgelände.

Ich blickte zu Ivan und verzog das Gesicht.

»Hoffentlich wacht sie zwischen lauter Krankenschwestern mit Migrationshintergrund auf.«

ZWEI

Beim Abendessen war ich in nachdenklicher Stimmung. Immer wieder spürte ich das Gewicht der alten Frau, die schlaff in meinem Arm hing. Sie hatte Glück, dass sie so schlank war. Wer weiß, ob ich sie sonst so schnell nach oben hätte bringen können.

Der Arzt ging von einem Herzinfarkt aus. Als die Sanitäter mit ihr losgefahren waren, hatte sie seiner Auskunft nach noch gelebt. Aber man wusste ja nie, ob weitere Infarkte nachkämen.

»Nutzt also alles nichts«, sagte ich und legte meine Gabel neben den Teller.

»Wie bitte?« Ivan blickte mich fragend an.

Ich schüttelte den Kopf. »Entschuldige, ich habe laut gedacht. Ich meine, da kannst du in einem Moment fit und gesund sein, und im nächsten erwischt es dich, wenn du Pech hast.«

»Wie die Frau heute?«

Ich nickte. »Lohnt es sich da überhaupt, auf die Gesundheit zu achten? Ulis Oma zum Beispiel, die hat geraucht, seit sie dreißig war, und wurde hundertzwei!«

»Nicht auszudenken, wie alt sie geworden wäre, wenn sie nicht geraucht hätte«, sagte Ivan.

Es war immer noch warm, bestimmt zwanzig Grad. Über uns wölbte sich ein Sternenhimmel, wie ich ihn in der Stadt noch nie gesehen hatte. In der Ferne hörte man hie und da leise eine Kuhglocke, sonst war nur das Reden und Lachen der Gäste zu vernehmen.

Ein paar Tische weiter feierte eine kleine Hochzeitsgesellschaft. Das Brautpaar sah so jung aus, dass ich mich fragte, ob die beiden schon volljährig waren. Auch so ein Effekt des Älterwerdens: Man kann das Alter junger Leute nicht mehr schätzen. Wenn ich Fernsehkrimis sah, hatte ich den Eindruck, auf den Polizeirevieren arbeiteten nur noch Kinder.

Heute Abend wurden wir von einem Kellner bedient, nicht von Sherry. Ich fragte mich, ob die junge Frau sich oft solche Sprüche anhören musste wie die von der alten Frau und wie sie sich dabei fühlen mochte. Als ich an die Szene vom Mittag dachte, wurde ich gleich wieder wütend.

Ihr Kollege kam an den Tisch und erkundigte sich, ob wir Nachtisch wollten. Ich schwankte mal wieder zwischen Selbstbeherrschung und einem Ist-doch-eh-schon-alles-egal-Gefühl.

»Die bayerische Creme mit Waldbeeren, bitte.«

»Sehr wohl, sehr zu empfehlen«, sagte der Kellner.

»Und noch eine Flasche von dem Saint-Émilion«, bat Ivan.

»Bist du dir da sicher?«, sagte ich. Die Flasche kostete so viel, wie wir sonst für fünf Flaschen ausgaben.

»Sehr gern, sehr wohl.« Der Kellner, der passend zu seinen Kolleginnen im Dirndl Lederhose und Trachtenhemd trug, verbeugte sich dienstfertig und entfernte sich.

Wir sahen uns an und mussten lachen. Ich kam mir vor, als hätte ich mich in einen Fünfzigerjahre-Heimatfilm verirrt. Gleich würde jemand anfangen, bayerisches Liedgut auf der Zither zu spielen.

Ivan beugte sich zu mir. »Was hast du dir denn für dein neues Lebensjahrzehnt vorgenommen?«

»Nichts«, sagte ich wahrheitsgemäß. »Muss man das? Sich was vornehmen?«

Ich hatte die Neigung, das Bestehende zu bewahren, und am liebsten war es mir, wenn sich nichts veränderte. Nicht umsonst war ich bald dreißig Jahre mit demselben Mann verheiratet, und meine Freunde waren noch dieselben wie in meiner Jugend. »Unrettbar strukturkonservativ« hatte meine Freundin Uli mich mal genannt, und vermutlich traf es das recht gut.

»Du wünschst dir also, dass alles einfach so weitergeht wie bisher?«

»Wieso nicht?«, sagte ich schulterzuckend. »Ist doch alles prima.«

Das stimmte natürlich nicht ganz, aber unter dem Einfluss von Saint-Émilion konnte ich heute Abend über die kleinen Ärgernisse meiner Existenz großzügig hinwegsehen.

»Hast du keine unerfüllten Träume?«, hakte Ivan nach. »Irgendwas, was du unbedingt noch machen möchtest? Orte, an die du noch reisen möchtest?«

»Ich muss mal auf meiner Bucket List nachsehen«, sagte ich und zog mein Handy raus.

Ivan blickte mich ungläubig an. »Du hast eine Bucket List?«

»Na klar«, sagte ich todernst. »Du etwa nicht?«

Ich hatte in meinem ganzen Leben noch keine To-do-Liste geschrieben, aus welchem Grund hätte ich also diese berühmte Liste der Zehn-Dinge-die-ich-tun-will-bevor-ich-sterbe führen sollen?

»Also, als Nächstes steht da ein Fallschirmsprung«, sagte ich und packte das Handy wieder weg. Davon hatte ich als junge

Frau tatsächlich mal geträumt, seit Paul auf der Welt war aber nie mehr daran gedacht.

»Davon hast du mir nie erzählt«, sagte Ivan überrascht.

»Was hast du denn für Träume?«, gab ich die Frage zurück.

Er seufzte. »Die nächsten Jahre sind vielleicht die letzten, in denen noch vieles möglich ist. Danach wird es immer beschwerlicher, vielleicht wird man krank, wer weiß es schon. Wir sollten einfach machen, worauf wir Lust haben, bevor es zu spät ist.«

Ich nahm einen kräftigen Schluck Rotwein. »Ich mache eigentlich immer, worauf ich Lust habe.«

Ivan streckte sich und blickte träumerisch in die Ferne. »Ich wünsche mir noch mal eine richtige … Herausforderung.«

»So Abenteuerkram?«, fragte ich. »Den Kilimandscharo besteigen oder die Welt umsegeln oder was gelangweilte Sechzigjährige sonst so machen?«

Er verzog das Gesicht. »Nein, ich meine eine künstlerische Herausforderung. Ich will noch mal raus aus dem Trott und was Neues machen. So wie vor zehn Jahren.«

Damals hatte er mit einer aufsehenerregenden Werkserie endlich den ersehnten Erfolg gehabt und zum ersten Mal richtig Geld verdient. Seine Bilder waren in mehreren europäischen Städten ausgestellt worden, er hatte Einladungen zu großen Kunstmessen erhalten, und es hatte so ausgesehen, als stünde sein internationaler Durchbruch kurz bevor. Aber es war ein One-Hit-Wonder geblieben. Ivan hatte es nicht geschafft, an diesen Erfolg anzuknüpfen. Weil er stur war. Weil er Ivan war.

Die Nachfrage nach seinen Bildern war riesig gewesen, und er hätte nur die Serie fortsetzen müssen. Aber er wollte partout nicht »den Markt bedienen«, wie er es nannte. Er begann, völlig andere Sachen zu machen, und das Interesse an seiner Kunst ebbte ebenso schnell ab, wie es aufgeflammt war.

Das Thema war eine der Tretminen auf unserem ehelichen Gelände. Ich war stinksauer, dass er damals nicht wenigstens für eine Weile die Erfolgswelle geritten hatte. Wir hätten das Geld so gut brauchen können. Immerhin war ich in den ersten zwanzig Jahren unserer Ehe weitgehend allein fürs Familieneinkommen zuständig gewesen. Endlich gab es die Chance, das wieder auszugleichen, und er hatte sie nicht genutzt. Weil er stur war. Weil er Ivan war.

Als wir an der Rezeption vorbei in unser Zimmer gehen wollten, kam die Hoteldirektorin aus ihrem Büro geeilt. Sie war eine energische Frau in den Vierzigern mit einer blonden Hochfrisur und gesunder Gesichtsfarbe, die jedem Gast so herzlich begegnete, als würde sie ihn schon ewig kennen.

»Frau Schiller, Herr Remky, einen Moment bitte!«

Sie umrundete den Empfangstresen und kam mit strahlendem Gesicht auf uns zu. Mit beiden Händen nahm sie meine Hand und drückte sie.

»Ich möchte mich bei Ihnen bedanken. Ihrem beherzten Eingreifen verdankt Frau Bachmaier ihr Leben.«

»Dann geht es ihr also gut?«

Die Direktorin nickte. »Alles in Ordnung. Sie liegt noch auf Intensiv, ist aber stabil. Ein Glück, dass Sie in der Nähe waren.«

»War mir ein Vergnügen«, sagte ich. »Allerdings war ich auch in der Nähe, als Frau Bachmaier sich rassistisch über eine ihrer Kellnerinnen geäußert hat. Das fand ich sehr unerfreulich.«

Die Direktorin nickte wissend. »Wir kennen die Einstellung von Frau Bachmaier und teilen sie nicht. Ich werde dafür sorgen, dass es nicht mehr zu einem solchen Vorfall kommt.«

»Wie wollen Sie das denn machen?«, fragte ich neugierig. »Frau Bachmaier scheint ja ein Stammgast von Ihnen zu sein.«

»Wir werden Sherry nicht mehr einsetzen, wenn sie da ist.«

Mir blieb kurz der Mund offen stehen.

»Entschuldigen Sie, aber wäre es nicht eher angebracht, Frau Bachmaier zu bitten, ihre Mahlzeiten anderswo einzunehmen?«

Die Direktorin wand sich unbehaglich in ihrem Dirndl.

»Die Mitglieder der Familie Bachmaier sind seit Jahrzehnten Gäste unseres Hauses und in der Gegend sehr bekannt. Das … können wir uns leider nicht leisten.«

Ich spürte, wie Ivan mich warnend berührte.

»Nun ja«, sagte ich ruhig. »Sie könnten schon, Sie wollen nur nicht.«

»Leider ist das nicht so einfach«, wich sie aus.

»Haltung zu zeigen hat eben seinen Preis«, stellte ich kühl fest und blickte direkt in das Direktorinnengesicht, das sich leicht rötete.

»Wir möchten uns gerne bei Ihnen erkenntlich zeigen«, fuhr sie lächelnd fort. »Ihr heutiges Abendessen betrachten Sie bitte als ein Geschenk des Hauses. Wir hoffen, dass es Ihnen gemundet hat?«

Ich dachte keine Sekunde nach.

»Vielen Dank«, sagte ich, »aber wir möchten das Essen lieber bezahlen.«

Damit ließen wir sie stehen und stiegen die knarzende Treppe in den ersten Stock hoch.

Im Zimmer angekommen, machte sich plötzlich eine seltsame Befangenheit zwischen Ivan und mir breit. Wir wussten beide, dass nun Sex auf dem Programm stand. Und sosehr ich es mir wünschte, so unsicher fühlte ich mich. Es war, als wäre die

Kunst der Verführung eine Sprache, die ich einst fließend beherrscht und mit dem Älterwerden immer mehr verlernt hatte. Je mehr ich versuchte, mich an sie zu erinnern, desto unbeholfener stammelte ich.

Als junge Frau hatte ich über ein ausgeprägtes Selbstbewusstsein verfügt, was auch an meinem attraktiven Äußeren gelegen hatte. Mein spanischer Vater hatte mir kräftiges dunkles Haar und eine markante Nase vererbt, meine Lippen waren von Natur aus so, wie andere Frauen sie nur durch Aufspritzen erreichten. Ich hatte eine gut proportionierte Figur und war immer schlank gewesen. Heute, wo meine Schönheit allmählich verblasste und ich mehr und mehr mit meinem Körper haderte, wusste ich nicht, woher ich das Selbstbewusstsein nehmen sollte, um einen Mann zu verführen. Nicht mal meinen eigenen.

Glücklicherweise nahm Ivan die Sache in die Hand. Er zog mich zu sich und küsste mich, dann drückte er mich an sich. Mit einer Bewegung öffnete er den Reißverschluss an meinem Rücken hinunter und ließ das Kleid zu Boden gleiten.

»Hey!«, rief ich, halb erschrocken, halb amüsiert. »Das ist mein teuerstes Teil!« Ich löste mich aus seiner Umarmung, hob das Kleid auf und holte einen Bügel aus dem Schrank.

Als ich mich wieder umsah, stand Ivan mit hängenden Armen da und blickte mich schweigend an. Seine beginnende Erektion hatte sich verflüchtigt. Er drehte sich um und verschwand im Bad.

Mit schlechtem Gewissen ließ ich mich aufs Bett fallen und wartete. Ich trug nur noch Slip und BH und hoffte, dass ich bei der schwachen Beleuchtung einigermaßen sexy aussah.

Als Ivan endlich zurückkehrte, merkte ich, dass ich zur Toilette musste.

»Entschuldige«, murmelte ich, stand auf und schlängelte mich an ihm vorbei ins Bad.

Schnell putzte ich mir die Zähne und cremte mein Gesicht ein. Dann sprühte ich einen Hauch Parfüm in meinen Nacken. Als ich wieder ins Zimmer kam, hatte Ivan das Licht der Nachttischlampe eingeschaltet und lag mit einem Buch im Bett.

»Ernsthaft?«, fragte ich.

Er blickte auf. »Was?«

»Du willst jetzt lesen?«

»Warum nicht?« Demonstrativ vertiefte er sich wieder in seine Lektüre.

Ich legte mich neben ihn und scrollte eine Weile in meinem Smartphone hin und her, bis es mir zu blöd wurde. Ich legte das Handy auf den Nachttisch, beugte mich über Ivan, nahm ihm sein Buch weg und schaltete das Licht aus.

»Hey«, protestierte er.

»Ich habe Geburtstag. Schon vergessen?« Sofort kam ich mir blöd vor. Als wäre Sex ein Geschenk, das ich einfordern könnte.

Ivans Blick wanderte nach oben. »Damit kann ich nicht.« Er zeigte auf das Kruzifix.

»Dann nimm's weg«, sagte ich ungeduldig.

Er kniete sich hin und nahm das Kreuz von der Wand. Einige Staubflusen segelten auf mein Kopfkissen. Einen Moment lang wusste er nicht, wohin mit dem Ding, dann beugte er sich hinunter und schob es unters Bett.

Als wir endlich in Fahrt kamen, wurde es draußen laut. Irgendjemand rumpelte den Gang entlang, ich hörte Flüstern und Kichern, dann eine zuknallende Tür. Das Hochzeitspaar war offenbar von seiner Feier zurückgekehrt.

Wir hatten uns gerade von der Unterbrechung erholt und unser Liebesspiel wieder aufgenommen, da begann der Lärm von Neuem. Zuerst klang es, als würden Möbel gerückt, dann drang ein unterdrücktes Lachen zu uns herüber, das sehr schnell in Stöhnen überging. In sehr eindeutiges Stöhnen. Ich hatte nicht geahnt, wie hellhörig das alte Gebäude war. Es klang, als würde das Paar neben uns im Bett liegen.

Ivans Erektion fiel zusammen wie ein Soufflé.

»O Mann«, sagte ich genervt.

Beleidigt drehte er sich weg.

»Ich meine doch nicht dich!«, rief ich.

Vor meinem geistigen Auge wälzten sich die zwei glatten jugendlichen Körper des Paares auf ihrem Hochzeitslager, wollüstig, unbefangen, unersättlich. Wie herrlich ist Sex, wenn man jung ist und nichts von alldem ahnt, was einen später erwartet. Man vögelt unbeschwert drauflos, kein Gedanke an Libidoverlust, Scheidentrockenheit, Erektionsstörungen.

Ich streichelte Ivans Rücken. Er reagierte nicht. Ich war mir sicher, dass er dieselben Bilder vor Augen hatte wie ich. Früher hätten wir es vielleicht erregend gefunden, anderen beim Sex zuzuhören, nun war es nur noch deprimierend. Seufzend drehte ich mich auf meine Seite und schloss die Augen.

Am nächsten Morgen erwachte ich früh. Wir hatten vergessen, die Vorhänge zuzuziehen, und so schien mir die Morgensonne direkt ins Gesicht. Ich hatte einen Kater vom Rotwein und einen Muskelkater vom Fahrradfahren.

Ivan schlief noch. Sein Mund war halb geöffnet, und das nächtliche Sägen, von dem ich mehrfach aufgewacht war, hatte sich in ein gedämpftes Röcheln verwandelt. Leise stand ich auf und ging ins Bad.

»Hey, Alte, wie siehst du denn aus?«, hörte ich jemanden höhnisch fragen.

Ach herrje, sie war wieder da! Meine innere Stimme, die mich gern in Situationen heimsuchte, in denen ich auf Kommentare überhaupt keinen Wert legte.

»Was willst du denn schon wieder?«, sagte ich seufzend. »Ich hatte gehofft, du bist tot.«

»Aber du brauchst mich doch noch«, sagte sie.

»Ungefähr so dringend wie ein Magengeschwür«, gab ich zurück.

Ich wollte die Stimme kraft meines Willens aus meinem Kopf verbannen, aber das hatte noch nie funktioniert. Je angestrengter ich sie zu vertreiben versuchte, desto penetranter wurde sie.

»Du siehst aus, als wärst du nicht sechzig geworden, sondern achtzig«, ließ sie mich wissen. »Und dein Hals würde einem Truthahn alle Ehre machen.«

»Du wirst doch auch älter«, sagte ich. »Könntest du nicht allmählich etwas nachsichtiger werden?«

»Vergiss es.«

Das hatte ich befürchtet.

»Was ist eigentlich mit deinen Haaren?«, fuhr sie fort. »Willst du damit den Die-verkommene-Alte-von-nebenan-Contest gewinnen?«

Ich betrachtete die grauen Strähnen, die sich immer mehr in meiner einstmals dunklen Mähne ausbreiteten und wirklich ungepflegt wirkten. Sollte ich endlich mit dem Färben beginnen, wie Uli es mir schon seit Jahren empfahl? Oder sollte ich in Würde abwarten, bis ich vollständig ergraut war?

»Haare färben ist peinlich«, sagte ich.

»Graues Haar ist grauenhaft«, konterte sie. »Um nicht zu sagen greisenhaft.«

»Ich finde, graues Haar kann sehr elegant aussehen.«

»Mach, was du willst, aber mach irgendwas«, sagte sie. »Auch mit deinen Klamotten. Es ehrt dich ja, dass du das alte Zeug aufträgst, aber allmählich siehst du aus wie eine Vogelscheuche.«

»Das ist aktiver Umweltschutz«, protestierte ich. »Ich kann nicht gegen den Konsumwahn wettern und gleichzeitig ständig neue Klamotten kaufen.«

»Es gibt auch optische Umweltverschmutzung«, sagte sie spitz.

So, das war genug. Das musste ich mir nicht weiter anhören.

»Verzieh dich!«, befahl ich, und endlich war sie weg.

Ich putzte mir die Zähne und wusch mein Gesicht mit eiskaltem Wasser. Dann trug ich ein straffendes Serum und Tagescreme auf. Der Klang einer Kirchenglocke erinnerte mich daran, dass Sonntag war. Wenig später hörte ich einen Hahn krähen. Dann das Meckern einer Ziege. Konnte das sein? Vielleicht spielte das Hotel eine Tonkonserve ab, damit es so klang, wie Touristen sich einen Morgen auf dem Land vorstellten.

Gleich sieben. Kurz entschlossen stieg ich in meinen Badeanzug, der vom Vortag noch feucht war. Ich warf den Bademantel über, griff nach einem Handtuch und schlüpfte in meine Flipflops. Vorsichtig öffnete ich die Zimmertür, die vernehmlich knarzte. Ivan grunzte und drehte sich auf die Seite.

Ich warf einen grimmigen Blick auf den Eingang zum Hochzeitszimmer. Ein kurzer Anflug von Neid auf das junge Paar wurde abgelöst von der Gewissheit, dass ihr Glück nicht von Dauer sein würde. Nach der Romantik des Anfangs käme die Ernüchterung des Alltags. Die traurige Erkenntnis, dass der Partner auch nur ein Mensch aus Fleisch und Blut ist, mit nervigen Eigenheiten und unsympathischen Verhaltensweisen. Bald wären sie gestresste Eltern, würden sich streiten, gegenseitig verachten, betrügen und wieder versöhnen – oder auch nicht. Pah, dachte ich schadenfroh, ihr werdet schon sehen. Jede zweite Ehe wird heute geschieden!

Immerhin, das war Ivan und mir erspart geblieben. Inzwischen hatte ich genauso viel Zeit mit ihm verbracht wie ohne ihn. Mein halbes Leben. Wobei der Terminus »mit ihm« nicht ganz zutreffend war. »Auf ihn wartend« würde es besser treffen. Ivan war schon immer sehr eigenwillig gewesen und hatte wenig Rücksicht auf andere genommen. Vor allem, wenn es um seine Arbeit ging. Unzählige Elternabende, Arzttermine und andere familiäre Pflichten waren an mir hängen geblieben, obwohl auch ich Vollzeit arbeitete. Die gesamte Organisation unseres sozialen Lebens oblag mir – ohne mich würde Ivan aus seinem Atelier gar nicht mehr rauskommen.

Wahrscheinlich wäre er besser allein geblieben, ohne die Verantwortung für eine Familie. Vielleicht sollten alle Künstler frei sein, ohne Bindung, ohne Verpflichtungen. All das schränkte nur ein, führte zu Kompromissen und Mittelmäßigkeit. Ein wahrer Künstler musste radikal sein, rücksichtslos und egoistisch. Wie Ivan.

Ich durfte mich nicht beklagen, ich hatte gewusst, worauf ich mich einließ. All die Jahre war ich seinen Weg mitgegangen, hatte ihn bei seinen Ambitionen unterstützt und dafür zurückgesteckt. Aber seit ein paar Jahren spürte ich eine Art Erschöpfung. Und Enttäuschung über den Mangel an Wirgefühl, den er immer wieder demonstrierte.

Kurz nach meinem fünfzigsten Geburtstag hatte ich aus Frust eine alte Liebesgeschichte aufgewärmt, während es die Affäre, die ich Ivan zur gleichen Zeit unterstellte, gar nicht gegeben hatte. Danach hatte ich ein furchtbar schlechtes Gewissen gehabt.

»Es wäre wirklich okay, wenn du mich auch mal betrügen möchtest«, hatte ich großzügig angeboten. »Ich meine, wegen der Gerechtigkeit.« Ich wusste nicht, ob er diesen Gutschein je eingelöst hatte.

Im Restaurant und auf der Terrasse war fürs Frühstück gedeckt, und die ersten Gäste, ein Ehepaar um die siebzig, waren schon da. Schweigend saßen sie einander gegenüber und arbeiteten sich gleichmäßig kauend durch die Berge von Essen, die sie auf ihre Teller geladen hatten. Ausdruckslos blickten sie aneinander vorbei. Ob wir in zehn Jahren auch so dasitzen würden?

Zum Glück war das Schwimmbad leer. Ich nahm mir vor, zwanzig Bahnen zu schwimmen. Nach der siebten war ich fix und fertig. Ich drehte mich auf den Rücken und ließ mich treiben. Ein diffuser Gedanke arbeitete sich an die Oberfläche meines Bewusstseins und formierte sich zu einem kurzen, erschreckenden Satz.

Ich bin alt.

Früher hätte ich beim Anblick sechzigjähriger Frauen sofort unterschrieben, dass ich lieber mit vierzig sterben wollte, als dieses Verblassen und Ergrauen, dieses allmähliche Verschwinden in Kauf zu nehmen. Eine Frau, die kein erotisches Verlangen mehr weckt, kann doch genauso gut tot sein, dachte ich damals.

Heute war mir das mit der Erotik überraschend egal. Ich musste niemanden mehr erobern, das hatte ich zur Genüge getan. Ich musste niemandem mehr beweisen, dass ich eine tolle Frau war, vor allem nicht mir selbst. Aber wenn ich an Ivan dachte, überfiel mich sofort eine tiefe Traurigkeit. Wenn sogar er mich nicht mehr begehrte, war ich wirklich so gut wie tot.

DREI

Nach der verkorksten Liebesnacht war die Luft aus unserem Paar-Wochenende raus. Stillschweigend begruben wir die Idee eines weiteren Ausflugs, packten unsere Sachen zusammen und fuhren zurück in die Stadt. Während der Fahrt sprachen wir nicht viel, jeder hing seinen Gedanken nach.

Zurück in der Wohnung hätte ich mich am liebsten für den Rest des Tages ins Bett verkrochen, aber ein weiteres prickelndes Event wartete auf Ivan und mich: eine Einladung von unserem Sohn Paul und seiner Freundin Janina. Und damit nicht genug. Heute Abend sollten wir zum ersten Mal Janinas Eltern treffen.

Prinzipiell hatte ich nichts dagegen, neue Leute kennenzulernen. Auch gegen Janinas Eltern sprach vermutlich nichts. Aber diese Begegnung bedeutete, dass es zwischen Paul und Janina ernst wurde. Und dagegen hatte ich ganz entschieden etwas.

Als Paul sich drei Jahre zuvor von seiner Freundin Marie getrennt hatte, war ich am Boden zerstört gewesen. Vermutlich hatte ich damals mehr geweint als Paul und Marie zusammen. Sie war mein Liebling gewesen, die Tochter, die ich nicht hatte, die Schwiegertochter, die ich mir wünschte. Wir hatten uns total gut verstanden und lange Gespräche miteinander geführt. Einmal war Marie sogar ein paar Tage ohne Paul mit uns in den Urlaub gefahren.

Ich sah sie vor mir, wie sie nachdenklich eine ihrer rotblonden Locken um den Zeigefinger wickelte und beim Lachen die Nase krauszog. In ihrer Anwesenheit hatte ich mich immer wohl und entspannt gefühlt. Sie war so natürlich und herzlich, ganz anders als Janina, der man ständig die Anstrengung anmerkte, etwas darstellen zu wollen.

Marie hatte Paul genommen, wie er war, aber sie hatte auch gespürt, was alles in ihm steckte. Sie hatte ihm nicht ihre Idee von ihm aufgedrängt, sondern ihn dabei unterstützt, er selbst zu sein. Ich konnte nicht begreifen, warum er diese tolle Frau hatte ziehen lassen. Insgeheim war er wohl die ganze Zeit von dem Gedanken besessen, nicht gut genug für sie zu sein. Aus lauter Angst vor Verletzung hatte er sich nie ganz auf sie eingelassen. Das musste Marie gespürt haben, worauf sie ihn irgendwann aufgab, obwohl sie ihn wirklich geliebt hatte. Eines Tages würde Paul vielleicht die Reife haben, das zu erkennen. Dann würde ihm dämmern, welchen Fehler er begangen hatte.

Für Janina war Marie ein rotes Tuch. Wann immer das Gespräch auf sie kam, wurde sie schmallippig. Sie nannte sie »Pauls Ex-Freundin« und sagte Dinge wie »sie war wohl sehr emotional« oder »sie scheint recht unreif gewesen zu sein«. Obwohl es mir schwerfiel, verzichtete ich darauf, Marie in Schutz zu nehmen.

Ich stand vor dem Spiegel und überlegte, was ich anziehen sollte. Ich ahnte schon, wie die Janina-Eltern angezogen sein würden, ich hatte ein Foto der beiden gesehen: Chinos, Lederslipper, Tommy-Hilfiger-Polohemd. Ralph-Lauren-Polokleid, strassbesetzte Zehensandalen. Beide gebräunt vor einer Jacht posierend, Sonnenbrillen auf die Stirn geschoben.

Diese Art Klamotten besaß ich überhaupt nicht, daher war es aussichtlos, mithalten oder gar konkurrieren zu wollen. Ich entschied mich also für was Gemütliches, griff nach einem bodenlangen Kleid im Folklorelook, das ich schon seit Jahrzehnten besaß, und pinkfarbenen Espadrilles.

»Vogelscheuche«, flüsterte es leise.

»Halt's Maul!«, befahl ich.

Ich steckte mein Haar hoch und ließ demonstrativ ein paar graue Haarsträhnen raushängen. Dann legte ich ein Paar gigantischer silberner Ohrringe an und schminkte meine Lippen leuchtend rot.

Hinter mir im Spiegel erschien Ivan. Er trug immer noch Shorts und T-Shirt.

»Hey, Traumfrau, gut siehst du aus.«

»Danke.« Ich wandte mich um, den aufgedrehten Lippenstift in der Hand, und lächelte ihn an. »Ziehst du dich auch noch um?«

Unschlüssig stand er in der Tür, sein Gesichtsausdruck verriet mir, dass etwas nicht stimmte.

»Es tut mir leid, Cora, aber ich … kann nicht mitkommen.«

»Waaaas?«, rief ich. »Wieso denn nicht?«

Er wich meinem Blick aus. »Ich kann einfach nicht.«

»Was ist los?«, fragte ich. »Bist du krank?«

Er schüttelte den Kopf. »Du weißt, dass ich solche Veranstaltungen hasse. Ich sitze den ganzen Abend da und will nur weg. Es geht einfach nicht.«

»Mann, ich hätte auch lieber eine Darmspiegelung, das kannst du mir glauben!«, fauchte ich. »Aber wir müssen da hin. Unserem Sohn zuliebe.«

»Es ist eine Einladung anlässlich deines Geburtstags«, sagte Ivan. »Hat Paul ausdrücklich gesagt.«

»Und deshalb glaubst du, du musst nicht mit? Was werden ihre Eltern denken? Wie kannst du mich so im Stich lassen?«

»Tut mir leid, Cora.« Er drehte sich um und verließ das Badezimmer. Wenig später hörte ich die Wohnungstür ins Schloss fallen.

Dieser verdammte Scheißkerl! Zog sich einfach in seine Gemächer zurück, wenn ihm was zu viel war oder er schlicht keine Lust hatte. Unzählige Male hatte ich das schon erlebt, aber dass er es heute wagen würde, hätte ich nicht für möglich gehalten.

Wutentbrannt knallte ich den Lippenstift ins Waschbecken. Er brach ab und hinterließ eine rote Spur auf dem weißen Porzellan.

Janina öffnete mir die Tür.

»Hallo, Cora, herzlichen Glückwunsch!«, rief sie und umarmte mich auf ihre seltsam steife Weise, bei der sie mich kaum berührte. Ihre Wangenküsse landeten rechts und links neben meinen Ohren und klangen wie »mpfua, mpfua«.

»Hallo, Janina«, antwortete ich mit aller Freundlichkeit, die ich aufbringen konnte. »Vielen Dank für die Einladung, ich freue mich, euch zu sehen!«

Die schicke Neubauwohnung, in der sie und Paul lebten, war ihnen von Janinas Eltern vermittelt worden. Der Vater hatte die Baufirma seiner Eltern geerbt und weitergeführt, die Mutter war Steuerberaterin und für die Buchführung des Unternehmens verantwortlich. Natürlich hatte das Ehepaar Beziehungen ins Baugewerbe, die es offenbar ausgenutzt hatte.

Ich war strikt dagegen gewesen, die Wohnung zu nehmen,

aber Paul hatte mir erklärt, dass man als junges Paar auf dem üblichen Weg in München keine Wohnung fand. Ich war außerdem überzeugt, dass sie die Miete für den Luxusschuppen nicht allein aufbringen konnten. Sicher halfen Mama und Papa Hartmann mit, damit das Töchterchen standesgemäß residieren konnte.

Nun lebte das junge Paar also in einer Art Designerpenthouse aus Beton und Granit, mit edlem Interieur in Grau und Weiß, was überhaupt nicht zu Paul passte. In seinen ausgewaschenen Jeans und T-Shirts wirkte er darin wie ein Fremdkörper. Janina dagegen fügte sich in die sterile Umgebung wie dafür geklont. Sie war der Typ, der gestärkte Hemdblusenkleider, Caprihosen und quer gestreifte Oberteile trug, dazu flache Schuhe. Sie war ein paar Zentimeter größer als Paul, was ihr sichtlich unangenehm war. Wenn sie neben ihm stand, machte sie immer den Rücken ein wenig krumm. In Gedanken nannte ich sie »die Giraffe«.

»Du siehst übrigens … super aus«, sagte Janina mit Blick auf mein buntes Hippiekleid und die Ohrringe. »Finde ich mega, dass du in deinem Alter so mutig bist.«

Warum war es mutig, ein buntes Kleid anzuziehen? Vermutlich fand Janina, dass Frauen meines Alters eher gedeckte Farben tragen sollten, um nicht unangenehm aufzufallen. Ich schluckte alles runter, was mir an möglichen Entgegnungen einfiel, und lächelte nur vielsagend.

»Wo hast du denn deinen Göttergatten gelassen?«, fragte Janina.

»Der … äh Göttergatte hat leider Migräne«, sagte ich.

Dass ich auch noch für ihn lügen musste! Ich hatte ebenso wenig Lust, hier zu sein, wie er. Aber aus Liebe zu unserem Sohn und aus Rücksicht auf die Gefühle von Janina und ihren

Eltern riss ich mich zusammen. Und ärgerte mich gleichzeitig darüber.

»Ach, der Arme!«, sagte sie und fügte eifrig hinzu: »Da gibt es übrigens ein neues Medikament. Ich schreib's dir gleich auf. Migräne kann viele Ursachen haben, es ist wichtig, dass er sich untersuchen lässt, um ein paar Dinge auszuschließen. Schließlich will er ja nicht an einem unerkannten Hirntumor sterben, nicht wahr?« Sie lachte glockenhell über ihren kleinen Scherz. »Er soll das auf keinen Fall auf die leichte Schulter nehmen. Ich kann dir einen Neurologen empfehlen, der ist eine echte Koryphäe auf seinem Gebiet …«

»Vielen Dank, das ist sehr lieb von dir«, unterbrach ich ihren Redeschwall und war jetzt schon erschöpft, dabei hatte der Abend noch gar nicht richtig angefangen.

Bestimmt meinte sie es gut, aber ich fand Janinas Art furchtbar anstrengend. Immer wusste sie alles oder hatte gerade irgendwas dazu gelesen. Für jeden Fleck kannte sie ein Hausmittel, für jedes Problem eine Lösung. Wäre man wohlmeinend, würde man sie wohl als »patent« bezeichnen. Ich war aber nicht wohlmeinend.

Janina war Assistenzärztin und arbeitete in der plastischen Chirurgie. Sie konnte ergreifende Geschichten vom Schicksal der Unfallopfer erzählen, denen sie dort ein neues Gesicht machten, oder von Krebspatientinnen, die neue Brüste bekamen. Ich war überzeugt, dass sie in Wahrheit Schönheitschirurgin werden und mit einer Privatpraxis viel Geld verdienen wollte.

Sie begleitete mich in den offenen Wohn-/Koch-/Essbereich, in dem an einem modernen Esstisch die Eltern saßen, gut gefüllte Weingläser vor sich. Paul stand am Küchenblock und hackte Petersilie. Er legte das Messer zur Seite und kam auf mich zu, um mich zu umarmen.

»Happy Birthday, Mom! Ich wünsch dir alle Gute! Und keine Angst, heute singe ich nicht.«

Ich lachte. Bei meinem Fünfzigsten hatte Paul einen denkwürdigen Auftritt mit seiner Band hingelegt. Er performte einen Song, den Freunde von mir schon an meinem dreißigsten Geburtstag aufgeführt hatten. An zwei der vielen Strophen erinnerte ich mich.

Bist du mal achtzig und verwittert,
verlebt, vertrocknet und verbittert,
dann freu dich: Endlich hast du Ruh'
vor deinen Trieben, schubidu!

Aber noch bist du jung und knackig,
noch voll dabei und ganz schön zackig,
deshalb freu dich mal nicht zu früh:
Noch ist der Trieb da, schubidü!

Ich küsste Paul auf die Wange. »Danke dir, mein Herz. Du darfst auch gern singen. In meinem Alter ist einem nichts mehr peinlich.«

Die Gefahr, dass Paul mich peinlich fand, war deutlich größer als umgekehrt, das wussten wir beide. Deshalb wunderte ich mich, dass er mit einer Flasche edlen Gins vor meinem Gesicht wedelte.

»Wie wär's?«

Ich liebte den Geschmack von Gin Tonic, aber er putschte mich gefährlich auf. Egal jetzt. Daumen hoch. Paul goss den Gin mit einer Sorte Tonic auf, die so hip war, dass nicht mal ich sie kannte, warf zwei Eiswürfel ins Glas und schnitt eine Scheibe von einer Limette ab.

»Cheers, Mom. Du bist die Coolste.« Er reichte mir das Glas. Dann nahm er mich am Arm und zog mich zum Tisch.

»Das sind Andrea und Martin. Das ist meine Mom. Also, Cora.«

Andrea stand auf und umarmte mich, als wären wir alte Freundinnen. »Das wurde aber auch Zeit, was?«

Martin drückte mir so fest die Hand, dass ich nach Luft schnappte. »Sehr erfreut«, schnarrte er. »Alles Gute zum Wiegenfest!«

Vor meinem geistigen Auge sah ich mich in einer viel zu kleinen Kinderwiege liegen und Gin Tonic aus einer Babyflasche nuckeln.

»Wo ist Dad?« Paul sah sich um, als könnte Ivan jeden Moment hinter dem Sofa hervorkriechen oder aus dem Kamin fallen. Ja, einen offenen Kamin hatte die Wohnung auch. War ja wohl das Mindeste.

»Ivan lässt sich entschuldigen. Er … fühlt sich nicht wohl.«

»Wie schade«, sagte Andrea und klang ehrlich enttäuscht.

»Er hat Migräne«, sagte Janina. »Ich hab dir alles aufgeschrieben.« Sie reichte mir einen Zettel, auf dem in ihrer akkuraten Handschrift der Name eines Medikaments und die Anschrift des Neurologen notiert waren.

Die Frau machte mich fertig. Immer machte sie alles so verdammt richtig. Man konnte ihr nichts vorwerfen, und genau das brachte mich gegen sie auf.

Nun stellte sie sich neben Paul an den Küchenblock und klatschte, ganz engagierte Gastgeberin, in die Hände.

»Es geht los! Seid ihr bereit?«

Ich setzte mich zu Andrea und Martin an den Tisch, und wir wandten uns erwartungsvoll Janina zu.

»Zuerst möchte ich dem Geburtstagskind noch einmal ganz

herzlich gratulieren«, sagte sie in der Art einer Strandclub-Animateurin, die ihre Gäste auf Trab bringen will. »Happy Birthday, Cora! Auf dich!«

Alle vier hoben die Gläser, riefen »woah, woah« und »alles Gute, Cora!«.

Ich prostete zurück. »Danke euch. Vielen Dank!«

»Dann möchte ich meine Eltern begrüßen und euch sagen, wie stolz ich auf euch bin«, fuhr Janina fort. »Und ich bin total aufgeregt, dass es heute zu einer Begegnung kommt, die mir sehr am Herzen liegt.«

»Uns«, rief Paul dazwischen.

Janina warf ihm einen irritierten Blick zu, dann lachte sie auf. »Natürlich, uns!« Sie lehnte kurz ihren Kopf an Pauls Schulter, wofür sie ihren langen Hals unnatürlich weit zur Seite biegen musste. Gegen meinen Willen befiel mich die Vorstellung von Janina beim Sex. Ob sie da auch so steif und unsinnlich war? Es konnte doch nicht sein, dass Paul diese staksige Giraffe wirklich erotisch fand. Oder verwandelte sie sich im Bett auf wundersame Weise in eine Sexgöttin? Ich versuchte, den Gedanken abzuschütteln, und nahm noch einen kräftigen Schluck von meinem Gin Tonic.

»Unsere Eltern sind die wichtigsten Menschen in unserem Leben«, fuhr sie fort. »Und es ist wunderbar, dass sie sich heute begegnen. Also, teilweise wenigstens. Wir bedauern natürlich sehr, dass Ivan heute nicht dabei sein kann, und hoffen, dass es bald bei einer anderen Gelegenheit klappt.«

Laute Zustimmung von Andrea und Martin. »Ja, unbedingt!«

Janina stieß die Faust in die Luft und machte wieder »woah, woah«.

Es folgte eine ausführliche Vorstellung ihrer Eltern unter besonderer Berücksichtigung der unternehmerischen Verdienste von Martin und dem »unfassbaren Support« durch Andrea, ohne die der Erfolg der Firma nicht möglich gewesen wäre. Ihre Eltern seien Vorbilder für sie, sagte Janina, von niemandem habe sie mehr gelernt. Sie eifere ihnen nach und hoffe, eines Tages ebenso erfolgreich zu sein.

Mit wachsendem Erstaunen hörte ich zu. Sollte dieser Abend nicht das Geschenk zu meinem Geburtstag sein? Das hier wirkte mehr wie die Festrede anlässlich der Ehrung zum »Unternehmer des Jahres«. Wieder erhoben wir die Gläser und tranken, diesmal auf Andrea und Martin.

Dann ergriff Paul das Wort. Erwartungsvoll setzte ich mich zurecht. Ich war sehr gespannt, was er anlässlich meines runden Jubiläums über mich sagen würde.

»Liebe Anwesende, heute ist ein wichtiger Tag für uns alle«, begann Paul. »Nicht nur, dass wir den sechzigsten Geburtstag von meiner Mom feiern, was natürlich super ist. Nein, wir möchten auch noch was anderes mit euch feiern. Wir haben euch vorher absichtlich nichts gesagt, weil es eine Überraschung sein soll …«

Ich erstarrte innerlich.

»… eine freudige Überraschung, wie wir hoffen.« Er lachte verlegen und warf mir einen sekundenbruchteilkurzen Blick zu.

Mir brach der Schweiß aus.

»Wie ihr wisst, sind Janina und ich nun zwei Jahre zusammen. Seit fast einem Jahr wohnen wir in dieser megaschönen Wohnung, noch mal tausend Dank an euch beide, Andrea und Martin!«

Er hob sein Glas in Richtung auf die Hartmanns, die prosteten zurück.

Nein, bitte nicht, lieber Gott, betete ich stumm. *Lass diesen*

Kelch an mir vorübergehen! Ich werde alles tun, was du von mir verlangst, aber bitte lass nicht zu, was ich hier kommen sehe!

Paul sprach unbeirrt weiter. »Gerade hast du, Janina, auf eindrucksvolle Weise beschrieben, was man als Paar schaffen kann, wenn man sich committet. Wenn man gemeinsame Ziele hat und an einem Strang zieht. Da wird man echt unschlagbar. Und deshalb haben wir beide …« Tiefer Blick zu ihr. »… uns entschieden, uns ebenfalls zu committen.«

Ich hielt die Luft an.

Janina legte ihre Hand auf Pauls Arm. Es war nicht zu erkennen, ob sie ihre Verbundenheit mit ihm demonstrieren oder ihn unterbrechen wollte. Auf jeden Fall war sie diejenige, die die Bombe endgültig zum Platzen brachte.

»Wir möchten euch sagen, dass wir uns verlobt haben.«

Ich hielt mich an meinem zweiten Gin Tonic fest und versuchte mit aller Konzentration, nichts Unangemessenes zu sagen. Und definitiv alles, was ich gerade dachte, wäre unangemessen gewesen. Nur langsam erholte ich mich von meinem Schock.

Nach Janinas Eröffnung waren sich alle gegenseitig in die Arme gefallen.

»Oh, wie schön! Wir freuen uns so!«

»Ja, wir auch!«

»Freust du dich auch, Cora?«

»Das ist wirklich … eine gelungene Überraschung.«

»Und wir haben dichtgehalten, stimmt's?«

»Sind Verlobungen nicht ein bisschen … unzeitgemäß?«

»Aber das ist doch gerade das Schöne!«

»Zurück zu den alten Werten!«

Ich hatte die Umarmungen aller Anwesenden über mich

ergehen lassen und mich nach Kräften bemüht, erfreut zu wirken. Leider war ich von jeher eine miserable Schauspielerin. Wenn mein Gesicht mich nicht verriet, so war es meine Stimme, die unnatürlich kiekste, sobald ich etwas sagte, was ich nicht meinte. Ich konnte nur hoffen, dass meine wahren Empfindungen in der allgemeinen Euphorie untergingen.

»Zeig mir deinen Verlobungsring!«, bat Andrea ihre Tochter.

Verlegen neigte Janina den Kopf zur Seite. »Den haben wir noch nicht.«

»Wir hatten noch keine Zeit«, erklärte Paul. »Ich wollte, dass Janina beim Juwelier dabei ist. Ich möchte ja ihren Geschmack treffen!«

Ich hoffte für Paul, dass ihr Geschmack und seine finanziellen Möglichkeiten sich treffen würden. Nicht dass die zukünftigen Schwiegereltern wieder mit einer Geldspritze aushelfen müssten.

»Und jetzt die Vorspeise!«, verkündete Janina. »Thunfisch-Teriyaki an Wildkräutersalat.«

Fisch und Salat waren kunstvoll auf schwarzen Schieferplatten arrangiert, sodass die Farben perfekt zur Geltung kamen. Ich ging nicht davon aus, dass heute Abend irgendetwas nicht perfekt sein würde. Was bei mir den unwiderstehlichen Wunsch auslöste, die Teriyaki-Soße auf den weißen Teppich zu schütten, einen schweinischen Witz zu erzählen oder mich anderweitig danebenzubenehmen.

Dankbar griff ich nach meinem Glas mit eisgekühltem Sancerre, der dazu gereicht wurde. Das alles war nur mit alkoholischem Beistand zu überstehen.

Die Konversation bewegte sich in Richtung Zukunftsplanung. Die Hochzeit (ganz traditionell in der Kirche, großes Sommerfest), die Flitterwochen (Malediven, Hawaii oder Neuseeland), Janinas nächste Karriereschritte (noch einige Zeit in der Klinik, später eine eigene Praxis).

»Und was hast du beruflich weiter vor, Paul?«, erkundigte sich Martin.

Paul betrieb mit einem Freund ein Tonstudio. Sie nahmen Musik auf, produzierten Hörbücher und Podcasts. Ich war sehr stolz darauf, wie er sich seine Existenz aufgebaut hatte – ohne Studium und weitgehend ohne unsere Unterstützung. Ein echter Selfmademan.

»Wir würden gern unsere Räume erweitern«, erzählte Paul. »Dann könnten wir auch Filme synchronisieren!«

»Ich sehe Filme ja lieber im Original mit Untertiteln«, sagte Andrea.

»Ich auch«, sagte Paul. »Aber es wäre ein wichtiger Markt für uns.«

»Wie viele Mitarbeiter beschäftigt ihr eigentlich?«, fragte Martin weiter.

»Wir sind zu zweit, mein Kumpel und ich. Für bestimmte Produktionen holen wir uns Freelancer dazu.«

Andrea und Martin wechselten einen schnellen Blick. Offenbar hatten sie sich Pauls Unternehmen größer vorgestellt.

»Ach, so eine schmale Unternehmenskonstruktion hat ja auch ihre Vorteile«, sagte Andrea schnell. »Man ist flexibler. Wenn ich da an unseren schwerfälligen Tanker denke …«

»Und was setzt ihr so um im Jahr?«, wollte Martin wissen.

Ich spürte, dass Paul diese Fragen unangenehm waren. »Wollen wir wirklich übers Geschäft reden?«, fragte ich schnell. »Da gibt's doch spannendere Themen.«

»Nicht für meinen Vater«, sagte Janina lachend. »Nicht wahr, Paps?«

Paps. Eine Tochter, die ihren Vater so nennt, sollte auf der Stelle enterbt werden.

»Man möchte doch wissen, ob der zukünftige Schwiegersohn eine Familie ernähren kann«, verteidigte sich Martin.

Mir blieb fast ein Büschel Wildkräuter im Hals stecken.

Selbst Andrea blickte pikiert. »Schatz, wir leben im einundzwanzigsten Jahrhundert«, sagte sie sanft. »Deine Tochter ist Ärztin. Wenn sie wollte, könnte sie auch einen … arbeitslosen Künstler heiraten.«

»Du meinst, so wie ich?« Herausfordernd blickte ich sie an.

Andrea erschrak sichtlich. »O nein, das habe ich doch nicht gemeint. Dein Mann ist doch nicht … arbeitslos.«

»Als wir uns kennengelernt haben, war er ein ziemlich armer Schlucker. Ich habe ihn trotzdem genommen.«

»Eben«, sagte Andrea schnell. »Heutzutage heiratet man als Frau aus Liebe, nicht um versorgt zu sein.«

Wie war es wohl bei ihr gewesen? Hatte sie Martin genommen, weil sie ihn so toll fand oder weil er ihr als Firmenerbe ein angenehmes Leben bieten konnte? Na ja, immerhin hatte sie trotz ihrer zwei Kinder gearbeitet oder tat dies zumindest jetzt.

»Was macht eigentlich euer Sohn?«, fragte ich, um das Thema zu wechseln.

»Der studiert Wirtschaft«, sagte Andrea. »Heutzutage geht ja gar nichts mehr ohne akademische Ausbildung.«

»Paul hat es auch so geschafft«, sagte ich.

»Ich glaube, dass Paul noch eine Menge mehr schaffen könnte«, schaltete meine zukünftige Schwiegertochter sich ein und lächelte ihn zuckersüß an.

»Davon bin ich überzeugt!« Martin wollte offenbar seinen Schnitzer von vorhin wiedergutmachen. »Du könntest sicher noch ganz andere Sachen auf die Beine stellen, nicht wahr, mein Junge?«

»Ich will aber nichts anderes auf die Beine stellen«, sagte Paul. »Mir macht das Spaß, was ich mache.«

»Ach ja?« Martin wirkte enttäuscht. »Ich dachte, du hast … ein bisschen mehr Ehrgeiz. Willst dein Potenzial ausschöpfen.« Bei »Potenzial« ballte er die Faust und hieb einen rechten Haken in die Luft.

Paul blickte betreten auf seine halb geleerte Schieferplatte. In mir braute sich eine Mischung aus Erstaunen und Empörung zusammen.

»Ist euch ein Toningenieur etwa nicht gut genug für eure Tochter?«, platzte es aus mir heraus.

Ach, herrje. Der Gin Tonic. Ich fing einen entsetzten Blick von Paul auf.

Andrea schnappte nach Luft. »Um Gottes willen! Das hast du völlig falsch verstanden! Wir sind begeistert von Paul. Wir glauben nur, dass er … noch mehr schaffen könnte und dass ihn das glücklich machen würde. Ihn und Janina, meine ich.«

»Wir wollen nur das Beste für die beiden«, ergänzte Martin.

Ich zog die Augenbrauen hoch. »Und was wäre das aus eurer Sicht?«

Martin seufzte. »Unser Lukas will lieber Banker werden, als die Firma zu übernehmen. Die Hartmann Bau ist aber ein Familienunternehmen, und … das soll auch so bleiben.«

Verständnislos blickte ich vom einen zum anderen. Was hatte Paul damit zu tun?

»Wir sind uns sicher, mit der entsprechenden Einarbeitung könnte Paul im Unternehmen Fuß fassen«, sagte Andrea. »Martin macht ja noch eine Weile weiter und könnte ihn dabei unterstützen. Und später könnte Paul … die Firma leiten.«

Sieh mal an. Das hatten die beiden sich ja nett ausgedacht. Ich stellte mir vor, wie sie in ihrer Grünwalder Villa saßen und beratschlagten, wie sie aus dem schluffigen Loser, in den ihre Tochter sich verknallt hatte, notfalls einen repräsentativen Ehemann machen könnten. Nun war der Notfall eingetreten, und da kamen sie mit ihrem Masterplan rüber.

»Warum nicht?«, sagte ich lächelnd. »Wenn Paul Lust dazu hat.«

Janina griff nach Pauls Hand und drückte sie. »Das wäre doch eine tolle Herausforderung!«, sagte sie.

»Vielen Dank, das klingt megaspannend«, sagte Paul lustlos. »Aber jetzt suche ich erst mal Investoren für die Erweiterung unseres Tonstudios.«

Schadenfroh beobachtete ich, wie Andrea ihrem Mann einen Blick zuwarf. Lief nicht ganz nach Plan, die Sache. Was für eine lächerliche Idee, aus Paul einen Bauunternehmer machen zu wollen!

Martin räusperte sich. »Darüber könnten wir natürlich auch mal reden. Ein Investment in eine aufstrebende Firma ist immer interessant.«

Paul, der auf dem Weg zum Küchenblock war, blieb abrupt stehen und drehte sich um. »Wie … meinst du das?«

»Na, wie ich es sage. Lass uns über eine Beteiligung an deinem Studio reden. Alles andere sehen wir später.«

Ich schnappte nach Luft. Die wollten Paul kaufen! Nicht genug, dass sie ihn mit dieser Wohnung korrumpiert hatten, jetzt lockten sie ihn mit einer Investition in sein Studio, und irgendwann hätten sie ihn dann so weit in der Hand, dass er sich ihren Plänen mit der Baufirma nicht mehr widersetzen könnte!

Um ein Haar hätte ich lautstark protestiert, aber im letzten Moment gelang es mir, mich zu beherrschen. Ich nahm mir vor, bald mit Paul zu sprechen. Ich musste ihm klarmachen, was hier lief.

»Klingt gut«, sagte Paul, und ich merkte, wie aufgeregt er war. »Das würde uns sehr helfen!«

Martin machte eine gönnerhafte Armbewegung, als gäbe es nichts, was er nicht möglich machen könnte.

»Ruf morgen meine Sekretärin an, dann machen wir einen Termin.«

»Mega«, sagte Paul. »Und jetzt kommt der Hauptgang.«

»Acht Stunden auf kleiner Flamme geschmortes Bœuf Bourguignon mit Serviettenknödeln und Brokkoliröschen«, sagte Janina und glühte vor Stolz.

Meine Abneigung gegen diese perfekte Muster-Schwiegertochter und ihre übergriffigen Eltern wuchs sekündlich.

Meine restliche Lebenserwartung lag laut Statistik bei vierundzwanzig Jahren. Wenn ich mir vorstellte, dass in dieser ganzen Zeit Janina an Pauls Seite sein würde, dass sie die Mutter meiner Enkelkinder werden würde und dass ich zahllose Familienfeste mit ihr und ihren Eltern würde durchstehen müssen, hätte ich am liebsten meinen Kopf auf den Tisch gelegt und geweint.

So goss ich mir nur ein Glas Wein nach dem anderen ein (inzwischen war man zu Rotwein übergegangen). Irgendwann fing ich einen besorgten Blick von Paul auf, der meine Neigung kannte, verzweifelte Momente in Alkohol zu ertränken.

Natürlich hatte ich ihm nie offen gesagt, was ich über Janina dachte. Niemals hatte ich ein böses Wort über sie verloren, aber auch nichts gesagt, was auf besondere Zuneigung meinerseits schließen ließ. Paul war weder dumm noch unsensibel, und so spürte er natürlich, wie ich zu ihr stand. Und dass ich alles andere als begeistert über die große Neuigkeit war.

Aber gut, es war sein Leben. Seine Entscheidung. Ich hatte kein Recht, seinem Glück im Weg zu stehen, wenn er diese Frau als sein Glück empfand.

Oder war das Quatsch? War ich als Mutter nicht vielmehr verpflichtet, ihn vor einem schrecklichen Fehler zu bewahren? Und ich war überzeugt, dass es ein schrecklicher Fehler war, diese Frau zu heiraten und sich diese Familie aufzuhalsen. Ich kannte den Bruder nicht, aber ich hätte meine Altersversorgung darauf verwettet, dass er genau so ein Blödmann war wie sein Vater.

Halb zu mir selbst, halb zu den anderen sagte ich: »Solange keine Kinder da sind, kann man sich ja immer noch trennen.«

»Wie bitte?« Andrea blickte irritiert.

»Äh … ich meine, Heiraten ist ja eigentlich nicht das große Ding heutzutage. Die wirklich wichtige Entscheidung ist, ob man Kinder haben will.«

»Da hast du natürlich recht«, pflichtete sie mir bei.

»Wollt ihr denn Kinder?«, fragte Martin auf seine plumpe Art.

Ich hätte meinem Vater gegen das Schienbein getreten, wenn er mich das jemals vor anderen gefragt hätte. Vorausgesetzt, ich hätte einen Vater gehabt, der mit mir am Tisch gesessen hätte.

»Noch nicht«, sagte Janina. »Der Job geht jetzt erst mal vor.«

»So sehe ich das auch«, sagte Paul.

Ein Segen, dachte ich.

»Lasst euch ruhig Zeit, und genießt eure Freiheit, solange ihr noch könnt!«, sagte ich mit Nachdruck. »Mit Kindern wird's richtig anstrengend, das garantiere ich euch.«

Andrea sah mich an, als hätte ich was Unanständiges gesagt. »Freust du dich denn nicht darauf, Oma zu werden?«

»Nicht besonders«, sagte ich kühl. »Eigentlich fühle ich mich noch nicht alt genug dafür. Außerdem gäbe es dann noch mehr

Menschen, um die ich mir Sorgen machen muss. Mir genügt schon die Sorge um mein Kind.«

Paul war vermutlich der Einzige, der diesen Satz so verstand, wie er gemeint war.

Endlich war der Abend überstanden. Nach meinem Oma-Spruch war die Stimmung merklich abgekühlt. Vermutlich hielten die Hartmanns mich für emotional gestört.

Es ging auf Mitternacht zu, Martin drängte zum Aufbruch. »Die Firma ruft, morgen muss ich wieder regieren.«

Andrea lachte pflichtschuldig. »Dann lass uns gehen, mein Herr und Gebieter!«

Sie küssten Janina, umarmten Paul und gaben mir die Hand. Keine Umarmung von Andrea mehr.

»Bis zum nächsten Mal, Cora. Grüß bitte Ivan von uns.«

»Klar, mache ich«, sagte ich mit schwerer Zunge.

Als sie weg waren, begannen Paul und Janina mit dem Aufräumen, deshalb beschloss ich, mich ebenfalls zu verabschieden.

»Ich muss noch mal schnell …« Fast hätte ich gesagt *für kleine Mädchen*. Das hätte gut zu *Göttergatte* und *Wiegenfest* gepasst. Wunderte mich, dass heute Abend keiner was *aufs Tablett gebracht* oder davon gesprochen hatte, dass wir *am Ende des Tages gut aufgestellt sind*. Wenn ich solche Floskeln hörte, wollte ich mich aus Fremdscham am liebsten in einer Kloschüssel ertränken. Das erschien mir nach dem heutigen Abend ohnehin als verlockende Perspektive.

Bei der Suche nach dem Gästeklo machte ich versehentlich die Tür zu einem Wandschrank auf. Was war das denn? Überrascht entdeckte ich mehrere hastig in den Schrank gestopfte Tüten und Gefäße, auf denen dick und fett das Logo eines bekannten Feinkostcaterers geschrieben stand. Thunfisch-Teriyaki,

Bœuf Bourguignon und die exzellente Zitronenmousse, die es zum Nachtisch gegeben hatte, waren also nicht das Produkt von Janinas Kochkunst? Fast hätte mich diese Entdeckung getröstet. Wenigstens war sie nicht so perfekt, wie sie uns glauben machen wollte.

Dass Paul diesen Zirkus mitmachte, um sich vor mir und den Hartmanns dicke zu tun, fand ich allerdings traurig. Es zeigte, wie sehr er unter Janinas Einfluss stand. Paul war immer bodenständig gewesen und hatte eine selbst gekochte Pasta jedem Schickimicki-Essen vorgezogen. Weder hatten ihn Statussymbole interessiert noch teure Klamotten oder luxuriöse Reisen. Nun ordnete er sich Janinas Ansprüchen unter, und ich war überzeugt, dass ihn das auf Dauer unglücklich machen würde.

Aber wenn ich mir meine Abneigung gegen seine Verlobte (o Gott, wie das klang!) anmerken ließe, würde ich Paul von mir weg- und immer weiter in Janinas Arme treiben. Und ihn womöglich ganz verlieren.

Als ich in die Küche zurückkam, umarmte ich zuerst Paul, dann Janina.

»Danke für den schönen Abend«, sagte ich. »Das Essen war fantastisch. Schickt ihr mir das Rezept fürs Bœuf Bourguignon? Das wollte ich immer schon mal ausprobieren.«

»Gern«, sagte Janina lächelnd.

Verlogenes Biest.

Als ich schon zur Tür raus war, drehte ich mich kurz um.

»Und noch mal herzlichen Glückwunsch zur Verlobung! Ich freue mich sehr für euch.«

Paul ließ sich nicht täuschen. Traurig sah er mich an, dann schloss er die Tür.

VIER

Ich hatte begonnen, mich durch die Berge meiner Geburtstagspost zu arbeiten. Unglaublich, wer alles an mich gedacht hatte! Alte und neue Freunde, entfernte Bekannte und frühere Klienten. Außerdem unzählige Firmen, bei denen ich mal irgendwas bestellt hatte und die offenbar der Meinung waren, mit sechzig bräuchte ich dringend ein neues Elektroauto, eine Laserakupunktur zur Faltenverminderung, schicke Gesundheitsschuhe und andere altersgerechte Kleidung.

Der Brief meiner Gynäkologin war kein Glückwunschschreiben, sondern eine *Einladung zur gynäkologischen Vorsorge*. Mein letzter Besuch in der Praxis musste schon eine Weile zurückliegen, wenn ich nun sogar eine persönliche Aufforderung erhielt. Das Nachlassen der Sexualfrequenz führte zu einer Vernachlässigung der einschlägigen Körperteile; ich vergaß gewissermaßen, dass ich Sexualorgane hatte. Ich legte das Schreiben zur Seite und nahm mir vor, bald einen Termin zu vereinbaren.

Das Telefon klingelte. Ivan.

»Ich hoffe, deine Migräne ist besser«, begrüßte ich ihn.

»Migräne?«

»Mit irgendwas musste ich dich ja gestern entschuldigen.

Jetzt kenne ich das beste Medikament und den besten Neurologen. Was glaubst du wohl, von wem.«

»Sag mal, ist Paul verrückt geworden?«, sagte Ivan.

Offenbar hatte unser Sohn seinem Vater noch in der Nacht die frohe Verlobungsbotschaft überbracht. Schade, ich hatte gehofft, ihn damit überraschen zu können.

»Er kann diese Tussi doch nicht ernsthaft heiraten wollen? Die enteiert ihn!«

Ivan und ich waren uns, was Paul betraf, selten einig. In Bezug auf Janina waren wir es. Ivans Abneigung gegen sie übertraf meine womöglich noch. Janinas penetrante Rechtschaffenheit, ihr völliger Mangel an Reflexion und Selbstzweifel und ihre dominante Art, mit Paul umzugehen – all das ertrug er noch weniger als ich.

»Was willst du dagegen tun?«, fragte ich.

»Wir könnten ihm mit Enterbung drohen«, schlug Ivan vor.

Ich lachte auf. »Wenn er die Giraffe heiratet, erbt er irgendwann eine Baufirma.«

»Wir … könnten den Kontakt zu ihm abbrechen.«

»So wie deine Eltern zu dir?«

Ivans Wunsch, Künstler zu werden, hatte bei seinen Eltern so viel Unverständnis und Widerstand ausgelöst, dass sie sich mit ihm überworfen hatten. Seither hatte es so gut wie keinen Kontakt mehr zwischen ihnen gegeben, nicht mal, als Paul auf die Welt gekommen war. Ivan hatte nie wirklich darüber gesprochen, daher wusste ich nicht, was er diesbezüglich empfand. Inzwischen waren seine Eltern tot.

»Warum nicht«, sagte er ruhig. »Hat mir viel Kummer erspart.«

»Das meinst du nicht ernst!«, sagte ich. »Du willst deinen Sohn verstoßen, weil dir seine Partnerin nicht gefällt?«

»Du musst Paul endlich loslassen«, sagte er.

»Wieso ich?«

»Wir müssen Paul endlich loslassen.«

»Richtig«, sagte ich. »Wenn er sich enteiern lassen will, ist das seine Entscheidung. Egal was er tut, wir halten uns raus.«

»Früher hast du dich doch immer in alles eingemischt«, erinnerte er mich. »Weißt du noch, wie du ihm eine Daunenjacke auf den Fußballplatz gebracht hast? Die ganze Mannschaft hat ihn ausgelacht.«

»Immerhin ist er nicht erfroren«, sagte ich spitz.

Einen Moment lang schwiegen wir beide. Es war schon ernüchternd. Da tut man jahrelang alles, um sein Kind zu beschützen. Kaum ist es groß, nutzt es seine Freiheit dafür, alle Dummheiten zu machen, die man unbedingt verhindern wollte. Wenn es nicht kriminell oder drogensüchtig wird, driftet es politisch ab oder liebt jemanden, der ihm nicht guttut.

Mit noch nicht einmal zwanzig hatte Paul eine Beziehung zu einer sehr viel älteren Frau gehabt, an der er fast zerbrochen wäre. Damals hatte er uns belogen, um Geld betrogen und schließlich einen Unfall mit Fahrerflucht unter Alkoholeinfluss verursacht. Bis die Sache ausgestanden war, hatte es ein Gerichtsverfahren und jede Menge Ärger gegeben. Vom furchtbaren Liebeskummer, der ihn geplagt hatte, ganz zu schweigen. Ich hatte gehofft, dass sein Quantum an selbstverschuldetem Unglück damit erfüllt wäre. Offensichtlich hatte ich mich geirrt.

»Meinst du, wir sind schuld?«, fragte ich.

»Wir? Wieso?«

»Wenn jemand eine falsche Partnerwahl trifft, hat er vielleicht ein falsches Beziehungsvorbild.«

»Den Schuh ziehe ich mir nicht an«, sagte Ivan entschieden. »Irgendwann ist jeder für sein Handeln selbst verantwortlich, da kann man nicht mehr die Eltern in Haftung nehmen.«

»Wenigstens wollen die beiden nicht sofort Kinder kriegen. Janina möchte erst mal Karriere machen, und Paul ist wohl auch nicht so scharf darauf.«

Dann fiel mir Martins Angebot ein, in Pauls Tonstudio zu investieren, und ich überlegte, ob ich Ivan davon erzählen sollte. Natürlich könnte ich ihn immer weiter gegen Janina und ihre Familie aufbringen, aber die Frage war, was ich damit erreichen würde. Am Ende würde ich zu allen Familienfesten allein gehen müssen, weil seine unüberwindliche Abneigung gegen die Hartmanns ihm eine tolle Ausrede lieferte.

»Bis zur Hochzeit kann noch viel passieren«, sagte ich deshalb nur. »Warten wir's ab.«

Ivan brummte. Hinter seinem zur Schau gestellten Sarkasmus verbarg sich echte Sorge um Paul. Er war immer dafür gewesen, ihn seine Erfahrungen machen zu lassen und sich so wenig wie möglich einzumischen. Aber Janina erschien ihm als ernsthafte Bedrohung.

»Ich muss jetzt Schluss machen«, sagte ich.

»Warte«, bat er. »Ich wollte dir noch was sagen.«

Ich sah auf die Uhr. »Bitte keine weiteren Horrornachrichten, ich muss gleich arbeiten.«

Ivan ließ sich nicht bremsen. »Ich hab dir doch erzählt, dass ich noch mal richtig durchstarten will mit meiner Arbeit«, hörte ich ihn sagen. »Jetzt gibt es eine Chance für ein neues, großes Projekt.«

»Ach ja?«, sagte ich. »Was für eine Chance?«

Seltsamer Zufall. Gestern hatte er mir von seinem Wunsch nach einer Herausforderung erzählt, und heute gab es schon eine? Ich stand auf, klemmte das Telefon zwischen Wange und Schulter und ging in die Küche.

Ich stellte die Kaffeetasse ins Spülbecken und schenkte mir

ein Glas Wasser ein. Dabei hörte ich weiter zu. Ivans Stimme klang mit einem Mal regelrecht euphorisiert.

»Ich habe mich für ein internationales Förderprogramm beworben. Zwölf Monate Kost, Logis und Taschengeld, dazu eine hohe Summe für Arbeitsmaterial. Ich müsste mich um nichts kümmern und könnte mich voll und ganz auf meine Arbeit konzentrieren.«

Ich trank einen Schluck. »Das tust du doch jetzt schon. Wofür brauchst du ein Stipendium?«

Ivan zögerte einen Moment. »Es wäre in Rom.«

Ich stellte das Glas ab.

»Was ist der Vorteil an Rom? Dass ich nicht in der Nähe bin?«

Schweigen.

»Du … könntest ja mitkommen.«

»Tolle Idee.« Wieder sah ich auf die Uhr. »Hör zu, ich hab gleich Klienten. Lass uns ein andermal darüber reden.«

Ich beendete das Gespräch und versuchte, mich zu beruhigen. Es war nichts passiert. Er hatte sich nur beworben. Für solche Stipendien bewarben sich Hunderte. War er nicht sowieso viel zu alt? Diese Art Maßnahmen waren doch eigentlich dafür gedacht, junge, aufstrebende Talente zu fördern, nicht etablierte Künstler wie Ivan. Dass er es trotzdem probierte, zeigte nur, wie unzufrieden er mit seiner Situation war. Vielleicht brauchte er einfach eine Motivation, um neuen Schwung für seine Arbeit zu entwickeln. Mehr war es nicht.

Ich beschloss, mich nicht aufzuregen.

Es war durchaus von Vorteil, dass Ivan nicht mehr bei mir wohnte, denn so konnte ich eines der Zimmer in unserer Wohnung als Praxis nutzen. Direkt daneben waren Garderobe und

Gästetoilette, ein Paravent im Flur trennte diesen Bereich vom Rest der Wohnung ab. Ich fand es praktisch, nicht aus dem Haus zu müssen, um zur Arbeit zu gehen. Und ich sparte mir die Miete für einen Praxisraum.

Bis kurz vor meinem fünfzigsten Geburtstag hatte ich eine Partnervermittlung betrieben, aber immer mehr Zweifel an der Sinnhaftigkeit meines Tuns entwickelt. Ein glücklicher Zufall wollte es, dass meine Freundin Hella sich damals gerade hatte scheiden lassen und sich freute, die Agentur übernehmen zu können. Bis heute betrieb sie diese mit großer Leidenschaft und war sehr erfolgreich. Auch sich selbst hatte sie bereits wieder an den Mann gebracht.

Ich hatte damals die gewonnene Zeit dazu genutzt, eine Ausbildung zur Paarberaterin zu machen. Das schien mir die logische Fortsetzung meiner Vermittlungstätigkeit zu sein: zuerst Paare zusammenzubringen – um sie nun bei der Lösung der Probleme zu unterstützen, die sie ohneeinander nicht hätten. Die Ausbildung war über drei Jahre gegangen, und ich hatte viel gelernt – vor allem über mich selbst. An meinen eigenen Beziehungsproblemen hatte sich trotzdem nicht viel verändert, aber das schien öfter vorzukommen. Gerade neulich hatte ich von einem Paartherapeuten gehört, der als Koryphäe galt und trotzdem vor der dritten Scheidung stand.

An diesem Morgen erwartete ich ein Paar zum Erstgespräch. Dabei ging es zunächst darum herauszufinden, ob beide ausreichend motiviert waren, sich mit ihren Problemen zu beschäftigen, und was sie von mir erwarteten. Darin bestand die eigentliche Krux: dass die Partner oft vollkommen unterschiedliche Erwartungen an eine Beratung hatten. Manchen ging es darum, die Beziehung zu retten, andere wollten sich eigentlich trennen, trauten sich aber nicht oder hatten es sich selbst noch nicht eingestanden. Sie versuchten bewusst oder unbewusst, mich zur Überbringerin der schlechten Nachricht zu machen.

Meine Arbeitsmethode war eine Mischung aus Coaching, Mediation und Therapie, die ich über die Jahre selbst entwickelt und verfeinert hatte. Ich war überzeugt, dass der Schlüssel zum Erfolg die Persönlichkeit des Beraters war, nicht die vielen Techniken und Tools, die man in der Ausbildung lernte. In manchen Fällen nutzte aber auch die beste Beratung nichts, da war Hopfen und Malz verloren.

Um einen solchen Fall schien es sich an diesem Morgen zu handeln. Ein Ehepaar um die vierzig, seit zwölf Jahren verheiratet, zwei Söhne im Alter von acht und zehn.

Frau Buntin war eine Blondine mit schmalem Gesicht, hohen Wangenknochen und großen, blauen Augen, die unendlich verletzt dreinblickten. Herr Buntin erweckte den Eindruck eines Menschen, der es gewohnt war, Dinge zu regeln. Er hielt sich aufrecht, seine energische Kinnparte war glatt rasiert, das Haar akkurat gescheitelt. Er trug Anzug und Krawatte und wirkte dermaßen gepanzert, dass es mir schwerfiel, ihn mir in Freizeitkleidung vorzustellen, geschweige denn in Unterwäsche oder nackt.

Die beiden setzten sich auf der Couch so weit voneinander weg wie nur möglich, die Arme verschränkt, die Beine übereinandergeschlagen. Deutlicher konnten zwei Menschen ihren Gefühlszustand nonverbal nicht ausdrücken.

Ich begrüßte die beiden und drückte meinen Respekt dafür aus, dass sie beschlossen hatten, sich Unterstützung zu suchen. Ich erklärte, dass ich der Schweigepflicht unterläge und nichts von dem, was in diesem Raum gesprochen wurde, nach außen getragen würde.

»Und was ist mit uns?«, unterbrach mich der Mann. »Meine Frau erzählt doch sowieso alles brühwarm ihren Freundinnen.«

Ich sah zu Frau Buntin. Die senkte nur kurz die Lider, sagte aber nichts.

»Nun, ich empfehle meinen Klienten, eine Vereinbarung zu treffen, ob und in welcher Form mit anderen über die Inhalte der Beratung gesprochen werden darf.«

Herr Buntin sah seine Frau herausfordernd an. »Na?«

»Du vertraust mir ja sowieso nicht.«

»Stimmt«, sagte er.

Sie stand auf. »Dann hat das hier wohl keinen Sinn.«

Sie nahm ihre Handtasche und ging zur Tür. Es kam mir so vor, als hätte sie nur auf einen Vorwand gewartet, um abzuhauen. Aber so leicht würde ich sie nicht davonkommen lassen. Ich sprang hoch, machte ihrem Mann ein Zeichen und ging ihr nach. Im Flur schloss ich die Tür hinter mir und hielt sie am Ärmel fest.

»Frau Buntin, bitte warten Sie.«

Sie blieb stehen, drehte sich aber nicht um. Ihre ganze Gestalt drückte Anspannung aus.

»Würden Sie einen Moment mit mir kommen?«, bat ich und ließ ihren Ärmel los.

Langsam drehte sie sich um und sah mich misstrauisch an. Dann folgte sie mir in die Küche, wo sie mit verschränkten Armen stehen blieb.

»Was wollen Sie?«, fragte sie ungehalten. »Sie sehen doch, dass es keinen Sinn hat, mit meinem Mann zu reden.«

»Ich spüre viel unterdrückte Wut bei Ihnen, ist das richtig?«

Sie zuckte die Schultern und schwieg.

Ich ging zum Geschirrschank und griff nach einer alten, angeschlagenen Salatschüssel.

»Hier, nehmen Sie. Werfen Sie sie gegen die Wand.«

Ungläubig sah sie mich an.

»Los, machen Sie. Trauen Sie sich.«

Wie in Zeitlupe hob sie die Schüssel hoch, holte mit dem rechten Arm weit aus und schleuderte sie gegen die Wand. Das Porzellan zerbrach, die Scherben fielen zu Boden.

Ich griff nach zwei alten Tellern und reichte sie ihr schweigend. Wieder holte sie aus und schmiss erst den einen, dann den anderen Teller der Schüssel hinterher. Ich hielt ihr noch zwei Tassen hin, die sie, nun genüsslich, gegen die Wand feuerte.

»Hah!«, sagte sie und sah aus, als hätte sie große Lust, den gesamten Inhalt meines Küchenschrankes zu zerdeppern. Ihr Gesicht wirkte jetzt gelöst, die Augen blitzten.

»So, genug«, sagte ich lächelnd. »Den Rest meines Geschirrs brauche ich noch.«

Sie atmete tief durch. »Danke.«

»Können wir weitermachen?«

Sie nickte und folgte mir zurück ins Beratungszimmer, wo ihr Mann unruhig auf dem Sofa herumrutschte.

»Was war das für ein Lärm?«, fragte er. »Ist was passiert?«

»Alles in Ordnung«, beruhigte ich ihn und beschloss, die Sache mit der Vereinbarung erst mal zu vertagen. »Wir können jetzt anfangen. Was führt Sie zu mir?«

Wie sich herausstellte, hatte Frau Buntin eine kurze Affäre gehabt, was ihren Mann völlig aus der Bahn geworfen hatte. Seither kontrollierte er sie auf Schritt und Tritt, was sie in den Wahnsinn trieb und schließlich dazu geführt hatte, dass sie sich trennen wollte.

Er hingegen sperrte sich gegen eine Trennung. Auf meine Frage, warum, sagte er nicht etwa *weil ich meine Frau liebe und nicht verlieren will*, sondern *wegen der Kinder*.

Der hatte ja noch leidenschaftlichere Liebeserklärungen drauf als mein Mann.

»Machen Sie meiner Frau bitte klar, dass ihr Verhalten inakzeptabel ist«, forderte Herr Buntin mich in einem Ton auf, als reklamierte er eine schadhafte Ware.

»Warum erklären Sie Ihrer Frau das nicht selbst?«

Erschrocken sah er mich an. Er sollte mit seiner Frau sprechen? Unzumutbar.

Ich wartete. Und wartete. Das Schweigen auszuhalten war für mich eine der schwierigsten Herausforderungen bei meiner Tätigkeit.

Widerwillig veränderte Herr Buntin seine Körperhaltung um einige Zentimeter in Richtung seiner Frau, die scheinbar unbeteiligt vor sich auf den Boden blickte.

»Die hört mir doch sowieso nicht zu.«

»Stimmt das?«, fragte ich an Frau Butin gewandt.

»Natürlich höre ich zu«, sagte sie kühl. »Wäre ich sonst hiergeblieben?«

»Vielleicht würden Sie es Ihrem Mann leichter machen, wenn Sie ihn ansehen«, sagte ich freundlich.

Gnädig hob sie den Kopf ein kleines Stück und blickte ihn von der Seite an. »Also?«

»Ach, was soll ich schon sagen«, brach es aus Herrn Buntin heraus. »Das nützt doch sowieso alles nichts.«

Er verschränkte wieder die Arme vor der Brust und blieb in dieser Haltung. Sie zuckte die Schultern, als wollte sie sagen: *Wusste ich es doch. Mit ihm ist eben nicht zu reden.*

»Was müsste Ihr Mann Ihnen denn sagen, damit es was nützt?«, forschte ich nach.

Frau Buntin dachte lange nach. »Vielleicht … dass er mich versteht. Oder es wenigstens versucht.«

Ihr Mann versteifte sich noch mehr. »Dass du mit diesem Kerl im Bett warst? Warum sollte ich das verstehen?«

»Weil es meistens Gründe hat, wenn jemand fremdgeht«, sagte sie.

»Was denn für Gründe? Du hast doch alles. Einen Mann, Kinder, ein tolles Haus, genug Geld …« Er brach ab.

»Einen Mann, der fast nur arbeitet und so gut wie nie Zeit für uns hat.«

»Ach, und was glaubst du, warum er so viel arbeitet? Damit du dein angenehmes Leben führen und deine Freundinnen treffen kannst!«

Die Frau sank zusammen und blickte wieder nach unten. Dieses Gespräch führten sie anscheinend nicht zum ersten Mal, und natürlich begannen sie sofort, sich im Kreis zu drehen. Diese Art Streit verläuft immer nach dem gleichen Muster, da kommen die Beteiligten allein kaum heraus.

»Hat Ihre Frau Ihnen denn zu Beginn Ihrer Ehe gesagt, dass sie Sie nur liebt, wenn Sie soundso viel Geld verdienen?«, fragte ich.

Überrascht blickte er hoch. »Nein, natürlich nicht. Aber wehe, es wäre nicht so.«

»Was wäre dann?«

»Dann würde sie herumjammern, dass ihre Freundinnen mehr haben als sie.«

»Kam das schon mal vor?«, fragte ich. »Hat Ihre Frau sich darüber schon mal beklagt?«

»Natürlich, ständig.«

Frau Buntin stieß empört die Luft aus. »Das stimmt doch nicht.«

»Wann denn zuletzt?«, fragte ich.

Er überlegte, zuckte die Schultern.

»Überlegen Sie«, hakte ich nach. »In welcher konkreten Situation hat Ihre Frau sich darüber beklagt, dass ihre Freundinnen mehr haben als sie?«

»Weiß ich gerade nicht. Sie hat ja auch keinen Grund dazu.«

»Könnte es sein, dass Sie nur die Sorge haben, Ihre Frau könnte sich beklagen?«, fragte ich. »Dass Sie aus dieser Sorge heraus so viel arbeiten, obwohl Sie gar nicht wissen, wie es wäre, wenn Sie das nicht tun würden?«

Er sagte nichts. In seinem Kopf schien es zu arbeiten.

»Frau Buntin, was genau soll Ihr Mann verstehen oder zu verstehen versuchen?«

»Dass ich … mich einsam fühle.«

Er schnaubte. »Einsam? Du hast doch ständig jemanden um dich.«

»Ich fühle mich einsam, wenn du da bist.«

Das war das erste Mal, dass sie ihren Mann direkt angesprochen hatte.

Er schüttelte abwehrend den Kopf. »Verstehe ich nicht.«

»Du bist da … und gleichzeitig bist du nicht da. Du kümmerst dich, du tust alles, was nötig ist, aber du fragst mich nie, wie's mir geht.«

Ihre Anspannung war einem Ausdruck von Resignation gewichen. Sie war nicht mehr zornig, sondern wirkte traurig und erschöpft.

»Man sieht doch, dass es dir gut geht.«

»Woran sehen Sie das?«, bohrte ich nach.

»Sie ist gesund, sieht gut aus, ist gut angezogen, ist den ganzen Tag aktiv …«

»… und daraus schließen Sie, dass es Ihrer Frau gut geht?«

»Wenn's anders wäre, könnte sie ja was sagen.«

»Das hat sie gerade. Sie hat Ihnen gesagt, dass sie sich einsam fühlt. Was macht das mit Ihnen, wenn Sie das hören?«

»Was wollen Sie eigentlich von mir?«, blaffte er mich an.

»Sie wollen etwas von mir«, erinnerte ich ihn.

»Ich will, dass Sie mich gegen meine Frau unterstützen, und jetzt schlagen Sie sich auf ihre Seite!«

Nun erklärte ich ihm, dass ich auf keiner Seite stünde, aber beiden Seiten Gehör verschaffen wolle, auch wenn das für die jeweils andere Seite unangenehm sein könne. Dass es das Ziel jeder Beratung sei, die Partner wieder miteinander ins Gespräch zu bringen. Dass es nicht meine Aufgabe sei, die Probleme meiner Klienten zu lösen, sondern sie dabei zu unterstützen, das selbst zu tun.

»Also, was löst das in Ihnen aus, wenn Ihre Frau sagt, dass sie sich einsam fühlt?«, wiederholte ich so sanft wie möglich.

Seine Kiefer mahlten. »Ich bekomme Schuldgefühle.«

»Wieso Schuldgefühle?«

»Weil ich sie glücklich machen will und das offensichtlich nicht schaffe.«

»Sie sehen also Ihre Aufgabe darin, Ihre Frau glücklich zu machen?«

Er nickte.

Ich wandte mich wieder ihr zu. »Erwarten Sie von Ihrem Mann, dass er Sie glücklich macht?«

Sie seufzte tief. »Am Anfang waren wir doch glücklich. Da musste er gar nichts Besonderes machen.«

»Was war damals anders?«, wollte ich wissen.

»Wir waren verliebt, wir verbrachten Zeit miteinander, wir haben geredet und Spaß gehabt.«

»So einfach ist es, Sie glücklich zu machen?«

Sie lachte kurz auf. »Ja, komisch. Eigentlich schon.«

»Was würde passieren, wenn Ihr Mann weniger arbeiten würde?«

Sie musste nicht lange überlegen. »Wir hätten mehr Zeit und weniger Geld.«

»Wie wäre das für Sie?«

Diesmal brauchte sie länger für die Antwort. »Schwer zu sagen.«

»Was würden Sie denn mit der gewonnenen Zeit machen?«, fragte ich an beide gerichtet.

Zögernd veränderten sie ihre Sitzhaltung. Frau Buntin öffnete die verschränkten Arme, er setzte sich etwas entspannter hin.

»Ich würde gern mal Urlaub auf einem Hausboot machen«, sagte sie. »Das ist gar nicht so teuer. Und die Jungs würden es bestimmt toll finden!«

»Ich … würde gern im Garten arbeiten«, sagte er nach längerem Nachdenken. »Früher, als ich Zeit hatte, hatte ich keinen Garten. Jetzt habe ich einen Garten, aber keine Zeit.«

Überrascht sah seine Frau ihn an. »Ich habe dich noch nie was im Garten machen sehen.« Und zu mir gewandt: »Wir haben einen Gärtner, wissen Sie.«

»Weil ich keine Zeit habe«, wiederholte er.

»Also, Gartenarbeit, Urlaub auf dem Hausboot«, fasste ich zusammen. »Was noch?«

Tatsächlich fiel ihnen noch alles Mögliche ein. Besuche bei Freunden, die sie ewig nicht gesehen hatten, eine GPS-Schatzsuche, ein Harry-Potter-Wochenende mit allen sechs Filmen, sogar von einem Hund war plötzlich die Rede, den die Kinder sich wünschten, dessen Anschaffung aber von Frau Buntin abgelehnt wurde, weil sie nicht allein verantwortlich sein wollte.

»Ich habe den Eindruck, Ihnen würde nicht langweilig werden, wenn Sie mehr Zeit zusammen verbringen würden«, sagte ich.

Die beiden tauschten einen scheuen Blick.

»Aber meine Frau will mich ja verlassen«, sagte er.

»Darüber können wir gerne nächstes Mal sprechen«, schlug ich vor. »Zum Schluss würde ich gern auf die Vertraulichkeitsvereinbarung zurückkommen, über die wir am Anfang der Sitzung gesprochen haben. Wie sehen Sie das inzwischen?«

Sie räusperte sich. »Wenn es meinem Mann so wichtig ist, rede ich eben nicht mit meinen Freundinnen darüber.«

»Wollen Sie ihm das nicht direkt sagen?«, forderte ich sie auf.

Ein kurzes Augenrollen, dann blickte sie ihren Mann an und sagte: »Ich spreche mit niemandem darüber. Aber du bitte auch nicht.«

Er wirkte erleichtert. »In Ordnung.«

Ich brachte die beiden an die Tür. Höflich ließ Herr Buntin seiner Frau den Vortritt. Als sie schon im Hausflur standen, drehte er sich noch einmal um.

»Also, dann bis zum nächsten Mal.«

»Bis zum nächsten Mal«, erwiderte ich lächelnd.

Ich ging in die Küche und kehrte die Scherben auf. Die Wand hatte ein paar Macken abbekommen, vielleicht müsste ich sie demnächst mal streichen. Aber die Wirkung, die ich mit der Aktion erreicht hatte, war es mir wert. Zufrieden lächelte ich bei der Erinnerung daran, wie Frau Buntin sich beim Geschirrwerfen aus ihrer Starre gelöst hatte.

Ich trank eine weitere Tasse Kaffee mit heißer Milch und tunkte genüsslich ein Hefebrötchen hinein. Meine wievielte Beratungsstunde war das gewesen? Seit sechs Jahren arbeitete ich als Beraterin, hatte im Schnitt zehn Sitzungen pro Woche, wenn ich ein paar Wochen für Urlaub und Krankheit abzog, waren das rund zweitausendfünfhundert Sitzungen.

Was hatte ich in dieser Zeit erreicht? Waren die Menschen, die bei mir gewesen waren, heute glücklicher? Die meisten von ihnen schon, da war ich mir sicher. Vielen Paaren hatte ich einen Weg aus der immer gleichen Kommunikationsspirale gezeigt, bei anderen konnte ich helfen, grundsätzliche Missverständnisse aufzuklären. Nicht immer bedeutete das Ende der Beratung zwangsläufig die Fortsetzung der Beziehung – manchmal war eine Trennung die bessere Lösung.

Es gab aber auch Paare, die den Streit brauchten, weil er eine Form von Nähe schuf, die sie anders nicht herstellen konnten. Sogar Hass kann verbinden, manchmal stärker als Liebe. Und manche Paare wollten in Wahrheit gar nichts an ihrer Beziehung verändern, weil sie mehr Angst vor der Veränderung hatten als vor der vertrauten Misere.

Natürlich musste ich mich fragen, ob auch Ivan und ich zu diesen Paaren gehörten. So oft ärgerte ich mich über ihn oder fühlte mich von ihm verletzt. Diese Italien-Geschichte war so typisch für Ivan. Wieso hatte er mir nicht davon erzählt, bevor er sich für das Programm bewarb? Warum ließ er mich nicht teilhaben an seinen Ideen, Gedanken und Gefühlen? Bei Ivan gab es nur: Ich. Ich. Ich. Kein Gedanke ans Wir.

Ich fühle mich einsam, wenn du da bist.

Der Satz hatte mich im Innersten getroffen. Aber vielleicht ging es ihm genauso. Vielleicht lebten wir beide mit diesem Gefühl von Mangel, immer in der Hoffnung, dass sich irgendwann was verändern würde. Wir hatten uns im Ungenügen eingerichtet, denn unser Leidensdruck war nicht groß genug für eine Trennung. Wir zerfleischten uns nicht gegenseitig, es gab keine Eifersucht, keine Szenen. Vielleicht wäre ein wenig Drama gut für uns, weil es sich wenigstens nach Leidenschaft anfühlen würde.

Andererseits: Ivan und ich konnten interessante Gespräche führen (solange es nicht um uns ging), uns über Kunst austauschen, über die gleichen Dinge lachen. Wir waren gute Freunde. Das war mehr, als viele Paare nach so langer Zeit von sich behaupten konnten. Und wir hatten es so lange miteinander ausgehalten, wäre es da nicht schade, einfach aufzugeben und sich zu trennen? Würden wir es nicht die paar Jahre noch schaffen, bis einer von uns in die Kiste fiel?

FÜNF

Die Festivitäten anlässlich meines runden Geburtstages nahmen kein Ende. Meine Freundinnen Hella und Uli hatten beschlossen, einen Mädelsabend zu veranstalten, bei dem sie mich noch mal angemessen feiern wollten. Angesichts der Tatsache, dass wir alle drei um die sechzig waren, mutete die Bezeichnung Mädelsabend seltsam an. Aber sie stammte aus der Zeit, als wir noch nicht mal dreißig waren, und so viel anders als damals waren unsere Zusammenkünfte nicht.

Natürlich waren wir äußerlich gealtert, hatten Ehekrisen, Seitensprünge, Trennungen und Scheidungen überstanden, und auch zwischen uns hatte es immer mal wieder Streit und Zerwürfnisse gegeben. Uli und ich hatten sogar mal mehrere Wochen nicht mehr miteinander gesprochen – bis sie eines Tages aufgetaucht war und so getan hatte, als wäre nichts vorgefallen. Natürlich hatte ich ihr großmütig verziehen, obwohl ich sonst sehr nachtragend sein konnte.

Unsere Kinder waren erwachsen, Uli war schon Großmutter, und bei Hella würde es nicht mehr lange dauern. Und dennoch schien kaum Zeit vergangen zu sein, seit ich eine hippe PR-Agentur betrieben hatte, Hella meine Mitarbeiterin gewesen war und die schwangere Uli bei mir eingezogen war, weil ihr Freund sie betrogen hatte.

Natürlich lud ich als Geburtstagskind die beiden zu mir ein. Ehrensache. Ein Menü zu entwerfen war inzwischen deutlich schwieriger als in unserer Jugend. Damals hätte ein Teller Nudeln oder eine Tiefkühlpizza genügt, heute waren meine Freundinnen anspruchsvoller und pflegten allerhand Abneigungen und Unverträglichkeiten.

Uli mochte keinen Salat, weil der in Verbindung mit Alkohol blähte, außerdem war sie neuerdings allergisch auf Knoblauch und zu viel Schärfe und verzichtete auf Nudeln und sonstige Kohlehydrate. Hella lebte aus ethischen Gründen im Prinzip vegetarisch, machte aber Ausnahmen. Leider wusste man nie, welche Ausnahmen gerade galten, und so war es ein Glücksspiel, sie zu bekochen.

Die Einzige, die skrupellos immer noch so gut wie alles aß, war ich. Auch Unverträglichkeiten hatte ich keine zu beklagen. Schlecht ging es mir eigentlich nur, wenn ich zu viel aß. Oder zu viel trank.

Ich grübelte, was die Schnittmenge der kulinarischen Möglichkeiten unter Berücksichtigung der vorhandenen Nahrungsmittelrestriktionen war, und landete bei einem milden Biogemüsecurry mit naturbelassenem Reis. Langweilig, aber vegan, nicht allergen und politisch korrekt. Als Vorspeise erwog ich ein Biolachs-Carpaccio mit rotem Pfeffer und Vanille-Öl (aus fairem Anbau); falls Hella dafür keine Ausnahme machte, könnte ich ihr Rote Bete marinieren. Und zum Nachtisch wagte ich mich an einen Schokoladenkuchen aus Nüssen, Datteln, Kokos und veganer Schokolade, der ungefähr eine Million Kalorien hatte. Ein bisschen Unvernunft musste sein, sonst könnte ich das Feiern ja gleich lassen.

Als ich vor dem Schrank stand, um mich für meine Gäste (oder besser Gästinnen, wie weibliche Gäste in Talkshows und Podcasts neuerdings genannt wurden) umzuziehen, war ich unentschlossen. Wie immer lag der Wunsch, gut auszusehen, mit meinem Bedürfnis nach Bequemlichkeit im Clinch.

Uli rügte mich immer für meine Schlabberklamotten. Sie fand, ich legte zu wenig Wert auf mein Äußeres und solle meine Weiblichkeit nicht so verleugnen. Tatsächlich hatte ich meinen Kleidungsstil im Laufe der Jahre völlig verändert. Früher hatte ich hohe Schuhe und eng anliegende Kleidung getragen, die meine körperlichen Vorzüge betonten. Seit diese Vorzüge sich in Problemzonen verwandelt hatten, war mir mein Aussehen immer weniger wichtig.

Uli hingegen achtete sehr auf sich, ihr Kleidungsstil wurde mit jedem Lebensjahr eleganter. Sie sah inzwischen viel besser aus als ich. Aber sie war ja auch auf der Suche nach einem Mann.

Hella hingegen war immer für Authentizität, egal wie befremdlich das auf andere wirken mochte. Seit sie sich von ihrem spießigen Ex-Ehemann Herbert emanzipiert hatte, rutschte sie gelegentlich ins andere Extrem. Auf der Straße sang sie, die Kopfhörer übers Blondhaar gestülpt, lauthals die Musik mit, die sie gerade hörte. Und wenn sie während eines Spaziergangs pinkeln musste, setzte sie sich ungeniert an den Wegesrand, auch wenn Leute vorbeikamen. Sie wäre vermutlich begeistert, wenn ich ihr unfrisiert und im Pyjama die Tür öffnen würde.

Ich entschied mich für ein bequemes, nicht allzu festliches Sommerkleid und blieb barfuß. Meine Haare drehte ich zum Dutt hoch, auf Make-up verzichtete ich. Es war immer noch sehr warm für Mitte Juni, deshalb standen die Fenster meiner

Wohnung weit offen. Die leise Bossa-nova-Musik im Hintergrund würde hoffentlich niemanden stören. Die Zeiten, als mir meine Nachbarn wegen Partylärm die Polizei auf den Hals geschickt hatten, waren leider lange vorbei.

Ich dachte an das legendäre Fest, das ich zu meinem Dreißigsten in einer ehemaligen Fabrikhalle gefeiert hatte. Hunderte von Gästen, Lightshow, Livemusik – der totale Wahnsinn. Die ganze Stadt hatte davon gesprochen.

»Ja, Alte, damals hast du's noch krachen lassen«, ertönte die vertraute Stimme. »Und heute? Drei alte Weiber, Bioessen und Bossa nova. Fehlt nur noch, dass der Wein alkoholfrei ist.«

»Du nervst«, sagte ich.

»Wer hat gesagt, dass man mit sechzig keinen Spaß mehr haben darf? Wieso gibt's keine Drogen, keine Männer, keine Musik?«

Ja, warum eigentlich nicht, dachte ich. Aber dann fiel mir die Antwort ein.

»Menschen, die ihr Alter nicht akzeptieren und sich benehmen, als wären sie noch jung, sind peinlich«, erklärte ich ihr.

»Menschen, die nur noch das tun, was andere für altersgerecht halten, sind so gut wie tot«, gab sie zurück.

»Geh doch einfach auf eine andere Party«, schlug ich ihr vor, und tatsächlich verkrümelte sie sich.

Dreißig Jahre waren seit damals vergangen, mein halbes Leben! Wo um alles in der Welt war die Zeit geblieben? Verpufft, passé, scheinbar in einem Atemzug vorbeigerauscht. Ich konnte es nicht fassen.

Hatte ich das Leben geführt, das ich führen wollte? Hatte ich meine Ziele erreicht? Hatten sich meine Träume erfüllt? Im Rückblick kam es mir plötzlich so vor, als hätte ich gar keine Träume oder klaren Ziele gehabt. Von einem Karriereplan, wie ihn junge Leute heutzutage haben, ganz zu schweigen. Das Leben war einfach vorbeigezogen, ich hatte es staunend betrachtet, Gelegenheiten beim Schopf gepackt, Herausforderungen angenommen. Es hatte sich alles so ergeben.

Die Person, die mir im Spiegel entgegensah, war äußerlich gealtert, innerlich aber nahezu die gleiche wie damals. Das war vielleicht die größte Überraschung am Älterwerden: dass die anderen einen als verändert wahrnahmen, man aber im Kern die Persönlichkeit blieb, die man immer schon war. Mit ein bisschen mehr Wissen und Erfahrung, aber im Wesentlichen doch dieselbe.

Als es klingelte, riss ich erwartungsvoll die Tür auf. Es war Uli, in einem todschicken Hosenanzug aus nachtblauem seidigem Stoff, den nur jemand mit ihrer Größe und ihrer schlanken, fast knabenhaften Figur tragen konnte. Im Arm hielt sie einen Strauß Blumen, an dem sie gedankenverloren schnupperte.

»Hey, Traumfrau, happy Birthday!« Sie umarmte mich und drückte mir die Blumen in die Hand.

Schon vor Längerem hatten wir vereinbart, uns keine Geschenke mehr zu machen, die nicht verwelkten, verdunsteten oder essbar waren. Wir hatten doch längst alles und davon zu viel.

»Willkommen im Club!«, sagte Uli grinsend. »Ab jetzt solltest du beim Schuhebinden überlegen, was du noch so erledigen kannst, wenn du sowieso gerade da unten bist.«

»Haha«, gab ich zurück.

»Zum Glück bist du ja keine Gerontophobikerin, das macht es doch sicher leichter.«

Uli liebte es, mit Fremdwörtern um sich zu werfen. Ich vermutete, Gerontophobie hieß Angst vor dem Alter.

»Woher willst du das wissen?«, fragte ich.

»Bist du geliftet? Lässt du dir Hyaluronsäure spritzen? Hast du deine Augenlider straffen lassen?«

Ich schüttelte dreimal stumm den Kopf.

»Na bitte. Dann bist du nicht gerontophobisch.«

Dass Uli das Altern nur am Äußeren festmachte, fand ich bezeichnend. Schließlich konnte man äußerlich selbstbewusst altern und trotzdem Angst vor dem haben, was diese Lebensphase womöglich mit sich brachte: Einsamkeit, Krankheit, Gebrechlichkeit, Gedächtnisverlust … es gab schließlich genug, wovor man sich fürchten konnte. Aber ich wollte nicht gleich zur Begrüßung eine Diskussion mit ihr anfangen. Unsere Diskussionen eskalierten durchaus mal zu veritablen Auseinandersetzungen, und das wollte ich heute auf jeden Fall vermeiden.

Sie griff in ihre Handtasche und holte ein flaches, in Geschenkpapier verpacktes Päckchen heraus.

»Ich weiß, es ist gegen die Abmachung, aber ich konnte nicht widerstehen.«

Ich nahm das Geschenk entgegen und bugsierte Uli in die Küche. Dort stellte ich den kunstvoll gebundenen Strauß aus Sommerblumen, Gräsern und Blättern ins Wasser, dann öffnete ich das Päckchen.

Überrascht entfaltete ich ein schwarzes T-Shirt, auf dessen Vorderseite ein weißer Schriftzug zu sehen war.

»Ein Motto-T-Shirt?«, sagte ich überrascht.

»Boomen gerade wieder«, sagte Uli. »Die Menschen haben ein starkes Mitteilungsbedürfnis.«

Ich zog den Stoff zurecht und las. *I'm not old. I've just been young for a very long time.*

Sie grinste. »Kannst es ja zum Sport anziehen. Oder zum Schlafen.«

»Oder zum Beischlafen«, ergänzte ich.

Spöttisch zog sie eine Augenbraue hoch. »Wenn sich die Gelegenheit noch bietet.«

Uli vertrat die Ansicht, dass sie als Singlefrau deutlich mehr Sex hatte als sämtliche verheirateten Frauen unseres Alters zusammen. Vermutlich hatte sie recht.

Ich drückte sie an mich. »Danke. Bitch.«

»Was gibt's zu trinken?«

»Alles«, behauptete ich großspurig. »Wir könnten aber auch auf Hella warten und dann den Schampus köpfen.«

»Dann hoffen wir mal, dass sie es vor Mitternacht schafft.«

Uli setzte sich hin und schlug die Beine übereinander.

Ich goss uns Mineralwasser ein und schob ihr ein Schälchen mit Pistazien zu. Ohne hinzusehen, griff sie hinein und knackte mit ihren immer noch beneidenswert weißen Zähnen die Schalen auf. Ob sie die bleichen ließ? Meine wurden immer gelblicher, und auf Fotos mochte ich schon gar nicht mehr lächeln. Kaffee, Tee, Rotwein – alles hinterließ seine Spuren. Gab's eigentlich irgendwas, das mit dem Alter besser wurde?

»Also, erzähl«, forderte Uli mich auf. »Wie hast du den großen Tag begangen?«

Ich verzog das Gesicht. »Ich habe einer unsympathischen alten Frau das Leben gerettet!«

Sie schien amüsiert. »Und wieso machst du so was Dummes?«

Bevor ich anfangen konnte, von meinem Wochenende im Wellnesshotel zu erzählen, klingelte Hella.

Sie war in etwas farbenfrohes Zeltartiges gewandet, das ihre eher gedrungene Figur nicht gerade vorteilhaft betonte, ihr aber viel Bewegungsfreiheit ließ. Stürmisch umarmte sie mich.

»Alles Gute, liebste Cora! Auf dass du hundertzwanzig wirst!«

»Um Gottes willen!«, rutschte es mir heraus. »Ich bin schon froh, wenn ich meine statistisch vorgesehenen vierundachtzig erreiche.«

»Na, dann bist du deinem Ziel ja ein ganzes Stück näher gekommen«, stellte sie fest. Es klang wie: *Heute stehst du am Rande des Abgrundes, morgen bist du schon einen Schritt weiter.*

»Für dich«, sagte sie und drückte mir ebenfalls ein Päckchen in die Hand.

Hella war Weltmeisterin im Verschenken von Gutscheinen, deshalb war ich gespannt, was sie sich diesmal ausgedacht hatte. Ich drehte das Päckchen in den Händen, dann riss ich das Papier auf. Eine Rolle aus Bläschenfolie kam zum Vorschein. Ich wickelte sie auf und hielt einen mustergültig gedrehten, riesigen Joint in der Hand. Darauf stand in bunten Buchstaben *Viel Spaß!* Ich lachte und küsste sie auf die Wange.

»Du wildes Ding!«

»Der Spaß lässt ja eher nach in unserem Alter«, sagte Hella. »Ab jetzt müssen wir nehmen, was wir kriegen können.«

Zurück in der Küche zeigte ich Uli den Joint. »Und ich dachte, ich kriege einen Gutschein für eine Heizdecke!«

Ich nahm den Champagner aus dem Eisfach, löste den Draht und drehte vorsichtig den Korken, bis er mit einem sanften Ploppen aus der Flasche glitt. Gleich darauf erhoben wir die beschlagenen Gläser.

»Auf dich!«

»Auf uns!«

»Auf das Leben!«

Der erste Schluck löste ein anfallsartiges Glücksgefühl in mir aus. Ich hatte es geschafft, bei bester Gesundheit sechzig zu werden, ich hatte meine zwei besten Freundinnen um mich, und ich konnte mir Champagner leisten! Was wollte man mehr, wenn man sich mal von der Idee verabschiedet hatte, Eiskunstlaufweltmeisterin, Millionärin oder Bundeskanzlerin zu werden.

»Also los«, forderte Uli mich auf. »Wir brauchen ein bisschen externalisiertes Drama. Die Lebensrettungsgeschichte.«

Ich erzählte vom Relax-Hotel Johannser, der Szene mit der schwarzen Kellnerin und dem plötzlichen Verschwinden der geblümten Badekappe im Hotelpool.

»Wie geht's der Frau?«, fragte Uli. »Hast du noch mal was von ihr gehört?«

»Das Hotel hat mir eine E-Mail von ihr weitergeschickt. Sie hat sich bedankt und mich eingeladen, sie zu besuchen.«

»Sie soll dich lieber in ihrem Testament bedenken«, sagte Uli.

»Von so jemandem würde ich keinen Cent nehmen.« Hella schüttelte sich.

Ich grinste. »Ich habe ihr eine Broschüre der Bundeszentrale für politische Bildung über Rassismus geschickt.«

Hella lachte laut auf. Uli zog eine Augenbraue hoch.

»Wenn man mal begriffen hat, dass man keinen pädagogischen Auftrag für alle Menschen hat, wird das Leben übrigens deutlich leichter«, sagte sie und griff nach dem Champagner.

»Hey«, protestierte Hella.

Ich stand auf und holte eine zweite Flasche.

»Wie geht's Ivan?«, fragte Uli.

»Der zieht nach Italien.«

»Was?« Sie blickte mich ungläubig an.

»Er hat sich für ein Stipendium beworben«, erklärte ich. »Falls er den Zuschlag kriegt, kann er ein Jahr in Rom leben und arbeiten.«

Erst als ich es ausgesprochen hatte, wurde mir klar, was das tatsächlich bedeuten würde. Bisher war ich einfach davon ausgegangen, dass es sowieso nicht klappte. Aber was, wenn es anders käme?

»Das wäre ja toll!« Hella war begeistert.

»Für ihn schon«, sagte ich.

»Der Mann ist der größte Egoist, den ich kenne«, sagte Uli und stellte ihr Glas so energisch ab, dass der Champagner überschwappte. »Der zieht einfach sein Ding durch, ohne Rücksicht auf Verluste.«

»Er ist eben Künstler«, nahm ich ihn in Schutz, griff nach der Küchenrolle und wischte die kleine Champagnerpfütze auf. Den nassen Papierball warf ich in die Spüle.

»Du könntest doch mit nach Italien gehen«, sagte Hella.

»Und wie stellst du dir das vor?«, fragte ich. »Soll ich hier alles stehen und liegen lassen, um meinem Mann nachzureisen und zuzugucken, wie er malt?«

Ich stand auf, holte die Teller mit dem Lachs und stellte einen Korb mit frischem Baguette daneben.

»Soll ich dir lieber ein Rote-Bete-Carpaccio machen?«, bot ich Hella an.

»Bloß keinen Stress«, sagte sie und griff nach dem Weißbrot. »Ich bin nur Gelegenheitsvegetarierin.«

Uli stach ihre Gabel mit Nachdruck in den Lachs. »Ich an deiner Stelle würde mich von Ivan trennen!«

»Du willst immer, dass die Leute sich trennen, damit du als Single nicht so allein bist«, sagte Hella kauend.

Hella hatte recht. Schon vor zehn Jahren, während meiner großen Krise mit Ivan, hatte Uli mir zur Trennung geraten.

»Quatsch«, widersprach Uli. »Aber warum sollte Cora bei einem Mann bleiben, der kein bisschen fürsorglich und rücksichtsvoll ist? Sie ist doch keine Masochistin.«

Hella blickte zweifelnd. »Dem Partner nach dreißig Jahren vorzuwerfen, dass er so ist, wie er ist – meinst du ernsthaft, das bringt was?«

»Ich finde, wir sind zu alt für Kompromisse«, verkündete Uli.

»Im Gegenteil«, widersprach Hella. »Wir sind jetzt in dem Alter, in dem wir gezwungen sind, Kompromisse zu machen, wenn wir nicht allein sein wollen.«

Hella war seit zehn Jahren mit Werner zusammen, der früher Kunde in meiner Agentur gewesen war. Ein sehr schwieriger Kunde. Alle meine Vorschläge für Frauen hatte er abgelehnt, keine hatte ihm gefallen. Als ich ihn schon aufgeben wollte, war er Hella begegnet und hatte sich Hals über Kopf in sie verliebt. Obwohl sie damals frisch geschieden war und kein Interesse an einer neuen Beziehung hatte, war es ihm gelungen, sie zu erobern.

»Mit dem Alter wird man doch mehr und mehr zur Zumutung füreinander«, erklärte Hella. »Schöner wird man nicht, dafür langsamer und vergesslicher. Persönliche Eigenheiten verstärken sich, man wird schrullig. Da hilft nur gegenseitige Nachsicht.«

»Schrullig!«, kreischte Uli. »Allein das Wort verursacht mir Vaginismus!«

»Im Gegenteil, schrullig werden zu dürfen ist ein Privileg«, sagte Hella energisch. »Je älter du wirst, desto weniger musst du dich um die Meinung anderer scheren. Du kannst immer authentischer werden.«

»Wer will das schon«, sagte Uli wegwerfend. »Authentizität wird überschätzt.«

»Gibt's eigentlich noch was zu essen?«, fragte Hella und zeigte auf ihren leeren Teller.

Ich lachte. »Bist du jemals hungrig aus dieser Wohnung gegangen?«

»Nein«, musste sie zugeben. »Und nüchtern auch nicht.«

Ich servierte das Gemüsecurry. Uli erzählte von ihrem Enkel, Hella von der Schwangerschaft ihrer Tochter; Handyfotos von Bauch und Baby wurden herumgezeigt und angemessen begeistert kommentiert.

»Und wie geht's Paul?«, fragte Uli.

Ich schluckte. »Äh … gut. Er hat sich verlobt.«

»Nein!«, rief Hella. »Mit der Giraffe?«

Ich nickte betreten.

»Du musst Paul endlich loslassen«, sagte Hella.

»Weiß ich doch«, sagte ich. »Er ist erwachsen, er muss selber wissen, was er tut, ich habe kein Recht, mich einzumischen, blablabla.«

Ich konnte Uli ansehen, dass sie scharf war auf ein bisschen bösartigen Klatsch.

»Ich weiß doch, dass du Janina nicht ausstehen kannst«, sagte sie. »Willst du jetzt etwa tatenlos zusehen, wie dein Sohn ins Unglück rennt?«

Ich verzog das Gesicht. »Was soll ich denn deiner Meinung nach dagegen tun?«

»Du besuchst sie einfach jeden Tag, sitzt stundenlang herum und gibst zu allem deinen Senf dazu«, schlug sie genüsslich vor. »Das hält kein Paar auf Dauer aus.«

»Sollte ich hinkriegen«, sagte ich. »Sonst noch Vorschläge?«

»Wir schicken Janina ein Foto von Paul, auf dem er irgendwas Schreckliches tut«, sagte Hella. »Tiere quälen. Oder eine Oma überfallen.«

»Und woher kriege ich so was?«, fragte ich.

»Schon mal was von Photoshop gehört? Du kannst heute alles zusammenbasteln. Dein Gesicht auf dem Körper von Scarlett Johansson, Paul in einem thailändischen Puff, alles kein Problem.«

»Dann legen wir Janina mit ihrem Chefarzt ins Bett und posten ein Foto davon bei Instagram«, schlug ich vor.

»Oder wir schenken den beiden ein Hundebaby«, sagte Uli kichernd. »Das scheißt die teure Wohnung voll und bringt sie um ihren Nachtschlaf.«

»Du könntest Janina sagen, dass Paul einen Gendefekt hat und schwachsinnige Kinder kriegen wird«, sinnierte Hella.

»Na, hör mal!«, sagte ich empört.

Die scheinbar harmlose Hella hatte eine skrupellose Seite. Einem Mädchen, das in ihren Sohn verliebt gewesen war (und das sie nicht mochte), hatte sie eingeredet, er sei schwul.

»Ihr seid schlimm«, sagte ich und schüttelte lächelnd den Kopf, gerührt über so viel Anteilnahme.

Dann tischte ich die Schokoladentorte auf, zu der ich Schlagsahne und Vanilleeis servierte. Die volle Dröhnung. Vegan war gestern. Low Carb auch.

»Oh, ist die lecker!«, sagte Hella und verdrehte nach der ersten Gabel verzückt die Augen. »Ich will das Rezept!«

»Du bist so gemein!«, stöhnte Uli. »Alle Diätvorsätze beim Teufel.«

»Was sein muss, muss sein«, sagte ich grinsend.

Als wir alle drei vollgefressen und betrunken in unseren Stühlen hingen, fiel mir meine bessere Hälfte und ihr Gemecker über meine Rentnerparty ein. Der würde ich's zeigen! Ich suchte *Jerusalema* auf meiner Playlist, drehte die Boombox laut und zerrte meine Freundinnen hoch.

»Los, jetzt wird getanzt! Und als Nächstes gibt's Drogen!«

Eigentlich fehlten jetzt nur noch die Männer.

Keine meiner Freundinnen wagte es, sich mir zu widersetzen, und so bewegten wir unsere vom Sitzen steifen Körper rhythmisch durch meine Küche und versuchten so gut wir konnten die Schrittfolge einzuhalten. Zwischendurch brüllten wir vor Lachen, so komisch fanden wir uns selbst, und waren froh, dass niemand uns sehen konnte. Je länger wir tanzten, desto besser wurden wir. Beim fünften Durchgang bewegten wir uns einigermaßen fehlerlos und sangen lauthals mit.

Irgendwann legte ich eine *Best-of-Dancing*-CD in meinen Player, die Paul mir mal aufgenommen hatte, und drehte noch weiter auf. Wir tanzten und lachten und lagen uns abwechselnd in den Armen wie drei Teenies. Jaaa, so hatte ich mir das vorgestellt! Rausch! Ekstase! Ging doch!

Es klingelte. Perplex blickten wir uns an. Wer könnte das sein?

»Hast du etwa wieder einen Überraschungsgast eingeladen?«, fragte ich Uli.

Bei meinem Fünfzigsten hatte sie mich mit dem Besuch meines ehemaligen Lovers Tim überrascht, was mir danach jede Menge Ärger einbrachte. Ich hatte nichts Besseres zu tun, als meine Affäre mit ihm wieder aufzuwärmen, und Tim hatte sich in die Vorstellung reingesteigert, dass ich ihm zuliebe Ivan verlassen würde. Der wiederum war gar nicht erbaut gewesen, als Tim eines Tages in seinem Atelier auftauchte und von ihm forderte, mich endlich freizugeben.

»Ich bin ja nicht verrückt«, wehrte Uli ab. »Glaubst du, ich will schuld am Scheitern deiner Ehe sein?«

Ich drohte ihr scherzhaft mit dem Zeigefinger, tänzelte beschwingt zur Wohnungstür und riss sie auf. Zwei junge Polizisten standen davor und grinsten verlegen. Na bitte, da waren sie ja, die Männer! Und sie sahen gar nicht übel aus! Der eine hatte dunkle Locken und ein nettes Lächeln, der andere trug kurze blonde Haare und einen Hipsterbart. Die Schnauzbärte, an denen man Polizisten früher erkannte, waren wohl nicht mehr modern.

»Das ist aber nett«, sagte ich strahlend. »Kommen Sie rein! Es ist noch Schampus da, und es gibt auch was zu essen.«

Der eine sah aus, als würde er meiner Einladung gern folgen, der andere hielt ihn mit einem Blick zurück. Dann lächelte er mich an.

»Coole Mucke, aber vielleicht geht's ja ein bisschen leiser, Frau …?« Er las meinen Namen auf dem Klingelschild: »Frau Schiller.«

»Nennen Sie mich Cora«, schlug ich vor. »Sie müssen wissen, ich hab heute gewissermaßen Geburtstag. Sie können ja mal raten, wie alt ich geworden bin!«

Der Jüngere sah mich prüfend an. »Also, älter als meine Mutter sind Sie auf keinen Fall.«

»Und wie alt ist die?« Ich lächelte kokett.

»Dreiundsechzig.«

Frechheit.

»Also, was ist jetzt? Kommen Sie rein oder nicht?« Ich zwinkerte den beiden zu.

»Vielen Dank, aber wir sind im Dienst«, sagte der Ältere. »Schönen Abend noch!« Sie drehten sich um und gingen hintereinander die Treppe hinunter.

Ich warf den Kopf zurück und lachte. Polizei bei meinem Sechzigsten! Ein schöneres Geschenk hätte man mir nicht machen können.

Als ich ins Wohnzimmer zurückkam, fand ich Hella und Uli hinter der Tür verschanzt. Offenbar hatten sie versucht zu lauschen, ohne gesehen zu werden.

»Wieso hast du sie nicht mitgebracht?«, fragte Uli. »Die sahen doch ganz passabel aus.«

Ich drehte die Musik leise, und wir fielen erschöpft auf unsere

Stühle. Ich zog den Joint heraus und schnupperte daran. Was die zwei Jungs wohl gemacht hätten, wenn wir schon dabei gewesen wären, den zu rauchen? Ob sie den Geruch erkannt hätten? Junge Leute kifften doch heute kaum noch, die nahmen jetzt Pillen.

Ich hob die Tüte hoch. »Wie wär's, Mädels?«

»Klar«, sagte Hella.

»Wenn's sein muss«, seufzte Uli ergeben.

»Es muss«, sagte ich und zündete das gezwirbelte Ende an. Das Papier begann zu glimmen, das Hütchen fiel ab. Ich nahm das Mundstück zwischen die Lippen, hielt die Flamme des Feuerzeugs an den Tabak und zog den Rauch ein. Eine aromatische Wolke durchströmte meine Lunge und verließ meinen Körper durch Mund und Nase.

»Saubere Arbeit«, sagte ich und betrachtete anerkennend die perfekte Form des Joints zwischen meinen Fingern. »Hast du den gedreht?«

Hella lächelte. »Das war Werner. Ich kann's noch nicht so gut.«

Ich reichte ihr die Tüte, sie zog daran und gab sie weiter an Uli. Vor meinem geistigen Auge sah ich uns rauchend um ein Feuer sitzen, faltig, zahnlos und weise. Frei von Sorgen und Begehren, schrullig und authentisch. Vielleicht war Altwerden gar nicht so schlimm, wenn es nicht unter den Augen von Männern stattfand. Eigentlich waren immer die Männer das Problem. Gut, dass wir sie statistisch um fünf Jahre überlebten, da hatten wir wenigstens noch ein bisschen Zeit für uns.

»Bist du eigentlich immer noch auf Männerjagd?«, wollte ich von Uli wissen.

Seit ihrer Trennung von Thomas war sie unermüdlich auf der Suche nach einem neuen Partner, bislang vergeblich. Traditionell berichtete sie bei unseren Treffen von ihren jüngsten Dating-Katastrophen.

»Na klar, *never give up*«, sagte Uli. »Aber wollt ihr das wirklich hören?«

Hella und ich nickten gleichzeitig.

»Jaaa!«

»Unbedingt!«

Uli setzte sich aufrecht hin.

»Der letzte Typ, den ich getroffen habe, begrüßte mich mit den Worten *an dir ist ja gar nichts dran*. Im Restaurant hatte er leider sein Geld vergessen, und nach dem Vögeln heulte er mir die Ohren über Frauen voll und las mir die bösen WhatsApp-Nachrichten meiner Vorgängerin vor.«

Ich prustete los. Erstaunlich, dass immer noch Typen unterwegs waren, die nicht mal die Grundregeln erfolgreichen Datings beherrschten.

»Wieso gehst du mit so einem überhaupt mit?«, fragte Hella. »Ich wäre schon im Restaurant aufgestanden und gegangen.«

Uli zuckte die Schultern. »Wenn ich mich schon demütigen lasse, möchte ich wenigstens was davon haben.«

»Ist dir Sex wirklich so wichtig?«

»Sonst würde ich das ja nicht machen. Und ich will meinen Market Value testen. Rausfinden, ob ich es noch schaffe, einen Mann ins Bett zu kriegen.«

»Als wäre das schwierig«, sagte Hella wegwerfend.

»Nicht irgendeinen Mann natürlich«, sagte Uli. »Meine, äh, Latte liegt ziemlich hoch.«

Früher war Uli nicht sehr erfolgreich bei Männern gewesen, aber seit der Trennung von Thomas hatte sie die Jagd systematisch betrieben und immer mehr verfeinert. Inzwischen war sie nach ihrer eigenen Darstellung eine Göttin der Verführungskunst und brachte so ungefähr jeden zur Strecke, der ihr gefiel. Leider wollte keiner bei ihr bleiben.

»Ich teile Werner mit dir«, bot Hella an. »Der will immer noch und kann auch noch.«

»Und was ist mit dir?«

Hella verzog das Gesicht. »Ich kriege Blasenentzündung vom Sex. Ihr könnt euch vorstellen, wie aphrodisierend das wirkt.«

»Oh shit!«, sagte ich anteilnehmend.

Blasenentzündungen waren so ungefähr das Schlimmste, was ich an Schmerzen erlebt hatte. Fast so schlimm wie eine Geburt.

»Schon okay«, sagte Hella. »Frauen sollen Sex haben, solange sie fruchtbar sind. Jenseits der Wechseljahre ist weibliche Sexualität von der Natur aus nicht mehr vorgesehen.«

»Und was ist mit Spaß?«, warf Uli ein.

»Die Natur interessiert sich doch nicht für deinen Spaß. Die ist nur an Fortpflanzung interessiert.«

»Das mit dem Teilen von Werner meinst du aber nicht ernst, oder?«, hakte Uli nach.

»Wieso, bist du interessiert?« Hella gab sich betont locker, aber ich merkte, dass etwas nicht stimmte.

»Was macht ihr denn, damit du nach dem Vögeln keine Blasenentzündung mehr kriegst?«, wollte ich von ihr wissen.

»Wir vögeln nicht mehr.«

»Was?« Uli blickte ungläubig. »Und das macht Werner einfach so mit?«

»Ganz ehrlich, ich wäre bereit, Werner zu teilen«, sagte Hella. »Wenn es eine nette Frau gäbe, die ihn mir nicht wegnehmen will, sondern für die es in Ordnung wäre, einfach nur hin und wieder Sex mit ihm zu haben – ich glaube, damit könnte ich leben.«

Einen Moment lang war es still. Diese Mitteilung mussten wir erst mal verdauen.

»Und … du wärst nicht eifersüchtig?«, fragte ich.

Hella überlegte. »Ich glaube nicht. Sex ist ja nicht Liebe. Und wenn Werner das voneinander trennen kann …«

»Was ist mit den Frauen«, wand ich ein. »Können die das denn genauso gut trennen?«

»Na klar!«, rief Uli. »Schau mich an. Ich schlafe seit Jahren mit Männern, die mir nichts bedeuten. Danke fürs Angebot, Hella. Nichts gegen Werner, aber ich ziehe den edlen Fremden vor.«

Was für eine seltsame Frau Uli war. Man wusste nie genau, was tatsächlich in ihr vorging. Manchmal war sie mir ein bisschen unheimlich.

Das Haschisch machte meinen Kopf angenehm wattig, ich fühlte mich sorglos und leicht. Ich sollte unbedingt mehr kiffen.

»Wisst ihr, warum wir so gute Freundinnen sind?«, fragte ich strahlend. Die beiden blickten mich erwartungsvoll an. »Weil wir uns nie einen Mann geteilt haben!«

»Woher willst du das wissen?«, fragte Uli grinsend.

Ich bekam einen Lach-Flash. Als ich mich beruhigt hatte, sagte ich: »Weil Hella noch nie wild auf Sex war und du und ich auf total unterschiedliche Männer stehen«, erklärte ich. »Aber vielleicht hattest du ja mal was mit Hennemann?«

Beim Gedanken, wie die langgliedrige Uli sich um den korpulenten Hennemann wickelte, bekam ich einen weiteren Lachanfall.

»Lass uns was spielen!«, schlug ich vor. »Jede von uns muss ein Geheimnis erzählen, das die anderen zwei noch nicht kennen.«

»Ich glaube nicht, dass ich eins habe«, sagte Hella. »Ich habe euch immer alles erzählt.«

Hella war freizügig mit der Preisgabe persönlicher Informationen. So hatte sie uns nach der Trennung von Hennemann gestanden, dass sie nie Spaß an Sex und noch nie einen Orgasmus gehabt hatte. Daraufhin hatten wir sie in einen Tantra-Kurs geschickt. Was sie dort erlebt hatte, wussten wir allerdings bis heute nicht.

»Du hast uns längst nicht alles erzählt«, sagte ich. »Denk mal an den Tantra-Kurs.«

Hella verdrehte die Augen. »Ach Gott. Da bin ich meistens eingeschlafen.«

»Was?«, kreischte Uli. »Wie kann man denn beim Sex einschlafen?«

»Tantra ist ja nicht Sex«, erklärte Hella. »Mehr so … eine Vorbereitung für Sex. Manchmal liegt man ja stundenlang nur da und wird gestreichelt oder im Arm gehalten. Und da bin ich halt dann eingeschlafen.«

»Macht doch nichts«, sagte ich. »Andere schlafen vor dem Fernseher ein. Ab einem gewissen Alter ist man froh, wenn man überhaupt schlafen kann. Los, Hella! Lass uns teilhaben an den Sünden deiner Vergangenheit.«

Hella war längst nicht so bieder, wie sie wirkte. Als sie noch in der schwäbischen Provinz zu Hause war, hatte sie bei Mutter-Kind-Treffen die Strampelhosen der Krabbelkinder verknotet und sich amüsiert, wenn die Kleinen übereinanderfielen. Nachdem Hennemann ihr einen Porsche Cayenne geschenkt hatte, weil er hoffte, dass sie dann bei ihm bleiben würde, hatte sie den Wagen verkauft und den Erlös an ein Projekt für Kinder mit Essstörungen gespendet. Die Sorte Kinder, durch die der Süßwarenfabrikant Hennemann reich geworden war.

Sie überlegte. »Ich habe Hennemann mal gedroht, dass ich ihn bei der Gewerbeaufsicht anzeige. Er hat minderwertige Rohstoffe verarbeitet, natürlich aus Profitgier. Er sagte: *Wenn du des machsch, Hella, dann simmer geschiedene Leut.*«

»Und was hast du gemacht?«, fragte ich neugierig.

»Ich bin ganz schnell zum Telefon gerannt«, sagte sie trocken. »Er hat eine Geldstrafe bekommen und schlechte Presse. Aber scheiden lassen wollte er sich trotzdem nicht.«

»Nicht übel«, sagte Uli grinsend. »Cora, du bist dran.«

Gab es irgendetwas in meinem Leben, was meine Freundinnen noch nicht von mir wussten? Etwas, wofür ich mich so schämte, dass ich es ihnen nicht erzählt hatte? O ja, es gab da etwas.

»Als wir damals in der Krise waren, kam mir die Idee, Ivan mal so richtig zu überraschen«, begann ich. »Ich bin zu seinem Atelier gefahren und wollte ihn nach allen Regeln der Kunst verführen. Ich hatte nur Unterwäsche an und drüber einen Mantel. Und natürlich High Heels. Er machte die Tür auf …«

»… und war nicht allein?«, mutmaßte Uli.

»Kann man so sagen«, fuhr ich fort. »Die fünfzig wichtigsten Leute aus der Kunstszene feierten gerade eine Party. Natürlich erkannten sie mich und zogen mich ins Atelier. Es hatte ungefähr dreißig Grad im Raum, und ich musste die ganze Zeit erklären, warum ich meinen Mantel nicht ausziehe. Als ich endlich gehen konnte, ist mein Mantel unten in der Haustür hängen geblieben und zerrissen. Ich stand halbnackt auf der Straße und schämte mich zu Tode, während ich aufs Taxi wartete.«

»Eigentlich nicht lustig«, stellte Hella fest.

»Die Männer sind schuld«, sagte Uli bitter. »Ihnen zuliebe machen wir uns zum Affen.«

»Quatsch«, sagte ich. »Niemand ist gezwungen, sich lächerlich zu machen. Das tun wir schon freiwillig.«

Ein Moment der Stille entstand.

»Glaub nicht, dass du dich drücken kannst«, sagte ich zu Uli.

Sie zögerte. »Es gibt da … ein Geheimnis, aber das kennst du sicher längst, oder?«

Ich schüttelte den Kopf. »Keine Ahnung, wovon du sprichst.«

»Ach, nichts«, sagte sie und lächelte verlegen. »War nur ein Spaß.«

Wie ein Spaß war mir ihre Frage nicht vorgekommen.

»Jetzt spuck's schon aus, Uli. Von welchem Geheimnis sprichst du?«

Uli wirkte, als wäre sie bei einer Lüge ertappt worden. Oder als wäre sie im Begriff gewesen, etwas zu verraten, was sie eigentlich doch lieber nicht verraten wollte.

»Ach, egal«, sagte sie und machte eine wegwerfende Bewegung. »Ist doch eh längst verjährt.«

Schlagartig war ich nüchtern.

Aus zusammengekniffenen Augen fixierte ich sie. »Was soll das heißen? Was ist längst verjährt?«

Die Erinnerung an einen anderen meiner Geburtstage ploppte plötzlich auf. Es muss mein achtunddreißigster oder neununddreißigster gewesen sein, genau wusste ich es nicht mehr. Wir waren mit Uli, Thomas und den Kindern auf Kreta im Urlaub gewesen, wo wir zwei andere Familien kennengelernt und die meiste Zeit mit ihnen verbracht hatten. Die Kinder waren groß genug gewesen, sich selbst zu beschäftigen, wir Erwachsenen hatten Spaß, es wurde geflirtet und gelacht. Zum Geburtstag hatte ich mir ein Picknick am Strand gewünscht. Es war eine milde, sternenklare Nacht, wir aßen Weinblätter und Tsatsiki und tranken lauwarmen Retsina aus der Flasche.

Irgendjemand spielte Gitarre, zwischendurch rannten wir kreischend vor Vergnügen ins Meer. Wir waren jung, ausgelassen und glücklich. Auch damals ging ein Joint herum, daran erinnerte ich mich jetzt.

Und daran, dass Ivan plötzlich spurlos verschwunden war. Bevor ich nach ihm suchen konnte, ertönte ein Schrei, und wir liefen alle zum Wasser. Laura, Ulis jüngere Tochter, war von einer Qualle verletzt worden. Große Aufregung, alle riefen durcheinander und beratschlagten, was zu tun sei. Thomas rieb die Stelle mit feuchtem Sand ab, Laura schrie immer lauter. Ich stand auf, lief am dunklen Strand herum und suchte nach Uli, die nicht zu finden war. Schließlich brachte jemand eine Tube Cortisoncreme, gleichzeitig tauchte Uli wieder auf.

»Wo warst du?«, fragte ich vorwurfsvoll.

»Ich hab zu viel Retsina erwischt«, sagte sie matt. »Musste mich eine Weile hinlegen.«

Als ich später in unseren Bungalow zurückkam, lag Ivan dort im Bett und schlief bereits. Eine misstrauischere Frau hätte es vielleicht für einen seltsamen Zufall gehalten, dass ihr Mann und ihre Freundin gleichzeitig von der Bildfläche verschwunden waren. Ich aber war damals nicht misstrauisch.

Mit einem Mal erschienen mir die Ereignisse in einem anderen Licht.

Ich runzelte die Stirn. »Damals auf Kreta … ist da irgendwas vorgefallen?«

Sie wich meinem Blick aus, ihre Augenlider flatterten. Dann nickte sie kaum merklich. »Ich dachte, du weißt es längst.«

Gefährliche Stille senkte sich über den Tisch. Hella sah verständnislos von mir zu Uli und wieder zurück.

»Was ist los, wovon redet ihr?«

Ich stand auf, ging zur Tür und öffnete sie.

»Raus«, sagte ich leise.

»Lass es mich doch erklären!«, sagte Uli flehend.

»Raus!«, brüllte ich.

Nachdem Uli die Wohnung verlassen hatte, ließ ich mich auf meinen Stuhl fallen und vergrub das Gesicht in den Händen. In meinem Kopf drehte sich alles, ich konnte keinen klaren Gedanken fassen.

Hella legte den Arm um mich. »Was ist los, Cora? Sag doch was!«

Mein Hals war wie zugeschnürt. Es fühlte sich an, als könnte ich nie wieder ein Wort herausbringen. Ich griff nach meinem Wasserglas und trank es mit kleinen Schlucken aus. Stockend erklärte ich Hella, welches Geständnis Uli mir gerade gemacht hatte.

Mit großen Augen saß sie da und hörte zu.

»Ich versteh das nicht«, sagte ich verzweifelt. »Wieso hat sie nie was gesagt? Zwanzig Jahre! Und dann erfahre ich so nebenbei, dass sie mit meinem Mann im Bett war!«

»Das hat sie so nicht gesagt«, wandte Hella ein.

»Verteidigst du sie etwa?«

Ich schoss Hella einen zornigen Blick zu, dann sprang ich auf und begann, durch den Raum zu gehen. Die angenehme Entspannung, die der Joint in meinem Körper ausgelöst hatte, war einer fiebrigen Unruhe gewichen. Ich glaubte, meinen rasenden Herzschlag zu spüren.

»Verjährt!«, schnaubte ich.

»Sie wollte es dir erklären«, sagte Hella. »Aber du hast sie ja gar nicht zu Wort kommen lassen.«

»Da gibt es nichts zu erklären.«

Ich drehte mich um und stampfte in die andere Richtung, dann wieder zurück. Abrupt blieb ich stehen und starrte Hella an.

»Das war's mit Uli und mir. Es ist vorbei. Ein für alle Mal.«

»Und … was ist mit Ivan?«, fragte Hella zaghaft. »Der hat es dir ja auch nicht gesagt.«

Erst da wurde mir klar, dass mein Mann mich ebenso hintergangen hatte wie meine Freundin. Zwanzig Jahre lang.

SECHS

In den folgenden Tagen ging ich durch ein Wechselbad der Emotionen. In einem Moment war ich wütend, im nächsten traurig, dann überwog das Gefühl der Demütigung, das wiederum von Trotz abgelöst wurde. Meine Gedanken drehten sich im Kreis, ohne dass ich zu einer Erkenntnis oder Entscheidung kam. Mal war ich überzeugt, ich müsste Ivan verlassen, dann kam ich mir lächerlich vor. Das Ganze war zwanzig Jahre her, war meine Reaktion nicht völlig übertrieben? Andererseits, machte es die Lüge weniger schlimm, nur weil sie lange zurücklag? Im Gegenteil, gerade dass die beiden mir so lange verschwiegen hatten, was zwischen ihnen vorgefallen war, empfand ich als unverzeihlich.

Aus irgendeinem Grund war Uli für mich die Täterin. Sie musste Ivan damals verführt haben, umgekehrt konnte ich es mir einfach nicht vorstellen. Ivan hatte nie eine besondere Schwäche für Uli gezeigt, jedenfalls hatte ich nichts davon bemerkt. Wenn es anders war und er sie insgeheim anziehend gefunden hatte, wäre das Ganze noch schlimmer – wer auf Uli stand, konnte unmöglich auch mich sexy finden.

Jetzt glaubte ich auch zu begreifen, warum Uli sich immer

wieder abfällig über Ivan geäußert hatte: Irgendein alter Groll schien in ihr zu schlummern. Vielleicht hatte sie sich damals Hoffnungen gemacht? Vielleicht hatte er sie gekränkt?

Komisch war, dass ich all die Jahre davon nichts mitbekommen hatte. Ich hatte immer das Gefühl gehabt, die beiden hegten kein sonderliches Interesse füreinander. Sie gingen sich nicht aus dem Weg, aber sie suchten auch nicht die Nähe zueinander. Wenn wir zusammen waren, fühlte es sich entspannt an, so wie es sein sollte zwischen Freunden, die sich ewig kannten.

Ständig erinnerte ich mich nun an Situationen, die wir in den letzten zwanzig Jahren zusammen erlebt hatten, und fragte mich, ob ich mir die ganze Zeit etwas vorgemacht hatte. Ob ich Dinge nicht hatte sehen wollen, die ich hätte sehen müssen. Vor allem aber fragte ich mich, wie es sein konnte, dass die beiden mich so lange belogen hatten. Das Verschweigen einer so wichtigen Tatsache war in meinen Augen gleichbedeutend mit einer Lüge. Und ganz genauso schlimm.

Uli hatte noch zwei Anläufe gemacht, mit mir zu reden. Sie hatte eine Sprachnachricht geschickt und versucht, mich anzurufen. Auf die Nachricht hatte ich nicht reagiert, den Anruf nicht entgegengenommen. Ich war zu aufgewühlt und durcheinander. Vor allem aber wollte ich mir keine Entschuldigungen oder Erklärungen anhören, die womöglich neue Verletzungen bargen.

Was, zum Teufel, hatte sie dazu gebracht, mir dieses Geheimnis gerade jetzt zu eröffnen? Ganz ohne Not; wir hatten alle gut damit gelebt, dass ich nichts davon wusste. Klar, die Mischung aus Alkohol und Haschisch mochte enthemmend auf Uli gewirkt haben, aber das war für mich kein Grund. Ihr musste bewusst gewesen sein, dass ich nichts davon wusste, sonst hätte ich sie wohl irgendwann in diesen zwanzig Jahren darauf angesprochen. Sie kannte mich gut genug. Ein Vorkommnis dieser Art hätte ich niemals unkommentiert gelassen.

Entweder trug sie sich schon lange mit Schuldgefühlen und war in diesem Moment von irgendeinem seltsamen Offenbarungsdrang gepackt worden, oder sie hatte gespürt, dass es gerade wieder kritisch zwischen Ivan und mir war, und wollte einen weiteren Keil zwischen uns treiben.

Du solltest dich von ihm trennen.

Ich wusste nicht, wie oft ich diesen Satz in den letzten Jahren von ihr gehört hatte. Vielleicht war es ihr nicht bewusst, aber schon seit Langem säte sie bei jeder Gelegenheit Zweifel an meiner Ehe. Irgendetwas in ihr wünschte sich, dass Ivan und ich scheiterten.

Egal um welche Themen es in den Beratungen ging, immer fragte ich mich, ob dieses Paar gerade ehrlich zueinander war oder ob die Partner sich gegenseitig hintergingen.

Ich googelte Statistiken über Ehebruch und las Erfahrungsberichte von Frauen, deren Mann mit ihrer besten Freundin geschlafen hatte. Ich las auch Berichte von Frauen, die mit dem Mann ihrer besten Freundin geschlafen hatten. Wie wichtig der Perspektivwechsel war, hatte ich in meiner Ausbildung gelernt und erfuhr es jeden Tag in meiner Praxis. Aber wie so oft funktionierte das nicht, wenn es um meine eigenen Probleme ging. Ich war und blieb stinksauer auf Uli.

Ich fragte mich, wie es in den Ehen meiner Freunde und Bekannten zuging, ob die auch irgendwelche Leichen im Keller hatten. Bei manchen wusste ich, dass Affären vorgekommen waren. Aber war eine Affäre, die man dem Partner beichtete, vergleichbar mit einem Seitensprung, über den man jahrzehntelang schwieg? Ich stellte eine gefühlte Rangfolge der Verfehlungen auf und kam immer wieder zum gleichen Ergebnis: Das Schlimme war nicht der Betrug selbst, sondern die Lüge.

Während ich verliebte junge Paare im Park oder beim Einkaufen beobachtete, stellte ich mir vor, wie einer von ihnen die Entdeckung machen würde, betrogen worden zu sein. Wenn ich an Paul und Janina dachte, fragte ich mich, wann es bei ihnen so weit sein würde. Natürlich war es in meiner Vorstellung Janina, die meinen armen Paul verletzen würde.

»Meine Güte, Alte, du bist ja völlig paranoid!« Die Stimme meiner besseren Hälfte klang besorgt.

»Nicht paranoid, nur realistisch!«, korrigierte ich sie.

»Wenn du dermaßen hohe Maßstäbe an deine Umgebung anlegst, kannst du gleich ins Kloster gehen.«

»Was spricht gegen hohe Maßstäbe?«

»Zum Beispiel, dass du dich selbst nicht dran hältst.«

»Jeder macht mal einen Fehler«, sagte ich. »Entscheidend ist der Umgang damit!«

»Und da bist du ein leuchtendes Beispiel?«

Sie kannte mich einfach zu gut.

Nein, ich war damals auch nicht reumütig zu Ivan spaziert, um ihm meine Affäre zu beichten. Das hatte Tim ohne mein Wissen für mich übernommen. Hätte ich Ivan andernfalls irgendwann die Wahrheit gesagt? Ganz sicher war ich mir da nicht, auch wenn ich es gern glauben würde.

»Wie geht's dir?«, hörte ich Hellas Stimme durchs Telefon. »Hast du dich ein bisschen beruhigt?«

Wir hatten die Sache mit Uli und Ivan rauf und runter besprochen, großartige Rachefantasien ersonnen und wieder verworfen. Meistens hatte sie mir einfach nur zugehört, weil sie spürte, dass ich Dampf ablassen musste, um wieder klar denken zu können.

»Geht so«, sagte ich.

»Wollen wir uns sehen?«, schlug sie vor. »Ich hab eine Überraschung für dich.«

Ich stöhnte unhörbar. Überraschungen hatte ich in letzter Zeit mehr als genug erlebt. Abgesehen von Hellas Joint, war keine erfreuliche dabei gewesen.

»Äh … kommt darauf an«, sagte ich gedehnt.

»Ich schwöre dir, du wirst begeistert sein«, versprach sie.

Hella hatte manchmal skurrile Einfälle und eigenartige Vorlieben. Ein leichter Hang zum Esoterischen gepaart mit derbem Humor war eine Mischung, die ich nicht immer verträglich fand. Aber da sie sich so rührend um mich kümmerte, wollte ich sie auch nicht enttäuschen.

»Na gut«, willigte ich ein. »Wann und wo?«

Wir verabredeten uns für den nächsten Abend um achtzehn Uhr vor dem Hauptbahnhof. Eine seltsame Gegend für eine gemeinsame Unternehmung, aber meine Freundin würde schon wissen, was sie tat.

Ich stand unter der großen Bahnhofsuhr und wartete. Mit zehn Minuten Verspätung kam Hella um die Ecke geschossen wie ein Kugelblitz.

»Sorry, sorry«, sagte sie atemlos. »Der letzte Klient wollte einfach nicht gehen. Und du weißt ja …«

»… der Kunde ist König«, ergänzte ich.

Das war eine der Maximen gewesen, die ich Hella bei der Übergabe meiner Partnervermittlung eingebläut hatte.

»Wie läuft's denn?«, erkundigte ich mich.

Seitdem ich die Agentur verkauft hatte, hielt ich mich völlig zurück und gab Hella nur Ratschläge, wenn sie ausdrücklich darum bat.

»Wie immer schon«, sagte sie. »Gut bei den Älteren, weniger gut bei den Jungen.«

Es gab immer mehr Dating-Portale, und viele junge Leute wollten eher Abwechslung als Verbindlichkeit. Diese Klientel erreichte eine Agentur nicht. Erst wenn die Kunden ins Alter für die Familiengründung kamen, wurden sie interessant. Hella war Spezialistin für zweite Ehen, außerdem hatte sie schon vor Jahren diversifiziert und bot auch die Vermittlung gleichgeschlechtlicher Partnerschaften an.

»Tut's dir manchmal leid, dass du ausgestiegen bist?«, fragte sie.

Ich dachte darüber nach. Es war tatsächlich einfacher, zwei Menschen zu einem Paar zu machen, als die Scherben einer Beziehung wieder zusammenzusetzen, wie ich es mit meiner Arbeit versuchte. In Japan gab es eine Technik namens Kintsugi, bei der zerbrochenes Porzellan mithilfe eines speziellen Lacks zusammengefügt und die Bruchstellen bewusst sichtbar gemacht und veredelt wurden. Diese geflickten Gefäße galten als besonders kostbar. So ähnlich war es aus meiner Sicht mit menschlichen Beziehungen. Ein Paar, das Krisen und Verletzungen gemeinsam überwunden hatte, schätzte die eigene Beziehung danach noch mehr als zuvor.

»Nein«, sagte ich. »Es tut mir nicht leid. Ich mag meine Arbeit. Und ich bin sehr froh, dass du meine Nachfolgerin in der Agentur bist.«

Sie hakte sich bei mir ein und zog mich in Richtung der Nebenstraßen, in denen sich Elektronikshops, Wettbüros, Spielotheken und türkische Imbissläden abwechselten. Vor einer Toreinfahrt blieb sie stehen.

»Hier ist es.«

Anhand der Firmenschilder, die dort angebracht waren, versuchte ich zu erraten, warum um alles in der Welt sie mich hierhergebracht hatte: Import/Export, Schülernachhilfe und mehrere Unternehmen mit exotischen Namen, deren Tätigkeitsfeld nicht zu erkennen war. Nichts davon brachte mich weiter.

Ich folgte Hella durch die Einfahrt in den Hof, von da aus zu einer Tür, die in den Keller des Rückgebäudes führte.

Hinter einem Empfangstresen saß ein Typ in einem weißen Hemd, mit akkuratem Undercut und kurz geschnittenem, schwarzem Bart, und begrüßte uns höflich. Sein Auftreten wirkte betont seriös, er hätte auch am Empfang einer Privatbank sitzen können. Das Interieur des Empfangs verriet nicht, um welche Art Firma es sich handelte.

Hella erklärte, dass wir einen Termin hätten.

Einen Termin? Wofür bitte? Die Stimmung wirkte konspirativ, als würde ein Service angeboten, bei dessen Inanspruchnahme man nicht unbedingt gesehen werden wollte. Ob man hier Sex kaufen oder einen Auftragskiller mieten konnte? Ich war mir nicht sicher, welcher Service mir derzeit attraktiver erschien.

»Waren Sie schon mal bei uns?«, fragte der Mann und blickte von Hella zu mir und wieder zurück.

»Ich schon«, sagte Hella.

Ich schüttelte den Kopf.

Der Typ griff nach einem Infoblatt und reichte es mir.

»Da steht alles drauf. Wir haben verschiedene Pakete, die Preise stehen daneben. Sie entscheiden, was Ihnen entspricht.«

In den Tiefen meiner Handtasche kramte ich nach meiner Brille, dann las ich.

Möchten Sie angestaute Aggressionen loswerden, ohne sich und andere zu gefährden? Wollen Sie den Zorn auf ihren Chef, Ihre Freundin oder Ihren Ehepartner kreativ ausleben? Wollten Sie schon immer mal nach Lust und Laune Gegenstände zerschlagen? Dann sind Sie hier im Rage Room genau richtig! Sie können zwischen verschiedenen Hilfsmitteln wie Baseballschläger, Brecheisen und Vorschlaghammer wählen. Um Ihre Zerstörungswut zu befriedigen, stellen wir Ihnen eine große Auswahl an Gegenständen zur Verfügung. Flaschen, Teller, Gläser, Vasen, Bilderrahmen, Kleinmöbel usw. Das Sortiment wird regelmäßig aufgefüllt und ergänzt. Toben Sie sich aus, und gehen sie erfrischt und besänftigt nach Hause! Sollten Sie nach Ihrer gebuchten Session noch mehr Zerstörlaune haben, können Sie weitere Gegenstände zum Zerschlagen vor Ort erwerben.

Sieh mal an. Das Konzept des Dampfablassens durch An-die-Wand-Werfen von Geschirr hatte ich ja kürzlich schon bei Frau Buntin erfolgreich angewendet – kein Wunder, dass es bereits kommerzialisiert war.

Aber sollten mir als Coach und Beraterin nicht andere Strategien für den Umgang mit Wut zur Verfügung stehen? Ich genierte mich ein bisschen bei dem Gedanken, auf Gegenstände einzudreschen, statt ein zivilisiertes Gespräch mit den Konfliktbeteiligten zu führen.

»Na, was sagst du?« Hella sah mich erwartungsvoll an.

»Ich weiß nicht, mir ist das peinlich. Ich bin doch kein Proll.«

»Du glaubst nicht, wie gut das tut!«, sagte sie mit blitzenden Augen. »Außerdem sieht dich doch keiner.«

»Wenn ich mich einschalten darf«, sagte der Rezeptionist. »Unser Konzept hat mit Prolligkeit nichts zu tun. Alle Menschen haben Aggressionen in sich, und es ist total legitim, die auf so eine Weise auszuleben. Zu uns kommen Manager, Unternehmer, Banker und Professoren, da sind Sie also in guter Gesellschaft.«

Ich gab mir einen Ruck. »Okay, dann her mit dem Baseballschläger!«

Bevor ich loslegen durfte, musste ich einen Schutzanzug, schnittfeste Handschuhe und einen Helm mit Visier anziehen. Ich grinste in mich hinein. Typisch deutsch. Wenn schon austoben, dann in einem versteckten Keller und mit Sicherheitssiegel vom TÜV.

Als ich fertig ausstaffiert war, führte der Typ mich in einen Raum, in dem zerbrechliche Gegenstände aller Größe und Art aufgebaut waren, die dazu einluden, zerdeppert zu werden. Mittendrin saßen zwei nackte Schaufensterpuppen, ein Mann und eine Frau.

»Was soll das denn sein?«, fragte ich.

»Spezialservice«, sagte der junge Mann, ohne eine Miene zu verziehen. »Hat Ihre Freundin so für Sie gebucht.«

Ich musste lachen. Typisch Hella.

Leider durfte sie nicht mit reinkommen, um den Erfolg ihrer Geschenkidee zu genießen. Zu groß war die Gefahr, dass sie durch umherfliegende Scherben verletzt wurde.

»Dann wünsche ich Ihnen viel Vergnügen«, sagte der Mann und verließ den Raum.

Ich stand da, mit einem Baseballschläger in der Hand, und fühlte plötzlich keinerlei Aggression mehr in mir. Was für eine Schnapsidee! Ich war doch kein wütender Teenager, der Krach mit seinen Eltern hatte und ein Ventil für seine Wut brauchte. Ich war eine vernünftige, erwachsene Frau, die auf vernünftige und erwachsene Weise mit ihren Problemen umging.

Ich wollte schon zur Tür gehen und die Aktion abbrechen,

da schossen mir Bilder von Uli und Ivan durch den Kopf. Leidenschaftliche Küsse. Körper, die sich in einem Bungalowbett wälzen. Verschwörerische Blicke, unbemerkte Zeichen. Geflüsterte Abmachungen, mit niemandem darüber zu sprechen, vor allem nicht mit mir. Jahrelanges Theaterspielen, wenn ich in der Nähe war. Lügen, Lügen, Lügen.

Ohne es zu merken, hatte ich den Schläger gehoben und holte aus.

Rumms! Mit lautem Krachen donnerte er in eine riesige, hässliche Vase, die in mehrere Teile zersprang. Nächster Schlag, eine altmodische Suppenschlüssel, dazu ein Stapel Teller. *Krawumm!* Gleich danach mehrere Gläser, die ich quer durch den Raum fegte, bis sie in einer entfernten Ecke zerbrachen. *Klirr!*

Ich stieß einen Schrei aus, hob den Schläger erneut. Diesmal zielte ich auf einen Bilderrahmen mit einem scheußlichen Druck darin, auf den ich einschlug, bis die Glasfront zerbarst und in einem Rutsch zu Boden fiel.

Je mehr ich tobte, umso mehr genoss ich es. Ich brüllte und japste und schlug alles kurz und klein, bis nur noch die beiden Schaufensterpuppen übrig waren. Sie saßen inmitten der Trümmer und blickten unbeteiligt in die Ferne.

»Na, ihr zwei, seid ihr jetzt zufrieden?«

Schwer atmend stand ich vor den Puppen, die sich in meiner Vorstellung in Ivan und Uli verwandelt hatten.

»Glotzt blöd in die Gegend und tut so, als wäre nichts gewesen. Ist euch wohl völlig egal, was ihr angerichtet habt, oder?«

Mit dem Baseballschläger gab ich der Ivan-Puppe einen kleinen Schubs. Sie fiel um und blieb liegen, die Gliedmaßen in die Luft gereckt wie ein Maikäfer, der auf dem Rücken gelandet war.

»Und du, alte Schlampe«, sagte ich zu Uli. »Hat dich doch

noch das schlechte Gewissen gepackt, oder warum hast du es ausgerechnet jetzt rausgelassen? Wolltest du Absolution von mir? Wolltest du dich rächen? Was hab ich dir getan, verdammt noch mal?«

Ich holte aus und wollte ihr einen Schlag verpassen, ließ den Baseballschläger aber wieder sinken. Eine seltsame Hemmung, auf das menschenähnliche Wesen einzudreschen, hatte mich gepackt. Völlig absurd, es war nur eine Hülle aus Kunststoff, die vor mir saß, aber ich brachte es nicht fertig.

Ich bahnte mir den Weg durch die Scherben und näherte mich den Puppen. Ich packte Uli und legte sie auf den Boden, die Beine nach oben ausgestreckt. Dann nahm ich Ivan und legte ihn auf sie. Danach drapierte ich das ganze zerbrochene Zeug um sie herum, bis sie in einem Bett aus Scherben und Trümmern lagen. Ich trat ein paar Schritte zurück, holte das Handy aus meiner Handtasche und machte Fotos.

Wieder auf der Straße fragte Hella: »Und, geht's dir besser?«

Ich drückte sie an mich. »Danke! Das war 'ne super Idee! Und jetzt brauche ich einen Drink.«

Ich zog sie in eine Bar und orderte zwei Moscow Mules. Wir hoben die Gläser und stießen an.

»Auf die gewaltfreie Kommunikation!«, sagte ich und grinste.

Als ich mich eine Stunde später von Hella getrennt hatte und auf dem Nachhauseweg war, fühlte ich mich so ausgeglichen, dass ich mir sicher war, ein völlig ruhiges Gespräch mit Ivan führen zu können, in dem ich ihm ohne jede Aggression erklären würde, wie sehr mich Ulis Eröffnung verletzt hatte und wie enttäuscht ich von ihm war.

Ich zog mein Handy raus und wählte seine Nummer. Während es klingelte, überlegte ich, wie ich es formulieren sollte.

Es hat mir schon sehr wehgetan, dass ihr beide so lange euer Geheimnis vor mir bewahrt habt. Phhh.

Das ist schon ein ziemlicher Hammer, den Uli mir da serviert hat. Wie kommt ihr eigentlich dazu, mich so lange zu belügen? Schon besser.

Du verdammter Mistkerl! Ich bin so was von sauer auf dich, dass ich dich am liebsten zum Teufel schicken würde! Jaaa!

In diesem Moment ging Ivan dran. Erschrocken drückte ich ihn weg. »Ach, leck mich doch!« entfuhr es mir.

Eine Sekunde später rief Ivan zurück.

»Du hast angerufen?«

»Sorry, war ein Versehen!«, flötete ich. »Schönen Abend noch!«

Nein, ich war noch nicht so weit.

SIEBEN

Die Praxis meiner Frauenärztin war zartgrün gestrichen und hatte große Fenster, durch die viel Licht fiel. An den Wänden hingen pastellfarbene Zeichnungen, im Wartezimmer stand ein Tablett mit bunten Gläsern und ein Wasserspender.

»Grüß Gott«, begrüßte mich die Sprechstundenhilfe, als ich an den Empfangstresen trat.

»Schiller. Ich habe um fünfzehn Uhr einen Termin.«

Die junge Frau suchte meine Akte heraus und hakte meinen Namen auf ihrer Liste ab. Sie wies auf die Tür zum Wartezimmer.

»Bitte nehmen Sie noch für einen Moment Platz.«

Außer mir warteten zwei Patientinnen, die eine mit einem so dicken Bauch, dass ich fürchtete, ich könnte gleich Zeugin eines Blasensprunges werden. Die andere hatte schon ein Kind, das einen Spielzeugtraktor auf dem Boden umherschob und geräuschvoll mit Stuhlbeinen und anderen Hindernissen kollidieren ließ.

Wehmütig erinnerte ich mich an meine Schwangerschaft. Paul war nicht geplant gewesen, und im ersten Moment war ich völlig überrumpelt von der Nachricht.

Die Schwangerschaft selbst war ein emotionales Auf und Ab gewesen, begleitet von den absurdesten Gelüsten und Ideen. Nicht selten schickte ich Ivan mitten in der Nacht zur Tankstelle, um Süßigkeiten oder Snacks zu besorgen. Am einen Tag wollte ich aufs Land ziehen, weil ich dem Kind eine möglichst idyllische Umgebung bieten wollte, am nächsten wollte ich nach New York, weil ich fürchtete, mit einem Kind von der Welt abgeschnitten zu sein und nie mehr etwas Interessantes zu erleben.

Als Paul schließlich da war, erschien mir plötzlich alles andere unwichtig. Es gab nur noch das Baby. Meinen Sohn. Unseren Sohn, wie Ivan mich gelegentlich erinnerte. Ich musste eine grauenhafte Glucke gewesen sein.

Warum hatte ich kein zweites Kind bekommen? Wenn ich heute darüber nachdachte, war es mir klar. Ich hatte die ganze Zeit gearbeitet und mich weitgehend allein um Paul gekümmert, während Ivan sich seiner Kunst gewidmet hatte. Unter diesen Umständen noch ein Kind zu kriegen, konnte ich mir nicht vorstellen. Und irgendwann war ich zu alt gewesen oder hatte mich auf jeden Fall zu alt dafür gefühlt. Jahrelang hatte ich das Thema verdrängt. Jetzt, da ich im Alter für Enkelkinder war, holte es mich manchmal ein.

»Frau Schiller?«

Frau Doktor Göbel hatte das Wartezimmer betreten und sah mich auffordernd an. Ich folgte ihr in den Behandlungsraum und setzte mich ihr gegenüber. Sie faltete die Hände vor sich auf der Tischplatte und lächelte mich an.

»Was kann ich für Sie tun?«

»Ich habe eine Einladung von Ihnen bekommen, also bin ich da.«

Sie nickte. »Die übliche Vorsorge also?«

Sie blätterte in meiner Patientenakte und stellte mir ein paar Fragen zu meinem Befinden und den Medikamenten, die ich einnahm. Schließlich bat sie mich auf den »Folterstuhl«, wie sie selbst den gynäkologischen Stuhl scherzhaft nannte.

Es war jedes Mal eine Überwindung, mich dort hinzusetzen, aber mit ihrer lockeren Art lenkte die Ärztin mich erfolgreich ab, und ich entspannte mich.

Tastuntersuchung, Abstrich, fertig.

»Alles in Ordnung«, sagte sie.

Ich wollte gerade vom Stuhl rutschen, da fragte sie: »Wollen wir noch die Brust schallen?«

»Klar, warum nicht.«

Sollte sie doch ein bisschen was an mir als Privatpatientin verdienen, ich war ohnehin eine schlechte Kundin. Kein Wunder, dass sie sich veranlasst gefühlt hatte, mich an die Vorsorgeuntersuchungen zu erinnern.

Sie strich meine Brüste mit Gel ein, setzte den Schallkopf auf und bewegte ihn kreisförmig. Fasziniert starrte ich auf die grauen Linien und Klumpen, die auf dem Monitor zu sehen waren.

»Mir ist ein Rätsel, wie Sie da irgendwas erkennen«, sagte ich bewundernd.

»Gute Ausbildung und langjährige Übung«, sagte sie. »Sehen Sie, das hier ist eine Milchdrüse, das Helle ist Bindegewebe, hier ist das Fettgewebe recht dicht, aber es sieht alles gut aus.«

Sie ließ den Schallkopf zur anderen Seite wandern und machte wieder die kreisförmigen Bewegungen. Hie und da stoppte sie in der Bewegung, markierte eine Stelle auf dem Monitor und vergrößerte sie.

»Alles in Ordnung, soweit ich es mit dem Ultraschall sehen kann. Wann hatten Sie Ihre letzte Mammografie?«

Das Zusammenquetschen der Brust zwischen den Röntgenplatten war so schmerzhaft gewesen, dass ich nach dem ersten Mal trotz Aufforderung nicht mehr hingegangen war. Das musste vor ungefähr zehn Jahren gewesen sein.

»Ist schon eine Weile her«, sagte ich.

»Mehr als zwei Jahre?«

Ich lächelte verlegen. »Ich fürchte, ja.«

»Dann sollten Sie unbedingt bald eine machen lassen.«

Sie drückte mir die Karte eines Radiologischen Zentrums in die Hand.

»Kein Grund zur Sorge«, sagte sie beim Abschied. »Aber Sie sollten auch nicht zu lange damit warten.«

Mit dem ersten Teil des Satzes im Ohr verließ ich die Praxis.

Kein Grund zur Sorge.

Ich fuhr direkt weiter zu Pauls Tonstudio, wo ich als Gast bei einem Podcast eingeladen war. Die bekannte Journalistin Karin Kellermann produzierte dort regelmäßig ihr Format »Weiberklatsch«, in dem über alle möglichen Frauenthemen gesprochen wurde. Der Titel täuschte, es war nicht nur harmloser Klatsch, sondern ging durchaus zur Sache. Ab und an wurden verbale »Klatschen« verteilt, die dem Titel einen schönen Doppelsinn verliehen.

Das Thema der heutigen Folge hieß: *Mit sechzig noch mal richtig durchstarten?*

Paul hatte mich überredet mitzumachen. Erst hatte ich mich geziert, schließlich aber doch nachgegeben. Was gab es schon zu verlieren? Insgeheim fühlte ich mich sogar ein wenig geschmeichelt, dass die berühmte Karin Kellermann mich aus meiner Zeit als Fernsehredakteurin noch kannte. Ich hatte die intelligente und scharfzüngige Moderatorin immer bewundert.

Sie konnte schwafelnde Politiker und Experten grillen wie keine andere.

Ich betrat das Gebäude, in dessen Erdgeschoss sich die Räume des Tonstudios befanden. Von einem großen Vorraum mit Garderobe und Wartebereich gingen mehrere Türen ab, neben den zwei Studios gab es ein Büro, einen Technikraum, eine Teeküche und ein Badezimmer. Jedes Mal wenn ich hier war, empfand ich Stolz auf meinen Sohn, der es geschafft hatte, sich das alles aufzubauen, gemeinsam mit seinem Freund Felix. Mit Anfang zwanzig hatte Paul Profimusiker werden wollen, und nach dem zweiten Platz bei der Castingshow *Beste Band* standen die Chancen gar nicht schlecht. Er hatte ein paar Auftritte gehabt und mit seiner damaligen Band sogar zwei Alben veröffentlicht. Aber irgendwann war ihm klar geworden, dass er es trotz seiner Begabung wohl nie nach ganz oben schaffen würde.

Nach dieser Erkenntnis war er erst mal in ein Loch gefallen, hatte herumgehangen und seine Tage ziellos vor dem Computer vertrödelt. Als ihm das Geld ausgegangen war, hatte er sich schließlich aufgerafft und seine abgebrochene Ausbildung an der Tontechnikerschule wieder aufgenommen. Und siehe da: Diesmal zog er es durch und schaffte spielend seinen Abschluss. An dem Tag, an dem er uns sein Zeugnis präsentierte, hatten Ivan und ich uns aus lauter Freude betrunken. Und danach tollen Sex gehabt, wie ich mich jetzt erinnerte.

Ich räusperte mich, klopfte an die Tür des Büros und trat ein. Felix, die Hände hinter dem Kopf verschränkt, die Füße bequem auf dem Schreibtisch, sprang auf und kam auf mich zu.

»Hi, Cora, cool, dass du da bist!«

Ich kannte ihn, seit er sechs war und gemeinsam mit Paul eingeschult wurde. Nach dem Abi war er für eine Weile ins

Ausland gegangen, und er und Paul hatten sich aus den Augen verloren. Nach seiner Rückkehr hatten die beiden ihre Freundschaft wiederbelebt. Und heute waren sie Geschäftspartner.

»Paul ist schon im Studio, ich bring dich hin.«

Felix ging vor mir her und blieb vor einer Tür mit dem Schild *Studio 2* stehen. Er öffnete sie und winkte mich hinein.

»Viel Spaß!«

Die Tür schloss sich hinter mir. Paul, der irgendwelche Regler an einem Mischpult hin- und herschob, drehte sich um und strahlte.

»Hi, Mom! Alles klar?«

»Alles klar«, erwiderte ich.

Er kam zu mir, drückte mich an sich, und wir gingen in den Nebenraum, wo Karin Kellermann schon wartete. Sie saß mit dem Rücken zu mir am Tisch und machte sich Notizen.

Als sie sich umdrehte, traf mich fast der Schlag. Ihr Gesicht wirkte wie eine groteske Maske, die Lippen aufgebläht, kleine Polster unter den Wangenknochen, Stirn und Kinn faltenfrei. Direkt darunter der Hals, der zwanzig Jahre älter aussah. Als sie mir die Hand entgegenstreckte, wirkte auch die, als gehörte sie zu einer anderen Person.

Mit aller Kraft rang ich um Fassung und versuchte, mir nichts anmerken zu lassen.

»Cora«, rief sie erfreut aus. »Wie schön, dich wiederzusehen!«

»Ich freue mich auch«, brachte ich heraus. »Wie lange ist es her?«

Sie winkte ab. »Hundert Jahre mindestens!«

Tatsächlich hatten wir uns vor ungefähr fünfundzwanzig Jahren bei einer Party von Stil TV kennengelernt, dem Sender, bei dem ich lange gearbeitet hatte.

Wir machten ein bisschen Small Talk, und ich gab mir alle

Mühe, mich an den Anblick ihres Gesichts zu gewöhnen. Ich musste an eine ehemalige Klientin von mir denken, die sich aus Angst vor dem Alter alles Mögliche ins Gesicht hatte spritzen lassen und allergisch darauf reagiert hatte. Sie sah aus, als hätte sie Prügel bezogen, aber die Wirkung war zum Glück nur vorübergehend gewesen. Hier hingegen waren chirurgische Instrumente im Spiel gewesen. Das würde nicht mehr besser werden.

Wir setzten uns, Karin erklärte mir den Ablauf. Das Format war eine Mischung zwischen Moderation, Gespräch und kurzen Zuspielern – wie eine Radiosendung, nur dass die Zuhörer es sich später auch als Podcast runterladen konnten.

Paul checkte unsere Mikros, wir machten eine Tonprobe und testeten die Kopfhörer, und schon legte Karin los.

»Guten Tag, liebe Zuhörerinnen und Zuhörer, ich begrüße Sie zu einer neuen Folge von Weiberklatsch. Sechzig ist das neue Fünfzig, so heißt es, und wenn ich mir die sechzigjährigen Frauen von heute so ansehe, kann ich nur sagen: *Wow!* Sie sehen super aus, sind sportlich, aktiv und beruflich erfolgreich. Beigefarbene Rentnerjacken und Gesundheitsschuhe sind out, coole Outfits und Spaß am Leben sind in. Mein heutiger Gast ist Cora Schiller, eine Frau, die sich ungefähr alle zehn Jahre völlig neu erfindet und die ich immer schon bewundert habe. Herzlich willkommen, Cora!«

»Hallo, Karin, vielen Dank für die nette Begrüßung!« Meine Stimme im Kopfhörer klang ungewohnt.

»Du bist vor Kurzem sechzig geworden – wie geht's dir?«

Ich lachte. »Den Umständen entsprechend. Es ist schon ein Einschnitt, man muss sich erst an den Gedanken gewöhnen.«

»Woran musstest du dich denn gewöhnen?«

»Mit sechzig hat man statistisch gesehen mehr als zwei Drittel seines Lebens hinter sich«, sagte ich. »Da überlegt man dann schon mal, ob sich die Anschaffung eines teuren Wintermantels noch lohnt.«

Karin lachte etwas gezwungen. »Du meinst, man macht sich Gedanken um die eigene Endlichkeit?«

»Nicht den ganzen Tag, aber doch immer mal wieder. Aber keine Sorge, mir geht's gut! Das Alter hat ja auch eine Menge Vorteile.«

»Welche zum Beispiel?«

»Ich verbringe heute nur noch halb so viel Zeit im Bad wie mit dreißig. Ich kenne mich super mit Wein aus, vertrage aber glücklicherweise nicht mehr so viel. Und es kommt vor, dass ein junger Kerl mir seinen Platz im Bus anbietet.«

Wieder lachte Karin. Sie zählte auf, was ich schon alles an beruflichen Stationen hinter mir hatte. Public Relations, Leihoma-Vermittlung, Fernsehredaktion, Partnervermittlung, Paarberatung.

»Die zehn Jahre sind vorbei«, sagte Karin. »Was kommt als Nächstes?«

»Darüber habe ich noch gar nicht nachgedacht«, erwiderte ich. »Eigentlich bin ich ganz zufrieden mit meinem Leben. Aber man weiß ja nie, was so kommt.«

Das war eine vornehme Umschreibung von: *Ich bin gerade stinksauer, außerdem muss man mit allem rechnen, sogar damit, dass ein Seitensprung des eigenen Mannes mit der besten Freundin auffliegt, also frag besser nicht weiter.*

»Ist jetzt nicht die Zeit, in der man all das tun sollte, was man bisher noch nicht geschafft hat?«, hakte Karin nach. »Alte Träume verwirklichen, bevor es zu spät ist?«

Schon wieder, dachte ich. Wieso glaubten eigentlich alle, dass ich noch irgendwas nachzuholen hätte? Wer bis sechzig seine Träume nicht realisiert hatte, würde es vermutlich auch nicht mehr tun. Vor allem, wenn diese Träume was mit funktionierenden Kniegelenken zu tun hatten.

Ich dachte kurz an den Fallschirmsprung, dann wischte ich den Gedanken weg. Dafür war ich sicher schon zu alt.

»Ehrlich gesagt, träume ich davon, mit meinem Mann entspannt auf dem Sofa zu sitzen und gute Filme anzusehen«, sagte ich.

Karin wirkte enttäuscht. »Ich dachte, du planst mindestens eine Weltreise oder hast ein Start-up in der Pipeline!«

Wie unglücklich musste diese Frau sein, wenn sie geglaubt hatte, dass mit einem operierten Gesicht ihr Leben besser würde. Und dass wir einfach nur weitermachen müssten wie bisher, nur immer schneller, dann würde uns das Alter schon nicht einholen.

»Was tust du denn, um körperlich fit zu bleiben?«, wollte sie jetzt wissen.

Ich lächelte. »Jetzt sollte ich vermutlich sagen, dass ich jeden Tag eine Stunde jogge und dreimal die Woche Yoga mache.«

»Und?«

»Das wäre gelogen.«

»Machst du denn irgendeinen Sport?«

»Ich gehe fast alle Strecken in der Stadt zu Fuß«, sagte ich. »Das ist nicht so langweilig wie zu joggen.«

Karin stimmte mir zu, sie fände Joggen auch langweilig, aber es sei nun mal die effizienteste Form der Bewegung. Wir sprachen noch über die Vor- und Nachteile des Nordic Walkings und darüber, warum so viele Frauen unseres Alters auf Yoga abfahren.

»Nun gibt es ja auch noch andere Formen der Bewegung«, sagte sie lächelnd. »Sex mit sechzig, was kannst du mir dazu sagen?«

»Sex mit sechzig?«, wiederholte ich. Es klang so, als hätte ich noch nie davon gehört.

Sex mit sechzig bestand darin, dem vögelnden Paar im Nebenzimmer zuzuhören. Sich zu überlegen, ob einen der eigene Mann noch begehrte oder doch eher die beste Freundin. Sex mit sechzig, das waren Libidoverlust, Impotenz, Blasenentzündungen. Sex mit sechzig war von der Natur nicht mehr vorgesehen, jedenfalls nicht für Frauen.

»Ich denke, da geht durchaus noch was«, sagte ich betont munter. »Ich habe eine Freundin, die ist Single und vernascht alles, was nicht bei drei auf dem Baum ist.«

Karin blickte betroffen. Wer weiß, welchen wunden Punkt ich bei ihr getroffen hatte.

»Und in Partnerschaften?«, hakte sie nach. »Du bist seit dreißig Jahren verheiratet. Man hört ja oft, dass bei den meisten Paaren nach so langer Zeit nicht mehr viel läuft.«

Bitch.

Ich lachte ein perlendes Lachen, von dem ich hoffte, dass es wie das Lachen einer glücklichen und sexuell befriedigten Frau klang.

»Also, ich kann nicht klagen, liebe Karin. Dieses Problem habe ich nun wirklich nicht.«

Sie schoss mir einen bittersüßen Blick zu. Natürlich glaubte sie mir kein Wort. Dann moderierte sie eine Zuspielung an, in der drei Frauen um die sechzig erzählten, was sie alles Tolles machten. Die eine hatte vier Jahre vor der Rente ihren Job gekündigt und ein Pilates-Studio eröffnet, die nächste hatte eine Organisation zur Rettung von Straßenhunden in Bulgarien aufgebaut, die dritte war für drei Monate in ein Schweigekloster nach Indien gegangen und hatte ein Buch darüber geschrieben.

»Du machst mir ein schlechtes Gewissen«, sagte ich, als der Zuspieler vorbei war. »Ist man denn als sechzigjährige Frau nur akzeptabel, wenn man noch mal sein ganzes Leben umkrempelt? Reicht es nicht, mit dem zufrieden zu sein, was man hat?«

»Das ist eine spannende Frage, die ich gern an unsere Zuhörerinnen und Zuhörer weitergeben möchte«, sagte Karin. »Ist Zufriedenheit das, was wir ab sechzig anstreben sollten, oder macht sie uns bequem und damit letztlich alt? Bitte schreiben Sie uns Ihre Meinung, wir veröffentlichen ausgewählte Zuschriften auf unserer Website.«

Wir sprachen noch über dies und das, dann war die Aufnahme beendet. Karin umarmte mich zum Abschied und wünschte mir alles Gute. Ich konnte mich des Eindrucks nicht erwehren, dass sie mich für meine Ambitionslosigkeit verachtete.

Paul brachte mich zur Tür.

»Das war super, Mom! Auf diese Weise hab ich endlich erfahren, dass du zufrieden mit deinem Leben bist.«

»Wusstest du das nicht?«, fragte ich.

Er grinste. »Ich war mir nicht sicher. Ist jedenfalls ein gutes Gefühl, dass ich nicht mehr dafür verantwortlich bin.«

Ich ließ ihn in dem Glauben.

»Am Freitag ist Familiendinner«, erinnerte ich ihn. Im gleichen Moment wurde mir klar, dass dies seit Ulis Eröffnung meine erste Begegnung mit Ivan sein würde. Ob ich das Treffen nicht lieber absagen sollte?

»Ich weiß«, sagte Paul. »Ich würde gern Janina mitbringen.«

Verdammt. Nun konnte ich keinen Rückzieher mehr machen, weil es sonst so aussehen würde, als richtete es sich gegen

Janina. Gleichzeitig war es ausgeschlossen, sie unter diesen Umständen dabei zu haben.

»Ich frage Ivan«, sagte ich, um Zeit zu gewinnen.

»Janina gehört doch jetzt zur Familie«, sagte Paul.

Ohne darauf einzugehen, streckte ich mich und küsste ihn auf die Wange.

»Hast du eigentlich noch Kontakt mit Marie?«, rutschte es mir heraus. »Ich hab in letzter Zeit ein paarmal an sie gedacht. Wie es ihr wohl geht?«

»Ruf sie doch an«, sagte er knapp.

Abends schrieb ich ihm eine Nachricht:

Habe mit Papa gesprochen. Er wünscht sich einen Abend zu dritt. Umarmung, Mama

Keine Antwort.

ACHT

Nuria und Samuel sahen aus, als wären sie aus einer Hippiekommune entlaufen. Sie mit dunkler Mähne und kohlschwarzen Augen, er mit lockigem Blondhaar und gestutztem Bart, beide in farbenfrohe Schlabberklamotten gekleidet und mit der Ausstrahlung von Menschen, die das Leben als großen Abenteuerspielplatz empfanden. Sie waren Bekannte von Paul, der mich als Beraterin empfohlen hatte. Ich fragte mich, was dieses Bilderbuchpaar für Probleme haben könnte, und es dauerte genau dreieinhalb Minuten, bis ich es erfuhr.

»Ich wünsche mir Kinder«, sagte Nuria, kaum dass ich meine einleitenden Worte gesprochen und gefragt hatte, was sie zu mir führe. »Und Samuel hasst Kinder.«

»Ich hasse Kinder nicht«, widersprach Samuel. »Ich will bloß keine.«

Ich fragte ihn nach den Gründen, und er zählte mir seine Argumente auf. Dass er noch so viel vorhabe, dass es sowieso schon zu viele Kinder gebe, dass die Umwelt kaputt gehe und man in eine solche Welt guten Gewissens keine Kinder setzen könne.

Ich fragte Nuria nach den Gründen für ihren Kinderwunsch,

und sie konnte mir ebenfalls sofort welche nennen. Sie entstamme einer Großfamilie und habe sich immer eine eigene Familie gewünscht, Kinder gehörten für sie zum Leben dazu, sie wolle ihre Möglichkeiten als Frau voll ausschöpfen, und ein Teil davon sei, schwanger zu werden und Kinder aufzuziehen. Sie sei zweiunddreißig und habe nicht mehr viel Zeit. Sie liebe Samuel und sei sicher, dass er sie liebe. Aber wenn sie sich in diesem Punkt nicht einigen könnten, wisse sie nicht, ob sie die Beziehung mit ihm fortführen könne.

Er blickte gekränkt. »Dann bin ich also nur ein potenzieller Samenspender für dich?«

»Und ich jemand, mit dem du nur Spaß haben willst?«, gab sie umgehend zurück.

Nachdenklich sah ich die beiden an. Ich wusste genau, was ich ihnen sagen würde, wenn sie mich als Freundin oder mütterliche Ratgeberin gefragt hätten. Aber hier war nicht meine persönliche Meinung gefragt, sondern meine fachliche Expertise, also konzentrierte ich mich darauf, die Bedürfnisse herauszuarbeiten, die sich hinter den Positionen »Ich will Kinder« und »Ich will keine Kinder« verbargen.

Es zeigte sich, dass für Nuria Zusammengehörigkeit, Gemeinschaft, emotionale Sicherheit und Verbindlichkeit wichtig waren, ebenso Werte wie Verantwortung, Fürsorge und Traditionen.

Samuel wünschte sich für sein Leben Freiheit, Unabhängigkeit, Spontaneität und Flexibilität. Er wollte sich nicht festlegen lassen und fühlte sich von Nurias Wunsch unter Druck gesetzt.

Allmählich begriffen beide, dass die Kinderfrage nur ans Licht brachte, dass sie sehr unterschiedliche Vorstellungen davon hatten, wie ihr weiteres Leben verlaufen sollte. Und dass es nicht genügen würde, wenn einer von beiden den anderen »überzeugen« könnte.

»Aber was sollen wir denn jetzt tun?«, fragte Samuel verzweifelt. »Da gibt es doch gar keine Lösung.«

»Das wissen wir noch nicht«, sagte ich. »Aber wir können es gemeinsam herausfinden.«

Wir vereinbarten einen weiteren Termin, und die beiden verließen nachdenklich meine Praxis.

Freitagabend. *Familiendinner.* Ich hatte mir vorgenommen, kein Wort über die Sache mit Uli zu verlieren. Das Toben im Rage Room hatte mir tatsächlich Erleichterung verschafft. Ich war immer noch verletzt, aber nicht mehr kurz vor dem Platzen. Was mir nach wie vor zu schaffen machte, war die Lüge. Wie gut kannte ich Ivan überhaupt? Hatte er noch mehr Geheimnisse vor mir? Diese Fragen stellte ich mir, und irgendwann würde ich mit ihm darüber sprechen müssen. Aber nicht heute.

Seit zwei Stunden stand ich in der Küche und kochte ein Menü nach, das ich in einer Kochsendung im Fernsehen gesehen hatte. Vietnamesische Sommerrollen, Kabeljau auf Gemüsebett und Joghurtmousse mit Ragout aus frischen Beeren. Ich legte mich ins Zeug, als könnte ich es durch perfekte Kochkunst schaffen, die Harmonie in unserer Familie wiederherzustellen.

Nach jahrelangem Konsum von Kochsendungen im Fernsehen war ich zu einer passablen Köchin geworden. Ich wusste, wie Sous-vide-Garen funktionierte, wie man Blätterteig selbst herstellte und welche scheinbar widersprüchlichen Aromen man miteinander kombinieren konnte. Früher hätte ich nie die Geduld für solche Feinheiten aufgebracht, heute machte es mir Spaß und verschaffte mir Befriedigung.

»Essen, die Erotik des Alters«, hatte Uli neulich gelästert, und natürlich hatte sie recht. Aber an Uli wollte ich gar nicht denken.

Ein kurzer Blick auf die Uhr, jeden Moment würden die Männer auftauchen. Manchmal verabredeten sie sich vor dem Dinner zu einem Aperitif und kamen gut gelaunt hier an. Dass sie heute zusammen vorglühten, konnte ich mir nicht vorstellen. Schließlich war Ivan dagegen gewesen, dass Janina mitkam. Zumindest musste Paul das nach meiner Nachricht glauben. In Wahrheit hatte ich Ivan gar nicht gefragt, ich wusste ja sowieso, was er darüber dachte.

Ich hörte, wie sich der Wohnungsschlüssel im Schloss drehte, gleich darauf stand er in der Küche.

»Paul noch nicht da?«, fragte er und küsste mich flüchtig.

»Hallo, wie schön, dich zu sehen, geht's dir gut, wie war dein Tag?« In mir braute sich schon wieder der altbekannte Ärger zusammen. Sah dieser Mann noch irgendwas anderes in mir als ein Möbelstück, das schon seit Jahrzehnten da war und vermutlich immer da sein würde? Eine Person, die in seiner früheren Wohnung lebte, die Mutter seines Sohnes, die praktischerweise auch Essen zubereiten konnte?

Herausfordernd blickte ich ihn an, das scharfe Keramikmesser vom Zerteilen der Kräuter in der halb erhobenen Hand.

»Sorry«, sagte Ivan. »Hallo, wie schön dich zu sehen, geht's dir gut, was hast du mit dem Messer vor?«

Er nahm sich eine Flasche mit alkoholfreiem Bier aus dem Kühlschrank und suchte nach einem Flaschenöffner. Das kommt davon, wenn man nur noch zu Besuch in der eigenen Wohnung ist, dachte ich und ließ ihn suchen. Als er die Flasche endlich geöffnet hatte, erhob ich mein halbvolles Weißweinglas und stieß mit ihm an.

»Cheers«, sagte er. »Auf uns, die Liebe und viel gutes Essen. Was gibt's denn Schönes?«

Während ich die Bestandteile des Menüs aufzählte, ertönte ein leises Brummen. Ich nahm mein Handy hoch und las die Nachricht.

»Verdammt«, entfuhr es mir.

»Was ist?«, fragte Ivan.

Stumm reichte ich ihm das Handy.

Keine Lust zu kommen. Paul

Ivan blickte auf. »Was hat er denn?«

»Er wollte Janina mitbringen«, sagte ich.

»Und?«

»Ich habe ihm gesagt, du wünschst dir einen Abend nur mit uns.«

Ivan schnaubte. »Danke, dass ich den Sündenbock geben darf. Und was haben wir davon? Ein Familiendinner ohne Sohn!«

Das stimmte. Ich würde den Abend allein mit ihm verbringen müssen – genau das, was ich hatte vermeiden wollen. Zu vieles stand zwischen uns im Raum, als dass es ein unbeschwerter Abend hätte werden können.

»Besser als ein Familiendinner mit Janina, oder?«

Ivan nahm einen Schluck Bier und überlegte. »Was würdest du eigentlich Klienten raten, die in einer solchen Situation sind?«

»In welcher Situation?«

»Einen Sohn zu haben, der im Begriff ist, sein Leben zu ruinieren.«

Ich verteilte die Vorspeise auf Teller und rührte wieder in

der Soße. Diese Frage hatte ich mir auch schon gestellt, und die Antwort wäre: Haltet euch raus.

»Dass sie mal darüber nachdenken sollten, warum sie alle Freundinnen ihres Sohnes ablehnen«, sagte ich schließlich. »Vielleicht hat es mehr mit uns zu tun als mit ihm?«

»Marie mochten wir doch«, sagte Ivan.

»Das war aber auch die Einzige.«

Die Einzige von den dreien, die wir kennengelernt hatten. Sollte es andere gegeben haben, hatte er sie uns gar nicht erst vorgestellt. Vielleicht nicht ohne Grund.

»Wir sind wahrscheinlich zu kritisch«, sagte ich. »Deshalb ist Paul auch so empfindlich.«

»An mir liegt es nicht«, sagte er. »Ich bin eigentlich total tolerant.«

Ich prustete los. »Entschuldige, aber das ist der beste Witz, den ich seit Langem gehört habe!«

Da musste Ivan selbst grinsen. »Sagen wir, ich bemühe mich um Toleranz. Vielleicht nicht immer mit Erfolg.«

»Wir sollten versuchen, uns auf die guten Seiten von Janina zu konzentrieren«, schlug ich vor.

»Welche zum Beispiel?«, fragte Ivan.

»Sie … kommt aus einem soliden bürgerlichen Elternhaus. Die Eltern sind konservativ, aber anständige Leute. Janina ist gut erzogen und wird versuchen, dem Beispiel ihrer Eltern nachzueifern.«

»Das sollen Vorteile sein?« Ivan verzog das Gesicht.

»Wäre es dir lieber, sie wäre Mitglied eines kriminellen Clans?«, fragte ich.

Er grinste. »Das wäre auf jeden Fall interessanter.«

Ich überlegte weiter. »Sie … hat keinen Mundgeruch!«

Ivan lachte laut und zählte danach alles Mögliche auf, was

Janina auch nicht hatte: keinen Klumpfuß, keine Vorstrafen, keine sichtbaren Tattoos, kein Auto mit peinlichen Aufklebern.

»Na bitte«, sagte ich. »Geht doch.«

»Genau«, sagte er. »Wir sollten uns glücklich schätzen.«

Mit einer Mischung aus Amüsement und Ratlosigkeit blickten wir uns an, in einem Moment der Einigkeit, der darauf beruhte, dass wir beide unsere zukünftige Schwiegertochter nicht leiden konnten.

Das Gemüse! Ich schoss von meinem Stuhl hoch und rannte zum Ofen. So viel Mühe hatte ich mir mit dem Essen gegeben, und Paul ließ uns einfach hängen.

»Dann essen wir jetzt«, sagte ich, kippte die Soße in Schälchen und servierte die mit Gemüse und Garnelen gefüllten Sommerrollen. Sie schmeckten köstlich, und ich bedauerte umso mehr, dass Paul sie nicht probieren würde.

Ivan tunkte das mit Reispapier umwickelte Päckchen in die Soße und biss ab.

»Falls du nicht weißt, was du als Nächstes beruflich machen sollst, empfehle ich ein Restaurant oder einen Cateringservice.«

»Sehr freundlich.« Meine Stimme klang schärfer, als ich es beabsichtigt hatte.

Irritiert sah er zu mir. »Das sollte ein Kompliment sein.«

Wir aßen schweigend. Obwohl es mir schwerfiel, verzichtete ich darauf, für Small Talk zu sorgen. Sollte er sich doch mal bemühen. Aber er dachte gar nicht daran.

Als er mit der Vorspeise fertig war, tupfte Ivan sich den Mund mit der Serviette ab.

»Ist dir schon mal aufgefallen, dass es Probleme gibt, für die keine gute Lösung existiert? Nur mehr oder weniger schlechte Lösungen? Kennst du das aus deiner Praxis?«

Ich nickte. Das war die Essenz meiner Arbeit.

»Menschen können übrigens sehr lange mit einem ungelösten Problem leben«, sagte ich. »Die meisten Ehen beruhen darauf, dass ganze Problemfelder ausgeblendet werden.«

Ich sah ihn vielsagend an. Es drängte mich, ihn nach dem Vorfall auf Kreta zu fragen. Aber ich hatte Angst, damit eine Linie zu überschreiten, hinter die ich nicht mehr zurückkommen würde. Wenn es einmal ausgesprochen wäre, konnten wir es nicht mehr ungeschehen machen. Und vielleicht würde dann etwas ins Rutschen kommen, was unser sorgfältig austariertes Gleichgewicht zerstörte.

Ich wollte aufstehen, um die Vorspeisenteller abzuräumen.

Ivan hielt mich zurück. »Lass mich doch machen.«

Er stellte die Teller in die Spülmaschine und holte sich noch ein Bier aus dem Kühlschrank. Als ich gerade den Fisch auf das halb gegarte Gemüsebeet legte, klingelte es. Ob Paul es sich anders überlegt hatte? Ich stellte die Form wieder in den Ofen und sah auf die Uhr. In zwölf Minuten wäre der Kabeljau perfekt.

»Ich geh schon.« Ivan stand auf, um zu öffnen, und kam mit Paul zurück.

»Hey!«, sagte ich erfreut. »Wie toll, dass du doch noch kommst!«

Mit finsterer Miene setzte Paul sich an den Tisch.

Ich stellte ihm einen Teller mit der Vorspeise hin. »Lass es dir schmecken.«

Er schob den Teller von sich. »Ich will mit euch reden.«

Wenn er Sommerrollen verschmähte, war es ernst.

»Na, dann mal los«, sagte Ivan und verschränkte die Arme vor der Brust.

Paul holte tief Luft. »Was habt ihr gegen Janina?«

Seine Stimme bebte, er wirkte explosiv wie eine Landmine. Ein falsches Wort, und er würde hochgehen.

»Wir haben doch nichts gegen sie«, sagte ich sanft.

Herausfordernd sah er seinen Vater an. »Warum sollte sie dann heute Abend nicht mitkommen?«

Ich war gespannt, ob Ivan mir in den Rücken fallen würde. Warnend sah ich zu ihm.

Ivan räusperte sich. »Es ist unser Familienessen«, sagte er. »Janina ist deine Freundin ...«

»... meine Verlobte«, unterbrach Paul ihn.

»... also gut, deine Verlobte«, räumte Ivan ein. »Aber nicht dein siamesischer Zwilling.«

»Darum geht es auch gar nicht«, unterbrach ich und wandte mich an Paul. »Unser Familiendinner zu dritt ist eine Tradition. Wir sehen dich und Janina doch oft gemeinsam, warum dürfen wir dich nicht einen Abend im Monat für uns allein haben?«

»Ihr mögt sie nicht.«

»Wir kennen sie gar nicht gut genug, als dass wir das wüssten«, sagte Ivan diplomatisch.

»Dann solltet ihr eigentlich jede Gelegenheit nutzen, sie besser kennenzulernen, oder?«, sagte Paul in sarkastischem Ton.

Punkt für ihn.

»Wir hoffen, dass wir dazu noch viele Gelegenheiten haben werden«, sagte ich so ruhig ich konnte. »Aber hie und da würden wir dich eben gern ohne sie sehen. Was ist daran so schlimm?«

»Ihr mögt sie nicht«, wiederholte Paul. »Hört auf, es zu leugnen.«

Ich seufzte. »Wichtig ist doch, dass du sie liebst und dass ihr euch gut versteht. Janina und wir werden schon zurechtkommen.«

Paul schnaubte. »Zurechtkommen. Toll.«

»Das genügt doch für den Anfang«, sagte Ivan. »Wir wollen sie schließlich nicht heiraten.«

Paul stand auf und holte sich eine Flasche Bier aus dem Kühlschrank. Er öffnete sie und trank einen Schluck.

»Versteht ihr nicht, dass mir … eure Meinung wichtig ist?«

Plötzlich sah er aus wie als kleiner Junge, wenn er eine Dummheit gemacht hatte und auf unsere Nachsicht hoffte. Ich sah ihm an, wie er litt. Er liebte Janina, er liebte uns, und er wünschte sich sehnlich, dass wir uns auch untereinander liebten oder uns zumindest gernhätten. Ein Problem, für das es keine gute Lösung gab.

»Wenn dir unsere Meinung wichtig ist, musst du sie auch aushalten«, sagte Ivan.

»Na, dann los«, sagte Paul und wedelte provozierend mit der Bierflasche vor ihm herum. »Sag es mir. Was denkst du über Janina?«

Ivan gehörte zu den Menschen, die eine direkte Frage nicht mit einer Lüge beantworten konnten. Es war für ihn, als würde ihm jemand eine Pistole an den Kopf halten – er musste fast zwanghaft die Wahrheit sagen. Genau deshalb fragte ich ihn nicht nach Uli. Weil ich mir nicht sicher war, ob ich die Wahrheit hören wollte.

»Komm schon«, insistierte Paul.

Tu's nicht, betete ich wortlos. *Halt einfach die Klappe.*

»Das willst du nicht hören«, sagte Ivan.

»Doch, verdammt noch mal!«, rief Paul. »Ich will es hören.«

»Schluss jetzt«, rief ich in einem verzweifelten Versuch, das drohende Unglück abzuwenden. »Das führt doch zu nichts!«

»Halt dich raus, Mom«, rief Paul. »Das ist eine Sache zwischen Dad und mir.«

Wie in Erwartung eines Bombeneinschlages kniff ich die Augen zusammen und zog die Schultern hoch.

»Ich finde, Janina passt nicht zu dir«, sagte Ivan. »Sie wirkt auf mich … langweilig und spießig. Und sie will dich in ein Leben drängen, das nicht deines ist.« Er schien zu merken, wie hart das klang. Schnell fügte er an: »Das ist nur meine persönliche Meinung, und du weißt, ich bin ein Freak. Die meisten Eltern wären bestimmt glücklich über eine Schwiegertochter wie sie.«

Vorsichtig öffnete ich die Augen wieder.

Paul stand da, die halb ausgetrunkene Bierflasche in der Hand. Er atmete schwer, seine Kiefer mahlten. Im nächsten Moment hob er die Hand und schleuderte die Bierflasche gegen die Wand, wo sie zerplatzte und ihr Inhalt einen schaumigen, gelblichen Fleck hinterließ. Dann drehte er sich um und verließ die Küche. Sekunden später knallte die Wohnungstür zu.

»Na, super«, sagte ich und warf den Pfannenwender auf den Tisch, den ich die ganze Zeit in der Hand gehalten hatte. »Musste das wirklich sein?«

Ivan seufzte. »Er hat es herausgefordert.«

»Das ist doch kein Grund, ihm so was ins Gesicht zu sagen«, rief ich aufgebracht. »Langweilig und spießig! Das wird er dir nie verzeihen.«

»Er wird's überleben.«

»Aber eure Beziehung vielleicht nicht. Willst du wirklich, dass es mit euch so endet wie mit dir und deinen Eltern?«

Ich hatte es furchtbar traurig gefunden, dass Paul ohne Großeltern aufgewachsen war, weil es auf meiner Seite keine gab und die von der anderen Seite nichts von ihm wissen wollten. Mehrere Versuche hatte ich unternommen, um zwischen

Ivan und seinen Eltern zu vermitteln, war aber jedes Mal gescheitert.

»Lass meine Eltern aus dem Spiel«, sagte er düster. Er hasste es, wenn ich dieses Thema berührte.

»Aber du bist im Begriff, den gleichen Fehler zu machen wie sie!«, rief ich aus. »Du zerstörst die Beziehung zu deinem Sohn, weil dir eine seiner Lebensentscheidungen nicht passt. Bei dir war es der Beruf, bei Paul ist es die Partnerin.«

Genervt verzog Ivan das Gesicht. »Du kannst Janina doch genauso wenig ausstehen wie ich.«

»Man muss aber nicht immer alles aussprechen, was man denkt«, fauchte ich ihn an. »Man kann sich auch mal in den anderen reinversetzen und überlegen, wie der sich fühlt. Aber Empathie war ja noch nie deine Stärke.«

Ivan schnaubte spöttisch. »Aber deine, was? Soll das jetzt eine Generalabrechnung werden?«

Ich war gefährlich kurz davor, alles rauszuschreien, was in mir brodelte. Der Frust von Jahrzehnten, gepaart mit der Verletzung angesichts von Ulis Geständnis. Das Gefühl, nicht verstanden zu werden und ihn nie an meiner Seite zu wissen, wenn es darauf ankam.

Stattdessen fauchte ich: »Hau doch einfach ab!«

Ivan stand auf. »Mit dem größten Vergnügen«, sagte er. »Schönen Abend noch.«

Damit war er aus der Tür.

Ich griff nach seiner Bierflasche und schleuderte sie ihm hinterher. Sie zerschellte an der Tür. Dazu brüllte ich: »Du verdammtes Arschloch!«

Von unten ertönte ein Klopfen, wie wenn jemand mit dem Besenstiel an die Decke schlug. Ich nahm einen Stuhl und donnerte ihn mehrmals so fest auf den Boden, dass unten der Putz von der Decke fallen musste. Erstaunlicherweise blieb es danach ruhig. Wahrscheinlich fürchtete mein Nachbar, ich könnte gleich mit einer Knarre vor seiner Tür stehen.

Ich holte das Essen aus dem Ofen. Das Gemüse war matschig und angebrannt, der Fisch vertrocknet. Ich kippte beides in den Müll. Während ich die Scherben der zerbrochenen Flaschen einsammelte und die stinkende Bierlache aufwischte, liefen mir die Tränen übers Gesicht.

NEUN

Ich betrat das *Zentrum für Radiologie und Nuklearmedizin*. Nuklearmedizin, das klang nach Atomkraft, Kernreaktoren und sehr viel radioaktiver Strahlung. Tatsächlich stand ich in einer modern möblierten Empfangshalle mit mehreren Sitzgruppen, in denen Patienten entspannt in Zeitschriften blätterten oder auf ihren Handys herumscrollten. Ich meldete mich an und setzte mich auf einen der Sessel. Mir graute vor der Untersuchung, aber die Worte von Frau Doktor Göbel waren immer wieder an die Oberfläche meines Bewusstseins geblubbert, wie Luftblasen in einem See.

Kein Grund zur Sorge. Aber warten Sie nicht zu lange.

Eine Weile war es mir gelungen, mich auf den ersten Satz zu konzentrieren und den zweiten zu verdrängen, aber irgendwann wurde ich doch unruhig, und so hatte ich mich zur Mammografie angemeldet.

Ich griff nach einer Zeitschrift, die sich der Berichterstattung über Filmstars, Adelige und andere Celebrities verschrieben hatte. Auf jeder zweiten Seite prangten Fotos von spärlich bekleideten Models oder Schauspielerinnen, und wie unter Zwang stellte ich mir deren makellose Brüste eingequetscht in einem Röntgenapparat vor. Es war ein kleiner Trost, dass auch Frauen, deren Körper vor allen mit Schönheit und Glamour in Verbindung gebracht wurden, menschliche Wesen waren, die zu Vorsorgeuntersuchungen gehen mussten.

Gedankenverloren blätterte ich weiter und fragte mich, wann ich aufgehört hatte, mich selbst als attraktiv zu empfinden. Hatte es mit dem Blick der anderen zu tun? Hatte ich meine Attraktivität mit dem Maß an Aufmerksamkeit gleichgesetzt, das ich bei Männern erregte? Als ich jung war, hatte ich für erhebliche Aufmerksamkeit gesorgt und nie Zweifel an meinem Aussehen und meiner Wirkung gehabt. Im Gegenteil, mein Äußeres war eine Art Imprägnierung gewesen, die mich gegen Selbstzweifel geschützt hatte. Ich muss geradezu penetrant selbstsicher gewesen sein, dadurch war ich erfolgreich, das wiederum verstärkte meine Selbstsicherheit. Ein positiver Kreislauf, der irgendwann geendet hatte, aber wann und wodurch?

Mit fünfzig war das Verhältnis zu meinem nicht mehr perfekten Körper schon ziemlich kritisch gewesen, aber immerhin war ich damals noch selbstbewusst genug, eine Affäre mit Tim zu beginnen. Hemmungslos hatte ich mich in unser Sexabenteuer gestürzt und es in vollen Zügen genossen, ohne an schlaffe Haut oder Cellulite-Dellen zu denken. Heute würde mich kein Mann mehr dazu bringen, mich vor ihm auszuziehen, außer während eines weltweiten Stromausfalls.

Eine Mitarbeiterin in einem schicken, lilafarbenen Kittel holte mich ab und brachte mich in den Untersuchungsraum. In einem abgetrennten Bereich legte ich meine Kleidung ab und betrat oben ohne den Raum mit dem riesigen Röntgengerät.

Die Mitarbeiterin hatte eine Bleischürze umgelegt und gab mir Anweisungen, wie ich mich hinstellen und wo ich mich festhalten sollte. Sie nahm meine rechte Brust und legte sie auf eine Platte, dafür musste ich mich strecken, bis ich fast auf den Zehenspitzen stand und mein Kopf auf unnatürliche Weise nach oben verdreht war. Sie schob meine Brust hin und her, bis sie richtig platziert war.

»Und nun bitte entspannen!«

Sehr witzig. Ob sie das auch sagen würde, bevor sie ein Fallbeil auslöste? Sie trat zurück, bediente die Knöpfe einer Fernbedienung, und die Maschine begann zu arbeiten. Gnadenlos und unaufhaltsam senkte sich eine Platte von oben auf meine Brust und presste sie zusammen. Jedes Mal wenn ich dachte, mehr geht nun wirklich nicht, drückte sie noch ein Stück weiter. Als ich kurz davor war loszuschreien, sagte die Frau: »Und jetzt stillhalten!«

Ich hielt die Luft an, und nach einer gefühlten Ewigkeit lösten sich mit einem Ruck die Platten und gaben meine Brust frei. Das gleiche Prozedere erfolgte noch einmal, indem meine Brust vertikal zusammengepresst wurde, dann erfolgten beide Durchgänge auf der linken Seite. Der Schmerz machte mich zuerst wütend, dann demütig. Als es endlich vorbei war, fühlte ich eine solche Dankbarkeit, dass ich die Frau fast umarmt hätte.

»Bitte warten Sie draußen, wir holen Sie dann zur Besprechung«, sagte sie und verließ den Raum.

Erleichtert zog ich mich wieder an und ging zurück in den Wartebereich. Meine Brüste fühlten sich an wie zwei Delinquenten, die für ein Vergehen bestraft worden waren, von dem nicht bekannt war, worin es bestand. Ich fand es empörend, dass mein Körper so misshandelt wurde – angeblich, um Schlimmerem vorzubeugen. Ich fürchtete eher, dass die Untersuchung selbst Schaden anrichten könnte. Instinktiv verschränkte ich die Arme, als wollte ich mich vor weiteren Angriffen schützen.

Nach einer halben Stunde, in der ich zunehmend ungeduldig auf meinem Sessel herumrutschte, wurde ich in einen anderen Raum gebracht. Dort saß ein Arzt, dessen Namensschild ihn als Dr. Keil auswies, vor einer beleuchteten Wand und betrachtete Röntgenaufnahmen. Mit seinem fahrbaren Höcker rollte er ein Stück zurück, um mich zu begrüßen. Er hatte kurzes, graublondes Haar und helle Augen, die mich aufmerksam musterten.

»Frau Schiller«, sagte er und drückte mir die Hand. »Setzen Sie sich doch.« Er wies auf einen Stuhl.

Neugierig betrachtete ich die Röntgenbilder.

»Das sind Ihre Aufnahmen«, erklärte er überflüssigerweise.

»Ist alles in Ordnung?«, wollte ich wissen.

»Nun … ja«, sagte er gedehnt. »Das wissen wir noch nicht genau.«

»Was soll das heißen?«, fragte ich erschrocken.

»Sehen Sie hier.« Er nahm einen Stift vom Schreibtisch und deutete auf einige winzige helle Einsprengsel auf dem Bild meiner linken Brust. »Das ist Mikrokalk.«

»Kalk?«, sagte ich überrascht. »Ich dachte, den hat man in meinem Alter im Gehirn?«

Er lächelte. »Mikrokalk in der Brust kommt bei vielen Frauen vor. In siebzig Prozent der Fälle hat er nichts zu bedeuten. Aber um ganz sicherzugehen, nimmt man eine Gewebeprobe.«

»Um … was auszuschließen?«

»Mikrokalzifikationen können ein Hinweis auf eine karzinogene Erkrankung sein. Aber, wie gesagt, in den meisten Fällen sind sie harmlos.«

Na bitte, dann war ja alles bestens. Mit Wahrscheinlichkeiten kannte ich mich aus, deshalb stieg ich entspannter in ein Flugzeug als in ein Auto. Und hatte noch nie im Leben Lotto gespielt, weil ich sowieso nicht gewinnen würde.

»Und wie geht es jetzt weiter?«, wollte ich wissen.

»Sie machen bitte draußen einen Termin für eine Biopsie. Danach sind wir schlauer.«

Er reichte mir die Hand und lächelte mich an. Netter Typ, dachte ich. Würde mir gefallen. Meine Brüste hätte ich ihm jedenfalls lieber unter anderen Umständen gezeigt. Und viele Jahre früher.

Ich war zum neunten Geburtstag meines Patenkindes Corinne eingeladen, der Tochter von Ivans Ex-Frau Katja und ihrer Frau Nathalie, einer ehemaligen Tänzerin. Als enge Freundin der beiden Frauen war ich zur Patentante des Kindes auserwählt worden, das obendrein meinen Namen erhalten hatte. Mein Taufname klang ja leider wie der einer greisen Herzogin: Corinna Luise. Weil mir das schon in meiner Jugend nicht gefallen hatte, bestand ich darauf, Cora genannt zu werden. Nathalies französische Herkunft inspirierte die beiden Mütter dann zu Corinne.

Meine Patentochter war ein lebhaftes Mädchen, das zum Leidwesen ihrer leiblichen Mutter Nathalie keinerlei Affinität zum Ballett zeigte, sondern alles liebte, was wild war: Fußball spielen, Klettern und ganz besonders Voltigieren.

Zu ihrem Geburtstag hatte sie sich gewünscht, dass ich zu ihrem Reiterhof komme. Sie wollte mir unbedingt vorführen, wie sie auf dem Rücken eines Pferdes herumturnte. Allein die Vorstellung machte mich schwindelig, außerdem fürchtete ich mich vor Pferden. Sie waren groß, meines Wissens ziemlich dumm, hatten kräftige Zähne und harte Hufe – warum sollte ich mich in die Nähe eines so gefährlichen Tieres begeben?

Vielleicht lag mein Misstrauen Pferden gegenüber darin begründet, dass ich bisher so gut wie nie mit welchen in Berührung gekommen war. Wenn es nach mir ginge, könnte das gern so bleiben. Da ich Corinne aber sehr liebte, wollte ich ihr diesen Wunsch nicht abschlagen. Und so bog ich nach einer Dreiviertelstunde Fahrt, die mich aus der Stadt hinaus ins bayerische Oberland geführt hatte, in einen breiten Privatweg ein, der laut Beschilderung zum Reiterhof Eberhardter führte. Ein prachtvoller Bauernhof mit Stallgebäude, einer Koppel, einer Reithalle und einer Reitbahn sowie ringsum Weideflächen, auf denen Pferde grasten. Ein idyllisches Anwesen, dessen Bayernromantik-Faktor es ohne Weiteres mit dem Relax-Hotel Johannser aufnehmen konnte.

Ich stellte meinen Wagen auf dem Parkplatz ab, auf dem schon zwei Landrover und mehrere Autos der Oberklasse mit schicken Metallic-Lackierungen standen. Meine alte Kiste nahm sich dazwischen aus wie die arme Verwandte auf einer luxuriösen Familienfeier.

Als ich über den Hof ging, kam Corinne aus dem Stall gelaufen und fiel mir um den Hals.

»Cora! Da bist du ja endlich!«

»Herzlichen Glückwunsch, du wilde Hummel!« Ich drückte ihr einen Kuss auf die Stirn. »Du siehst ja toll aus! Wie eine Zirkusartistin!«

Corinne trug einen eng anliegenden Gymnastikanzug mit glitzernden Verzierungen, dazu Gummistiefel. Ihr blondes, langes Haar war zu einem Dutt hochgesteckt. Sie hatte helle Haut und Sommersprossen wie Nathalie, war aber nicht so zierlich, sondern für ihr Alter eher groß und kräftig. Es kam mir vor, als wäre sie seit unserem letzten Zusammentreffen schon wieder gewachsen.

Ich entdeckte ihre beiden Mütter, die mit einer Kühltasche, einem Sonnenschirm und anderem Gepäck beladen über den Hof auf mich zugeschwankt kamen.

»Was habt ihr denn vor?«, rief ich lachend.

»Picknick«, rief Katja zurück.

Als sie vor mir standen, umarmte mich Katja, während Nathalie je einen schmatzenden Kuss rechts und links auf meine Wangen drückte.

»*Ça va, ma chère?* Du siehst kein bisschen älter aus als beim letzten Mal!«

»Kein Wunder«, gab ich grinsend zurück. »Wir haben uns ja auch erst vor zwei Wochen gesehen.«

Anlässlich meines Geburtstages hatten die beiden mich ins Tanztheater eingeladen. Zehn Jahre zuvor hatte ich dort schon einmal mit Katja gesessen. Damals war sie frisch verliebt gewesen, und als kurz nach Beginn der Vorstellung ein Tänzer und eine Tänzerin einen Pas de deux vollführten, deutete sie auf die Bühne.

»Der Tänzer?«, flüsterte ich. »Aber der ist doch garantiert schwul!«

»Nicht er …«

Und da war mir klar geworden, dass sie sich in die Tänzerin auf der Bühne verliebt hatte. In eine Frau. Obwohl sie bis dahin immer mit Männern zusammen gewesen war. Zuerst war ich verunsichert gewesen und vielleicht sogar ein bisschen eifersüchtig. Aber noch am selben Abend war ich Nathalie begegnet, und sie hatte mein Herz im Sturm erobert.

»Komm mit in den Stall!«, rief Corinne und zerrte an meinem Arm.

»Wir warten dort«, sagte Katja und deutete auf einen Platz neben der Reitbahn, wo zwei Bänke und ein Tisch standen.

Ich folgte Corinne. Wir begegneten ein paar Pferdemuttis und ihren Töchtern, die selbst ein bisschen wie Pferde aussahen und in ihren Reitstiefeln energisch über den Hof stampften. Die Faszination, die viele Frauen für den Reitsport empfanden, hatte ich noch nie nachvollziehen können. Wenn ich schon Sport trieb, dann doch, um mich zu bewegen. Beim Reiten bewegte sich ja nur das Pferd.

Im Stall schlug mir der typische Pferdegeruch entgegen, nicht unangenehm, aber von einer scharfen Ammoniaknote begleitet, die ich gewöhnungsbedürftig fand. Das Mahlen von Kiefern auf Heu war zu hören, hie und da ein dumpfer Ton, wenn ein Huf gegen die Stallwand schlug. Die Pferde schnaubten und schüttelten ihre Mähnen, um die Fliegen loszuwerden, die sich immer wieder rund um ihre Augen und Nüstern niederließen. Einige kleine Vögel flatterten hoch oben im Gebälk, und in den Sonnenstrahlen, die in den halb dunklen Raum fielen, tanzte der Staub.

»Das ist Bobby«. Corinne streichelte einem riesigen Pferd die Nüstern. »Fühl mal, wie weich.«

Vorsichtig streckte ich die Hand aus und berührte die Pferdenase, die tatsächlich unglaublich zart war. Als das Pferd schnaubte, zog ich die Hand erschrocken zurück.

»Bobby ist unser Bester«, sagte Corinne mit Kennermiene.

»Was muss ein gutes Voltigierpferd denn können?«, fragte ich.

»Es muss einen gleichmäßigen Galopp haben und darf sich nicht schnell erschrecken«, erklärte sie. »Und guck mal, hier …« Sie deutete auf den Rücken des Pferdes. »Wie breit der da oben ist.«

»Und was gefällt dir besonders am Voltigieren?«, wollte ich wissen.

Sie überlegte. »Ich fühle mich so … frei. Fast, als würde ich fliegen.«

»Hast du nie Angst?«

Sie lachte. »Nein, wieso?«

Klar, dachte ich, blöde Frage. Wenn sie welche hätte, wäre sie nicht hier.

Corinne blickte auf die Uhr. »Um halb drei beginnt meine Stunde. Ich muss noch meine Schuhe holen.«

Sie drückte Bobby einen Kuss auf die Nase, und wir verließen den Stall. Während mein Patenkind fröhlich zum Hauptgebäude hüpfte, ging ich rüber zur Reitbahn, wo Katja und Nathalie eine ganze Kaffeetafel aufgebaut hatten. Tassen und Teller, Besteck und Servietten, Thermoskanne und Milchflasche, einen Krug mit einem Strauß Feldblumen und einen Geburtstagskuchen, auf den Nathalie gerade die Kerzen steckte.

»Das habt ihr alles hergeschleppt?«, fragte ich ungläubig.

»Natürlisch«, sagte Nathalie. »Für unsere Kleine scheuen wir keine Mühe, nicht wahr?«

Sie blickte Katja verliebt an, die gab ihr einen zärtlichen Kuss.

Die Entscheidung für ein Kind war vor allem Katja schwergefallen. Sie hatte mit Ivan einen Sohn gehabt, der gestorben war. Diese traumatische Erfahrung hatte zur Trennung des Paares geführt – lange bevor ich Ivan kennengelernt hatte.

»Unsere Kleine ist ganz schön groß geworden«, stellte ich fest. »Macht sie denn auch noch eine richtige Party? Geburtstag mit der Patentante ist ja nicht so prickelnd.«

»Morgen«, beruhigte mich Katja. »Neun Kinder bei uns zu Hause. Ich kann's kaum erwarten.« Sie zwinkerte mir zu.

»Selbst gewähltes Schicksal«, sagte ich mit liebevollem Spott.

Ich war es gewesen, die Katja damals ermutigt und versucht

hatte, ihr die Ängste zu nehmen. Die Vorstellung, dass sie ein weiteres Kind lieben und verlieren könnte, war ihr unerträglich erschienen. Mein Argument, dass sie aus Angst vor den Wechselfällen des Lebens das Leben selbst verpassen könnte, hatte sie schließlich überzeugt. Seither war ich es, die insgeheim fürchtete, Corinne könnte etwas zustoßen. Wo ich doch mitverantwortlich dafür war, dass es sie gab.

»*Et voilà!*« Nathalie hatte die neunte Kerze auf dem Kuchen befestigt und legte ein Feuerzeug bereit.

Corinne kam zurück. Neben ihr ging ein junger Mann, der Bobby an einer langen Leine hinter sich herführte. Um den Bauch trug das Pferd nun einen gepolsterten Gurt mit Haltegriffen. Corinne zog die Gummistiefel aus und schlüpfte in ein Paar weiche Schühchen, die aussahen wie Gymnastikschläppchen.

»Jetzt die Kerzen!«

Folgsam zündete Nathalie die Kerzen an, was nicht ganz einfach war, da der Wind immer wieder eine oder mehrere ausblies. Endlich brannten für einen Moment alle auf einmal, Corinne blähte die Backen und pustete sie aus.

»Bravo!« Wir klatschten in die Hände, Corinne wurde von ihren Müttern umarmt und geküsst.

Gerührt betrachtete ich die Szene und fragte mich, wie irgendjemand auf den Gedanken kommen könnte, ein Kind mit zwei Müttern hätte es weniger gut als eines mit Mutter und Vater. Oder, was ja immer häufiger wurde, mit nur einem Elternteil.

»Alles Gute, meine Große«, sagte ich und drückte Corinne ebenfalls an mich.

»Na, dann los!« Der Lehrer dirigierte das Pferd auf die Reitbahn.

Corinne folgte ihm in die Mitte der Bahn. Auf ein Zeichen des Lehrers setzte sich das Pferd in Bewegung, fiel vom Trab in den Galopp. Es erschien mir noch riesiger als im Stall, und ich konnte mir nicht vorstellen, wie Corinne da hochkommen sollte. Sie lief schräg auf das Tier zu, hielt sich an den Griffen des Gurtes fest und galoppierte zwei, drei Schritte neben ihm her. Mit einem Mal zog sie sich hoch, hing einen Moment lang an Bobbys Seite, schwang das rechte Bein über seinen Rücken – und saß oben.

»Wow!« Ich war beeindruckt.

Sie blieb zwei Runden lang sitzen, dann kniete sie sich hin und breitete die Arme aus. Bobby lief stur im Kreis. Corinne fasste die Griffe, setzte den einen Fuß auf, dann den anderen und stand auf. Sie warf uns einen kurzen Blick zu, aber bevor sie die Arme ausbreiten konnte, verlor sie die Balance und ließ sich wieder nach unten plumpsen.

»O Gott«, stöhnte ich. Es sah toll aus, aber auch ganz schön gefährlich.

»Mir bleibt auch jedes Mal das Herz stehen«, sagte Katja. »Warum kann das Kind nicht Ballett machen? Oder Bodenturnen?«

Ich lachte. »Ja, wirklich. Woher hat sie bloß diesen Sturkopf?«

Katja sah mich an. »Sie hat übrigens mal wieder gefragt.«

»Was?«

»Sie hat nach ihrem Vater gefragt. Aber diesmal ziemlich hartnäckig.«

Ich schluckte. Vor diesem Moment hatten wir uns alle gefürchtet. Bisher hatten Katja und Nathalie auf die Frage ihrer Tochter, warum sie zwei Mütter und nicht Vater und Mutter hatte, stets geantwortet: »Weil es unterschiedliche Familien gibt und wir eben eine Familie mit zwei Müttern sind.« Das hatte Corinne genügt, zumal es im Bekanntenkreis von Katja und Nathalie auch eine Familie mit zwei Vätern und einige alleinerziehende Mütter gab.

»Sie hat in der Schule was aufgeschnappt«, sagte Nathalie.

»Ich dachte, Sexualkunde gibt es erst in der vierten?« Wir hatten uns extra informiert, um zu gegebener Zeit auf Fragen von Corinne vorbereitet zu sein.

»Es war nicht im Unterricht«, erklärte Katja. »Irgendein älterer Schüler muss einen Spruch gemacht haben, danach kam sie ziemlich verstört nach Hause.«

»Was habt ihr gesagt?«

»Dass sie sich keine Sorgen machen soll und wir ihr alles in Ruhe erklären werden.«

»Und jetzt?«

Die beiden Frauen tauschten einen Blick.

»Wir wollten zuerst mit euch sprechen«, sagte Nathalie.

Ich schwieg. Die Wahrheit über Corinnes Herkunft kannten nur fünf Menschen. Und die hatten einander absolutes Stillschweigen gelobt. Auf der Geburtsurkunde stand »Vater unbekannt«. Es sollte keine Verpflichtungen geben und keine Eingriffsmöglichkeit für die Behörden.

»Schaut her, ihr müsst schauen!«, erklang Corinnes Stimme.

Wir drehten alle gleichzeitig den Kopf in Richtung Reitbahn. Wieder stand sie auf dem galoppierenden Pferd, die Arme weit ausgebreitet, und diesmal hielt sie die Balance. Stolz und aufrecht stand sie da und federte mit den Bewegungen des Pferdes mit.

»Super«, rief Nathalie.

»Ganz toll«, stimmte Katja mit ein.

»Groß…artig«, wollte ich rufen, aber das Wort blieb mir im Hals stecken.

Eine Plastiktüte, die irgendwo unbemerkt gelegen hatte, wirbelte hoch, das Pferd warf den Kopf zurück und machte einen Satz zur Seite. Corinne verlor das Gleichgewicht und stürzte zu Boden.

Nathalie schrie auf, alle drei sprangen wir gleichzeitig von den Bänken und liefen auf die Reitbahn. Corinne lag regungslos am Boden, der Reitlehrer kniete bereits neben ihr.

»Corinne«, schrie Nathalie und wollte ihr Kind an den Schultern zu sich hochreißen, aber Katja hielt sie zurück. Als Ärztin wusste sie, dass man ihren Körper jetzt nicht bewegen durfte. Mechanisch griff sie nach dem Handgelenk ihrer Tochter und fühlte ihren Puls.

Mir wurde eiskalt. Was, wenn sie verletzt war oder sterben würde? Das würden wir nicht überstehen. Sie war doch unser aller Kind, ein Geschenk des Himmels, ein Kind der Liebe und Freundschaft!

»Einen Krankenwagen!« Nathalie schluchzte. »Tut doch was!«

»Corinne!«, rief Katja und versetzte den blassen Wangen des Mädchens kleine Klapse.

Ich hielt den Atem an und schickte Stoßgebete zum Himmel.

Eine Ewigkeit schien zu vergehen, dann zuckte Corinnes Körper, sie schnappte nach Luft und öffnete die Augen.

»Was ist los?«, fragte sie.

»Chérie!«, rief Nathalie. »Wie geht's dir, tut dir was weh?«

»Nicht bewegen, Corinne!«, befahl Katja, deren Ruhe geradezu unheimlich war.

Folgsam blieb Corinne still liegen. Katja prüfte die Größe ihrer Pupillen und untersuchte sorgfältig ein Körperteil nach dem anderen. Sie ließ Corinne Hände und Füße bewegen, untersuchte ihr Becken, ihre Schultern, ihren Nacken und tastete zuletzt den Kopf ab.

»Alles in Ordnung«, sagte sie schließlich.

Corinne setzte sich auf, als wäre nichts gewesen.

»Was ist denn passiert?«, fragte sie und sah uns erstaunt an.

Nathalie wollte die Voltigierstunde sofort abbrechen, aber Katja zog sie zur Seite und besprach sich flüsternd mit ihr. Offenbar war sie der Meinung, Corinne solle die Stunde beenden, um die Entstehung eines Traumas zu verhindern. Ich fand Katja heroisch. Ich als Mutter hätte Corinne vom Reiterhof gezerrt und darauf bestanden, dass sie nie wieder ein Pferd besteigt.

Der Reitlehrer versprach, Corinne nur einfache Übungen machen zu lassen. Angespannt saßen wir am Rand und sahen zu, wie sie mal auf dem Pferderücken kniete, sich drehte oder quer auf dem Bauch lag. Einen Versuch aufzustehen machte sie nicht mehr. Als die Stunde zu Ende war, atmeten wir alle drei auf.

»Ich bringe Bobby in den Stall!«, rief Corinne uns zu.

»*Merde*«, sagte Nathalie, den Tränen nahe. »Wir hätten nie erlauben sollen, dass sie damit anfängt.«

»Pferde sind oft ein Übergangsobjekt«, sagte Katja. »Wenn sie anfängt, sich für Jungs zu interessieren, verliert sie das Interesse.«

»Und du glaubst wirklich, dann wird es besser?«, fragte Nathalie und verzog das Gesicht in komischer Verzweiflung.

Wir lachten. Die Erleichterung darüber, dass Corinnes Sturz so glimpflich verlaufen war, machte sich breit.

Aber mich beschäftigte noch etwas anderes. Nachdenklich stocherte ich in meinem Kuchen, dann blickte ich auf.

»Was sollen wir Corinne denn jetzt sagen?«

»Wir haben eine Abmachung, oder?«, sagte Katja.

Ja, so war es. Ich selbst hatte diese Abmachung von Katja und Nathalie gefordert und rigoros verteidigt. Aber die Erinnerung daran, wie sehr ich unter der Abwesenheit eines Vaters gelitten hatte und wie wütend mich die Lügen der Erwachsenen gemacht hatten, ließ mich immer mehr an dieser Vereinbarung zweifeln.

Als ich ungefähr in Corinnes Alter gewesen war, hatte auch ich begonnen, Fragen nach meiner Familie zu stellen. So schonend wie möglich hatte Tante Elsie mir beigebracht, dass mein leiblicher Vater ein Freund meiner Eltern gewesen sei, ein Spanier namens Oriol, mit dem meine Mutter eine Liebesaffäre gehabt habe. Und Klaus, der Mann, den ich bis dahin für meinen Vater gehalten hatte, sei darüber so verzweifelt gewesen, dass er weggegangen war, um in Ruhe nachzudenken.

Warum er nicht zurückgekommen sei, hatte ich gefragt. Er hätte doch genügend Zeit zum Nachdenken gehabt. Tante Elsie wusste keine Antwort darauf, sagte aber, er könne ja jederzeit wieder auftauchen. Eine Weile hatte mich das hoffen lassen. Irgendwann war ich wütend geworden, weil er nicht zurückkam. Und schließlich hatte ich die Hoffnung aufgegeben und den Gedanken an meine beiden Väter begraben.

Bei Elsies Beerdigung war ein Mann erschienen, der behauptete, Klaus zu sein. Es war ein Schock gewesen. Ich hatte ihn einfach stehen lassen. Jahrzehntelang hatte ich die Erinnerung an diese Begegnung verdrängt. Erst in letzter Zeit hatte ich mich hie und da gefragt, was aus ihm geworden war.

»Wir müssen Corinne die Wahrheit sagen«, hörte ich mich sagen.

»Was?« Katja starrte mich an. »Wieso denn plötzlich?«

»Sie hat ein Recht darauf.«

»Aber …« Nathalie brach ab. »Ist dir klar, was für eine … Durscheinander das auslösen könnte?«

Ich stand auf und ging ein paar Schritte auf und ab.

»Ist mir klar«, sagte ich. »Wir müssen natürlich genau überlegen, auf welche Weise wir es tun. Aber ich glaube, wir müssen es tun.«

ZEHN

Wieder saß ich in einem der bequemen Sessel des radiologischen Zentrums und blätterte in Zeitschriften mit schönen Frauen und reichen Männern. Eine spanische Adelige führte stolz ihre drei kleinen Kinder vor, zwei hübsche Jungen in blauen Anzügen und ein kleines Mädchen in einem lachsfarbenen Kleid. Auf einem zweiten Foto war ihr Mann abgebildet, dem man seine adelige Herkunft auf hundert Meter Entfernung ansehen konnte.

»Fernando de Almerón und seine bildschöne Frau Jacinta beim Sonntagsspaziergang mit den Kindern«, las ich. »Früher war er Spaniens begehrtester Junggeselle, heute ist er ein hingebungsvoller Familienvater.«

Wer's glaubt wird selig, dachte ich. Aus begehrten Junggesellen wurden in der Regel keine treuen Ehemänner.

Wie Jacinta sich wohl mit sechzig fühlen würde? Würde sie wehmütig diese Bilder ansehen und der Schönheit ihrer Jugend nachtrauern? Würde sie sich fragen, ob sie mehr aus ihrem Leben hätte machen können? Oder würde sie eine zufriedene, etwas übergewichtige Großmutter werden, die nach einer Karriere als Unternehmerin im Mode-/Design-/Schmuck-Bereich ihren Ruhestand genoss? Würde sich ihre Schönheit auch unter den Falten noch abzeichnen, oder würde sie zu den Frauen gehören, von denen andere hinter vorgehaltener Hand sagten: *Es ist kaum zu glauben, aber früher sah sie mal fantastisch aus.* Oder würde sie sich so verzweifelt gegen das Alter stemmen wie Karin Kellermann und dabei den letzten Rest ihrer Attraktivität zerstören?

Vielleicht haderte ich so mit dem Älterwerden, weil ich nicht wusste, auf welche Weise ich altern sollte. Ich wollte nicht faltig sein, aber ich wollte auch nicht aussehen wie diese operierten Zombiefrauen. Ich wollte meine Haare nicht färben, wollte aber auch nicht grau werden. Ich wollte mir keine Gedanken mehr um Kleidung machen, aber trotzdem gut aussehen. Ich wollte das Alter ignorieren und wurde doch jeden Tag schmerzhaft daran erinnert.

»Frau Schiller, bitte.«

Wieder kam eine Mitarbeiterin in einem lilafarbenen Kittel und brachte mich in einen Untersuchungsraum. Dort stand eine Liege, darüber ein Apparat, wie ich ihn von der Mammografie kannte.

Plötzlich wurde ich nervös. »Was passiert denn jetzt eigentlich?«, fragte ich. Typisch für mich, dass ich im Vorhinein jeden Gedanken an die Untersuchung verdrängt hatte.

»Wir machen das Innere Ihrer Brust mit dem Mammografiegerät sichtbar, und der Arzt entnimmt mittels einer dünnen Nadel eine Gewebeprobe.«

»Ohne Narkose?«, fragte ich entsetzt.

»Die brauchen sie nicht«, sagte die Frau. »Sie werden kaum etwas spüren.«

Das bezweifelte ich. Die Vorstellung, dass man mir gleich eine Nadel in die Brust stechen würde, ließ meine Knie weich werden.

»Kann ich mich setzen?«, fragte ich.

»Sie können sich auch gleich hinlegen. Bitte machen Sie vorher den Oberkörper frei.«

Gleich darauf lag ich da und wartete mit bloßen Brüsten auf den Arzt. Hoffentlich wäre es nicht der attraktive vom letzten Mal. Ich wollte nicht, dass der mich in dieser demütigenden Situation sah.

Die Tür ging auf.

»Grüß Gott, Frau Schiller«, sagte Herr Doktor Keil und schenkte mir einen freundlichen Blick aus seinen hellen Augen.

War ja klar. Wenn ich ein Mal einen Wunsch ans Universum hatte.

»Stimmt es, dass Sie gleich eine Nadel in meine Brust stechen, ohne mich vorher zu betäuben?«, fragte ich.

»Das klingt bedeutend schlimmer, als es ist«, sagte der Arzt beruhigend.

Doktor Keil bewegte den Apparat so, dass meine Brust auf einer Art Teller zu liegen kam. Freundlich schob er sie zurecht, als handelte es sich um Brotteig, der in Form gedrückt werden müsste. Mir schoss die Röte ins Gesicht.

Er zog sich den Monitor zurecht. Einen Moment lang überlegte ich, ob ich zusehen wollte, aber dann beschloss ich, darauf zu verzichten, und drehte den Kopf weg. Ich hielt es ja nicht mal aus hinzusehen, wenn jemand eine Spritze bekam.

Eine Helferin reichte dem Arzt eine Art Tablett, von dem er etwas herunternahm. Nun schloss ich die Augen.

»Es geht los!«, sagte er fröhlich.

Der Apparat setzte sich in Bewegung, gleich darauf spürte ich den vertrauten Schmerz. Schließlich war meine Brust platt gequetscht und die Haut so angespannt, dass ich tatsächlich kaum spürte, wie die Nadel eindrang. Ich glaubte, eine kurze Bewegung zu spüren, als ginge die Nadel hoch und runter, dann war es vorbei.

Der Druck löste sich, die Helferin reichte dem Arzt ein dickes Mullpflaster, das er auf die kleine Stichwunde klebte. Dann wickelten sie mir zu zweit eine Bandage um, die meine Brüste zu einer zusammenzuquetschen schien.

»So, das war's schon«, sagte er und schüttelte mir zum Abschied die Hand, bevor er den Raum verließ.

»Am besten Sie legen sich zu Hause ein bisschen hin«, sagte die Helferin. »Morgen können Sie die Bandage abnehmen.«

Ich zog mich an und verließ den Untersuchungsraum. Eingezwängt wie ich war, konnte ich kaum atmen. Gut, dass ich heute keine Termine mehr hatte. An der Garderobe nahm ich meine Jacke, dann ging ich zur Rezeption.

»Wann erfahre ich denn das Ergebnis?«, erkundigte ich mich.

»In einer Woche«, sagte die Frau am Empfangstresen. »Wenn Sie möchten, können wir gleich einen Termin ausmachen.«

Ich bedankte mich, trug das Datum in meinen Kalender ein und verließ das Zentrum.

Zu Hause wanderte ich ziellos durch die Wohnung, die mir plötzlich leer und unbelebt erschien. Früher war in diesen Räumen immer was los gewesen, ich konnte mich nicht erinnern, jemals länger allein dort gewesen zu sein.

Zu Beginn hatten meist irgendwelche Freunde oder Freundinnen hier gewohnt, später war Paul mit seinen Spielkameraden herumgesaust; wir hatten oft Gäste, mit denen wir lange, feuchtfröhliche Abende verbrachten, und immer wieder standen unerwartete Besucher vor der Tür. Ich war in ein Netz aus familiären und freundschaftlichen Beziehungen eingebunden gewesen. Nun schien dieses Netz sich mehr und mehr aufzulösen. Paul und Ivan lebten nicht mehr hier, größere Einladungen gab ich nur selten, spontane Besuche blieben ganz aus. Meistens kam ich allein gut zurecht, aber nun fühlte ich mich plötzlich schrecklich einsam.

Ich zog eines der Alben aus dem Regal, in das ich unsere Familienfotos eingeklebt hatte. Es zeigte Bilder aus den Jahren 2000 bis 2003 und war das letzte Album dieser Art. Danach hatte ich mit digitaler Fotografie begonnen und die Bilder nur noch im Computer gespeichert.

Ich blätterte. Paul bläst die Kerzen eines Geburtstagskuchens aus, Paul singt im Chor bei einer Schulfeier, Paul balanciert stolz auf einem Skateboard. Da und dort steht im Hintergrund Ivan, ich bin fast nie zu sehen. Ivan fand Familienfotos spießig und weigerte sich zu fotografieren. Er besaß ganz wenige Bilder aus seiner Kindheit und Jugend, und nur zwei oder drei von seinen Eltern, die in einem Umschlag in einer Schublade lagen.

Ich blätterte weiter. Kreta. Junge, braun gebrannte Menschen am Strand, im Bungalowdorf, in einer Taverne, bei einer Höhlenbesichtigung, auf Fahrrädern. Paul, Ivan und ich. Uli, Thomas, Clara und Laura. Die anderen Paare, die wir kennengelernt hatten, und deren Kinder. Oft waren es Gruppen, ich vermutete, dass irgendjemand die Kamera draufgehalten und wahllos geknipst hatte, dadurch war auch ich hie und da zu sehen.

Sorgfältig betrachtete ich jedes einzelne Bild. Wie immer, wenn ich Fotos oder Videos von früher sah, staunte ich darüber, wie gut ich mal ausgesehen hatte – und wie wenig es mir bewusst gewesen war. Ich war so daran gewöhnt gewesen, bei

Männern gut anzukommen, dass ich mir gar keine Gedanken darüber gemacht hatte.

Ich blätterte weiter. Ivan und Uli. Nebeneinander auf einem Strandtuch sitzend, Uli oben ohne, den Kopf kokett zur Seite geneigt, Ivan mit Blick zu ihr. Im Hintergrund sitzen andere Leute, ich bin nicht dabei. Hatte ich dieses Bild aufgenommen? Meinen Mann und meine beste Freundin? Arglos und ahnungslos? Ich knallte das Album zu. Öffnete es sofort wieder. Blätterte erneut durch die Seiten. Insgesamt fand ich neun Bilder, auf denen Ivan und Uli gemeinsam drauf waren. Manchmal direkt nebeneinander, manchmal als Teil einer Gruppe. Ich zählte, wie oft Ivan und ich gemeinsam zu sehen waren. Dreimal. Ich fühlte einen Stich. Die Bilder schienen der Beweis für das zu sein, was ich insgeheim befürchtete: dass damals vielleicht doch mehr zwischen Ivan und Uli gewesen war als eine betrunkene, bekiffte Nacht.

Mein Kopf schmerzte. Ich versuchte, mich zu beruhigen. Fand allerhand Erklärungen für die Bilder. Hielt sie in einem Moment für plausibel, im nächsten für absurd. Wusste irgendwann nicht mehr, was ich glauben sollte.

Ich klappte das Album erneut zu und wollte es gerade an seinen Platz im Regal zurückstellen, da fiel mein Blick auf eine Schachtel, die gut versteckt in der zweiten Reihe stand. Ich nahm die Bücher weg und zog sie heraus. Sie wurde von einem Gummiband zusammengehalten, das schon ganz mürbe war. Dreißig Jahre hatte sie an dieser Stelle gestanden, ich hatte sie völlig vergessen.

Als ich den Gummi abstreifen wollte, zerfiel er in kleine Teile. Ich überlegte, ob ich die Schachtel öffnen sollte. Zögernd hob ich den Deckel an und blickte hinein, dann schloss ich ihn schnell wieder.

Herr und Frau Buntin hatten ihre nächste Sitzung zweimal verschoben. Ich war davon ausgegangen, dass sie die Beratung abbrechen würden, aber zu meiner Überraschung kamen sie dann doch beim dritten Anlauf. Er erklärte mir, der Grund für die Verschiebung sei eine geschäftliche Reise gewesen. Der Gesichtsausdruck seiner Frau ließ mich vermuten, dass das eine Lüge war. Ich fragte nicht nach.

»Worüber möchten Sie heute sprechen?«, erkundigte ich mich.

»Über die Affäre meiner Frau«, sagte Herr Buntin so prompt, als hätte er nur auf die Frage gewartet.

Sie verdrehte genervt die Augen, sagte aber nichts.

Ich wandte mich ihm zu. »Können Sie etwas genauer formulieren, worum es Ihnen dabei geht?«

Er setzte zu einer Antwort an, stockte aber sofort wieder und schwieg. Erst nach einer Weile sagte er zögernd: »Ich will verstehen, was sie … bei ihm gefunden hat.«

Diese Art, so zu tun, als wäre seine Frau nicht im Raum, triggerte mich. Am liebsten hätte ich ihn angeschnauzt, er solle verdammt noch mal mit seiner Frau sprechen, nicht über sie. Ich riss mich zusammen und lächelte so freundlich, wie es mir möglich war.

»Wie wär's, wenn Sie Ihre Frau einfach fragen würden?«

Wieder reagierte er so überrascht, als wäre das ein völlig ungewöhnlicher Vorschlag. Offenbar sah er die Beratung als eine Angelegenheit zwischen ihm und mir, nicht zwischen ihm und seiner Frau. Von diesem Irrtum würde ich ihn kurieren müssen.

Er holte tief Luft und sah seine Frau an. »Also, was hat er dir gegeben, was ich dir nicht geben konnte?«

Sie musste nicht lange nachdenken. »Aufmerksamkeit. Zärtlichkeit. Bei ihm habe ich mich … gemeint gefühlt.«

»Sie haben sich gemeint gefühlt«, wiederholte ich. »Was genau wollen Sie damit ausdrücken?«

»Dass es ihm um mich ging. Um mich als … Person.« Plötzlich sah sie sehr jung und traurig aus.

»Und um was geht es mir deiner Meinung nach?«, bellte er ohne Vorwarnung.

Sie zuckte zusammen, ihr Oberkörper krümmte sich, und sie schien regelrecht in sich hineinzukriechen.

»Bitte, Herr Buntin«, sagte ich streng. »Dieser Ton ist nicht zielführend.«

Ich rechnete damit, dass er auch mich anschnauzen würde, stattdessen kaute er auf seiner Unterlippe und schwieg.

»Vielleicht wollen Sie die Frage trotzdem beantworten«, sagte ich sanft zu ihr.

Sie hielt den Blick gesenkt wie ein Kind, das ausgeschimpft worden war. Nach einer Weile hob sie den Kopf. Ihre Augen waren feucht.

»Ich bin eine Trophy-Frau«, sagte sie.

»Eine was?« Den Ausdruck kannte ich nicht.

»Eine von den Frauen, mit denen man sich als erfolgreicher Mann schmückt. Die gut aussehen und pflegeleicht sind. Keinen Stress machen. Ist doch so, oder?«

Beim letzten Satz blickte sie ihren Mann an, und ihre Stimme bekam eine Schärfe, die mich überraschte.

Er reagierte nicht.

»Was sagen Sie dazu, Herr Buntin?«

Er schüttelte den Kopf, als wäre ihm gerade klar geworden, dass hier etwas nicht stimmen konnte.

»Als wir geheiratet haben, war ich beruflich noch gar nicht erfolgreich«, sagte er zu ihr. »Das wurde ich erst danach. Mit deiner Hilfe.«

Sie warf ihm einen Blick von der Seite zu. »Dann kannst du mir ja wenigstens nicht vorwerfen, ich hätte dich wegen deines Erfolges geheiratet.«

»Und du kannst mir nicht vorwerfen, ich würde dich als Trophy-Frau sehen«, gab er zurück.

»Dann lass mich endlich einen Job annehmen«, sagte sie.

Seine Miene verfinsterte sich. »Du weißt, wie ich dazu stehe.«

Nach diesem kurzen Wortwechsel verfielen beide wieder in Schweigen.

Hier kam ein neues Thema ins Spiel, von dem bislang nicht die Rede gewesen war.

»Habe ich richtig verstanden, dass Sie gerne arbeiten würden, Frau Buntin?«, fragte ich. »Und dass Ihnen, Herr Buntin, das nicht recht ist?«

Beide nickten.

Ich sah ihn an. »Darf ich fragen, was Sie dagegen haben?«

»Das kann ich Ihnen sagen«, erwiderte er heftig. »Ich bin mit einer Mutter aufgewachsen, die arbeiten musste, weil es nicht anders ging. Meine Kinder sollen eine Mutter haben, die für sie da ist.«

»Auch einen Vater?«, fragte ich und fing einen dankbaren Blick von Frau Buntin auf.

»Natürlich auch einen Vater«, sagte er in diesem blaffenden Ton, den er immer annahm, sobald er sich angegriffen fühlte.

»Wenn ich damals weitergearbeitet hätte, könnte ich heute genauso viel verdienen wie du«, sagte sie. »Dann könntest du mehr Zeit mit deinen Kindern verbringen.«

Er verzog höhnisch die Mundwinkel.

Sie wandte sich an mich. »Sie müssen wissen, ich bin Juristin und hatte damals ein sehr, sehr gutes Angebot. Ich stand vor der Wahl zwischen Kindern und Karriere und habe mich für die Kinder entschieden. Heute frage ich mich, ob das ein Fehler war. Ob ich nicht darum hätte kämpfen müssen, beides zu haben. Aber das wäre nur mit einem Mann möglich gewesen, der mich unterstützt hätte.«

Hier lag also der Hund begraben. Sie verübelte ihm, dass sie der Familie zuliebe ihre Karriere aufgegeben hatte. Er arbeitete sich den Arsch ab, um ihr zu beweisen, dass sie sowieso nie so erfolgreich gewesen wäre wie er. Sie rächte sich an ihm, indem sie ihn betrog. Und er fühlte sich ungerecht behandelt, weil er doch alles dafür tat, sie zufriedenzustellen. Und so waren beide unglücklich.

Ich musste an die Geschichte mit dem Brötchen denken, in der Mann und Frau jeden Morgen dem Partner die Brötchenhälfte überlassen, die sie eigentlich selbst lieber mögen, weil sie glauben, dem anderen damit eine Freude zu machen. Nach Jahrzehnten stellen sie durch Zufall fest, dass beide lieber die andere Hälfte gehabt hätten, also ganz umsonst verzichtet haben. Wie viel einfacher das Eheleben wäre, wenn beide sagen würden, was sie wollen, anstatt vom Partner zu erwarten, dass er oder sie Gedanken lesen kann.

Ich musste innerlich über mich selbst grinsen. *Look who's talking.*

»Darf ich Ihnen mitteilen, welchen Eindruck ich bisher gewonnen habe?«, fragte ich das Ehepaar Buntin. »Es kommt mir so vor, als würden Sie beide Erwartungen erfüllen, von denen Sie annehmen, dass Ihr Partner sie hat. Offenbar haben Sie bisher nicht den Versuch gemacht herauszufinden, ob Ihre Annahmen diesbezüglich überhaupt zutreffend sind.«

Ich gab ihnen Beispiele, die meine Hypothese untermauerten.

Beide hörten aufmerksam zu, und ich hatte das Gefühl, einen Nerv getroffen zu haben.

»Und was sollen wir jetzt machen?«, wollte Herr Buntin am Ende der Stunde wissen.

»Herausfinden, was Sie wirklich wollen. Und es Ihrem Partner mitteilen.«

ELF

Das nächste Familiendinner stand an. Diesmal verlegte ich es wohlweislich ins Restaurant. Dort würden wir keine brisanten Themen besprechen und nicht streiten können, daher würde es auf keinen Fall zu einer solchen Eskalation kommen wie beim letzten Mal.

Ich hatte mich bei Ivan für meinen Ausraster entschuldigt. Meine Reaktion war völlig unangemessen gewesen, was mit meinem verdrängten Groll zu tun hatte. Aber schließlich konnte Ivan nichts dafür, dass ich zu feige war, ihn darauf anzusprechen. Er hatte mir großmütig verziehen.

Auch Ivan und Paul hatten sich versöhnt. Ich wusste nicht, wie Ivan es geschafft hatte, die Kränkung wiedergutzumachen, die er seinem Sohn zugefügt hatte. Ich war nur froh, dass es ihm gelungen war. Was Janina anging, hatten wir beide kapituliert. Als ich Paul den Termin und die Adresse des vietnamesischen Lokals mitteilte, das Ivan vorgeschlagen hatte, lud ich sie ausdrücklich mit ein.

Ivan und ich saßen schon am Tisch, als die beiden eintrafen. Paul wirkte nervös, Janina selbstbewusst wie immer. Ihr adrettes, grün-weiß gestreiftes Hemdblusenkleid betonte ihre makellose Ausstrahlung.

Ich fragte mich, ob Paul ihr von unserem Familienkrach erzählt hatte. Zumindest die Details musste er ihr verschwiegen haben. Schwer vorstellbar, dass er ihr erzählt hatte: »Also, nur damit du's weißt, mein Vater findet dich spießig und langweilig, und meine Mutter kann dich auch nicht leiden. Aber beide laden dich herzlich zum nächsten Familiendinner ein.«

Ivan war offenbar entschlossen, durch eine Charmeoffensive vergessen zu machen, was er an Gemeinheiten geäußert hatte. Er umarmte Paul, begrüßte Janina lächelnd und schob ihr den Stuhl neben sich zurecht. Dann entschuldigte er sich dafür, dass er beim Abendessen mit ihren Eltern nicht hatte dabei sein können, und binnen Kurzem waren die beiden in ein ausführliches Gespräch über Migräne und die verschiedenen Methoden ihrer Behandlung vertieft.

Mit wachsendem Erstaunen beobachtete ich, wie aufmerksam und kommunikativ mein Mann sein konnte, wenn er wollte. Und das bei einer Frau, die er nach eigenem Bekunden unerträglich fand. Welchen Charme würde er wohl entwickeln, wenn eine Frau ihm gefiel?

Ich dachte an die Anfänge unserer Beziehung und hatte die vage Erinnerung, dass er auch mir gegenüber sehr aufmerksam und zugewandt gewesen war. Wann im Laufe der letzten dreißig Jahre hatte das aufgehört?

Bei einem sehr jung aussehenden vietnamesischen Kellner mit einer verwegenen Haartolle bestellten wir Sommerrollen, Suppen und verschiedene Hauptgerichte, dazu Cocktails und Wein. Es sollte ein entspannter Abend werden, an dem wir das junge Paar so richtig verwöhnen wollten. Es half ja nichts, schließlich würden wir uns sowieso mit Janina arrangieren müssen. Je mehr wir sie bekämpften, desto enger würden Paul und sie sich zusammenschließen, und wir würden den guten Draht zu unserem Sohn verlieren. Das ist es doch alles nicht wert, dachte ich und nahm einen kräftigen Schluck von meinem Mai Tai. Vielleicht ist sie ja gar nicht so schlimm, wie wir glauben. Noch ein Schluck.

»Wie ist das eigentlich so als Paarberaterin?«, fragte Janina. »Woher weißt du, was das Richtige für deine Klienten ist?«

Ich lächelte. »Das wissen die Klienten selbst, aber es ist ihnen nicht bewusst. Ich helfe ihnen, an dieses Wissen heranzukommen.«

»Und wie machst du das?«

»Indem ich versuche, die richtigen Fragen zu stellen.«

»Und welche Fragen sind das?«

Das war ja das reinste Verhör. Aber sicher wollte Janina nur ihr Interesse zeigen.

»Fragen, die nicht so leicht zu beantworten sind«, sagte ich. »Über die man auch mal länger nachdenken muss und die manchmal auch wehtun.«

Janina überlegte. »Dann bist du so eine Art … Hebamme?«

Das war tatsächlich eine ziemlich zutreffende Beschreibung meiner Tätigkeit. Ich half Menschen dabei, etwas zu »gebären«, was längst in ihnen gewachsen war: die Lösung für ihr Problem. Und das konnte durchaus mühevoll und schmerzhaft sein.

»Manchmal wundere ich mich, was die Leute alles für Probleme haben«, sagte Janina. »Ich glaube, es würde ihnen besser gehen, wenn sie sich nicht ständig mit sich selbst beschäftigen würden.«

Ivan grinste. »Der Meinung bin ich auch. Aber sag das mal einer Paarberaterin.«

Janina und er tauschten ein komplizenhaftes Lächeln. Mistkerl. Schlug er sich gerade wirklich auf ihre Seite, oder war das nur Teil seiner UN-Blauhelm-Mission?

»Es kommt darauf an«, sagte Paul. »Manche Themen kann man nicht ignorieren, bei anderen ist es besser, sie nicht zu problematisieren. Die Kunst ist, beides auseinanderzuhalten.«

»Hört, hört«, sagte ich mit liebevollem Spott. »Aus meinem Sohn ist ein Weiser geworden!«

Jetzt lachten wir alle vier. Die Spannung, die zu Beginn über unserer Runde gelegen hatte, begann sich allmählich zu lösen. Ich glaubte nicht, dass unsere zukünftige Schwiegertochter jemals mein Herz erobern würde. Aber meine Zuversicht wuchs, dass wir einen angemessenen Umgang mit ihr finden könnten. Das waren wir Paul schuldig.

»Unsere Gesellschaft neigt ja leider dazu, aus allem ein Problem zu machen«, warf Janina ein.

Interessiert sah ich sie an. »Findest du? Gib mal ein Beispiel.«

»Diese Gleichberechtigungsdebatte, die verstehe ich einfach nicht. Wir Frauen können doch alles machen, was wir wollen. Nur sind wir für manches eben besser geeignet. So wie Männer für manches besser geeignet sind. Wie man daraus ein Problem machen kann, kapier ich nicht.«

Aus den Augenwinkeln beobachtete ich Paul, der alarmiert wirkte. Offenbar kannte er Janinas Ansichten zu diesem Thema und ahnte, dass diese geringfügig von meinen abweichen könnten. Ich ermahnte mich, ganz ruhig zu bleiben, egal was kommen würde.

»Wofür sind wir Frauen denn besser geeignet?«, fragte ich freundlich.

Janina lachte. »Na, ganz eindeutig zum Kinderkriegen, oder?

Und natürlich zum Stillen. Ich verstehe nicht, warum Mütter heutzutage kurz nach der Geburt wieder arbeiten gehen, nur um zu demonstrieren, dass sie emanzipiert sind.«

Paul legte seine Hand auf ihre. »Du kannst das ja mal anders machen.«

Mein Puls beschleunigte sich. Warum fing sie jetzt vom Kinderkriegen an?

»Es geht nicht um mich persönlich«, erwiderte Janina. »Ich mach das sowieso mal, wie ich es für richtig halte.«

»Was hältst du von: wie *wir* es für richtig halten?«, sagte Paul lächelnd.

»Natürlich, Schatz«, sagte Janina und erwiderte seinen Händedruck.

»Aber das kann doch eigentlich jedes Paar für sich selbst entscheiden«, sagte ich. »Und wenn Frauen in dieser Frage jemals Wahlfreiheit hatten, dann doch heute.«

»Eben nicht«, widersprach Janina. »Die Gesellschaft übt da ganz schön Druck aus. Wie übrigens bei vielen Sachen. Wenn ich nur an diese Sprachdiskussion und die Gendersternchen denke …« Sie brach ab und verdrehte die Augen.

Bevor ich etwas erwidern konnte, kamen die Vorspeisen. Ich hoffte, das Thema wäre damit vom Tisch, und lenkte das Gespräch auf die Frage, ob es die gerade servierten Sommerrollen mit meinen selbst gemachten aufnehmen konnten.

»Nicht im Entferntesten«, log Paul.

»Ich finde sie beide großartig.« Ivan blieb in der Rolle des großen Diplomaten, die er sich offenbar für den heutigen Abend zurechtgelegt hatte.

Als die Cocktails ausgetrunken waren, wechselten wir zum Wein. Ivan schenkte ein, und wir erhoben die Gläser.

»Auf uns!«

»Auf euch!«

»Auf das Leben!«

»Auf die Familie!«

In diesem Moment öffnete sich die Tür, und zwei Frauen betraten das Restaurant. Sie entdeckten uns, winkten herüber und kamen an unseren Tisch.

»Hallo, ihr Lieben!«, begrüßte uns Katja.

»Bonsoir, mesdames et messieurs.« Nathalie strahlte und küsste uns reihum. Als sie bei Janina angekommen war, sagte sie: »Du bist Janina? Schön, dich kennenzulernen! Ich bin Nathalie, und das ist Katja.«

»Na, das ist ja eine Überraschung!«, sagte ich.

»Ja, nicht wahr?« sagte Ivan, der kein bisschen überrascht wirkte.

Ich warf ihm einen fragenden Blick zu, dem er geschickt auswich.

»Dürfen wir uns zu euch setzen?«, fragte Katja.

Tatsächlich saßen wir an einem großen runden Tisch, an dem problemlos auch sechs Personen Platz hatten. Wir rückten zusammen, und Ivan holte zwei Stühle vom Nebentisch.

»Ist das Essen hier nicht formidable?«, sagte Nathalie und blickte auf unsere Teller. »Ich weiß schon, was ich nehme.«

»Ihr seid also öfter hier?«, fragte ich.

»Von uns hat Ivan doch den Tipp!«, erklärte Katja.

Speisekarten wurden studiert, Empfehlungen ausgetauscht, weitere Bestellungen aufgegeben. Der junge Kellner blieb bemerkenswert ruhig, auch als Nathalie sich dreimal neu entschied.

»Worüber habt ihr denn gerade gesprochen?«, fragte Katja schließlich und klappte ihre Karte zu. »Wir wollten euch nicht unterbrechen.«

»Ach, nicht so wichtig«, sagte ich schnell.

Gleichberechtigung und gendersensible Sprache gehörten zu den Lieblingsthemen unserer feministisch bewegten Freundinnen. Wenn Janina dazu ihre Thesen ausbreitete, könnte es ungemütlich werden.

»Wie geht's Corinne, hat sie ihren Sturz vom Pferd gut überstanden?«, erkundigte Ivan sich geistesgegenwärtig.

»Zum Glück«, sagte Katja. »Das war vielleicht ein Schock!«

»Wer ist Corinne?«, erkundigte sich Janina.

Mir wurde klar, dass sie keine Ahnung hatte, wer die beiden Frauen waren und in welcher Beziehung sie zu uns standen. Ich ging nicht davon aus, dass Paul es ihr erzählt hatte.

»Corinne ist unsere Tochter«, erklärte Katja.

»Eure … Tochter«, wiederholte Janina und blickte verwirrt zwischen ihr und Nathalie hin und her.

Paul sah sich bemüßigt, die Sache für seine Freundin aufzuklären.

»Katja ist Ivans Ex-Frau«, erklärte er. »Die beiden waren zusammen, bevor meine Eltern sich kennenlernten. Seit zehn Jahren sind Katja und Nathalie miteinander verheiratet, und sie haben eine Tochter.«

Ich konnte sehen, wie es in Janinas Kopf arbeitete.

»Dann stammt Corinne aus der Ehe mit Ivan?«, fragte sie.

»Ähm … nicht ganz.« Paul blickte Hilfe suchend zu mir.

»Das gehört jetzt nicht hierher«, sagte ich energisch. »Tatsache ist, dass es Corinne gibt und wir alle sehr froh sind, dass sie ihren Sturz unbeschadet überstanden hat.«

»Denn dann wäre sie ja deine Halbschwester«, sagte Janina zu Paul, als hätte sie mich nicht gehört. »Warum hast du mir das nicht erzählt?«

»Das ist doch jetzt ganz egal«, sagte Paul.

Janina schüttelte den Kopf. »Ich verstehe das alles nicht. Wer ist denn ihre leibliche Mutter?«

»Ich«, sagte Nathalie.

»Und ihr Vater?«

Ich stöhnte unhörbar. Genau diese Art Gespräch hatte ich nicht führen wollen und schon gar nicht mit Janina am Tisch.

»Hast du eigentlich eine Bürohilfe gefunden?«, fragte ich Nathalie. »Du hast doch neulich inseriert.«

Unter Zuhilfenahme ihrer Hände und mit viel Augenrollen beschrieb Nathalie die verschiedenen Bewerberinnen. Sie war eine sehr begabte Komödiantin, und wir lagen vor Lachen halb unter dem Tisch.

Mehrfach fragte ich nach, bis ich mir sicher war, vom Thema Corinne erfolgreich abgelenkt zu haben.

Aber da hatte ich nicht mit Janinas Hartnäckigkeit gerechnet.

»Ihr müsst entschuldigen, dass ich noch mal nachhake«, fing sie wieder an. »Aber ihr wisst ja, dass Paul und ich uns verlobt haben. Und da ist es mir schon wichtig zu wissen, wer alles zu seiner Familie gehört. Schließlich gehöre ich auch bald dazu.«

»Du gehörst jetzt schon dazu«, sagte Paul und küsste sie auf die Wange.

»Das ist eine ganz tolle Familie, in die du einheiratest«, sagte Katja lächelnd. »Da kann ich dich beruhigen. Vielleicht ist sie ein bisschen unkonventionell, aber es sind alles wunderbare Menschen.« Liebevoll blickte sie uns an.

»Stichwort unkonventionell«, sagte Janina. »Ich habe wirklich keine Vorurteile, jeder soll lieben, wen er möchte. Aber dass ein Kind am besten Vater und Mutter hat, ist inzwischen wissenschaftlich erwiesen. Weiß eure Tochter denn, wer ihr Vater ist? Hat sie Kontakt zu ihm?«

Es wurde still am Tisch. Alle schienen den Atem anzuhalten.

Wir tauschten nervöse Blicke, jeder wartete darauf, dass der andere etwas sagte.

»Findest du nicht, dass du jetzt ein bisschen … sehr neugierig bist?«, fragte Katja schließlich.

»Ist das schlimm?«, sagte Janina. »Nur wer fragt, bekommt Antworten.«

In diesem Moment sauste Ivans Hand hinab und landete mit einem dumpfen Knall auf dem Tisch. Einige der anderen Gäste blickten erschrocken zu uns herüber.

»Es reicht«, sagte er.

Ich war froh, dass er Janina Einhalt gebot. Wie kam diese Person dazu, uns dermaßen inquisitorisch zu befragen?

»Janina hat recht«, sagte Ivan. »Wir benehmen uns alle wie Idioten, und das schon sehr lange.«

»Wie bitte?«, sagte ich.

Nathalie und Katja sahen ihn entsetzt an.

»Hör auf!«, rief Paul. Seine Wangen hatten sich vor Aufregung gerötet.

Aber Ivan ließ sich nicht beirren. »Wir eiern hier herum und machen ein Riesengeheimnis um etwas, was gar kein Problem ist. Jedenfalls nicht für mich.«

»Vielleicht ist es aber für andere ein Problem«, sagte ich warnend. »Und vielleicht ist jetzt nicht der richtige Moment für dieses Thema?«

»Ihr habt gesagt, ich soll entscheiden, weil es mich außer Corinne am meisten betrifft«, sagte Ivan. »Ich habe mich entschieden. Schluss mit der Geheimnistuerei.«

Janina sah ihn mit großen Augen an. »Dann bist du …?«, stammelte sie und brach ab.

»Ja, ich bin Corinnes Vater. Alle hier am Tisch wissen es. Keiner spricht darüber.«

Janina sah aus, als hätte sie ein Gespenst gesehen. »Du hast also … die Partnerin deiner Ex-Frau geschwängert?«

»Wenn du so willst«, sagte Ivan. »Aber als Ärztin weißt du ja sicher, dass für diesen Vorgang unterschiedliche Methoden existieren. Es handelt sich also nicht etwa um einen Fall von Ehebruch oder Polyamorie, falls das deine Sorge sein sollte.«

Janina starrte uns an. Ihr Gesichtsausdruck schwankte zwischen ungläubig und angewidert.

»Habe ich das richtig verstanden? Mein zukünftiger Schwiegervater zeugt mit Zustimmung meiner zukünftigen Schwiegermutter ein Kind für seine Ex-Frau und deren *Frau* …« Sie malte mit den Fingern Anführungszeichen in die Luft. »Das Mädchen wächst mit einem lesbischen Paar auf und weiß nicht, wer sein Vater ist, obwohl der um die Ecke wohnt.« Sie schüttelte den Kopf. »Das nennt ihr also *unkonventionell.*« Wieder malte sie die dämlichen Anführungszeichen in die Luft.

In diesem Moment stand Paul ruckartig auf.

»Danke, vielen Dank!«, schleuderte er uns entgegen. »Es ist immer wieder ein Vergnügen, mit euch zusammen zu sein.« Er zog Janina von ihrem Stuhl hoch. »Lass uns gehen.«

Sie griff nach ihrer Handtasche. »Vielen Dank für die Einladung«, sagte sie und folgte ihm.

Ich rief ihnen nach: »Paul! Janina! Bleibt doch hier!«

Die beiden stürmten aus dem Lokal.

Ich sank auf meinem Stuhl zusammen. Einen Moment lang blieb es still am Tisch. Verstohlene Blicke anderer Gäste trafen uns, da und dort wurde getuschelt.

Schließlich fragte Nathalie kopfschüttelnd: »Was ist los mit Paul?«

Ich räusperte mich. »Ich nehme an, er schämt sich für uns.«

»Schämen? Warum?« Nathalie starrte mich entgeistert an. Obwohl sie als lesbische Frau unzählige Male Diskriminierung erlebt hatte, schaffte sie es immer wieder, diesen Umstand auszublenden und unerschütterlich an dem Glauben festzuhalten, dass die Menschen einander grundsätzlich wohlgesinnt waren und sich ohne Vorurteile begegneten.

»Paul hat sich immer *normale* Eltern gewünscht«, sagte ich und machte nun meinerseits die blöden Anführungszeichen. »Als Kind war es ihm unangenehm, dass sein Vater einen Beruf hat, den er seinen Mitschülern nicht erklären konnte. Mich fand er auch oft peinlich. Und die Geschichte mit Corinne … das ist wohl für manche Menschen schwer zu verstehen.«

»Aber Paul liebt euch!«, rief Nathalie.

»Natürlich liebt er uns«, sagte ich. »Und er liebt auch euch. Aber er hat Angst, dass Janina uns ablehnen könnte. Dass sie ihn ablehnen könnte. Ihr habt sie ja gerade erlebt …«

»Armer Paul«, sagte Katja. »Ich habe nicht das Gefühl, dass er glücklich ist.«

Das Gefühl teilte ich mit ihr. Ich wusste nur nicht, ob es an Janina lag oder an uns. Wieder einmal hatte sich gezeigt, dass unsere beiden Welten nicht zusammenpassten. Plötzlich war mir schrecklich bang davor, dass Paul sich eines Tages würde entscheiden müssen, in welcher Welt er leben wollte. In unserer oder in der von Janina und ihren Eltern. Und dass er sich gegen uns entscheiden würde.

Warum nur hatte Ivan es wieder zum Eklat kommen lassen. Es war nicht zu fassen. Ich hatte sogar den Verdacht, dass er das Ganze geplant haben könnte.

»Sagt mal, das ist doch kein Zufall, dass ihr heute Abend hier seid?« Ich sah Katja und Nathalie fragend an.

»Eine halbe Zufall«, sagte Nathalie und lächelte schelmisch.

»Ivan hat uns erzählt, dass ihr da seid. Und dass es vielleischt langweilig wird mit Janina.«

Ich sah Ivan an und schüttelte nur den Kopf.

»Hör bloß auf«, sagte Ivan. »Ich habe nichts Schlimmes getan.«

»Außer unseren Sohn zum zweiten Mal zu vertreiben.«

»Da kann man sehen, welche Folgen diese dumme Geheimnistuerei hat«, sagte Ivan heftig. »Wenn Corinnes Herkunft von Anfang an kein Geheimnis gewesen wäre und wir uns nicht benommen hätten wie ertappte Schulkinder, hätte Janina keinen Anlass gehabt, sich so zu empören.«

Ich schnaubte. »Janina hätte immer einen Anlass.«

Wieder schlug Ivan mit der Hand auf den Tisch, diesmal nicht ganz so stark.

»Genau! Und das zeigt, dass es Janinas Problem ist und nicht unseres.«

Er hatte recht. Und genau das ärgerte mich. Janina brachte mich dazu, meine Überzeugungen zu verleugnen, um meinen Sohn nicht zu verlieren. Beim Versuch, die zwei Welten zu vereinbaren, wurde ich feige und kleinmütig. Das war vielleicht das Schlimmste an der Situation. Ich atmete einmal tief durch und versuchte, mich zu beruhigen.

»Was machen wir jetzt mit Corinne?«, fragte ich.

Katja und Nathalie tauschten einen kurzen Blick, dann sahen sie Ivan und mich an.

»Wir erklären es ihr«, sagte Katja. »Das hatten wir doch sowieso schon vor.«

Nathalie nickte zustimmend. »Isch bin sischer, sie ist groß genug, das zu verstehen.«

»Ich kann dabei sein«, bot Ivan an.

Es gab mir einen Stich. Warum sollte ich nicht dabei sein?

Corinne war doch auch »mein« Kind! Ich hatte meine Zustimmung zu dieser ungewöhnlichen Idee gegeben. Wie viele Ehefrauen wären so großzügig gewesen?

»Lasst uns zuerst allein mit ihr reden«, schlug Katja vor. »Wenn sie Fragen an euch hat, kommt ihr beide zu uns und redet mit ihr. Wir sind doch eine Familie.«

Ja, wir waren eine Familie von Wahlverwandten. Menschen, die mehr miteinander verband als Blutsverwandtschaft, weil sie sich bewusst füreinander entschieden hatten. Ob jemand wie Janina das je begreifen würde?

ZWÖLF

Zu Hause angekommen, war ich so aufgewühlt, dass ich nicht schlafen konnte. Ich machte mir ein Glas heiße Milch mit Honig und wanderte ruhelos durch die Wohnung. Schließlich landete ich im Wohnzimmer, wo ich um das Bücherregal herumschlich, als lauerte darin ein gefährliches Tier, das mich beißen würde, sobald ich die Hand ausstreckte.

Es war mir unbegreiflich, wie ich die Existenz des Kartons so völlig verdrängt haben konnte, aber offenbar hatte ich die Gabe, Erinnerungen aus meinem Gehirn zu tilgen, wenn sie mir unangenehm waren. So vermochte Ivan ganze Passagen unserer Streitereien noch nach Jahren fast wörtlich wiederzugeben, während ich sogar den Anlass für einen Streit vergessen hatte.

Schließlich gab ich mir einen Ruck, schob ein paar Bücher beiseite und zog den Karton heraus. Er stammte von Tante Elsie, und ich hatte ihn gefunden, als ich nach ihrem Tod ihr Haus ausräumte. Das war damals in großer Eile geschehen, weil es bereits einen Käufer gab, der darauf drängte, das Grundstück zu übernehmen. Das meiste von Elsies Besitz hatte ich an ihre Freundinnen verschenkt, den Rest weggeworfen. Nur ein paar Erinnerungsstücke hatte ich mitgenommen, darunter den

Karton, der mit meinem Namen beschriftet war. Zu Hause angekommen, hatte ich ihn mit dem Vorsatz ins Regal gestellt, seinen Inhalt irgendwann in Ruhe in Augenschein zu nehmen. Im Laufe der Jahre hatten sich immer mehr Bücher darauf und davor angesammelt, sodass er meiner Erinnerung entglitten war.

Ich stellte meine Tasse ab und öffnete den Deckel. Kurz überlegte ich, dann setzte ich mich im Schneidersitz auf den Boden und kippte den Inhalt der Schachtel vor mir aus: ein paar lose Zettel, Briefe und Fotos. Eine dunkle Haarsträhne, von einem verblassten roten Band zusammengehalten. Ob das die Haare meiner Mutter waren? Jedenfalls waren sie ebenso kräftig und dunkel wie meine.

Ich nahm ein Foto nach dem anderen in die Hand und betrachtete sie so gründlich, als könnten Sie mir etwas über die Geheimnisse meiner Kindheit verraten. An einige der Bilder erinnerte ich mich, Tante Elsie hatte sie mir gezeigt, als ich alt genug war, Fragen zu stellen.

Die Fotos trugen Namen und Daten auf der Rückseite, in Elsies Handschrift sorgsam geschrieben. So als hätte sie diese Informationen bewusst für mich festhalten wollen. Schließlich war ihr klar gewesen, dass ich sie beerben und damit in den Besitz der Bilder kommen würde. In ihrer vorausschauenden Art hatte sie alles in ihren Augen Wichtige in diesem Karton für mich gesammelt.

Einige der Bilder betrachtete ich mit besonderer Neugierde. Da war meine Mutter als kleines Kind mit meinen Großeltern, an ihrem ersten Schultag, als junges Mädchen, mit einer Gruppe anderer Jugendlicher beim Wandern, mit zwei Freundinnen an der Nordsee. Ein Foto zeigte sie mit einem Neugeborenen, das musste ich sein. Ich drehte das Bild um. *Rosa mit Corinna Luise, 1961.*

Auch das Hochzeitsfoto meiner Eltern in einem Silberrahmen war dabei. Ich erinnerte mich, dass es bei Tante Elsie auf der Kommode gestanden hatte. Lange war mir nicht klar gewesen, dass die Leute auf dem Bild meine damals noch sehr jungen Eltern waren. Ich hatte ja so gut wie keine Erinnerungen an sie.

Ich legte die Bilder in chronologischer Reihenfolge hin, bis sie die Lebensgeschichte meiner Mutter abbildeten, wenn auch mit großen Lücken.

Ich konnte nur vermuten, wann im Leben meiner Eltern welche Ereignisse stattgefunden hatten. Kennenlernen, Hochzeit, die Affäre mit dem Freund Oriol, die Enthüllung, dass ich nicht die leibliche Tochter von Klaus war, sein Verschwinden, Krankheit und Tod meiner Mutter – all diese Ereignisse kannte ich nur von Tante Elsie. Ein Sammelsurium schemenhafter Erinnerungen, die nicht meine eigenen waren, sondern die ich nach ihren Erzählungen in meinem Kopf geformt hatte. Es hatte einmal eine Zeit gegeben, in der ich so viel wie möglich erfahren wollte, aber irgendwann verlor ich das Interesse an meiner Familie. Wahrscheinlich, um mich vor weiteren Enttäuschungen zu schützen. Heute bedauerte ich das. Was hätte Elsie mir noch alles erzählen können, wenn ich sie bloß gefragt hätte.

Ich nahm einen der Briefe in die Hand. Er war an meine Mutter adressiert. Ich zog das Blatt aus dem Umschlag und begann zu lesen.

Rosa, mein Darlingeling, Du fehlst mir. Hier in Hamburg regnet es seit drei Tagen ununterbrochen. Trotzdem läuft die Baustelle weiter, und ich hoffe, zum Ende der nächsten Woche wieder bei Dir sein zu können. Wie geht es unserer kleinen Maus? Ich wusste nicht, dass man nach einem so kleinen Menschen so große Sehnsucht haben kann …
Ich umarme Euch, Klaus

Langsam ließ ich das Blatt sinken. Wenn er solche Sehnsucht nach mir gehabt hatte, wieso war er dann weggegangen? Nur weil ich nicht sein leibliches Kind war? Man liebt ein Kind doch nicht, weil man es gezeugt hat. Man liebt es, weil man mit ihm lebt.

Vor vielen Jahren war ich jemandem begegnet, der Klaus gekannt und mir von ihm erzählt hatte: dass er eine eigene Firma gegründet hatte, im Verdacht stand, Geld unterschlagen oder Steuern hinterzogen zu haben, und deshalb abgehauen war. Ob das stimmte? Obwohl es nach einer ziemlich abenteuerlichen Geschichte klang und ich mir keinen Vater wünschte, der ein Betrüger war, hatte ich diese Version damals sehr reizvoll gefunden. Es hätte nämlich bedeutet, dass Klaus nicht abgehauen war, weil ich nicht sein Kind war, sondern um einer möglichen Bestrafung zu entgehen. Dass er meine Mutter nicht aus Eifersucht oder enttäuschter Liebe verlassen hatte, sondern um nicht ins Gefängnis zu kommen. Fast wäre mir diese Erklärung lieber, denn so könnte ich wenigstens daran glauben, dass er mich weiter geliebt und ganz schrecklich vermisst hatte.

Nur, warum war er dann so lange nicht zurückgekommen, wieso hatte er sich nie gemeldet? Irgendwann waren doch auch solche Delikte verjährt. Erst bei Tante Elsies Beerdigung war er wie aus heiterem Himmel erschienen. Und damit war ich so überfordert gewesen, dass ich weglief. Wie dumm und kindisch das war! Ich hätte die Chance gehabt, mit dem Mann zu sprechen, ihm all meine Fragen zu stellen. Aber ich hatte sie nicht genutzt.

Wir waren auf einer Wanderung, und während wir dahinmarschierten, wurde Janina immer größer, bis sie uns alle überragte. Sie sprach unaufhörlich über den Unsinn der Gendersprache und erfand dabei Wörter, die es gar nicht gab. Jedes Mal wenn einer von uns zu widersprechen wagte, schlug sie ihm mit einer bunten Clownspritsche auf den Kopf. Paul lief lachend nebenher, und ich ärgerte mich, weil wir beim Aufbruch die Sommerrollen vergessen hatten und ich hungrig war. Dann kam Corinne auf einem Pferd vorbeigeritten, das eine Reihe Pferdeäpfel fallen ließ, die sich plötzlich in Hüpfballons verwandelten. Wir hüpften wild und ausgelassen herum, und dann waren Paul und Janina weg, und es blieben nur noch Katja und Nathalie mit Corinne zurück, die plötzlich wieder ein Baby war und in ihrer Wiege selig schlief, während Ivan mit einem winzigen Pinsel eine riesige Leinwand bemalte.

Als ich erwachte, fühlte ich mich wie zerschlagen. Ich hatte höchstens vier Stunden geschlafen, und auch die nur mit Unterbrechungen. Der seltsame Traum wirkte in mir nach und erfüllte mich mit einer diffusen Traurigkeit.

Ich quälte mich aus dem Bett, schlich in die Küche und machte mir Kaffee. Dann schlug ich meinen Praxis-Kalender auf, ein altmodisches Exemplar aus Papier, in das ich handschriftlich die Termine eintrug. Ich konnte mich einfach nicht an elektronische Kalender gewöhnen und hatte beschlossen, mich damit nicht mehr zu stressen. Sonst kam ich ja gut klar in der digitalen Welt. Für mein Alter.

So was hörte ich öfter in letzter Zeit: Sie sieht gut aus für ihr Alter. Er ist noch ziemlich fit für sein Alter. Als gäbe es eine Altersgrenze, ab der man üblicherweise nicht mehr gut aussah und nicht mehr fit war. Als wären die Grenzen nicht fließend und äußerst individuell. Man wurde einfach einer bestimmten Gruppe zugeteilt, und ab da wurde alles bewertet. Entweder galt man als unauffällig, weil altersgerecht, oder als auffällig »für dieses Alter«. Wann genau begann eigentlich das Alter?

Wenn die anderen einen als alt empfanden oder wenn man sich alt fühlte? War ich mit sechzig schon alt oder nur älter als eine Fünfzigjährige?

Ich seufzte und klappte den Kalender zu. Ich könnte froh sein, wenn ich jemals so alt werden würde, wie ich mich heute Morgen fühlte.

Meine ersten Klienten waren Nuria und Samuel, das hübsche Hippiepaar, das sich über die Kinderfrage nicht einigen konnte. Ich hatte sie einige Wochen nicht gesehen.

Als sie mir eine halbe Stunde später gegenübersaßen, bemerkte ich, dass Nuria mitgenommen aussah und rot geränderte Augen hatte. Samuel wirkte angespannt und nervös.

Ich lächelte die beiden aufmunternd an. »Wie geht es Ihnen?«

Er biss sich auf die Lippen und schwieg.

Sie brach in Tränen aus. »Ich bin schwanger.«

Ich holte einmal tief Luft. Na, das war ja schnell gegangen!

»Sie hat mich reingelegt«, murmelte er.

Ihr Schluchzen schwoll an, sie verbarg das Gesicht in den Händen.

»Ganz ruhig«, sagte ich mit meiner Valium-Stimme und hob besänftigend die Hände. »Lassen Sie uns in aller Ruhe darüber sprechen.«

Ich ließ Nuria schildern, wie es dazu gekommen war. Es klang nach einem klassischen Verhütungsunfall. Sie konnte oder wollte die Pille nicht nehmen, also verhütete sie mit einem Diaphragma. Als sie übers Wochenende bei Freunden gewesen waren, hatte sie es vergessen, und so benutzten sie ein Kondom. Beide schienen mit der Handhabung nicht sehr vertraut, und beim Rausziehen war offenbar etwas schiefgegangen.

»Das klingt für mich nicht so, als wäre es absichtlich geschehen«, stellte ich fest. Meiner Meinung nach war der Mann dafür verantwortlich, sein Ding mitsamt Gummi sicher zurückzuziehen. Ganz schön dreist, dass er ihr die Schuld zuschieben wollte.

»Natürlich war es keine Absicht«, sagte Nuria an Samuel gewandt. »Ich bin doch nicht blöd. Und du auch nicht.«

»Ist ja auch egal«, wehrte er ab. »Jedenfalls haben wir jetzt die Scheiße.«

»Die Scheiße?« Ich zog meine Augenbrauen hoch.

»Wie würden Sie so eine ungewollte Schwangerschaft denn sonst nennen?«, gab er zurück.

»Wie wär's mit Schicksal?«, sagte Nuria.

Er schnaubte abfällig.

Ich forderte ihn auf, seine Gefühle zu beschreiben. Zuerst antwortete er ausweichend und diffus, aber allmählich gelang es ihm, sich zu konzentrieren. Er beschrieb, wie zerrissen er sich fühlte zwischen seinen Gefühlen für Nuria und der Angst vor dem Verlust seiner Freiheit. Zwischen der Liebe, die er ganz bestimmt für ein Kind empfinden würde, und der erdrückenden Verantwortung, die es gleichzeitig bedeuten würde.

Als er fertig war, sagte ich: »Was Sie da beschreiben, klingt für mich wie das, was jeden Menschen in Ihrer Situation umtreiben würde. Die Fragen: Kann ich das? Will ich das? Bin ich schon so weit? Die Entscheidung für Kinder ist doch immer ambivalent.«

»Wirklich?«, sagte er. »Für Nuria nicht.«

»Das stimmt doch nicht«, widersprach sie. »Meinst du, ich hätte keine Ängste? Dass das Kind krank sein könnte, dass ich es nicht lieben kann, obwohl ich es mir wünsche. Und vor allem ... was dann aus uns werden soll.«

Sie sah ihren Freund an, und ich spürte, wie unglücklich sie war. Sie wollte ihn, sie wollte das Kind, und für sie fühlte es sich so an, als könnte sie nicht beides haben.

»Verstehe ich Sie richtig, dass Sie das Kind in jedem Fall behalten wollen?«, fragte ich.

Sie zögerte nur kurz. »Eigentlich schon.«

»Du willst mich also erpressen«, stellte Samuel fest.

»Ich erpresse dich nicht«, sagte sie, und ihre Augen füllten sich mit Tränen. »Du kannst doch wählen, ob du bleibst oder gehst.«

»Und … du hättest keine Angst, allein zu sein?«, wollte er wissen.

»Ich wäre ja nicht allein. Ich hätte das Kind.«

»Und ich hätte nichts«, sagte er. Nun kämpfte auch Samuel mit den Tränen.

»Oder beides«, sagte sie. »Mich und das Kind.«

»Wie wäre es denn für das Kind?«, schaltete ich mich ein.

»Es hätte in jedem Fall eine Mutter, die es liebt«, sagte Nuria. »Im besten Fall auch einen Vater. Aber man kann auch ohne Vater aufwachsen.« Sie sah Samuel herausfordernd an.

»Halten Sie das für erstrebenswert?«, fragte ich.

Nuria schüttelte heftig den Kopf. »Natürlich nicht.«

»Ich hab's überlebt«, sagte Samuel.

»Sie sind also ohne Vater aufgewachsen?«, fragte ich überrascht. Das hatte er bisher nicht erwähnt.

Er nickte. »Meine Eltern haben sich getrennt, als ich acht war. War nicht cool, aber ist schon irgendwie gegangen.«

»Irgendwie?«

Er beschrieb, wie seine Mutter ihn und seine kleine Schwester allein aufgezogen hatte. »Ich war ein echt guter Babysitter.« Wie sehr er seinen Vater dafür gehasst hatte, dass er weggegangen war. »Ich war so sauer, dass ich ihn an den Wochenenden nicht sehen wollte.«

Dass er schon früh Verantwortung und die Rolle des Mannes im Haus übernehmen musste. Und dass nie Geld für die Dinge da gewesen war, die über den alltäglichen Bedarf hinausgingen.

»Das Geld von meinem ersten Ferienjob wollte ich für ein Skateboard sparen, aber dann hab ich's meiner Mutter gegeben. Vielleicht habe ich deshalb heute noch Schiss, ich könnte irgendwann wieder arm sein.«

»Das muss sehr schwierig für Sie gewesen sein«, sagte ich. »Kann es sein, dass Sie unbedingt vermeiden möchten, dass Ihr Kind so aufwachsen muss? Sie also nur ja zu einem Kind sagen könnten, wenn es die Garantie gäbe, dass Sie als Vater alles richtig machen würden? Und dieser Anspruch vielleicht so hoch ist, dass Sie von vornherein davor zurückschrecken?«

Er dachte lange nach. Schließlich sagte er: »So habe ich das noch nie gesehen.«

»Was wäre eigentlich, wenn Sie sich gegen das Kind entscheiden würden?«, fragte ich Nuria.

Sie sah mich erschrocken an. »Sie meinen, wenn ich abtreiben würde? Das würde ich mir nie verzeihen. Und … Samuel auch nicht.«

»Wollen Sie damit sagen, Ihre Beziehung würde das nicht überleben?«

Sie nickte zögernd.

»Wie denken Sie über eine Abtreibung?«, fragte ich ihn.

Er dachte lange nach. »Im ersten Moment wäre ich erleichtert. Dann würde ich Schuldgefühle bekommen. Und in ein paar Jahren würde ich es vielleicht total bereuen.«

»Warum?«

»Weil Nuria die einzige Frau ist, mit der ich mir überhaupt vorstellen könnte, eine Familie zu haben. Nur eben jetzt noch nicht.«

Ich nickte bedächtig. »Wenn ich Sie richtig verstehe, ist also nicht das Kind das Problem, sondern der Zeitpunkt?«

»Ja, genau.«

Ich ermahnte mich selbst. Ich musste meinen Impuls bekämpfen, Samuel zu einem Ja zu drängen. Ich spürte, dass ich es könnte. Viel eher, als Nuria von ihrem Entschluss abzubringen. Aber es war niemandem geholfen, wenn ich die Unsicherheit meines Klienten ausnutzte und ihn zu einer Entscheidung hin manipulierte, hinter der er nicht stand. Dann wäre vielleicht ich mit dem Ergebnis zufrieden, weil ich es für die richtige Entscheidung hielt. Aber meine Klienten sollten zufrieden sein, und zwar möglichst beide.

»Wann wäre denn für Sie der richtige Zeitpunkt für Kinder?«, fragte ich.

»Weiß nicht. In ein paar Jahren vielleicht.«

»Woran würden Sie merken, dass es der richtige Zeitpunkt ist?«

Darüber musste er länger nachdenken. »Wenn ich … mich reif dafür fühle?«

»Und wie genau würden Sie sich dann fühlen?«

Wieder überlegte er. »Erwachsen. Nicht mehr so … unruhig.«

»Was macht Sie denn unruhig?«

Er beschrieb mir, was er alles noch vorhatte, bevor er ein Erwachsenenleben führen wollte. Reisen, Feiern, ein Start-up gründen. »Frei sein eben«, schloss er. »Keine Verantwortung haben.«

Nuria verzog leicht das Gesicht, sagte aber nichts. Ich spürte eine Entschlossenheit in ihr, die jede Diskussion überflüssig machte. Sie würde dieses Kind bekommen, daran gab es für mich keinen Zweifel. Die Frage war nur noch, ob mit oder ohne Samuel.

Ich stützte den Kopf in meine Hand und sah den jungen

Mann vor mir an, spürte seine innere Zerrissenheit. Er war guten Willens, aber seine Familiengeschichte hemmte ihn und machte ihm Angst. Er würde erst frei sein, wenn er diese Angst verloren hatte.

»Wie Sie das beschreiben, klingt es, als gäbe es eine klare Grenze zwischen Jungsein und Erwachsensein«, sagte ich schließlich. »Und als könnte man entscheiden, wann man von der einen auf die andere Seite wechselt. Meinen Sie nicht, dass das eher ein Prozess ist?«

Er zuckte die Schultern. »Kann sein. Darüber habe ich noch nie so genau nachgedacht.«

»Und wenn Sie darüber nachdenken?«

Er stützte den Kopf in beide Hände und nahm sich viel Zeit für die Antwort. Schließlich blickte er auf und sagte: »Wahrscheinlich wird man erwachsen, indem man sich erwachsen verhält, nicht indem man darauf wartet, erwachsen zu werden.«

Das erste Mal in dieser Stunde lächelte Nuria.

DREIZEHN

Zum dritten Mal innerhalb kurzer Zeit fand ich mich im Radiologischen Zentrum wieder. So heimisch ich mich dort inzwischen fühlte, ich war trotzdem der Meinung, das sollte nun mein letzter Besuch sein.

Wie immer saßen die wartenden Patienten und Patientinnen da, ohne miteinander zu sprechen. Die meisten starrten auf ihre Handys und versuchten, den Blicken der anderen auszuweichen. Es war, als würden sie sich schämen, hier zu sein, und als wollten sie um jeden Preis vermeiden, dass jemand ihnen ansah, wie sie sich fühlten. Ob sie ängstlich, gleichgültig oder entspannt waren, ob sie eine gute oder schlechte Nachricht erwarteten.

Ich griff nach der neuen Ausgabe eines Klatsch-und-Tratsch-Blattes, aber allmählich begannen die immer gleichen Models, Schauspielerinnen und Jachtbesitzer mich zu langweilen. Prominenz und Schönheit allein waren auf Dauer einfach nicht genug, um mich zu unterhalten.

Gleich würde ich das Ergebnis meiner Biopsie erhalten, und ich war völlig entspannt. Bei siebzig Prozent aller Frauen stellte sich der Mikrokalk als harmlos heraus. Warum sollte ich zu den anderen dreißig Prozent gehören? Ich gehörte doch sonst auch immer zur Mehrheit. Zur Mehrheit derer, die noch nie im Lotto gewonnen und noch nie einen Schatz gefunden hatten, zur Mehrheit derer, die noch nie angeschossen worden oder mit dem Flugzeug abgestürzt waren. Außerdem: Ich war nicht der Krebstyp. Ich war weder ängstlich noch verklemmt oder zwanghaft. Ich fraß nichts in mich hinein, ich lebte gesund. Und überhaupt, mich würde es nicht treffen.

Zudem hatte ich gar keine Zeit für irgendwelche Krankheiten. Ich hatte schon genügend mit dem ganz normalen Älterwerden zu tun. Mit dem Verlust von Schönheit und Vitalität, mit den Überlegungen, wie ich den statistischen Rest meiner Lebenszeit von vierundzwanzig Jahren gestalten wollte. Ich musste die Probleme mit meinem Mann, meinem Sohn, seiner Verlobten und vielleicht irgendwann auch mit meiner einstmals besten Freundin lösen. Da hatte ich absolut keinen Bedarf an Diagnosen, die meine statistische Lebenszeit drastisch zu reduzieren drohten.

Wieder wurde ich von einer Mitarbeiterin im lila Kittel abgeholt und zum Untersuchungsraum gebracht. Wie viele von diesen jungen Frauen hier wohl arbeiteten? Vermutlich wurden sie in irgendeinem Raum des Zentrums geklont.

Doktor Keil erwartete mich schon. Sein Lächeln bei der Begrüßung war eine Spur weniger breit als beim letzten Mal. Ich schrieb es seiner Tagesform zu. Wer weiß, was bei ihm zu Hause los war. Vielleicht hatte er eine nervige Frau, oder seine Kinder waren Schulversager. Auch ein Wasserrohrbruch oder ein Sturmschaden konnten einem schon mal die Laune verderben. Nur dass es in den letzten Tagen keinen Sturm gegeben hatte.

»Wir haben nun also das Ergebnis der Biopsie, und es gibt da einige kleine Veränderungen, auf die wir unser Augenmerk richten sollten«, sagte Doktor Keil.

»Kleine Veränderungen?«

»Um genau zu sein, handelt es sich um eine mikrokalkassoziierte Kolumnarzell-Adenose mit ADH, links auf drei Uhr.«

Ich lachte nervös auf. »Sie erwarten nicht ernsthaft, dass ich das verstehe, oder?«

»Anders gesagt, ein duktales Carcinoma in situ, abgekürzt DCIS.«

»Karzinom? Wollen Sie mir sagen, dass ich Krebs habe?« Meine Stimme klang plötzlich schrill.

»Es ist kein Krebs …«

Die Erleichterung überspülte mich wie eine warme Woge.

»… es ist eine Krebsvorstufe.«

Krebsvorstufe klang harmlos. Nach etwas, was man aus der Welt schaffen konnte, bevor es bösartig und gefährlich wurde. Wie einen Terroristen, den man aus dem Verkehr zog, bevor er seine Bombendrohung wahr machen konnte.

»Also, kein Krebs?«, vergewisserte ich mich.

»Sie müssen trotzdem operiert werden«, erklärte Doktor Keil. »Die betroffenen Zellen können entarten, und darauf wollen wir nicht warten.«

Ich nickte benommen.

»Ich habe Sie im Marienkrankenhaus angemeldet. Melden Sie sich unter dieser Nummer, die wissen Bescheid.« Er reichte mir ein Kärtchen mit einer Nummer und dem Namen einer Kollegin.

»Wie, jetzt sofort?«, fragte ich überrascht. »Ich dachte, es ist nichts Schlimmes?«

»Rufen Sie bitte trotzdem dort an.«

Mechanisch steckte ich das Kärtchen ein. In meinem Kopf summte es.

»Sagen Sie, Herr Doktor, was wäre gewesen, wenn ich nicht

zur Mammografie gegangen wäre? Dann hätte ich einfach so weitergelebt, hätte nie von irgendwas Karzinogenem erfahren, und womöglich wäre nie etwas passiert?«

Doktor Keil brauchte etwas, bis er die Frage verarbeitet hatte.

»Sie meinen, wenn Sie sich nicht hätten untersuchen lassen, hätten Sie jetzt kein Problem?«, fragte er.

»So ungefähr.«

Er lächelte wieder sein breites Lächeln. Ärzte sollten nicht so gut aussehend und sympathisch sein, dachte ich, das war nicht fair.

»Könnte sein, dass Sie nie etwas bemerkt hätten«, sagte er und blickte auf meine Patientenakte. »Könnte aber auch sein, dass Sie Ihren Siebzigsten nicht mehr erlebt hätten.«

Ich schluckte trocken.

Er grinste charmant. »Und das wäre doch schade, wo Sie gerade erst Ihren Sechzigsten gefeiert haben.«

Als ich aus dem Radiologischen Zentrum trat, schlug ich, ohne nachzudenken, den Weg zur nächsten Konditorei ein. Seelische Erschütterungen führten bei mir zu dem unwiderstehlichen Bedürfnis, etwas Süßes zu essen. Ich setzte mich an einen Tisch im Freien und bestellte einen großen Milchkaffee und eine doppelte Portion Schokoladencremetorte mit Schlagsahne. Ich schaufelte die süße, fettige Masse in mich hinein. Dabei beobachtete ich eine Taube, die zu meinen Füßen herumhüpfte und darauf wartete, dass ein Krümel hinunterfiel. Mit der Gabel zupfte ich ein Stückchen aus dem Biskuit und warf es ihr zu. Sie verschlang es und blickte mich auffordernd an. Ich erbarmte mich ein zweites Mal, dann verscheuchte ich sie.

Als ich den Kuchen vollständig vernichtet hatte, tupfte ich mir mit der Serviette den Mund ab und knetete den zerknüllten

Zellstoff in der Hand. Überrascht bemerkte ich, dass etwas Warmes auf meine Hand tropfte. Ich trocknete mir die Augen mit der Serviette und schnäuzte kräftig hinein.

Jetzt bloß keine Panik aufkommen lassen. Niemandem wäre geholfen, wenn ich ein Riesengeheule anstimmte, und nachher war alles ganz harmlos. Und genau das schien das Wahrscheinlichste: dass sie mir den Terroristen aus der Brust rausoperierten, bevor er seine Bombe werfen konnte.

Ich beschloss, niemandem etwas von diesem Carcinoma-in-situ-Dings zu erzählen. *In situ*, was bedeutete das überhaupt? Meinen mageren Lateinkenntnissen zufolge könnte es so was wie *im Sitzen* oder *sitzend* bedeuten. Da saß also so ein abgefeimtes kleines Teil in meiner linken Brust und wollte mir Angst machen. Das würde ich nicht zulassen.

Ich glaubte nicht so recht an die Technik des positiven Denkens, aber eines war mir klar: Ich könnte mich jetzt in die schlimmsten Vorstellungen hineinsteigern, was alles passieren könnte, oder ich versuchte, cool zu bleiben, dem Rat meines Arztes zu folgen und den Terroristen so schnell wie möglich loszuwerden. Energieschonender war auf jeden Fall Methode Nummer zwei.

Leider war ich von meinem Naturell her ganz eindeutig eine Kandidatin für Methode Nummer eins. Im Mich-Reinsteigern war ich Weltmeisterin. Niemand konnte so schnell eine Katastrophe kommen sehen und alle um sich herum wahnsinnig machen wie ich. Wenn Paul als Kind krank gewesen und sein Fieber über achtunddreißig gestiegen war, hatte ich mich im Geiste jedes Mal an seinem Grab stehen sehen.

Wenn ich mal etwas weniger verdiente, überlegte ich, unter welcher Brücke ich landen würde. Wenn Ivan sich mehrere Tage nicht meldete, war ich überzeugt, er hätte eine schönere und interessantere Frau kennengelernt und würde mich nun endgültig verlassen.

Wenn es allerdings wirklich ernst wurde, passierte etwas Seltsames mit mir. Als Tante Elsie mir ihre Krebsdiagnose mitteilte und als Paul an meinem vierzigsten Geburtstag nach einem anaphylaktischen Schock leblos im Rettungswagen lag, war ich beide Male ganz ruhig geblieben. Es war mir vorgekommen, als hätte das Geschehen mit mir nichts zu tun, sondern beträfe eine andere Person, und ich würde es nur aus der Distanz verfolgen.

Auch jetzt war ich erstaunlich ruhig.

Zu Hause rief ich die Nummer an, die Doktor Keil mir gegeben hatte.

»Frau Doktor Nadler ist im OP«, sagte eine weibliche Stimme. »Könnten Sie es bitte später probieren?«

»Wann hat sie denn wieder Zeit?«

Ich hörte das Rascheln von Papier.

»Ich sehe gerade, ich habe hier eine Notiz von Doktor Keil«, sagte die Stimme. »Frau Doktor Nadler wird Sie zurückrufen.«

Segnungen der privaten Krankenversicherung, dachte ich. Als Selbstständige zahlte ich seit Jahrzehnten die hohen Beiträge einer privaten Kasse, nun hatte ich endlich mal was davon.

Ich legte mich aufs Sofa. Plötzlich fühlte ich mich so bleischwer, als wäre ich gerade einen Marathon gelaufen oder hätte stundenlang Gewichte gestemmt.

Mir fielen die Augen zu, und innerhalb von Sekunden war ich eingeschlafen.

Als ich aufwachte, stand jemand vor dem Sofa. Erschrocken fuhr ich hoch.

»Was machst du denn hier?«

Prüfend sah Ivan mich an. »Ist alles in Ordnung mit dir? Du siehst fertig aus.«

Ich setzte mich hin. »Alles okay.«

Vom schnellen Aufrichten wurde mir schwindelig, und ich vergrub das Gesicht für einen Moment in den Händen, bis das Wohnzimmer aufhörte, sich um mich zu drehen.

Ivan setzte sich neben mich. »Geht's dir wirklich gut?«

Am liebsten hätte ich meinen Kopf an seine Brust gebettet und ihm von dem Terroristen erzählt. Vielleicht hätte ich ein bisschen geweint, und er hätte meinen Kopf gestreichelt und beruhigend gebrummt. Aber ich hatte mir vorgenommen, die Sache mit mir allein auszumachen, und daran hielt ich mich.

»Willst du einen Tee?«, fragte er und verschwand in der Küche, wo ich ihn werkeln hörte. Einige Zeit später kam er mit einem Tablett zurück, auf dem eine Teekanne und Tassen standen. Sogar an Milch hatte er gedacht.

Dass er mitten am Tag sein Atelier verlassen hatte, um in die Wohnung zu kommen, war ungewöhnlich. Aber ich fragte nicht nach. Wenn er einen Plan verfolgte, würde er mich davon in Kenntnis setzen.

Er schenkte ein und reichte mir meine Tasse. Der Tee war noch heiß, ich pustete darauf, und die Oberfläche kräuselte sich.

»Wärst du traurig, wenn ich sterben würde?« Die Frage platzte aus mir heraus, ohne dass ich darüber nachgedacht hätte.

Er runzelte die Stirn. »Wie kommst du denn darauf?«

»In unserem Alter werden so viele Leute krank. Kann doch sein, dass es auch mal mich erwischt. Also, wärst du traurig?«

»Wärst du denn traurig?«, gab er die Frage zurück.

»Wenn ich sterben müsste? Ja, schon. Ich würde gerne noch meine Enkel kennenlernen.«

Er zog die Augenbrauen hoch. »Ich meinte, wärst du traurig, wenn es mich erwischen würde?«

»Nö, das wäre mir völlig egal«, sagte ich. »Und wäre nett, wenn du dich beeilen könntest, dann würde ich wenigstens noch was erben.«

Wir grinsten uns an. Dann wurde ich nachdenklich.

»Ich kenne nicht mal deine Passwörter«, sagte ich. »Wenn du als Erster stirbst, könnte ich deinen Facebook-Account nicht sperren.«

»Mir egal.« Er streckte seine Beine aus und legte die Füße auf den Sessel gegenüber. »Dann habe ich eben das ewige Facebook-Leben.«

Ich rührte in meiner Tasse, dann nahm ich einen kräftigen Schluck. Allmählich kehrte die Energie in meinen Körper zurück.

»Was soll eigentlich mit deinen Bildern passieren?«, fuhr ich fort. »Sollen die ins Museum, darf ich sie verkaufen oder verschenken, hast du dir darüber schon Gedanken gemacht?«

Ivan stieß die Luft aus. »Was ist denn in dich gefahren? Warum willst du ausgerechnet jetzt übers Sterben reden?«

»Keine Ahnung.«

Mit einem Mal überfiel mich eine heftige Sehnsucht nach ihm, seinem Körper, seiner Nähe. Ich wollte in ihn hineinkriechen, mich in ihm auflösen.

Was war das bloß mit diesem Mann? An einem Tag verfluchte ich ihn und wünschte ihn dahin, wo der Pfeffer wächst. Am nächsten war ich plötzlich wieder wild verliebt in ihn. In einem Moment war ich wütend und dachte an Trennung, im nächsten verzieh ich ihm alles und wollte nur mit ihm zusammen sein.

Ich lehnte mich an ihn. Er stellte seine Tasse ab, legte den

Arm um mich und küsste meine Schläfe. Ich hielt mich an ihm fest und nahm seinen Duft in mich auf. Er tupfte Küsse auf meine Stirn und meine Wangen und vergrub sein Gesicht in meinen Haaren.

Ich rollte mich auf ihn, bis ich rittlings auf seinem Schoß saß. Wir küssten uns, und ich saugte mich an ihm fest, als käme aus seinem Körper die Energie, die ich brauchte, um zu überstehen, was vor mir lag. Ich wusste nicht, was es war, aber ich ahnte, dass ich Kraft dafür brauchen würde.

Er zog mir das T-Shirt über den Kopf und löste meinen BH. Als er meine linke Brust berührte, wimmerte ich. Da drin saß er, der Terrorist mit der Bombe in der Hand. Hin- und hergerissen zwischen Angst und Erregung, ließ ich Ivans Berührung zu und schmiegte mich seiner Hand entgegen. Ich würde den Eindringling in meinem Körper loswerden, bevor er Schaden anrichten konnte. Ich würde mich ihm entgegenstemmen und ihn zur Strecke bringen.

Ivan und ich lagen nun nebeneinander auf dem zu schmalen Sofa, unsere Arme waren uns im Weg, und irgendwann ließ ich mich einfach auf den Teppich vor dem Sofa fallen. Ohne zu zögern folgte Ivan mir nach.

»So experimentierfreudig heute?«, murmelte er an meinem Hals.

Üblicherweise schätzte ich beim Sex eine komfortable Umgebung und war kein Fan von Küchentischen, Heuschobern oder Flugzeugtoiletten. Aber heute war es anders. Ich wollte Grenzen überschreiten, wollte spüren, dass ich lebte.

Ich setzte mich auf ihn. Wir fanden einen gemeinsamen Rhythmus und verschmolzen in einer Umarmung, in der unsere Körper eins zu werden schienen. Für einen Moment vergaß ich alles. Mein Alter, meinen Zorn, meine Angst.

Mit einem Stöhnen kam ich, warf den Kopf zurück und ballte die Fäuste. Schwer atmend, fielen wir nebeneinander auf den Teppich und hielten uns eng umklammert. Eine Weile lagen wir schweigend da. Plötzlich stieg ein Schluchzen aus meiner Kehle, wurde immer stärker und schüttelte schließlich meinen ganzen Körper.

»Was ist denn?«, fragte Ivan erschrocken.

»Nichts.« Ich schluchzte.

Das Bedürfnis, mich ihm anzuvertrauen, sprengte mich fast von innen. Aber in diesem Moment erschien es mir gänzlich unmöglich. Es war unser erster Sex seit Langem, und das weckte die Hoffnung in mir, dass dieses Kapitel zwischen uns noch nicht beendet war. Sollte ich ihm da etwa sagen, dass mir demnächst die Brust aufgeschnitten würde, um Gewebe zu entnehmen, das sonst entarten könnte? Kein wirklich gelungener Abschluss für einen Liebesakt. Natürlich würde ich es auf Dauer nicht vor ihm verbergen können. Aber ich würde es ihm erst sagen, wenn alles vorbei war.

»Wieso bist du eigentlich heute hergekommen?«, fragte ich schließlich.

Er setzte sich auf und fuhr sich mit beiden Händen durchs Haar. »Ich wollte dir was sagen.«

»Ach ja?«

»Ich hab das Italien-Stipendium bekommen.«

Ich schluckte trocken. »Herzlichen Glückwunsch, das ist ja … toll. Ich … freue mich für dich.«

Er blickte skeptisch. »Ehrlich?«

Ich griff nach meinem BH.

»Wenn ich mich nicht freue, ändert es ja nichts«, gab ich zurück.

Dann zog ich mein T-Shirt an, fasste meine Haare zu einem

Pferdeschwanz zusammen und ließ ein Haargummi darübergleiten.

»Wann geht's denn los?«, fragte ich, ohne Ivan anzusehen.

»Anfang September.«

In sechs Wochen.

Ivan erklärte mir, dass er sich erst kurz vor dem Ende der Frist beworben habe. Und ich fragte mich mal wieder, warum er mich so spät in seine Pläne eingeweiht hatte. Warum er nicht vorher mit mir darüber gesprochen hatte, sondern mich – wie so oft schon – vor vollendete Tatsachen stellte.

Ich begleitete ihn zur Tür. Die Enge in meiner Brust, die ich seit dem Vormittag gespürt und zwischendurch vergessen hatte, war wieder da.

Ich hatte gerade die Wohnungstür geschlossen, da klingelte mein Handy. »Schiller.«

»Nadler, Marienkrankenhaus. Doktor Keil hat sie an uns überwiesen.«

Ich rang kurz nach Atem. »Ja?«

»Wir haben einen OP-Termin für Sie, nächsten Mittwoch um acht Uhr. Sie sollten am besten schon am Dienstag gegen siebzehn Uhr in die Klinik kommen.«

Ich schluckte. »So bald schon?«

»Worauf wollen Sie warten?«, fragte die Ärztin zurück.

Gute Frage. Insgeheim wollte ich darauf warten, dass sich das Ganze als Irrtum herausstellte und in Luft auflöste, aber das würde wohl nicht passieren.

»Sie haben recht«, sagte ich. »Wir ziehen das jetzt durch. Wie lange muss ich in der Klinik bleiben?«

»Normalerweise zwei Tage.«

Das war ja nichts. Das konnte ich organisieren, ohne dass irgendjemand etwas davon mitbekam. Ich würde einigen Klienten absagen müssen, aber das kam eben mal vor. Sonst würde niemand bemerken, dass ich für zwei Tage weg war. Und heute in einer Woche war die ganze Episode Geschichte.

Ein Gefühl der Zuversicht überkam mich. Ich würde mich von dem Bombenwerfer nicht einschüchtern lassen.

VIERZEHN

Als ich aufwachte, wusste ich nicht, wo ich war. Erst allmählich kam die Erinnerung zurück. Marienkrankenhaus, onkologische Chirurgie. Brust aufgeschnitten. Terrorist entfernt.

Die Erleichterung mischte sich mit einem Gefühl der Beklemmung. Ich hob den Kopf ein Stück und sah an mir hinunter. Um meinen Oberkörper spannte sich ein enger Verband, der das Atmen schwer machte. Ein dünner Schlauch schlängelte sich aus dem Verbandsstoff heraus und mündete in einer Flasche, in der die trübe rötliche Flüssigkeit aufgefangen wurde, die aus der Wunde tropfte.

Ich ließ den Kopf wieder sinken. Wie war ich bloß hierhergeraten? Noch vor Kurzem war ich gesund und munter gewesen und hatte an nichts Böses gedacht. Dann war ich ein Mal zum Arzt gegangen, und schon lag ich mit aufgeschnittener Brust im Krankenhaus. Ich sollte nicht mehr zum Arzt gehen, dachte ich. Aber dann fiel mir der nette Doktor Keil ein.

Könnte aber auch sein, dass Sie Ihren Siebzigsten nicht mehr erlebt hätten. Und das wäre doch schade, wo Sie gerade erst Ihren Sechzigsten gefeiert haben.

Allmählich wurde ich klarer im Kopf und sah mich um. Offensichtlich befand ich mich im Aufwachraum. Rechts und links von mir sah ich dunkelgrüne Plastikvorhänge, die mein Bett von anderen Betten mit frisch operierten Patienten abteilten. Ich hörte Schritte, einen leichten Luftzug. Schmerzen hatte ich keine, sicher hatten sie mir was dagegen gegeben. Ich schloss die Augen wieder und wollte noch eine Weile in diesem angenehmen Schwebezustand zwischen Wachen und Schlafen bleiben, in dem ich mich für nichts zuständig oder verantwortlich fühlte.

Die letzten Tage waren eine Achterbahnfahrt der Gefühle gewesen, zwischen Besorgnis und Zuversicht, Panik und Verdrängung. Mal hatte ich den OP-Termin ganz vergessen, mal hatte ich die halbe Nacht vor Aufregung wach gelegen und gegrübelt. Ich hatte weniger Angst vor der Operation als vor der Narkose gehabt. Das Gefühl, anderen Menschen hilflos ausgeliefert zu sein, war mir schon immer verhasst gewesen. Und Bewusstlosigkeit war die extremste Form des Ausgeliefertseins.

Immer wieder war ich kurz davor gewesen, mich Ivan oder einer meiner Freundinnen anzuvertrauen. Aber dann sagte ich mir, dass damit keinem geholfen wäre. Mir nicht, weil ich die anderen nur hätte beruhigen müssen, und den anderen nicht, weil sie nichts für mich hätten tun können.

Die Beratungssitzungen waren alle auf die übernächste Woche verschoben. Ein kleiner Eingriff, nichts Schlimmes, kein Grund zur Sorge. Meine Klienten hatten sehr verständnisvoll reagiert. Trotzdem war es mir vorgekommen, als ginge ich auf eine lange, gefährliche Reise.

Das Vorgespräch mit der Ärztin hatte mich dann vollständig hysterisch gemacht, und erst das mit dem Anästhesisten! Er stellte mir Fragen, ich musste tausend Formulare lesen, und am

Ende wollte er meine Unterschrift zur Bestätigung, dass ich über sämtliche Risiken aufgeklärt worden sei, einschließlich dem, die Operation nicht zu überleben. Irgendwann erfasste mich das Gefühl, ich hätte mein eigenes Todesurteil unterschrieben.

Und nun hatte ich die Operation überstanden. Blieb die Frage, ob alles an gefährlichem Gewebe entfernt worden war. Das konnte man erst nach der histologischen Untersuchung wissen, deren Ergebnis ich hoffentlich in einer Woche erhalten würde.

Siebzig Prozent. Auch in den Erklärungen der Ärztin waren sie wieder aufgetaucht. Diesmal hieß es, bei siebzig Prozent der Patientinnen sei nach der Operation alles in Ordnung und das gefährliche Gewebe restlos entfernt. Aber da ich schon einmal zu den dreißig Prozent gehört hatte, bei denen es anders war, verfehlte die Zahl diesmal ihre beruhigende Wirkung.

Einer der Vorhänge wurde zurückgezogen, und eine Schwester erschien an meinem Bett.

»Sie sind ja schon wach«, sagte sie überrascht. »Wie geht's Ihnen?«

»Wie nach einer sehr schlechten Party«, gab ich zurück. Mein Mund war trocken, und ich spürte einen unangenehmen Geschmack.

Sie lachte gutmütig. »Ich bringe Sie jetzt in Ihr Zimmer. Im Moment sind Sie noch allein. Kann sein, dass wir nachher jemanden zu Ihnen reinlegen.«

»Kann ich was trinken?«, murmelte ich.

»Später.«

Sie löste die Bremsen und schob das Bett aus dem Raum und über die Flure der Station. Ich fühlte mich wie der kleine Häwelmann in meinem Lieblingskinderbuch. Der fuhr in seinem

Bettchen auf Rollen aus dem Haus hinaus in die Stadt, dann in den Wald und schließlich bis ans Ende der Welt und in den Himmel zu den Sternen. Schneller, schneller, wollte ich rufen.

Im Zimmer angekommen, stellte die Schwester die Bremsen wieder fest, erkundigte sich, ob ich das Kopfteil des Bettes erhöht haben wollte (ich wollte nicht), und klopfte mein Kissen zurecht.

»Kann ich jetzt was trinken?«, fragte ich.

Die Schwester sah auf die Uhr. »In einer Dreiviertelstunde.«

Nachdem sie das Zimmer verlassen hatte, schloss ich die Augen und hoffte, noch mal einschlafen zu können. Aber ich blieb wach und grübelte vor mich hin.

Ich hatte mir geschworen, ein paar Dinge zu ändern, wenn ich wieder aus der Narkose erwachen würde. Diese Diagnose war ein Warnschuss, eine Aufforderung, mein Leben zu überdenken und ihm eine neue Richtung zu geben.

»Schon klar«, hörte ich eine vertraute Stimme. »Kaum musst du mal ins Krankenhaus, willst du gleich ein besserer Mensch werden.«

»Besser spät als nie«, erwiderte ich.

»Wieso muss eigentlich immer erst was passieren, bevor du anfängst nachzudenken?«

»Quäl mich nicht«, bat ich.

»Jetzt kannst du aber nicht weglaufen«, sagte sie. »Das muss ich ausnutzen.«

Miststück. »Also, was willst du?«

»Dass du nicht so eine sentimentale Alte wirst. Früher war alles besser und so.«

»Früher war aber alles besser.«

»Dann komm mir wenigstens nicht mit diesem *Ab jetzt konzentriere ich mich nur noch auf die wirklich wichtigen Dinge.*«

»Was spricht dagegen?«

»Dass kein Mensch weiß, was wirklich wichtig ist. Mal ist es wichtig, einen Tag im Bett zu bleiben, ein anderes Mal ist es wichtig, sich mit guten Freunden volllaufen zu lassen.«

»Und woher weiß ich dann, was ich machen soll, wenn alles gleich wichtig oder unwichtig ist?«

»Das kannst du höchstens hinterher wissen, aber da ist es zu spät.«

»Echt toller Ratschlag«, sagte ich. »Jetzt wollte ich endlich mal was aus meinen Erfahrungen lernen und ab jetzt alles richtig machen, da vermasselst du mir wieder die Tour.«

Ich hörte sie schadenfroh kichern, dann war sie weg.

Na ja, dachte ich, die Wahrscheinlichkeit, dass ich tatsächlich etwas verändern würde, war bei mir ohnehin nicht sonderlich groß. Gute Vorsätze jeder Art pflegte ich im Eiltempo zu vergessen.

Erschrocken fuhr ich aus dem Halbschlaf hoch, weil jemand ins Zimmer gestürmt kam.

»Mama! Wieso bist du hier?« Paul blieb vor meinem Bett stehen und starrte mich entgeistert an.

»Das könnte ich dich auch fragen«, lallte ich benommen zurück. »Woher … weißt du überhaupt, wo ich bin?«

Er ließ sich auf einen Stuhl fallen und schüttelte den Kopf. »Warum hast du mir nicht Bescheid gesagt? Wieso hat Dad mir nichts gesagt?«

Ich wollte mich aufsetzen, aber es gelang mir nicht.

»Hilf mir mal, bitte.« Ich deutete auf den Mechanismus, mit dem man das Bett verstellen konnte.

Paul kam näher und bewegte den Hebel, um das Kopfteil zu erhöhen.

»Danke«, sagte ich und versuchte, mich in eine halbwegs

erträgliche Position zu manövrieren. Der blöde Verband presste meinen Brustkorb so eng zusammen, dass ich kaum Luft bekam. Die unappetitliche Flasche mit dem Schlauch schob ich unauffällig unter die Decke. Paul ließ sich neben mir auf der Bettkante nieder.

»Mama«, wiederholte er.

Ich merkte, wie erschrocken er war, und nahm seine Hand.

»Schau, mein Herz, ich wollte niemanden beunruhigen. Das war ein kleiner Eingriff, nichts Schlimmes. Es ging alles so schnell, ich hatte gar keine Zeit mehr, jemanden zu benachrichtigen.«

»Wenn es so schnell gehen musste, war es nicht harmlos«, sagte Paul.

»Andersrum«, sagte ich. »Weil es so schnell ging, wird daraus nichts Schlimmes.«

»Dann ist es also … kein Krebs?« Pauls Stimme war zittrig. Na klar, ich lag auf der Onkologie. Natürlich musste er das Schlimmste denken.

»Nein«, sagte ich mit fester Stimme. »Nur ein paar Zellen, die sich nicht ganz so benommen haben, wie sie sollten. Um ganz sicherzugehen, hat man sie rausgenommen.«

»Trotzdem hättest du es mir sagen müssen.«

»Ich wollte nicht, dass ihr euch unnötig Sorgen macht«, wiederholte ich.

»Ihr …?«, seine Augen weiteten sich. »Heißt das … Ivan weiß auch nichts davon?«

»Natürlich nicht.«

»Wie kannst du nur?«, rief Paul. »Du wirst operiert, und Dad hat keine Ahnung! Was, wenn du gestorben wärst?«

»Ich wollte ihm keine Hoffnungen machen«, versuchte ich einen Scherz.

Paul schnaubte. »Du bist echt unmöglich, Mama!«

Vergessen war offenbar sein Zorn auf Ivan, vergessen sein wütendes Rausstürmen aus dem vietnamesischen Restaurant wenige Tage zuvor.

»Tut mir leid, Paul«, sagte ich. »Es ist doch alles glatt gegangen.«

Er war aufgesprungen und ging im Zimmer hin und her wie ein eingesperrter Tiger.

»Kann ja sein, dass du's gut gemeint hast«, sagte er. »Aber es ist trotzdem krass egoistisch von dir. Du kannst dir wohl nicht vorstellen, dass es Menschen gibt, die dich lieben und sich um dich sorgen?«

Er hatte recht. Es war egoistisch von mir gewesen. Ich hatte meine Kraft für mich selbst gebraucht und mich nicht mit den Sorgen der anderen beschäftigen wollen. Ich hatte mir sogar eingebildet, das Ganze ginge niemanden außer mir etwas an. Langsam dämmerte mir, wie Paul sich fühlen musste. Hätten er oder Ivan dasselbe gemacht, wäre ich ausgeflippt.

»Tut mir leid«, sagte ich beschämt. »Ich bin wirklich manchmal … eine blöde Kuh.«

Tränen stiegen mir in die Augen. Ich wischte mit dem Handrücken darüber und griff nach der Papierserviette auf dem Nachttisch. Ich wollte nicht, dass Paul mich weinen sah.

»Tust du mir einen Gefallen?«, bat ich ihn mit gepresster Stimme. »Besorgst du mir was zu trinken?«

Er ließ den Holm des Fußteiles los, drehte sich ruckartig um und verließ das Zimmer. Wenig später kam er mit der Schwester zurück. Die schraubte den Verschluss einer Flasche mit stillem Wasser auf und schenkte mir ein.

»Schön langsam, bitte.«

Schon hatte ich das Glas in der Hand und trank gierig.

»Und Sie sind also der Sohnemann?«, fragte die Schwester.

»Mhm.« Pauls Wangen röteten sich, sein Blick irrte verlegen umher. Plötzlich sah er aus wie zwölf.

Die Schwester lächelte und ging zur Tür. Dort drehte sie sich noch mal zu mir um.

»Wenn Sie zur Toilette müssen, sagen Sie Bescheid. Beim ersten Mal sollte Sie jemand begleiten.«

Wenigstens hatte sie mir keine Bettpfanne angeboten.

»Also, Sohnemann, woher weißt du überhaupt, dass ich hier bin?«

»Von Samuel«, sagte Paul. »Hab ihn vorhin im Café getroffen. Im Gegensatz zu mir wusste er, dass du heute operiert wirst.«

»Aber er weiß doch nicht, wo?«

Paul zuckte die Schultern. »Gibt ja nur ein paar große Krankenhäuser, die habe ich abtelefoniert. Das vierte war's.«

Ich war gerührt. Es war schön, dass Paul sich Gedanken um mich machte. Bisher war es immer umgekehrt gewesen. Ständig fragte ich mich, ob er gesund war, ob er glücklich war, ob er es beruflich schaffen würde.

»Danke, dass du gekommen bist«, sagte ich leise.

Er drückte meine Hand und stand auf. »Ich muss leider schon wieder los, Mama, ich hab einen wichtigen Termin. Wie lange behalten die dich hier?«

»Wenn alles normal läuft, bis Freitag.«

»Wer sagt Dad Bescheid?«, fragte er. »Soll ich das machen, oder willst du?«

»Ich rufe ihn an«, versprach ich.

Als Paul schon an der Tür war, sagte ich: »Grüß Janina von mir.«

»Danke«, sagte er. »Erhol dich gut, okay?«

Sobald er weg war, merkte ich, wie erschöpft ich war. Ich wollte nur noch schlafen. Aber zuerst musste ich Ivan anrufen.

Nachdem ich ihm alles erzählt hatte, blieb es am anderen Ende der Leitung erst mal still.

»Paul hat mich schon zur Sau gemacht«, sagte ich. »Du kannst dir sämtliche Vorwürfe sparen.«

Schließlich fragte er: »Seit wann weißt du davon?«

»Seit einer Woche.«

Ich glaubte zu hören, wie es in seinem Kopf ratterte.

»Also, auch schon an dem Nachmittag, als ich … als wir …«

»Da hatte ich es gerade erfahren.«

Wieder dauerte es einen Moment, bis er sich gefasst hatte.

»Sag noch mal einer, Frauen könnten keine Geheimnisse für sich behalten«, murmelte er. Und nach einer kurzen Pause: »Deshalb also das ganze Gerede über den Tod …« Er brach ab.

Bei Ivan wusste ich nie, ob er wütend oder betroffen war. Vieles, worauf andere Menschen mit starken Emotionen reagierten, quittierte er zunächst mit Schweigen. Erst mit Verspätung kamen die Gefühle in ihm hoch, und dann war ich oft überrascht von ihrer Wucht, weil die Angelegenheit für mich schon längst erledigt war.

»Ist denn … nach der OP jetzt alles in Ordnung?«, fragte er.

Zwischen den Zeilen glaubte ich zu hören: *Kann ich denn trotzdem nach Italien fahren?*

»In den allermeisten Fällen ist das so«, sagte ich. »Ich gehe jetzt mal davon aus, dass es auch bei mir so ist.«

»Wann erfährst du es?«

»Nächste Woche.«

Nach einer Pause sagte er: »Wie kann es sein, dass du mir so was Wichtiges nicht erzählst?«

Ich nahm einen tiefen Atemzug. Das sagte ausgerechnet er! Beim Thema Verschweigen war er schließlich ganz vorn mit dabei. Aber ich war zu schwach zum Diskutieren.

»Übermorgen werde ich entlassen«, sagte ich. »Bitte verschon mich bis dahin, okay?«

Er brummte noch etwas Unverständliches, und das Gespräch war beendet. Ich sank zurück auf mein Kissen und schloss die Augen.

Geschlafen hatte ich genug, nun spürte ich ein nagendes Hungergefühl. Ich sah auf die Uhr. Seit fast zwanzig Stunden hatte ich nichts mehr gegessen.

Als hätte sie meine Gedanken gelesen, betrat wenig später die Schwester mit einem Tablett mein Zimmer.

»Hühnerfrikassee«, verkündete sie strahlend und stellte es vor mir ab.

Wenn sie mir nicht gesagt hätte, worum es sich handelte, wäre ich wohl nicht darauf gekommen. Die große Kunst der Krankenhausküchen, jedes Gericht bis zur Unkenntlichkeit zu verkochen, war auch hier gelungen. Ich war allerdings so hungrig, dass es mir egal war.

Nachdem ich aufgegessen hatte, stellte ich den leeren Teller zurück aufs Tablett. Ich trank ein weiteres Glas Wasser, dann begann ich mich zu fragen, womit ich mir die nächsten anderthalb Tage die Zeit vertreiben sollte. Ich hatte vergessen, mir Lesestoff mitzunehmen, also versuchte ich, mir ein E-Book aufs Smartphone zu laden. Während ich mein Gehirn nach den dafür nötigen Passwörtern durchforstete, öffnete sich die Tür. Überrascht sah ich hoch. Noch mehr Besuch?

Ein leeres Bett wurde ins Zimmer geschoben und neben meinem abgestellt. Hinter der Schwester betrat eine Frau mit einem kleinen Köfferchen in der Hand das Zimmer.

»Sie bekommen Gesellschaft«, teilte die Schwester mir mit.

Lieber hätte ich meine Ruhe gehabt, aber meine private

Krankenversicherung sah die Unterbringung in einem Ein- oder Zweibettzimmer vor, da war wohl nichts zu machen.

»Grüß Gott«, sagte die Frau. »Ich bin Thekla.«

»Cora«, sagte ich und versuchte, so freundlich wie möglich zu lächeln.

Sie musste um die fünfzig sein, hatte blondiertes Haar mit einem dunklen Ansatz, das drahtig vom Kopf abstand, war korpulent und strahlte etwas Bodenständiges aus. Ich überlegte, welchen Beruf sie haben könnte und ob sie verheiratet war. Ich konnte keinen Ehering entdecken, aber den hatte sie fürs Krankenhaus womöglich abgelegt.

Die Frau packte ihr Köfferchen aus, dann setzte sie sich auf einen der zwei Stühle und wartete. Vermutlich würde sie gleich für irgendwelche Tests und das Aufklärungsgespräch abgeholt werden.

Eine komische Stimmung entstand, deshalb fühlte ich mich aufgefordert, ein bisschen Small Talk zu machen. Zu fragen, welche Art Operation ihr bevorstand, fand ich indiskret, auch die Frage nach einem Ehemann war vielleicht nicht der ideale Einstieg.

»Sie haben Glück, dass Sie erst nach dem Mittagessen gekommen sind«, sagte ich freundlich. »Es war nicht gerade ein kulinarischer Höhepunkt.«

Sie lächelte. »Ich kenne das Essen hier. Am liebsten würde ich denen mal zeigen, wie man es besser machen kann.«

»Sind Sie Ernährungsberaterin?«, fragte ich neugierig.

»Köchin. Im Restaurant Bayerwald.«

»Ich koche auch gern«, sagte ich, weil mir nichts Besseres einfiel.

Sie lächelte nachsichtig. »Ich glaube nicht, dass man das vergleichen kann. Kochen im Restaurant ist schon was anderes.«

»Davon bin ich überzeugt«, stimmte ich ihr zu. »Was mögen Sie besonders an Ihrem Beruf?«

Sie sah mich an, als wäre das eine sehr seltsame Frage.

»Dass er mich ernährt«, sagte sie knapp.

»Wissen Sie, dass ich einfach kein vernünftiges Gulasch hinkriege?«, sagte ich. »Immer schrumpelt das Fleisch zusammen und wird hart. Hätten Sie nicht einen Tipp für mich?«

Ihr Gesicht hellte sich auf, und sie beugte sich vor. »Also, die Stücke dürfen nicht zu klein sein, Sie müssen sie kurz scharf anbraten, damit die Poren sich schließen und der Saft nicht austreten kann. Dann die Flüssigkeit dazugeben und würzen. Und unbedingt auf ganz kleiner Flamme schmoren lassen. Zu viel Hitze macht das Fleisch zäh.«

Ich nickte. »Wahrscheinlich hab ich's immer zu heiß geschmort. Vielen Dank, ich probiere es aus.«

Sie gab mir ungefragt noch weitere Tipps für den Umgang mit Schmorbraten und Steaks, die ich dankbar in meinem Kopf notierte.

Die Schwester kam und holte Thekla ab. Ich fragte mich, ob sie angesichts der vielen Formulare und Warnungen auch so erschrecken würde wie ich.

Die Antwort darauf erhielt ich eine gute Stunde später, als sie bestens gelaunt und entspannt ins Zimmer zurückkam und sich aufs Bett legte.

»So, das hätten wir«, sagte sie im Ton von jemandem, der eine lästige, aber notwendige Aufgabe erfüllt hatte.

Neugierig sah ich zu ihr hinüber. »Macht Sie das gar nicht nervös, ich meine, was man da alles unterschreiben muss?«

»Nein, wieso?«

»Na ja, immerhin kann es sein, dass man aus der Narkose nicht mehr erwacht.«

Sie lachte, als hätte ich einen guten Witz gemacht.

»Das ist meine sechste OP«, sagte sie. »Da ist man schon froh, dass man es überhaupt so weit geschafft hat.«

Ich schluckte. »Die sechste Operation?«

Sie drehte sich zur Seite, sodass sie besser zu mir herübersehen konnte, und stützte den Kopf in eine Hand.

»Ja, so 'n aggressiver Tumor hält einen ganz schön auf Trab. Da kommt man gar nicht mehr dazu, sich zu überlegen, ob man Schiss hat.«

Sie erzählte mir ausführlich die Geschichte ihrer Krebserkrankung, und je länger ich zuhörte, desto schockierter war ich. Drei Jahre zuvor war ein Knoten in ihrer rechten Brust entdeckt und entfernt worden, danach hatte sie eine Chemo bekommen.

»Hab noch nie so viel gekotzt wie damals«, erzählte sie fröhlich. »Als ich dachte, ich hätte es überstanden, kam das Miststück zurück. Noch 'ne OP, noch 'ne Chemo. Dann ging's auf der anderen Seite los. Zwei OPs; bei der zweiten haben sie mir eine Brust abgenommen. Dann hat das Implantat sich entzündet und musste raus …«

Aufhören, flehte ich stumm. Ich war kurz davor, das Hühnerfrikassee wieder von mir zu geben.

»… und jetzt nehmen sie mir auch die andere Brust noch ab, weil's da auch nicht gut aussieht.«

»Wie furchtbar!«, sagte ich und stöhnte. »Es tut mir so leid für Sie!«

»Ist nicht so tragisch. Ohne Mann hat man ja sowieso keine rechte Verwendung für Brüste, und im Alltag sind sie nur im Weg.« Sie kicherte. »Und meine Kinder brauchen sie zum Glück nicht mehr.«

»Wie viele Kinder haben Sie denn?«, fragte ich in der Hoffnung, sie vom Thema Krebs abzulenken.

»Drei. Samantha ist sechsundzwanzig, Jimmie siebzehn und Kevin zwölf.«

»Und die haben Sie … allein aufgezogen?«

Es folgte eine lange komplizierte Erklärung ihrer Familienverhältnisse, der ich entnahm, dass jedes der Kinder einen anderen Vater hatte und jeder dieser Väter unterschiedlich lange im Leben von Thekla präsent gewesen war. Am Ende hatten sich alle verdrückt und ihr diverse unschöne Abschiedsgeschenke hinterlassen. Einer hatte ihr Konto leergeräumt, der zweite das Mobiliar demoliert. Den letzten hatte sie »blöderweise« geheiratet, der hatte ihr auch noch Schulden hinterlassen.

Das alles erzählte Thekla so ungerührt, als wären es Ereignisse, die sich mehr oder minder ähnlich im Leben jeder Frau abspielten, und es sich deshalb nicht lohnte, ein großes Gewese darum zu machen.

Ich war einigermaßen sprachlos. »Wie … haben Sie das bloß alles überstanden?«, stammelte ich schließlich.

Verständnislos sah sie mich an. »Was hätte ich denn tun sollen?«

Auch wieder wahr.

»Was bin ich froh, dass mir so ein Versicherungsheini mal eine private Zusatzversicherung angedreht hat«, sagte Thekla grinsend. »Jahrelang habe ich mich geärgert, weil's mir um das Geld leidgetan hat. Aber die hat sich inzwischen voll und ganz amortisiert!«

Ich entschuldigte mich, stand vorsichtig auf und ging zur Toilette, wobei ich die Drainageflasche in die Tasche meines Morgenmantels steckte. Als ich zurückkam, sagte ich ihr, dass ich ein bisschen ausruhen müsse, und legte mich wieder hin.

»Kein Problem«, sagte sie. »Morgen bin ich sicher nicht mehr so gesprächig.«

Bösartiger Tumor. Sechs Operationen. Chemo. Implantat. Entzündung. Brustamputation. Was für einen Horror hatte die arme Frau durchgemacht!

Was wäre passiert, wenn ich nicht zur Mammografie gegangen wäre? Hätte ich fröhlich weitergelebt, ohne jemals ein Problem zu bekommen, wie siebzig Prozent der Frauen mit Mikrokalk in der Brust? Oder hätte ich in ein paar Monaten oder Jahren einen Knoten ertastet, eine Krebsdiagnose bekommen und womöglich wie Thekla eine Odyssee durch Arztpraxen und Krankenhäuser mit ungewissem Ausgang erlebt?

Siebzig Prozent. Siebzig Prozent. Siebzig Prozent.

Immer wieder poppte die Zahl in meinem Kopf auf.

Zweimal würde ich doch wohl kaum solches Pech haben und bei den dreißig Prozent dabei sein. Oder?

Das Gedankenkarussell in meinem Kopf wurde unterbrochen, als die Tür sich öffnete und Frau Doktor Nadler ins Zimmer trat.

Ich versuchte, mich aufzusetzen, was mir erst im zweiten Anlauf gelang, weil der Verband mich so behinderte. Offenbar hatte auch die Wirkung der Medikamente nachgelassen, denn ich spürte Schmerzen an der Operationsstelle.

»Guten Abend, die Damen«, sagte die Ärztin. »Wie geht es Ihnen?« Sie blickte Thekla an. »Wir sind ja schon alte Bekannte«, begrüßte sie meine Bettnachbarin.

Thekla verzog das Gesicht. »Wäre mir lieber, wir müssten unsere Bekanntschaft nicht auffrischen.«

Frau Doktor Nadler nickte. »Verstehe ich.« Sie lächelte Thekla aufmunternd zu und wandte sich zu mir. »Und bei Ihnen, Frau Schiller?«

»Alles gut so weit«, gab ich zu Protokoll. »Ich habe leichte Schmerzen.«

»Ich schicke Ihnen die Schwester mit einem Schmerzmittel«, versprach sie. »Sind Sie schon mal aufgestanden?«

Ich berichtete, dass ich ohne Kreislaufprobleme auf der Toilette gewesen sei.

»Prima«, sagte sie. »Dann wünsche ich Ihnen beiden eine gute Nacht.« Und zu Thekla gewandt: »Wir sehen uns dann morgen.«

»Ja, leider«, sagte Thekla leise, nachdem die Tür sich hinter der Ärztin geschlossen hatte.

FÜNFZEHN

Am übernächsten Tag kam Ivan, um mich abzuholen. Ich blickte mich noch einmal im Zimmer um und verabschiedete mich dann von meiner Bettnachbarin.

»Alles Gute, Thekla! Sie schaffen das!«

Sie sah mich an, ihr Blick war matt.

»Ich tue mein Bestes«, sagte sie mit schwacher Stimme. »Kommen Sie doch mal zu mir ins Restaurant, dann kriegen Sie einen super Schweinsbraten mit Knödel. Ist unsere Spezialität!«

»Mach ich«, sagte ich. »Versprochen.«

Ivan nahm meine Tasche und verabschiedete sich ebenfalls. Als er zur Tür raus war, flüsterte Thekla: »Netten Mann haben Sie!«

»Sehr nett«, flüsterte ich zurück. »Solange man nicht mit ihm verheiratet ist.« Ich zwinkerte ihr verschwörerisch zu.

Ivan und ich fuhren schweigend mit dem Lift nach unten und verließen das Krankenhaus. Endlich konnte ich wieder durchatmen. Heute Morgen waren die Drainage und der enge Verband entfernt worden. Die Wunde – ein halbrunder Schnitt um die Brustwarze – war nur noch mit Pflastern verklebt. Ich hatte nicht hingesehen, als die Ärztin den Verband gelöst hatte. Lieber wollte ich warten, bis die Naht ein bisschen verheilt war.

Ivan öffnete mir die Beifahrertür. Er ging ums Auto herum, setzte sich hinters Steuer, fuhr aber nicht los. Schwer atmend legte er beide Arme übers Steuerrad.

Fragend blickte ich zu ihm und sah, dass er ganz blass war. Auch er hatte wohl realisiert, dass die Frau an Schläuchen, die nach ihrer sechsten Operation da oben im Zimmer lag, ich sein könnte.

Ich legte ihm die Hand auf die Schulter.

»Reg dich nicht auf. Ist doch alles gut gegangen.«

Er nickte stumm. Dann startete er den Wagen.

Zu Hause erwarteten mich eine aufgeräumte Wohnung, ein gedeckter Tisch und Blumen. So viel Mühe hatte Ivan sich seit unserem ersten Date nicht mehr gegeben. Ich glaubte, mich zu erinnern, dass man diese positiven Nebeneffekte einer Erkrankung »sekundären Krankheitsgewinn« nannte. Für manche Menschen waren sie Grund genug, ständig krank zu sein. Vor diese Wahl gestellt, würde ich wohl lieber auf Blumen verzichten.

Trotzdem gefiel es mir, dass meine OP Ivan offenbar einen Schrecken eingejagt und er festgestellt hatte, dass ihm möglicherweise doch was fehlen würde, wenn ich endgültig weg wäre.

Ich ging zum Schreibtisch und fuhr meinen Laptop hoch. Für vierzig Euro zuzüglich Lieferung bestellte ich einen traumhaften Blumenstrauß, bestehend aus lachsfarbenen Rosen, pinkfarbenen Hortensien und weißem Schleierkraut. Ich wählte eine Karte dazu und gab meine guten Wünsche ein.

Liebe Thekla, Sie sind eine beeindruckende, starke Frau. Ich wünsche Ihnen von Herzen, dass Sie bald wieder ganz gesund werden. Liebe Grüße, Ihre Cora

Ich klappte den Laptop zu und blieb einen Moment lang in Gedanken versunken sitzen. Die Begegnung mit Thekla hatte mir einmal mehr vor Augen geführt, wie viel Glück ich im Leben gehabt hatte. Ich nahm mir fest vor, mich daran auch zukünftig zu erinnern.

Als meine innere Stimme anhob, etwas Spöttisches von sich zu geben, reagierte ich schnell.

»Du bist jetzt mal ruhig, klar!«, sagte ich energisch.

»Ist ja gut«, motzte sie leise und verstummte.

Ich atmete tief durch, stand auf und ging in die Küche.

Ivan rührte in einem Topf, aus dem ein aromatischer Duft aufstieg. »Orientalischer Kichererbseneintopf mit Aprikosen und Koriander«, verkündete er stolz.

Ich setzte mich, und er füllte unsere Teller. Nach nur zwei Tagen Krankenhauskost erschien mir dieser Eintopf als kulinarischer Hochgenuss.

Ivan hob sein Glas, und wir stießen mit Mineralwasser an.

Ich probierte das süßlich-scharfe Gericht und seufzte. »Könntest du nicht öfter für mich kochen?«

»Ich dachte immer, du kochst lieber selbst, deshalb habe ich es aufgegeben.«

»Hör doch auf«, sagte ich. »Du hast dich bloß gedrückt.«

»Ich hab früher gern gekocht, weißt du nicht mehr?« Ivan wurde lebhaft. »An unserem ersten gemeinsamen Weihnachtsabend habe ich dich mit Bayerischer Creme willig gemacht!«

Ich dachte an den Abend zurück. Die Bayerische Creme war sofort wieder da. Aber willig? Ich konnte mich nicht erinnern, dass wir in dieser Nacht schon Sex gehabt hätten.

»Du kannst gern wieder öfter für uns kochen.«

Ich hatte den Satz noch nicht ausgesprochen, da fiel es mir ein. Rom. Das Stipendium. Er würde für ein Jahr weg sein.

»… solange du noch hier bist«, fügte ich schnell hinzu.

Ein Moment der Befangenheit machte sich zwischen uns breit. Solange mein OP-Befund nicht da war, wollte ich nicht darüber sprechen.

»Ich will dir was zeigen.«

Als hätte er meine Gedanken gelesen, zog Ivan sein Handy aus der Tasche und suchte etwas. Es war ein Video, das Katja ihm auf WhatsApp geschickt hatte. Ich widerstand der Versuchung, im Chatverlauf meines Mannes und seiner Ex-Frau zu spionieren, und klickte auf Start.

Ich sah Corinne, die offensichtlich nicht bemerkte, dass sie gefilmt wurde. Sie spielte ein Hüpfspiel in der Art von Himmel und Hölle, bei dem sie anscheinend nur auf bestimmte Fliesen des Küchenbodens treten durfte. Dazu sang sie vor sich hin: »Ich habe einen Papa, ich habe einen Papa, mein Papa ist der Ivan, mein Papa ist der Ivan.« Sie wirkte ausgesprochen fröhlich und nicht im Geringsten schockiert.

Lächelnd gab ich Ivan das Handy zurück. »Ich bin mir sicher, dass es die richtige Entscheidung war. Wie geht's dir damit?«

Er zuckte die Schultern. »Es ist komisch, dass mich noch ein Kind Papa nennt«, sagte er. »Aber ich bin froh, dass die Geheimnistuerei vorbei ist.«

Ich nickte und spürte, dass die Angst, die mich all die Jahre begleitet hatte, weg war. Wir hatten gemeinsam das Richtige getan und Corinne das Trauma erspart, das ich erlebt hatte. Alles war gut.

Ich wollte aufstehen und die Teller abräumen, aber Ivan nahm sie mir aus der Hand. »Du sollst dich doch schonen.«

Das stimmte, aber die Fürsorge meines Mannes war mir ein wenig unheimlich. Es war einfach nicht seine Natur.

»Übrigens hat Uli sich nach dir erkundigt«, sagte Ivan, während er einen Topf abspülte.

Ulis Namen zu hören versetzte mir einen Stich. Wann und warum hatten die beiden miteinander gesprochen? Hatten sie häufiger Kontakt, ohne dass ich davon wusste?

»Wieso hat sie mich denn nicht angerufen?«

Ivans Antwort wurde vom Lärm der Kaffeemaschine übertönt. Ich wartete, bis der Espresso fertig war und er die Tassen zum Tisch brachte.

»Wieso hat sie nicht mich angerufen?«, wiederholte ich.

»Sie hat gesagt, du gehst nicht ans Telefon. Ich hab ihr erzählt, dass du im Krankenhaus bist und dich meldest, wenn du wieder zu Hause bist.«

»Hat sie … sonst noch was gesagt?«

Er überlegte. »Nichts Besonderes. Wir sind ja nicht so eng. Ich glaube, sie hält mich für einen egozentrischen Künstlerarsch.«

Was euch nicht davon abgehalten hat, miteinander ins Bett zu gehen, dachte ich. Und mit einem Mal kochte die Wut wieder in mir hoch, die ich so lange im Zaum gehalten hatte. Ich nahm mein Handy und suchte das Foto mit den kopulierenden Schaufensterpuppen, das ich im Rage Room aufgenommen hatte. Kommentarlos hielt ich es Ivan vors Gesicht, als wäre es der Beweis für seine Untreue.

»Na?«

Ivan betrachtete das Bild, dann sah er mich verständnislos an. »Was ist das? Eine Kunstinstallation?«

Ich schnaubte. »Das sind Uli und du.«

Er lachte unsicher. »Uli und ich? Du meinst, in deiner Vorstellung?«

»Ich meine, vor zwanzig Jahren auf Kreta«, korrigierte ich ihn.

Er runzelte die Stirn. »Auf Kreta? Was soll da gewesen sein?«

»Tu doch nicht so!«, rief ich empört. »Uli hat es mir erzählt.«

Nun wirkte Ivan ehrlich verwirrt, und ich begann mich zu fragen, ob er so ein guter Schauspieler war.

»Es war die Nacht, in der wir das Picknick am Strand gemacht haben«, fuhr ich fort, seiner Erinnerung auf die Sprünge zu helfen. »Laura war von einer Qualle verletzt worden, und wir haben euch nicht gefunden. Uli hat gesagt, ihr wart in einem der Bungalows und habt miteinander gevögelt.«

Das hatte Uli zwar so nicht gesagt, aber es ergab sich klar aus dem zeitlichen Ablauf und meinen Erinnerungen an den Abend.

Ivan saß da und schüttelte den Kopf. »Mein Gedächtnis mag altersbedingt schwächer werden, Cora, aber eines kann ich dir mit hundertprozentiger Sicherheit sagen: Ich habe nie mit Uli geschlafen.«

Er wirkte überzeugend, trotzdem war ich nicht überzeugt.

»Gerade hast du mir erzählt, wir hätten an unserem ersten gemeinsamen Weihnachtsabend schon Sex gehabt«, sagte ich. »Zufällig weiß ich mit hundertprozentiger Sicherheit, dass es nicht so war. Wie soll ich mich darauf verlassen, dass du dich bei Uli nicht irrst?«

Er lachte. »Weil es sehr viel wahrscheinlicher ist, dass man sich bei der Frau, mit der man Tausende von Malen Sex hatte, einen Beischlaf zu viel einbildet, als dass man den einmaligen Beischlaf mit einer Frau vergisst. Der, wie gesagt, nie stattgefunden hat.«

Nun war ich verwirrt. Ivan war kein Lügner. Wenn man ihm etwas auf den Kopf zusagte oder ihn provozierte, sagte er eigentlich immer die Wahrheit. Selbst wenig schmeichelhafte Wahrheiten, die ihm Ärger einbrachten, wie das Beispiel Janina zeigte. Immer weniger konnte ich mir deshalb vorstellen, dass er mich anlog.

»Wieso sollte Uli das erfinden?«, fragte ich.

Er zuckte die Schultern. »Was weiß ich. Vielleicht war sie betrunken oder bekifft, hat sich etwas eingebildet oder davon geträumt. Und über die Jahre ist daraus in ihrem Kopf Wirklichkeit geworden.«

Ich dachte nach. Wenn es so wäre, würde das nicht bedeuten, dass Uli irgendwie … gestört war? Wenn jemand Einbildung und Wirklichkeit nicht mehr auseinanderhalten konnte, war doch etwas nicht in Ordnung. Oder veränderte sich für Menschen unseres Alters die Erinnerung, je weiter sie zurücklag? Irrte ich mich und hatte an besagtem Weihnachtsabend doch mit Ivan geschlafen? Ich war mir sicher, dass dem nicht so war, aber beweisen hätte ich es nicht können. Die Subjektivität der eigenen Erinnerung erscheint uns als Garant für ihre Verlässlichkeit, dabei war genau das Gegenteil der Fall.

»Hattest du denn damals das Gefühl, dass Uli … auf dich steht?«, fragte ich.

Ich konnte förmlich hören, wie es in seinem Kopf arbeitete.

»Sie war genervt von Thomas, fand ihn und ihr Eheleben langweilig«, sagte er dann. »Sie hatte Ausbruchsfantasien, und ich habe wohl so was wie ein anderes Leben für sie verkörpert. Freier, selbstbestimmter. Vielleicht war es das.«

»Was ist mit dir?«, wollte ich wissen. »Hat sie dir gefallen?«

Mit großer Entschiedenheit schüttelte er den Kopf.

»Sie ist mit Sicherheit eine attraktive Frau, aber sie ist überhaupt nicht mein Typ.«

Ivans Darstellung klang in jeder Hinsicht glaubwürdig. Ulis Unzufriedenheit hatte sich über die Jahre immer weiter gesteigert und schließlich zu ihrer Trennung von Thomas geführt.

Dass sie Ivan damals davon erzählt hatte, wunderte mich. Aber vielleicht vermischte sich da auch sein eigenes Erleben mit dem, was er von mir darüber wusste. Und dass er nie ein besonderes Interesse an ihr gezeigt oder mit ihr geflirtet hatte, deckte sich mit meiner Erinnerung. In der Tat waren Uli und ich so unterschiedliche Frauentypen, dass es schon einer gewissen Wahllosigkeit bedurft hätte, uns beide toll zu finden. Und wenn Ivan eines nicht war, dann wahllos.

Ich beschloss, der Sache auf den Grund zu gehen, und schickte Uli eine Nachricht.

Bin zurück aus dem Krankenhaus, wann hast du Zeit?

Es dauerte nur wenige Minuten, bis sie eine Sprachnachricht zurückschickte. »Cora, ich bin so froh, dass du dich meldest! Wie geht's dir? Könntest du am Samstag? Da hab ich frei.«

Nachdem sie viele Jahre in einem großen Herrenbekleidungsgeschäft angestellt gewesen war, arbeitete Uli inzwischen in einer Boutique in Schwabing. Ganz früher hatte sie mal ein Hutgeschäft gehabt und eigene Kreationen geschaffen, mit denen sie hoffte, groß rauszukommen. Diese Träume hatten sich leider nicht erfüllt.

Wir einigten uns darauf, dass ich nachmittags zum Kaffee zu ihr käme. Ich war schon ewig nicht mehr in Ulis Wohnung gewesen. Üblicherweise trafen wir uns bei mir, weil dort mehr Platz war und ich im Zentrum wohnte. Ihre Zweizimmerwohnung lag fünf S-Bahn-Stationen entfernt in einer Gegend, in die es mich sonst nie verschlug. Aber es war mir lieber, dass wir bei ihr Kaffee trinken würden und ich jederzeit wieder gehen könnte. Ich hatte versprochen, Kuchen mitzubringen.

Ich stieg aus der S-Bahn und ging durch ein gesichtsloses Wohngebiet mit mehrstöckigen Neubauten, bis ich den großen, hellgrauen Wohnblock erreichte, in dem Uli wohnte. Zu Fuß stieg ich in den vierten Stock hinauf, um im Vorhinein ein paar Kalorien der Punschtorte abzubauen, die ich bei mir trug. Ich wusste, dass Uli Punschtorte liebte, auch wenn sie mich garantiert verfluchen würde.

Sie stand an der Wohnungstür und sah mir entgegen. Ein bisschen blass kam sie mir vor, aber das konnte auch an ihrem schicken, petrolgrünen Hausanzug aus Samt liegen.

»Was war denn los, warum warst du im Krankenhaus? Du musst mir alles erzählen.« Sie umarmte mich, und ich ließ es geschehen.

Ich zog meine Schuhe aus und folgte ihr durch den Flur ins Wohnzimmer. Ihre Einrichtung war in elegantem Beige und Weiß gehalten, was die Räume größer wirken ließ. Die Nachmittagssonne ließ ihr warmes Licht durch die geöffnete Balkontür strömen. Ein bunter Blumenstrauß schmückte den Tisch.

»Hier.« Ich reichte ihr das Päckchen mit dem Kuchen, und sie verschwand in der Küche.

»Punschtorte!«, hörte ich sie rufen. »Wie konntest du nur!«

Mit einer weißen Porzellanplatte, auf der die Kuchenstücke lagen, kam sie zurück.

»Sahne?«, fragte sie.

»Wenn's sein muss.«

»Muss sein.«

Endlich saßen wir zusammen am Tisch, vor uns Kaffee, Torte und Schlagsahne. Alles wirkte so vertraut und normal, dass ich am liebsten den ganzen Ärger zwischen uns vergessen und eine harmlose Plauderei zwischen Freundinnen genossen hätte. Aber es war nicht die Zeit für harmlose Plaudereien. Ich musste diese Sache klären.

Nachdem ich ihr von der Diagnose, der Biopsie und der Operation berichtet hatte, fragte sie: »Dann ist jetzt alles in Ordnung?«, und ich sagte nur »ja, ja« und verzichtete darauf, von siebzig- und dreißigprozentigen Wahrscheinlichkeiten zu sprechen.

Als wäre nichts zwischen uns vorgefallen, erzählte sie von ihrem Enkel, Lauras neunmonatigem Sohn Maxim.

»Er krabbelt schon, und nichts ist mehr vor ihm sicher«, sagte sie und strahlte vor großmütterlichem Stolz. »Neulich hat er mit einem Löffel Blumenerde aus einem Topf geschaufelt und wollte sie essen!«

Fast wäre mir rausgerutscht, dass man dieses blöde Babyverhalten eigentlich nur lustig finden konnte, wenn man zufällig die Oma dieses Babys war, aber stattdessen fragte ich: »Wie oft kannst du denn den Kleinen sehen?«

»Zwei-, dreimal die Woche, je nachdem, wann Laura mich als Babysitter braucht. Sie sagt, ohne mich wäre sie verloren.«

Uli schwärmte noch weiter von dem Kleinen, und ich hörte zu, während ich den pappsüßen Kuchen aß und auf meinen zu heißen Kaffee pustete. Als sie eine Pause machte, stellte ich die Tasse ab und blickte ihr ins Gesicht.

»Ivan sagt, er hätte nie mit dir geschlafen.«

Für einen Moment wirkte sie wie jemand, der aus einer völlig anderen Sphäre in die Realität zurückkehrte.

»Ach ja?« Sie schien nicht sonderlich überrascht oder gar empört. »Da irrt er sich. Aber man weiß ja, dass Männer manchmal an selektiver Amnesie leiden. Das heißt, sie erinnern sich nur an das, woran sie sich erinnern wollen.«

Dabei wirkte sie so überzeugend, dass ich sofort wieder Zweifel bekam. Was, wenn Ivan doch gelogen hatte?

»Ivan mag mir Dinge verschweigen«, räumte ich ein. »Aber er ist niemand, der einem ins Gesicht lügt.«

»Und ich soll so jemand sein?« Herausfordernd sah Uli mich an.

»Mein Mann und meine beste Freundin erzählen einander widersprechende Versionen einer Geschichte«, sagte ich. »Wem soll ich glauben?«

»Tja«, sagte Uli und leckte Sahne von ihrer Gabel. »Das musst du schon selbst wissen.«

»Beschreib mir doch mal die Nacht, in der das passiert sein soll«, bat ich sie.

Uli begann bereitwillig zu erzählen. Sie fing mit dem Picknick an; dabei erinnerte sie sich an Einzelheiten, die mir längst entfallen waren. Wer was anhatte, was es zu essen gab, wer das Gras mitgebracht und den Joint gedreht hatte. Staunend hörte ich zu, und die Atmosphäre des Abends wurde wieder lebendig. Ich hörte das leise Rauschen der Brandung, die Rufe der Möwen, das Lachen und Rufen unserer Kinder, die den Strand entlangtobten.

»Zwischen Ivan und mir war schon den ganzen Abend so eine Spannung«, erzählte Uli. »Er guckte immer wieder zu mir rüber, und ich hatte das Gefühl, er … flirtet mit mir. Ich war selbst überrascht, schließlich kannten wir uns schon so lange, aber manchmal kann so was ja auch kippen, und das scheint damals passiert zu sein.«

Uli erzählte so lebendig und realistisch, dass ich nicht anders konnte, als ihr gebannt zu folgen. Gleichzeitig war es quälend, mir die Situation zwischen Ivan und ihr vorzustellen.

»Wir sind dann nackt ins Meer gegangen, der Mond hat das

Wasser silberfarben gefärbt, es war eine ganz besondere, sehr erotische Stimmung.«

Ja, an diese Stimmung konnte ich mich erinnern. Es war wie in einer Aufführung des *Sommernachtstraums* gewesen, in der alle verliebt, ein bisschen verrückt und wie verzaubert waren.

»Ivan hat mir dann ein Zeichen gegeben, und wir sind im Abstand von ein paar Minuten in euren Bungalow gegangen«, sagte Uli.

Ich schluckte. In unseren Bungalow? Ich konnte es einfach nicht glauben. So ein primitiver Aufreißer war Ivan doch nicht. Oder gab es eine Seite an ihm, die ich nicht kannte oder nicht wahrhaben wollte? Ein nagendes Gefühl der Ungewissheit machte sich in mir breit.

»Es hat nicht lange gedauert«, sagte Uli. »Wir waren so geil aufeinander, dass wir uns nicht mit dem Vorspiel aufgehalten haben. Nach höchstens zehn Minuten war es vorbei. Ich bin wieder zurück an den Strand, wo ihr wegen Laura nach mir gesucht habt. Ivan ist liegen geblieben.«

Ich schwieg. Sex ohne Vorspiel passte schon besser zu Ivan. Aber das könnte Uli auch aus den unzähligen Gesprächen über Ivans und mein Sexleben wissen, die wir schon geführt hatten.

Mit welcher Kälte sie mir diese Geschichte serviert hatte! Als spräche sie über jemand anderen. Und ohne jede Empathie für mich. Konnte sie sich nicht vorstellen, wie mir dabei zumute war?

In kleinen Schlucken trank ich den Rest meines Kaffees.

»Was ist denn jetzt?«, fragte Uli. »Bist du immer noch sauer auf mich? Nach so langer Zeit?«

Drängender erschien mir die Frage, auf wen ich eigentlich sauer sein müsste. Wenn ich vorginge wie eine Kriminalistin, wäre der Fall klar: Ivan hatte gute Gründe, den Vorfall abzustreiten,

Uli hatte keinen vernünftigen Grund, ihn sich auszudenken. Das würde bedeuten, Ivan wäre der Lügner.

Bei meiner Ankunft war ich überzeugt gewesen, dass Uli gelogen hatte. Nun wirkten mit einem Mal beide Versionen überzeugend auf mich. Wem von den beiden sollte ich glauben?

SECHZEHN

Der gefürchtete Tag war da.

Ivan hatte darauf bestanden, mich zu begleiten. Ich war nicht sicher, ob mir das recht war, aber ich wollte ihn auch nicht zurückweisen. Nun zeigte er endlich einmal Interesse und Anteilnahme, da konnte ich ihm schlecht sagen, dass ich ausgerechnet heute lieber allein wäre.

Wir saßen im Auto und schwiegen. Irgendwann wurde mir die Stille unangenehm. Ich wollte nicht über das sprechen, was vor uns lag, also wählte ich die zweitschlechteste Alternative.

»Ich war übrigens bei Uli.«

Ivan sah kurz zu mir herüber. »Ah ja. Wie geht's ihr?«

»Sie besteht darauf, dass ihr damals auf Kreta Sex zusammen hattet. In unserem Bungalow.«

»Ich weiß nicht, was Uli unter Sex versteht, aber nach landläufigem Verständnis hatten wir keinen«, sagte Ivan ruhig.

Ich musste an den früheren amerikanischen Präsidenten Bill Clinton denken, der ebenfalls abgestritten hatte, mit seiner Praktikantin Sex gehabt zu haben. Später stellte sich heraus, dass sie ihm einen geblasen hatte.

»Du machst jetzt aber nicht gerade den Clinton, oder?«, fragte ich und versuchte, meiner Stimme einen scherzhaften Klang zu geben.

»Was soll denn das, Cora?« Ivan klang ungehalten. »Ich habe dir gesagt, da war nichts. Warum hörst du nicht endlich damit auf?«

Sofort wurde ich misstrauisch. Wieso regte er sich so auf, wenn er nichts zu verbergen hatte? Ich dachte an Ulis Schilderung jener Nacht, die so detailgenau und realistisch gewesen war, dass ich fast nicht anders konnte, als ihr zu glauben.

»Wenn du Uli gehört hättest, würdest du mich verstehen!«

Er schnaubte. »Wenn du deiner durchgeknallten Freundin mehr Glauben schenkst als mir, bitte schön.«

»Wieso durchgeknallt?«

»Wer sich so was ausdenkt, ist durchgeknallt.«

Aus meiner Ausbildung kannte ich die Mad-Bad-Strategie. Wenn einem das Verhalten eines anderen nicht passte, erklärte man ihn einfach für bösartig oder verrückt. Und schon hatte man eine schlüssige Begründung für seine Gemeinheit und war obendrein der moralische Sieger im Konflikt.

Aber Uli war weder bösartig noch verrückt, auch wenn ihr Verhalten manchmal seltsam war. Und Ivan war eigentlich kein Lügner. Was also war die Wahrheit? Diese Ungewissheit machte mich ganz kirre. Nervös kratzte ich an meinem Unterarm herum. Diese verdammte trockene Haut! Auch so eine Alterserscheinung. Früher hatte ich nie Bodylotion verwendet, heute musste ich mich täglich eincremen, sonst wurde ich zur Dörrpflaume.

Ivan bog auf den Parkplatz des Marienkrankenhauses ein und schaltete den Motor aus. Ich atmete tief durch. Siebzig Prozent.

Auf dem Weg zum Eingang wünschte ich mir so sehr, dass er

mich an sich drücken und etwas sagen würde, wie: *Das wird schon. Mach dir keine Sorgen.* Aber er ging nur schweigend neben mir her. Klar, dass er ausgerechnet jetzt den Gekränkten spielen musste.

Wir betraten das Gebäude und fuhren mit dem Lift zur onkologischen Station. Ivan setzte sich ohne ein Wort in den Wartebereich und zog sein Handy raus. Wenn er sich so scheiße benahm, hätte er auch zu Hause bleiben können.

Ich meldete mich im Stationszimmer. Die diensthabende Schwester schluckte den letzten Bissen eines Sandwiches hinunter.

»Sie kommen zum Fädenziehen, richtig?«

»Und zu einem Gespräch mit Frau Doktor Nadler.«

Sie wusch sich die Hände und führte mich in einen Untersuchungsraum. Ich zog meine Bluse und den extra weichen BH aus, den ich seit der Operation trug, dann legte ich mich auf die Untersuchungsliege.

»Gleich kommt jemand«, sagte sie und verschwand.

Wenig später tauchte ein junger Assistenzarzt auf, der einmal bei der Visite dabei gewesen war.

»Grüß Gott, Frau Schiller.«

Er drückte mir kräftig die Hand, dann griff er nach einer bereitgestellten Nierenschale und einigen Instrumenten. Er beugte sich über meine linke Brust und zog vorsichtig das Pflaster ab.

»Das sieht ja schon sehr gut aus.« Er blickte mich aufmunternd an. »Wollen Sie auch mal sehen?«

Ohne meine Antwort abzuwarten, holte er aus einer Schublade einen Handspiegel und hielt ihn mir vor. Ich sah meine Brustwarze, umgeben von einer rötlichen Naht, aus der mehrere schwarze Fäden ragten, wie Spinnenbeine. Was sagte man bloß in so einer Situation? *Wie hübsch Sie das zusammengenäht haben? Für den* Playboy *kann ich jetzt aber nicht mehr modeln?*

Ich sagte nichts.

»Sie haben eine gute Wundheilung«, bemerkte der junge Arzt.

Ich verzog das Gesicht und versuchte ein Lächeln. Ich konnte mich einfach nicht daran gewöhnen, dass Männer meine Brüste anstarrten und sich lediglich für ihre Position im Röntgengerät oder die Qualität ihrer Wundheilung interessierten.

Aber das war wohl so – in meinem Alter.

Er griff nach einem der Instrumente, und ich kniff die Augen zu. Keinesfalls wollte ich sehen, wie er die Fäden rauszog. Ich spürte das kalte Metall auf der Haut, es kitzelte kurz und ziepte ein paarmal, dann war es vorbei.

»Sie können sich wieder anziehen. Frau Doktor Nadler erwartet Sie.«

Noch ein kräftiger Händedruck, dann war er weg.

Ich zog mich an und ging zurück zu Ivan, der immer noch in sein Handy starrte. Er blickte auf. »Und, alles okay?«

»Das waren doch nur die Fäden«, sagte ich.

Der schwierigste Teil kam erst noch. Vor der Tür zu Frau Doktor Nadlers Büro blieben wir stehen. Aus den Augenwinkeln sah ich, dass Ivan mir einen Blick zuwarf.

»Das wird schon«, brummte er kaum hörbar. Ich schloss die Augen und atmete einmal tief durch. Dann gab ich mir einen Ruck und klopfte.

»Herein.«

Frau Doktor Nadler erhob sich und kam hinter ihrem Schreibtisch hervor, um uns zu begrüßen. Sie bot uns einen Platz an, und wir saßen da wie jugendliche Übeltäter, die eine Standpauke der Schuldirektorin zu erwarten hatten.

Die Einrichtung ihres Büros entsprach dem Eindruck, den ich bisher von der Ärztin gewonnen hatte: nüchtern und freundlich. Neben einem Regal mit medizinischer Fachliteratur hingen zwei Drucke in Pastellfarben, daneben Urkunden, mit denen sie für ihre Verdienste geehrt wurde. Der einzige persönliche Gegenstand war ein Bilderrahmen auf ihrem Schreibtisch, der so ausgerichtet war, dass ich das Foto darin nicht sehen konnte.

Ich versuchte, in ihrem Gesicht zu lesen, aber es war so undurchdringlich wie immer. Wahrscheinlich lernt man im Medizinstudium, sich ein Arztgesicht anzutrainieren, sodass nicht jeder gleich erkennen kann, was man mitzuteilen hat.

Wie viele Menschen hier wohl schon gesessen und ihre Diagnose erwartet hatten? Wie viele waren erleichtert hinausgegangen? Für wie viele war eine Welt zusammengebrochen? Obwohl Ivan neben mir saß, fühlte ich mich einsam.

Frau Doktor Nadler sah mich lächelnd an. »Wie geht's Ihnen, Frau Schiller?«

Auf eine peinlich übereifrige Art hörte ich mich sagen: »Alles gut verheilt, meint Ihr Kollege! Die Fäden sind schon raus.«

Nun sag schon, dachte ich ungeduldig, lass mich nicht noch länger schmoren.

»Schön, dass Sie heute mitkommen konnten«, sagte sie zu Ivan gewandt. »Unterstützung tut doch immer gut.«

Tolle Unterstützung, dachte ich. Ivan hatte beim Reinkommen so knapp gegrüßt, dass man es durchaus als unfreundlich hätte auslegen können. Seither saß er da und schwieg.

Die Ärztin sah mich wieder an. »Wir haben nun also die Ergebnisse der histologischen Untersuchung erhalten …«

Ihre Stimme. Es war ihre Stimme, die sie verriet.

»… und leider sind diese nicht so, wie wir es uns gewünscht hätten.«

In meinen Ohren begann es zu summen. Ich räusperte mich und schüttelte unauffällig den Kopf.

Sie nahm ein Blatt Papier und einen Stift und begann zu zeichnen.

»Sehen Sie, hier ist das kritische Gewebe, das wir entfernen wollten. Es sieht ein bisschen aus wie eine Hand …«

»… oder ein Krake«, unterbrach ich.

»Stimmt«, sagte sie lächelnd. »Das habe ich noch gar nicht bemerkt. Jedenfalls, mehrere Finger der Hand sind am Ende abgeschnitten. Das bedeutet, da haben wir das Gewebe nicht ganz erwischt. Dummerweise weiß man das immer erst nach der Operation.«

Ivan ruckelte neben mir unruhig auf seinem Stuhl. »Was heißt das jetzt konkret?« Seine Stimme klang rau.

Ob er fragte, weil er sich Sorgen um mich machte? Oder weil er um seinen Italienaufenthalt fürchtete?

»Ich will offen zu Ihnen sein«, sagte Frau Doktor Nadler. »Wir haben jetzt zwei Möglichkeiten. Wir könnten noch mal operieren. Dabei müssten wir in die bestehende Wunde hineingehen und noch mehr Gewebe herausschälen.«

Bei dem Wort herausschälen sah ich vor meinem geistigen Auge eine Art Eisportionierer, der in mein Brustgewebe fuhr und darin herumschabte. Mir wurde flau.

»Wäre denn … danach alles in Ordnung?«, fragte ich mit schwacher Stimme.

»Die Wahrscheinlichkeit ist höher als beim ersten Eingriff. Aber es gibt auch diesmal keine Garantie.«

»Und die zweite Möglichkeit?«, fragte Ivan.

Sie zögerte, und mir war sofort klar, was jetzt kommen würde, schließlich hatte ich Theklas Krankengeschichte gehört.

»Eine Mastektomie.« Sie sah das Unverständnis in Ivans Gesicht und erklärte: »Das hieße, wir würden die Brust abnehmen.«

Er machte ein Geräusch, als hätte ihm jemand in den Magen getreten und griff nach meiner Hand. Ich hielt sie fest. Wir hielten einander fest.

»Wenn Sie hundertprozentige Sicherheit wünschen, wäre das aus meiner Sicht der beste Weg«, hörte ich die Stimme der Ärztin wie aus weiter Ferne zu mir dringen. »Es gibt übrigens heute ganz hervorragende Techniken, die Brust wiederaufzubauen.«

Das Geschehen spulte sich vor mir ab wie ein Film. Das sprechende Gesicht von Frau Doktor Nadler, Ivans Atem neben mir, eine Schwester, die reinkam und Unterlagen auf den Schreibtisch legte. Das Summen in meinen Ohren war zu einem Dröhnen angeschwollen. Ob ich gleich einen Hörsturz bekommen würde? Ich hatte das Bedürfnis, mich weit nach vorn zu beugen und den Kopf zwischen meinen Knien nach unten hängen zu lassen.

»Was ist mit dir?«, hörte ich Ivans Stimme und spürte seine Hand auf meinem Rücken.

Frau Doktor Nadler war aufgesprungen und hatte den Tisch umrundet. Sie kniete vor mir und hob mein Gesicht an.

»Alles in Ordnung? Hören Sie mich?«

Ich nickte. »Es ist nur dieses … Dröhnen in den Ohren«, murmelte ich. »Wird sicher gleich besser.«

Für eine Weile sagte niemand etwas. Das Dröhnen wurde langsam leiser, bis es wieder zu einem Summen geworden war. Ich hob den Kopf.

Frau Doktor Nadler sah mich besorgt an. »Geht's wieder? Möchten Sie ein Glas Wasser?«

Ich verneinte stumm. Sie stand auf und ging zurück an ihren Platz.

Ivan rückte näher zu mir. Seine Hände, die jetzt zwischen den Knien herabhingen, zitterten. Plötzlich bekam ich Angst, dass er zusammenbrechen würde, wie diese werdenden Väter, die im Kreißsaal ohnmächtig wurden und die Aufmerksamkeit auf sich zogen, die eigentlich der Gebärenden zustand.

»Ich verstehe sehr gut, dass diese Nachricht Sie schockiert«, sagte die Ärztin. »Sicher brauchen Sie ein bisschen Zeit, um das zu verdauen. Wir können gern einen Termin in ein paar Tagen machen, wenn Ihnen das lieber ist?«

Ich schüttelte den Kopf. »Ich möchte es jetzt wissen. Welche Möglichkeiten des Brustaufbaus gibt es?«

»Kurz gesagt, einen Aufbau aus Eigengewebe oder ein Implantat. Wir würden Sie dazu natürlich noch ausführlich beraten.«

»Was würden Sie denn empfehlen?«

»Das muss jede Frau selbst wissen«, sagte sie ausweichend. »Manche Frauen entscheiden sich dafür, keines von beidem zu machen und den Verlust der Brust zu akzeptieren. Mit Spezial-BHs kann man die Leerstelle unter der Kleidung sehr gut kaschieren.«

Klar, mehr war es ja nicht. Eine Leerstelle unter der Kleidung. Nicht der Verlust eines Körperteils, der Verlust von Schönheit, Weiblichkeit, Sex-Appeal. Ein Organ, das man wegnehmen konnte, ohne dass es groß auffiel. Was hatte Thekla gesagt? *Wenn die Kinder mal abgestillt sind, hat man doch gar keine Verwendung mehr für Brüste.*

Ich hatte aber noch einen Mann, mit dem ich mir Sex wünschte, und zu Sex gehören doch Brüste, oder nicht? Ich wollte diesem Mann immer noch gefallen, wollte von ihm begehrt werden, auch wenn er meistens nicht da war, wenn ich ihn brauchte. Oder nicht zu gebrauchen war, wenn er da war.

Frau Doktor Nadler zog eine Schublade ihres Schreibtisches auf und holte ein Tablett heraus, auf dem drei helle, wabbelige Teile lagen, die aussahen wie gestrandete Quallen.

Sie stellte das Tablett vor uns auf den Tisch.

»Das sind die Implantate, die wir hier verwenden«, sagte sie. »Wie Sie sehen, haben alle drei eine etwas andere Form, sodass wir sie individuell anpassen können.«

Wir starrten auf die trübweißen Hügel.

»Hier, fühlen Sie mal.« Sie reichte mir eines davon.

Es fühlte sich weich und trotzdem fest an. Bestimmt würde es eine hübsche Brust abgeben. Trotzdem wollte ich es nicht. Ich wollte, verdammt noch mal, meine Brust behalten.

»Sie auch.« Die Ärztin wollte Ivan ebenfalls eines der Implantate geben. Der blickte sie nur entsetzt an.

»Kommen Sie, nehmen Sie es! Es ist doch wichtig, dass Sie auch wissen, wie es sich anfühlt.«

Glaubte sie wirklich, das würde helfen? Solange ein Mann nicht wusste, aus welchem Material ein weiblicher Körper bestand, war alles in Ordnung. Einem Mann eine Silikonbrust aufzudrängen konnte aus meiner Sicht keinen erotisierenden Effekt haben. Aber vielleicht überschätzte ich die männliche Sensibilität.

Zögernd streckte Ivan die Hand aus. Sie legte ihm das Teil darauf, und er blickte es an, als handelte es sich um ein fremdartiges Tier, das ihm jeden Moment ins Gesicht springen könnte.

»Wie sicher sind denn diese Implantate?«, fragte er und legte das Wabbelteil zurück aufs Tablett. »Man liest ja immer wieder, dass die auch platzen können …« Er verstummte.

Beim Wort platzen drehte sich mir erneut der Magen um.

»Da können Sie ganz beruhigt sein. Die Silikonimplantate dieser Firma sind die besten, die derzeit auf dem Markt sind, die können nicht platzen.«

»Sicher?«

»Ganz sicher. In weniger als zehn Prozent der Fälle kommt es zu einer Abstoßungsreaktion, der sogenannten Kapselfibrose. Die können wir aber meistens gut behandeln.«

Zehn Prozent. Das war schon besser als dreißig. Aber was hieß schon »meistens«? Und was nützen einem die ganzen Statistiken, wenn man einfach Pech hat? Ich hatte schon zweimal Pech gehabt, wer sagte, dass es mich nicht ein weiteres Mal treffen würde?

»Hier habe ich Ihnen etwas Material zusammengestellt«, sagte die Ärztin und griff nach der Mappe vor sich. »Lesen Sie sich das in Ruhe durch, und rufen Sie mich an, wenn Sie Fragen haben.« Sie reichte mir die Unterlagen. »Wir können uns nächste Woche wieder treffen und besprechen, wie es weitergeht.«

Ich nickte mechanisch. »Vielen Dank, Frau Doktor.«

»Danke«, sagte Ivan und stand auf. Er sah so mitgenommen aus, als hätte er gerade erfahren, dass ihm ein Körperteil amputiert werden musste. Draußen auf dem Flur blieben wir stehen. Er nahm mich in den Arm.

»Wir kriegen das hin«, brummte er an meinem Ohr.

Es tröstete mich nicht. Nichts hätte mich in diesem Augenblick trösten können.

Die nächsten Tage war ich wie in einem Nebel, dazwischen überfiel mich immer wieder die schockartige Erkenntnis über das, was geschehen war, und was als Nächstes geschehen würde. Amputation. Man würde mir die Brust amputieren.

Warum ich? schrie es in mir.

»Warum nicht du?«, antwortete meine bessere Hälfte. »Am besten lässt du dir gleich zwei geile neue Titten machen, dann lohnt sich der Aufwand wenigstens.«

»Hör auf!«

»Vielleicht interessiert sich dann auch Ivan wieder für dich«, fuhr sie fort.

»Ich kann über mangelndes Interesse nicht klagen«, sagte ich.

War unser spontaner nachmittäglicher Sex von neulich nicht der Beweis dafür? Oder … plötzlich kam mir ein unschöner Gedanke … oder hatte Ivan den Beischlaf gezielt eingesetzt, um mich gnädig zu stimmen? Gleich danach hatte er mir schließlich erzählt, dass es mit dem Stipendium klappen würde. Hatte er gedacht, ich würde – oxytozingeschwängert, wie ich nach dem Sex war – entspannter reagieren?

»Bist du schon fertig mit Jammern?«, fragte meine bessere Hälfte.

Nein, ich war noch nicht fertig.

»Warum trifft es mich?«, fragte ich. »Was habe ich Böses getan?«

»Frag nicht so dämlich. Was hat Thekla Böses getan? Was haben all die andern Frauen getan? Das Schicksal ist eben eine Bitch!«

Sie hatte recht. Für das meiste Unglück gibt es zwar eine Ursache, aber keinen Grund. Es ereignet sich aus heiterem Himmel, stürzt hinab auf die Menschen, wahllos und zufällig. Nun hatte es eben mal mich getroffen, warum auch nicht?

Diese Sichtweise war insofern von Vorteil, dass ich mich nicht schuldig fühlen musste. Ich hatte nichts falsch gemacht, hatte nichts verbrochen, um dieses Unglück zu verdienen. So wie manche Leute Glück haben und den Jackpot gewinnen, unabhängig davon, ob sie anständige Menschen oder miese Typen sind, haben andere eben Pech und werden vom Lkw überfahren – oder es nistet sich ein Terrorist bei ihnen ein.

Entscheidend ist, wie man mit Unglück umgeht. Immerhin war meines von der Sorte, die mir eine Chance ließ. Bei Menschen, die vom Lkw überfahren wurden, war das nicht unbedingt der Fall.

»Du bist ja eine Meisterin des positiven Denkens«, hänselte mich die Stimme. Nicht mal in einem solchen Moment konnte sie nett zu mir sein. Ich sollte darüber nachdenken, mir ein anderes Alter Ego zuzulegen. Eines, das mich bemitleidete und bestätigte und tröstende Dinge zu mir sagte.

»Zisch ab!«, befahl ich. »Sonst tausch ich dich aus.«

Manchmal überfiel mich ein Gefühl innerer Taubheit, als ginge mich das alles nichts an. Dann musste ich mir ins Bewusstsein rufen, dass ich es war, um die es ging. Dass ich es war, die eine Entscheidung treffen musste. Und dass ich diese Entscheidung nicht ewig aufschieben könnte.

Stundenlang verlor ich mich im Internet, recherchierte Fachbegriffe und Operationsmethoden, besuchte Betroffenengruppen und Selbsterfahrungsforen.

Dort tauschten Frauen sich über ihre Erlebnisse aus und gaben einander Tipps zu Fragen wie: Wie lange muss das Stützkorsett getragen werden? Braucht man einen Gurt über der Brust? Wie fühlt es sich an, wenn der Körper das Implantat abstößt? Und natürlich wurden meistens die schlimmen Fälle geschildert, in denen die Operation schiefgegangen war, dazu Fotos von völlig verhunzten Implantaten.

Schließlich wurde mir alles zu viel, und ich verordnete mir eine Zwangspause. Drei Tage kein Internet. Stattdessen putzte ich die Wohnung. Saugte und wischte, schrubbte und polierte. Ordnete und warf weg, entdeckte und mistete aus. Mein Geist leerte sich auf wohltuende Weise, und es gelang mir immer wieder, über mehrere Stunden nicht daran zu denken. Sobald die quälenden Gedanken zurückkamen, suchte ich mir eine neue Aufgabe und versank wieder in meinen somnambulen Zustand.

Nach drei Tagen erstrahlte die Wohnung in neuem Glanz, und vor der Tür stapelte sich der Müll für den Wertstoffhof. Zufrieden sah ich mich um. Wenn ich jetzt sterben müsste, würde ich meine irdische Existenz geordnet an die Nachwelt übergeben.

SIEBZEHN

Eine Woche später saß ich Frau Doktor Nadler wieder in ihrem Büro gegenüber, diesmal allein. Ich hatte versucht, mit Ivan über das Thema zu sprechen, aber er war ein Totalausfall gewesen. Jedes Mal wenn ich davon anfing, war er blass geworden und hatte gemurmelt: »Da kann ich dir nicht helfen. Das musst du selbst entscheiden.« Und so hatte ich mich entschieden.

Frau Doktor Nadler hörte aufmerksam zu, als ich ihr meine Überlegungen schilderte. Dass mein Vertrauen in Statistiken stark gelitten habe und ich keine zweite Enttäuschung riskieren wolle. Dass ich schlecht mit Ungewissheiten und Restrisiken leben könne. Dass ich lieber *eine* weitere Operation über mich ergehen ließe, als eine weitere zu riskieren.

»Daher habe ich mich nach reiflicher Überlegung für die Mastektomie entschieden«, schloss ich meine Ausführungen.

Nach reiflicher Überlegung.

Sollte heißen: nach Heul- und Wutanfällen, schlaflosen Nächten, Stunden im Internet, endlosen Telefonaten mit Katja, die mir ihre ärztliche Sicht darlegte, und Hella, die mir alternative Heiler anpries, zu denen ich unbedingt gehen sollte. Uli hatte ich vorsichtshalber noch gar nicht in die neuesten Entwicklungen eingeweiht.

»Verstehe«, sagte Frau Doktor Nadler und notierte sich etwas auf einem Block. »Sie sind keine Frau für halbe Sachen, was?« Sie lächelte mir zu.

Pah, dachte ich. Vielleicht bei einer Brustamputation. Sonst bin ich Spezialistin für halbe Sachen. Wenn Sie wüssten, wie lange ich mich schon über meinen Mann ärgere und ihn trotzdem nicht verlasse.

»Das war sicher eine schwierige Entscheidung«, sagte die Ärztin, wieder ernst. »Aber ich denke, Sie fühlen sich jetzt besser, weil Sie Klarheit für sich geschaffen haben.«

Und so war es. Seit ich mich zu dem radikalen Schlag gegen den Terroristen in meiner Brust entschlossen hatte, ging es mir tatsächlich besser. Offenbar wollte der ja keine Ruhe geben, und mit der Amputation würde ich ihn ein für alle Mal erledigen. Keine Gefangenen.

»Nun müssen wir noch eine zweite Frage klären«, sagte Frau Doktor Nadler. »Was soll danach geschehen?«

Ich nickte. »Ich möchte ein Implantat.«

Wieder machte die Ärztin sich eine Notiz. Dann sah sie auf: »Wenn das so ist, schlage ich vor, dass wir jetzt gleich eine Kollegin hinzuziehen, die Sie eingehend beraten kann. Wir haben regelmäßig eine Spezialistin für plastische Chirurgie aus unserer Partnerklinik im Haus.«

Sie nahm ihr Handy und wählte eine Nummer.

»Nadler hier, könnten Sie zu mir ins Büro kommen? Ich habe eine Patientin zur Beratung hier.«

Sie legte das Telefon ab. »Wollen wir gleich einen OP-Termin vereinbaren?«

Mir wurde flau. Ich zog meinen Praxiskalender aus der Handtasche und legte ihn vor mir auf den Tisch. Unschlüssig blätterte ich darin herum.

»Wie lange falle ich denn aus?«

Die Ärztin wiegte den Kopf. »Eine Woche bleiben Sie in der Klinik, danach sollten Sie sich mindestens eine weitere Woche schonen.«

Sie sah auf ihren Computerbildschirm und nannte ein Datum.

Ich schluckte. »Geht's auch … ein bisschen später?«

Einerseits wollte ich es hinter mir haben, andererseits hatte ich das Gefühl, ich müsste mich seelisch auf den Eingriff vorbereiten. Es war ja nicht nur der Abschied von einem Körperteil, es war auch der Abschied von einem wichtigen Symbol meiner Weiblichkeit und von der Unversehrtheit meines Körpers, sah man von einem Zahnimplantat ab, das ich vor Jahren erhalten hatte. Ich fand, ich sollte diesen Abschied angemessen begehen. Abgesehen von Tante Elsies Tod dreißig Jahre zuvor, hatte ich keinen so tiefen Einschnitt erlebt. Das würde etwas mit mir machen, da war ich sicher. Was für eine Frau wäre ich nach der Operation? Cora, Traumfrau mit Ersatzteilen?

Wir einigten uns auf einen Termin zwei Wochen später. In meinen Kalender schrieb ich *Finaler Schlag gegen T.* Das klang motivierender als *Brustamputation*. Ich klappte den Kalender zu und schob ihn zurück in meine Handtasche.

Es klopfte, hinter mir ging die Tür auf.

»Frau Schiller, darf ich Ihnen Frau Doktor Hartmann vorstellen?«

Ich drehte mich um und erstarrte. »Janina? Was machst du denn hier?«

Dann ging mir ein Licht auf. Plastische Chirurgie. Spezialistin von der Partnerklinik.

»Hallo, Cora. Das ist ja eine Überraschung!«

Janina trug einen weißen Arztkittel und hatte das Haar hinten zusammengebunden, was sie älter wirken ließ. Sie reichte mir ihre Hand, die sich kühl anfühlte. Ein kaum wahrnehmbarer Händedruck.

»Sie kennen sich?« Frau Doktor Nadler sah zwischen uns hin und her.

»Janina … äh, Frau Doktor Hartmann ist meine zukünftige Schwiegertochter«, erklärte ich.

Die Ärztin lachte. »Die Welt ist doch ein Dorf.« Dann sah sie mein Gesicht und fragte: »Oder ist das ein Problem für Sie?«

Ein verdammtes Riesenproblem sogar, hätte ich am liebsten gebrüllt. Ich will mit der Freundin meines Sohnes nicht über meine Brüste sprechen! Ich will mich vor ihr nicht ausziehen, weder im wörtlichen noch im übertragenen Sinn!

Aber mir war klar, dass ich das auf keinen Fall sagen dürfte. Janina würde es persönlich nehmen und als Zweifel an ihrer Kompetenz interpretieren.

»Überhaupt kein Problem«, brachte ich mühsam heraus. »Ich war nur … überrascht.«

Frau Doktor Nadler stand auf. »Gut, Frau Schiller, dann überlasse ich Sie jetzt meiner Kollegin. Und wir sehen uns in zwei Wochen. Alles Gute!«

Sie gab mir die Hand, nickte Janina zu und verließ das Büro.

Janina setzte sich auf den Platz der Ärztin, überflog meine Krankenakte und lächelte mich an.

»Was ist mit dir – ist das kein Problem für dich?«, fragte ich in der Hoffnung, sie würde sich als befangen erklären und die Beratung ablehnen. Aber sie dachte nicht daran.

»Es ist mein Beruf«, sagte sie. »Und für mich sind alle Patienten gleich.«

»Ich meine nur, unsere letzte Begegnung war alles andere als harmonisch«, erinnerte ich sie. »Das könnte doch belastend für dich sein.«

Bei der Erinnerung an den Eklat im Restaurant zuckte es fast unmerklich in ihrem Gesicht, aber schnell hatte sie sich wieder im Griff.

»Ich kann Privates und Berufliches auseinanderhalten«, versicherte sie mir.

Ich gab auf. »Also gut.«

Janina lobte meine Entscheidung für die Amputation und das Implantat. Dieses Vorgehen sei in medizinischer und kosmetischer Hinsicht optimal. Hier im Marienkrankenhaus sei ich in den besten Händen, durch die Kooperation mit der Klinik, in der sie angestellt war, könne sie das gut beurteilen.

Sie beschrieb mir die Operation bis ins Detail, dazu zeigte sie mir Bilder auf dem Computer. Beim größten Teil ihrer Ausführungen schaltete ich auf Durchzug. Entweder, ich wusste es bereits, oder ich wollte es nicht so genau wissen.

Janina verhielt sich geradezu aufreizend professionell. Anscheinend musste sie mir demonstrieren, dass sie sich von nichts beeinflussen ließ, nicht mal davon, dass ich sie nicht leiden konnte.

»Du wirst nach der OP eine Weile Verspannungen im Schulter- und Nackenbereich haben«, sagte sie. »Das liegt daran, dass du zum Anpassen des Implantats aufgerichtet wirst, obwohl du dich in Vollnarkose befindest. Dazu muss man dich gut abstützen, und es kann sein, dass es dabei ein bisschen … na, sagen wir, robust zugeht.«

Ich stellte mir vor, wie mein schlaffer, betäubter Körper in eine sitzende Position gebracht und festgehalten wurde, während Form und Größe des Implantats bestimmt wurden. Keine angenehme Vorstellung, aber auch ein bisschen komisch. Fast hätte ich gelacht.

»Es soll ja dann auch nach was aussehen«, sagte Janina und lächelte bemüht. »Nach der OP gibt es möglicherweise Auswirkungen auf den Gleichgewichtssinn, aber das lässt bald nach. Und dann gibt es natürlich in ganz seltenen Fällen eine Abstoßungsreaktion oder eine Entzündung. In dem Fall muss das Implantat wieder entfernt werden. Aber das passiert, wie gesagt, sehr selten.«

»Können wir uns auf die positiven Aspekte konzentrieren«, bat ich. »Alles andere will ich nicht wissen.«

Sie sprach weiter, zeigte mir, wo der Schnitt gemacht würde (unter der Brust), und betonte, dass man danach so gut wie nichts sehen würde. Nach einer gefühlten Ewigkeit war sie endlich fertig.

»Hast du Fragen dazu?«

Ich hatte eine Menge Fragen an Janina, aber die hatten alle nichts mit meiner bevorstehenden Operation zu tun. Über die wusste ich inzwischen mehr, als mir lieb war.

»Nein, vielen Dank. Ich denke, ich weiß alles, was ich wissen muss.«

»Freut mich«, sagte sie und räumte das Tablett mit den Implantaten wieder weg. »Du kannst mich jederzeit anrufen, wenn dir doch noch was einfällt.«

Janina war eindeutig kompetent, das musste ich ihr zugutehalten. Sie sagte die richtigen Dinge, und trotzdem fehlte ihr etwas. Ich vermisste die Wärme von Frau Doktor Nadler und das Mitgefühl, das sie ausstrahlte. Diese Eigenschaften waren es, die auch Janina zu einer wirklich guten Ärztin machen würden. Aber vielleicht musste sie dafür erst älter werden. Oder es lag einfach nicht in ihrer Natur.

»Du … wirst sicher mit Paul darüber sprechen, dass wir uns hier getroffen haben«, sagte ich.

»Ich darf nicht mit ihm darüber sprechen«, erwiderte sie. »Außer, du möchtest mich von der Schweigepflicht entbinden.«

»Ich würde es ihm lieber selbst mitteilen«, sagte ich entschieden. »Es wäre seltsam, wenn er es von dir erfahren würde, oder?«

Sie zuckte die Schultern. »Wie du möchtest, kein Problem. Komm doch einfach bei uns vorbei.«

Ja, warum nicht, dachte ich. In meinen Gedanken lebte Paul abgeschottet und unerreichbar für mich in seinem schicken Penthouse, mit dieser Frau, die ihn mir wegnehmen und nach ihren Vorstellungen formen wollte. Nie wäre ich auf die Idee gekommen, einfach dort vorbeizugehen und zu klingeln. Aber genau das könnte ich tun.

»Das mache ich, danke.« Ich überlegte kurz, dann gab ich mir einen Ruck und sagte: »Ist übrigens interessant für mich, dich mal als Ärztin zu erleben. Ich finde, du machst das richtig gut.«

Zu meiner Überraschung errötete sie. Sie war also doch kein Roboter. Sie hatte menschliche Regungen.

Als ich wieder auf der Straße stand, atmete ich tief durch. Es war höchste Zeit für etwas Süßes. Die emotionalen Berg-und-Tal-Fahrten der letzten Wochen forderten ihren Tribut. Vor meinem geistigen Auge türmten sich Berge aus Torten und Schlagsahne. Ich steuerte meine Lieblingskonditorei an.

Plötzlich entdeckte ich eine vertraute Gestalt. Auf der anderen Straßenseite stand Laura, Ulis ältere Tochter, die ich seit der ersten Ultraschallaufnahme kannte. Zunächst war ihre schwangere Mutter bei mir eingezogen, dann durfte ich bei ihrer Geburt dabei sein, danach sah ich sie aufwachsen.

»Laura!«, rief ich und winkte.

Sie drehte sich um und lächelte. Was für eine hübsche, junge Frau sie geworden war! Groß und schlank wie ihre Mutter, mit schulterlangem, blondem Haar und den ausdrucksvollen blauen Augen des Vaters. Eine Zeit lang hatten Uli und ich gehofft, sie und Paul würden sich ineinander verlieben, aber das war nie passiert. Die beiden kannten sich einfach zu lange und waren wie Geschwister füreinander. Wie viel lieber hätte ich sie als Schwiegertochter gehabt!

Vor Laura hopste ihr kleiner Sohn Maxim im Kinderwagen auf und ab; sie hatte Mühe, ihn festzuhalten. Schließlich schnallte sie ihn fest, was ihm sichtlich missfiel. Er wand sich in seinem Sitz hin und her und quengelte.

Ich wartete, bis die Ampel auf Grün sprang, und lief über die Straße. Nach der Geburt des Kindes hatte ich Laura mit einem großen Blumenstrauß in der Klinik besucht – der gleichen Klinik, in der sie zur Welt gekommen war. Inzwischen war Maxim acht Monate alt.

Wir umarmten uns.

»Wie geht's dir, Goldkind?«, fragte ich.

Sie stieß erschöpft die Luft aus. »Ich versuche mich als Löwenbändigerin.« Laura wies auf den Kleinen. »Keiner sagt einem, wie anstrengend das ist.«

Ich ging vor dem Buggy in die Hocke und pikte dem Kleinen spielerisch in den Bauch. »Na, du Rabauke? Ärgerst du deine Mama?«

Er lachte und strampelte mit den Beinchen. Im nächsten Moment hielt er eine meiner Haarsträhnen zwischen seinen kleinen Fingern und zog kräftig daran.

»Aua«, sagte ich lachend und entwand ihm seine Beute. Ich richtete mich wieder auf. »So ein süßer Kerl! Du musst sehr verliebt sein.«

»Das bin ich.« Sie lächelte versonnen.

»Ich begleite dich ein paar Schritte, okay?«

Laura strahlte. »Ich freue mich so, dich zu sehen, Cora.«

Wir spazierten nebeneinanderher, und sie erzählte mir von ihrem Dasein als Mutter und den Schwierigkeiten, die Familie mit ihrem Beruf unter einen Hut zu bekommen. Sie war Innenarchitektin und arbeitete für ein großes Einrichtungshaus; nach der Geburt hatte sie sechs Monate pausiert, nun war sie halbtags wieder eingestiegen. »Und dein Mann?«, fragte ich.

»Ben ist ständig unterwegs«, sagte sie und verzog das Gesicht. »Der Kreißsaal ist wie eine Zeitmaschine. Du gehst als modernes junges Paar rein und kommst in den Fünfzigerjahren wieder raus.«

»Was für ein Glück, dass Uli dich so gut unterstützt«, sagte ich. »Sie hat mir erzählt, dass sie den Kleinen mehrmals die Woche nimmt.«

Laura blieb abrupt stehen. »Mama? Die habe ich seit drei Monaten nicht gesehen.«

»Wie bitte?« Ich war ebenfalls stehen geblieben und starrte sie entgeistert an.

»Wir hatten einen Riesenkrach und sprechen nicht mehr miteinander«, sagte Laura. »Sie hat sich in alles eingemischt und mir ständig Ratschläge erteilt, ich hab's einfach nicht mehr ausgehalten.«

Maxim war offenbar der Meinung, er bekäme nicht genügend Aufmerksamkeit, und fing an zu greinen. Laura beugte sich hinunter, schnallte ihn los und nahm ihn auf den Arm.

»Das verstehe ich nicht«, sagte ich. »Sie hat erzählt, wie froh du über ihre Unterstützung bist. Ohne sie wärst du verloren, hättest du zu ihr gesagt.«

Laura schnaubte. »Schön wär's, wenn sie mich unterstützen

würde! Aber sie kann einfach nicht akzeptieren, dass ich die Mutter bin und sie sich an das halten muss, was ich möchte. Ständig hat sie Maxim Sachen gefüttert, die nicht gut für ihn sind. Sogar Süßigkeiten hat sie ihm gegeben! Der Hammer war dann, dass sie ihn ohne mein Wissen gegen Diphtherie, Keuchhusten und was weiß ich noch alles hat impfen lassen.«

Du lieber Gott. Auch wenn ich Impfungen grundsätzlich für vernünftig hielt – wie konnte Uli so was tun?

»Und dann hast du den Kontakt zu ihr abgebrochen?«, fragte ich.

»Nein, das ist ja das Irre!«, sagte Laura. »Mama hat den Kontakt zu mir abgebrochen! Eines Tages hat sie mir erklärt, sie würde nicht weiter dabei zusehen, wie ich mein Kind ruiniere. Und weg war sie.«

Ich schüttelte fassungslos den Kopf. Was war bloß in meine Freundin gefahren?

Natürlich hatte Uli ihre Vorstellungen davon, wie dies oder das zu sein hatte. Und natürlich hatte sie auch mir ungebeten den einen oder anderen Ratschlag erteilt – nicht zuletzt den, mich von Ivan zu trennen. Aber so rechthaberisch und kompromisslos, wie Laura sie beschrieb, nein, das war nicht die Uli, die ich kannte.

Bestimmt saß sie zu Hause, grämte sich über das Zerwürfnis mit ihrer Tochter und wünschte sich nichts sehnlicher, als dass Laura sich meldete. Uli war zu stolz zum Einlenken. Das war eine ihrer größten Schwächen – sie konnte Fehler nicht zugeben.

Plötzlich kam mir ein Gedanke. »Darf ich dich was fragen, Laura?«

»Klar.«

»Was weißt du über das Privatleben deiner Mutter?«

Laura zuckte die Schultern. »Vermutlich nichts, was du nicht auch weißt. Ihr redet doch ständig darüber, oder nicht?«

»Das stimmt«, sagte ich. »Aber ich wüsste gern, was sie dir erzählt hat.«

Laura berichtete, dass Uli seit der Trennung von Thomas keine feste Beziehung mehr gehabt hätte. Anfangs sei sie noch ausgegangen und habe Kontakt zu Männern gesucht, aber seit ein paar Jahren habe sie es aufgegeben und sitze nur noch depressiv zu Hause herum. Ständig beklage sie sich und mache Laura und ihrer Schwester ein schlechtes Gewissen, sie würden sich nicht genügend um sie kümmern. Auch das sei ein Streitpunkt zwischen ihnen gewesen.

»Sie hat gar kein eigenes Leben!«, rief Laura. »Deshalb hat sie sich wie ein Vampir an uns und dem Kleinen festgesaugt. Auch Ben war schon ganz genervt von ihr.«

Das konnte ich mir vorstellen. Vermutlich gab es keinen einfacheren Weg, eine junge Ehe zu zerstören, als eine Schwiegermutter ins Haus zu lassen, die sich in alles einmischte. War es nicht Uli gewesen, die mir genau diesen Rat gegeben hatte, als wir scherzhaft darüber gesprochen hatten, wie ich Janina vergraulen könnte?

Du besuchst sie einfach jeden Tag, sitzt stundenlang herum und gibst zu allem deinen Senf dazu. Das hält kein Paar auf Dauer aus.

»Es klingt furchtbar, aber eigentlich ist es mir lieber, sie lässt uns in Ruhe.«

Laura sah mich entschuldigend an.

Mir schwirrte der Kopf. Ich konnte nicht fassen, was ich gerade gehört hatte.

Ulis tolles Verhältnis zu ihrer Tochter und dem Enkelkind – gelogen. Ihre ständigen Dates und aufregenden Sexabenteuer mit Männern – erfunden.

Ich fragte mich, was noch alles nicht stimmte an dem Bild, das ich von ihr hatte. Nichts von dem, was sie mir in den letzten Jahren erzählt hatte, war mir unglaubwürdig vorgekommen. Erst die Kreta-Sache hatte ich seltsam gefunden. Was war nur los mit ihr? War permanentes Lügen eine Charakterschwäche oder eine seelische Störung? Und was hatte dazu geführt, dass sie sich in eine Fantasiewelt geflüchtet hatte? Ich begann mir ernsthaft Sorgen um meine Freundin zu machen.

Zwei Tage später war ich mit Hella unterwegs zu einem ihrer Gurus, von dem sie sich heilende Kräfte für mich erhoffte. Obwohl sie wusste, dass der Terrorist demnächst chirurgisch erledigt werden würde, bestand sie darauf, mir Vikram Prasad vorzustellen. Hella hatte Gurus für alle Lebenslagen, dieser war für körperliche Energie, Gesundheit und Wohlbefinden zuständig.

»Woher kennst du den Typen?«, wollte ich wissen.

»Er hat damals beim Tantra mein Swadhisthana-Chakra geöffnet«, sagte sie versonnen.

»Dein was?« Von Chakras hatte ich schon gehört, das waren irgendwelche Energiezentren im Körper. Aber was hieß Swadhisthana?

»Mein Sexual-Chakra.«

»Aha. Und was ist dann passiert?«

»Ich hatte den ersten Orgasmus meines Lebens.«

Phhh. Kein Wunder, dass sie den Typen toll fand. Das war so ähnlich wie bei den Graugänsen des Verhaltensforschers Konrad Lorenz. Die schlüpften aus, sahen als Erstes ihn und dachten, er wäre der tollste Graugänserich der Welt, weshalb sie ihm fortan nachliefen. So ähnlich musste es auch bei dem Mann sein, der einer Frau den ersten Orgasmus verschaffte, im stattlichen Alter von fast fünfzig, immerhin.

»Und was macht der mit mir?«, fragte ich skeptisch.

Mein Swadhisthana-Chakra war definitiv geöffnet, und eigentlich wäre es praktischer, wenn jemand es verschließen könnte. Dann hätte ich endlich Ruh, vor meinen Trieben, schubidu.

»Er kann zum Beispiel Energieblockaden erspüren und lösen«, sagte Hella. »Oder seine heilenden Hände auflegen und dir Energie übermitteln.«

»Du weißt schon, dass das alles Unsinn ist, mit dem der Herr Prasad den Leuten das Geld aus der Tasche zieht, oder?«, fragte ich freundlich.

»Wer heilt, hat recht«, sagte Hella unbeeindruckt. »Sei einfach mal offen. Du musst ja nicht daran glauben.«

»Ich dachte, man muss daran glauben, damit es wirken kann?«

»Eben nicht«, sagte sie. »Homöopathie zum Beispiel wirkt auch bei Pferden. Natürlich kann der Glaube die Wirkung verstärken, aber er ist keine Voraussetzung.«

Mir war nicht klar gewesen, wie weit Hella in diese alternative Welt abgedriftet war. Andererseits waren diese Dinge bei ihr auch sehr stimmungsabhängig und änderten sich schnell. Was hatte sie neulich über ihre Ernährungsweise gesagt? Sie sei *Gelegenheitsvegetarierin.* Das klang nicht sonderlich fanatisch.

Natürlich glaubte ich kein bisschen an solchen Guru-Hokuspokus, aber ich wollte ihr das Gefühl geben, sie könne etwas für mich tun. Die bevorstehende Brustamputation ihrer guten Freundin war ein Brocken, an dem auch sie zu kauen hatte. Indem ich ihr die Freude machte und mich zu Herrn Prasad mitschleppen ließ, sorgte ich dafür, dass es zumindest ihr ein bisschen besser ging.

Wir kamen zu einem schönen, etwas heruntergekommenen Altbau in einer Seitenstraße der Isar. Entweder, der Mann hatte einen Mietvertrag, der ungefähr hundert Jahre alt war, oder er verdiente eine Schweinekohle. In dieser Gegend von München war Wohnraum nahezu unbezahlbar.

Hella klingelte, und die Haustür öffnete sich mit einem Summen. Wir gingen eine abgetretene Holztreppe bis ins Dachgeschoss hinauf. Oben angekommen, war ich völlig außer Atem.

Die Tür der Dachwohnung öffnete sich, und Vikram Prasad stand vor uns. Er war groß und mager, sein Haar lichtete sich bereits, fiel aber an den Seiten fast bis zur Schulter hinab, was ein bisschen lächerlich aussah. Er hatte eine Art Spitzbart und durchdringende dunkle Augen, mit denen er uns interessiert musterte.

»Hella, wie schön!« Er zog sie in eine Umarmung, und sie schmiegte sich bereitwillig an ihn.

»Und du bist Cora?« Die dunklen Augen richteten sich auf mich. »Kommt rein.«

In der Wohnung herrschte Dämmerlicht, und Kerzen brannten, obwohl draußen helllichter Tag war. Im Hintergrund lief indische Musik, und es roch nach Räucherstäbchen. Wir setzten uns im Schneidersitz auf den Teppich und tranken Tee aus Tassen, die marokkanisch aussahen. Wie eine der Kifferhöhlen meiner Jugend, dachte ich. Es war, als wäre ich in einer Zeitkapsel zurück in die Siebziger geflogen.

Hella und Vikram tauschten ein paar Sätze über gemeinsame Bekannte aus ihrer Tantra-Zeit, dann wandte sich der Guru mir zu.

»Was kann ich für dich tun, Cora?«

»Das weiß ich nicht genau«, sagte ich wahrheitsgemäß. »Ich kenne mich mit … alternativen Heilmethoden nicht so gut aus.«

»Was ist denn in deinem Körper gerade so los?«

Ich lachte bitter. »In meiner linken Brust sitzt ein Terrorist und trachtet mir nach dem Leben. Der finale Vernichtungsschlag gegen ihn ist bereits terminiert. Nächste Woche wird mir die Brust abgenommen.«

Vikram lächelte mit leisem Spott. »Dann ist ja alles gut, oder?«

Nun schaltete sich Hella ein. »Was eine solche Operation energetisch für den Körper bedeutet, kannst du dir vorstellen. Cora braucht unbedingt deine Unterstützung.«

Vikram schenkte Tee nach und veränderte seine Sitzhaltung.

»Du weißt, dass unser Körper zu uns spricht?«, fragte er mich. »Der Terrorist hat eine Botschaft für dich. Vielleicht solltest du ihm zuhören.«

Eine Botschaft? Was für eine verdammte Botschaft?

»Mit Terroristen wird nicht verhandelt«, gab ich zurück.

»Was wäre, wenn nur du ihn als Terroristen empfindest, während er in Wahrheit ein Kämpfer für Freiheit ist? Für deine Freiheit?«

»Was, bitte, hat eine Krebsvorstufe, die zu einem tödlichen Tumor werden könnte, mit meiner Freiheit zu tun?«, fragte ich ungehalten.

»Komm mit«, forderte er mich auf und erhob sich geschmeidig aus seiner Sitzposition. Deutlich weniger geschmeidig faltete ich mich ebenfalls auf und folgte ihm.

Eine geöffnete Doppeltür führte in ein anderes Zimmer, offenbar sein Praxisraum. Darin war eine Behandlungsliege, in einem Regal standen mehrere Reihen esoterischer Bücher, und an der Wand hingen verschiedene stilisierte Abbildungen des menschlichen Körpers. Zu einer von ihnen führte er mich. Ich sah die Konturen eines Mannes, an dessen Wirbelsäule entlang sieben Kreise zu sehen waren, in denen Schriftzeichen standen, vermutlich Sanskrit.

»Das sind die sieben Chakras«, erklärte Vikram. »Sie reichen vom Wurzel-Chakra hier unten bis zum Scheitel- oder Kronen-Chakra ganz oben. Dazwischen siehst du das Sakral-, Solarplexus-, Herz-, Hals- und Stirn-Chakra.«

Er tippte mit dem Finger auf den jeweiligen Kreis.

»Es sind Energiezentren, die unsere Energie fließen lassen, in denen es aber auch zu Blockaden und Störungen kommen kann. Und die können sich als Krankheiten in Körper oder Seele auswirken.«

Na, gut, dachte ich, kann ja sein. Wenn man daran glaubt. Früher hätte ich jede Verbindung zwischen Körper und Seele rundweg bestritten, heute war ich zumindest so weit, einen grundsätzlichen Zusammenhang anzuerkennen. Was ich immer noch nicht leiden konnte, waren simple Ursache-Wirkung-Erklärungen à la: *Kein Wunder, dass der Migräne/Neurodermitis/Krebs hat, der ist ja auch total verspannt/kontaktgestört/frisst alles in sich rein.*

»Wenn du mal schaust, welches der Chakras deiner linken Brust am nächsten ist?«

Das war keine sehr schwierige Frage. »Das Herz-Chakra.«

»Und wenn wir uns jetzt überlegen, wofür das Herz steht, kommen wir der Sache vielleicht näher.«

»Das Herz ist ein Muskel«, erwiderte ich.

»Sei doch nicht immer so prosaisch!«, sagte Hella, die uns gefolgt war.

»Aber das Herz ist nun mal ein Muskel«, wiederholte ich genervt. »Was ist daran prosaisch?«

»Seit man von seiner Existenz weiß, hat das Herz auch eine symbolische Bedeutung«, sagte Vikram. »Es steht für Mut und Kraft, für Lebensenergie und in allerester Linie natürlich für Liebe«, führte er aus, ohne auf meinen Einwand zu achten. »Spricht das etwas in dir an?«

Ich wurde ungeduldig. Was sollte diese Fragerei, mit der er mir irgendwas suggerieren wollte, was in sein Räucherstäbchen-Weltbild passte?

»Wenn ich dich richtig verstehe, willst du mir sagen, dass mit meinem Liebesleben etwas nicht in Ordnung ist und ich deshalb Mikrokalk in der Brust bekommen habe?«, sagte ich.

Er lächelte nachsichtig. Mit diesem leicht überheblichen Ausdruck, den ich von Leuten kannte, die sich für erleuchtet oder zumindest für sehr wissend hielten.

»Ich will dir gar nichts sagen. Ich gebe nur Anregungen, und du entscheidest, was du davon annimmst.«

»Dass es zwischen dir und Ivan nicht so toll läuft, ist ja nun eine Tatsache«, sagte Hella mit ihrem Wenn-du-bloß-endlich-auf-mich-hören-würdest-Gesicht.

Ich warf ihr einen warnenden Blick zu.

»Zeig mir einen Menschen, der mit sechzig ein ungetrübtes Liebesleben hat«, sagte ich. »Übrigens bin ich nicht hierhergekommen, um meine Eheprobleme mit euch zu diskutieren.«

Vikram hob beide Hände, sodass ich die hellen Innenflächen sehen konnte.

»Machen wir nicht, keine Sorge.«

Ich hob eine Augenbraue. »Was machen wir dann?«

»Ich biete dir Unterstützung dabei an, mit diesem massiven körperlichen Eingriff, den du vor dir hast, energetisch besser fertigzuwerden«, sagte er. »Vor allem in der Zeit danach wirst du Hilfe brauchen, du solltest dich also auf weitere Termine einstellen.«

Ja, klar, dachte ich. Wunder dauern eben etwas länger. Ich beschloss, Hella zuliebe heute mal ein Auge zuzudrücken und ihn machen zu lassen. Nach der Operation würde ich meine Zeit sicher nicht mit solchem Unsinn verschwenden.

Er bat mich, meine Kleidung bis auf die Unterwäsche abzulegen und auf der Liege Platz zu nehmen. Hella verließ den Behandlungsraum und verkündete, nebenan zu warten. Vikram schloss die Tür und kam zu mir, dabei rieb er sich die Hände, als freute er sich über ein gutes Geschäft. Vermutlich wollte er sie aber bloß anwärmen.

»Bleib bitte noch sitzen.«

Er legte eine Hand auf meinen Kopf und ließ sie für einen Moment dort ruhen, dann legte er beide Hände auf meine Schultern und strich darauf mehrmals meine Oberarme nach unten aus, als wollte er Wasser abstreifen.

»Du kannst dich auf den Rücken legen und die Augen schließen, wenn du magst.«

Ich hörte ihn mit leisen Schritten durch den Raum gehen, irgendwo herumkramen und wieder zurückkommen.

»Ich aktiviere zunächst die Energiebahnen in deinem Körper«, sagte er mit sanfter Stimme.

Etwas, was sich wie der abgerundete Kopf einer Häkelnadel anfühlte, fuhr langsam und mit leichtem Druck über meinen Oberkörper und die Arme. Wo BH und Höschen saßen, musste die Häkelnadel kurz anhalten und darüberspringen, dann wanderte sie runter zu meinen Beinen, fuhr hoch und wieder runter. Anschließend wurde meine Rückseite bearbeitet. Es fühlte sich angenehm an, und ich bildete mir ein, einen belebenden Effekt zu verspüren.

Als er fertig war, legte Vikram das Instrument zur Seite. Zuerst hatte ich das Gefühl, es würde nichts passieren, dann spürte ich plötzlich an einer Stelle am Rücken eine Wärme, die nur von einer Hand stammen konnte, die wenige Millimeter über der Haut schwebte. Die Wärme wanderte langsam, und ich versuchte zu erspüren, wo die Hand gerade war. Das wirkte so entspannend, dass ich nach einer Weile einnickte. Ich erwachte von einer sanften Männerstimme, die sagte: »Und jetzt noch mal umdrehen, bitte.«

Ich drehte mich um, konzentrierte mich auf die wandernde Wärme und versank aufs Neue in diesem angenehmen dösigen Zustand, der den Vorteil hatte, dass ich an absolut nichts dachte.

»So, das war's für heute«, sagte die Stimme irgendwann.

Ich weiß nicht, wie lange ich dort gelegen und Vikram mich, meinen Astralleib oder was auch immer bearbeitet hatte, jedenfalls fühlte ich mich erfrischt und entspannt zugleich.

»Das war nicht schlecht«, sagte ich lächelnd. »Vielen Dank.«

Vikram machte eine winzige Verbeugung. Er faltete das Handtuch zusammen, auf dem ich gelegen hatte, und wir gingen nach nebenan, wo Hella mit angezogenen Beinen auf einem Sitzsack hockte und in einem Buch mit dem Titel *Engel sind bei dir* las.

Sie sah auf und lächelte. »Und, wie war's?«

»Schön«, sagte ich. »Entspannend.«

Sie strahlte. »Na, also. Wusste ich's doch.«

Vikram hatte das Handtuch ins Bad gebracht und kam mit einer Visitenkarte zurück, die er mir reichte.

»Melde dich, wann immer du magst.«

Ich steckte das Kärtchen ein. »Was schulde ich dir?«

Vikram legte die ausgestreckten Hände vor der Brust zusammen und machte noch eine Verbeugung.

»Du gibst mir einfach das, was es dir wert ist.«

Ach herrje, was war das denn wieder für eine Nummer? Was es mir wert war? Woher sollte ich das wissen, und wie sollte ich das in einem Betrag beziffern? Ich dachte einen Moment nach.

»Ich bin Beraterin, bei mir kostet eine Sitzung von anderthalb Stunden hundert Euro. Ich war jetzt …« Ich sah auf die Uhr. »… eine Stunde bei dir. Wären sechzig okay für dich?«

»Alles ist okay.«

Interessantes Geschäftsmodell, dachte ich. Möglicherweise machte er damit ebenso viel Geld wie mit einem Fixpreis. Vielen Leuten war es wichtig, nicht als knauserig zu erscheinen, weshalb sie womöglich mehr bezahlten, als er verlangt hätte. Und damit glich er die Geizhälse wieder aus.

Ich holte einen Fünfziger und einen Zehner aus meinem Portemonnaie und drückte sie ihm in die Hand.

»Fürs Versteuern sorgst du selber, ja?«

Nie hatte ich eine unschuldigere Miene gesehen als die des Gurus, der mich mit einem tiefen Blick aus dunklen Augen ansah.

»Aber natürlich.«

ACHTZEHN

Das Aufwachen aus der Narkose war wie beim ersten Mal, nur viel schlimmer. Mir war so schlecht, dass ich mich, kurz nachdem ich zu mir kam, erbrechen musste, was mit einem Druckverband um die Brust noch wesentlich fieser war als ohnehin schon. Aus dem Verband schlängelten sich diesmal drei Drainageschläuche. Und wenn es mir das letzte Mal so vorgekommen war, als hätte ich mir den Kopf angestoßen, so fühlte ich mich jetzt, als wäre ich von einem Panzer überrollt worden. Mein Nacken und meine Schultern waren verspannt, und ich hing an einem Infusionsgerät, durch das die ganze Woche Antibiotikum und Schmerzmittel in mich hineinlaufen würden.

Am Abend zuvor war ich aufrecht und mit gestrafften Schultern auf den Eingang der Klinik zugegangen. Ich war stark. Ich würde das schaffen. War ja fast schon Routine. Vierter Stock, im Schwesternzimmer melden, Tasche auspacken (zum Glück hatte ich dieses Mal ein Einzelzimmer), Vorgespräch, Unterschrift. In der Radiologie war ich nachmittags schon gewesen, nun waren meine Lymphknoten radioaktiv und auf der Haut mit Filzstift markiert.

Als die Schwester nach dem Abendessen kam, um nach mir zu sehen, fragte ich nach Thekla. Immer wieder hatte ich an sie gedacht.

»Ihre Bettnachbarin vom letzten Mal? Die war fast zehn Tage hier, aber soviel ich weiß, geht's ihr gut.«

»Freut mich«, sagte ich. »Sie ist so eine tapfere Frau.«

»Stimmt«, sagte die Schwester. »Sie ahnen nicht, wie viel andere jammern, denen es nicht halb so schlecht geht.«

Am ersten Tag nach der OP dämmerte ich nur vor mich hin. Am zweiten durfte ich in Begleitung der Schwester zur Toilette gehen. Abends kam Ivan, setzte sich zu mir ans Bett und sah ungefähr so beschissen aus, wie ich mich fühlte. Wir sprachen nicht viel. Linkisch hielt er meine Hand und machte hie und da ein brummendes Geräusch.

Am dritten Tag standen plötzlich Hella und Uli im Zimmer. Uli kramte aufgeregt in einer großen Plastiktasche und zog drei Fläschchen Piccolo zwischen den Kühlakkus heraus.

»Ich glaube nicht, dass ich schon Alkohol trinken darf«, wand ich ein.

Aber dann nippte ich doch.

Als die Schwester reinkam, ließen wir alle drei routiniert unsere Fläschchen verschwinden. Ich glaube nicht, dass sie was gemerkt hat, obwohl wir vermutlich aussahen wie ertappte Schulmädchen.

»Ach, ich hab ja noch was für dich«, sagte Uli und zog ein kleines Päckchen aus der Tasche, das dem ähnelte, das sie mir zum Geburtstag mitgebracht hatte.

»Ein Motto-T-Shirt?«, fragte ich.

»Woher weißt du das?«

Ich riss das Papier auf. Tatsächlich kam wieder ein T-Shirt

zum Vorschein, diesmal in einem schicken Türkiston mit weißer Schrift auf der Vorderseite, genau an der Stelle, wo meine alte und meine neue Brust sich befinden würden.

Don't panic, it's organic.

Gegen meinen Willen musste ich lachen.

Das war zwar gelogen, aber der Zweck heiligt bekanntlich die Mittel. Vielleicht würde es Ivan beruhigen.

»Wie fühlt sich das an?«, fragte Hella und deutete auf meinen Verband.

Ich tat so, als müsste ich über ihre Frage ausführlich nachdenken. »Ich fühle so eine … energetische Leere«, sagte ich schließlich.

Nach einem Moment begriff sie. »Du bist so ignorant! Du wirst noch auf Knien zu Vikram robben, wart's ab!«

»Wer ist Vikram?«, wollte Uli wissen. »Inder fand ich immer schon attraktiv.«

»Vikram kann dein Sexual-Chakra öffnen«, sagte ich.

Uli winkte ab. »Kein Bedarf. Zurzeit rennen die Bewerber mir wieder die Bude ein. Die Woche hat gar nicht genug Abende für all meine Dates.«

Hella und ich tauschten einen Blick. Ich hatte ihr von meinem Gespräch mit Laura erzählt, und sie war ebenso entgeistert gewesen wie ich. Ausführlich hatten wir beratschlagt, was wir tun und wie wir Uli helfen könnten. Am Ende hatten wir beschlossen, erst mal abzuwarten. Bestimmt hatte es keinen Sinn, wenn wir sie direkt mit ihren Lügen konfrontierten. Vielleicht brauchte sie Zeit und würde irgendwann von allein mit der Wahrheit rausrücken. Aber offensichtlich war Uli entschlossen, das Märchen vom männermordenden Vamp aufrechtzuerhalten.

Einen positiven Aspekt hatte die Entdeckung ihres seltsamen

Verhaltens: Endlich war ich mir sicher, wer über die Nacht in Kreta die Wahrheit gesagt hatte.

Am vierten Tag klopfte es, und Janina steckte ihren Kopf durch die Tür.

»Dürfen wir?«

Sie schlüpfte hinein, gefolgt von Paul, der sich an einem Blumenstrauß festklammerte.

Eine Woche zuvor hatte ich die beiden zu Hause besucht und Paul von der bevorstehenden Operation erzählt.

»Also ist es doch was Schlimmes«, hatte er gesagt, als wäre meine Mitteilung nur die Bestätigung dessen, was er die ganze Zeit schon befürchtet hatte.

Ich erklärte ihm, dass es sich wieder nur um eine Vorsichtsmaßnahme handle, ich also immer noch keinen Krebs hätte.

»Zur Vorsicht lässt du dir also die Brust abnehmen?«

»Wie Angelina Jolie«, sagte ich lächelnd. »Bei der war es so ähnlich.«

»Soll mich das trösten?«

»Es soll dir zeigen, dass es nichts Ungewöhnliches ist und schlicht dazu dient, Schlimmeres zu verhindern.«

»Ist denn danach alles gut?«, fragte er wie alle anderen auch, mit denen ich darüber sprach.

Ich bat Janina, ihm diese Frage zu beantworten, schließlich war sie die Kompetente. Sie setzte zu einer Art Fachvortrag an, was Paul offensichtlich eher verunsicherte als beruhigte. Deshalb unterbrach ich irgendwann ihren Redefluss und sagte: »Nach der Operation ist mein Risiko für eine Krebserkrankung wieder genauso hoch wie das jedes anderen gesunden Menschen.«

Verblüfft sah Janina zu mir. »Äh … ja, so könnte man es auch ausdrücken.«

Ich sah ihr an, dass sie gern noch einiges mehr gesagt hätte und, wohl aus Rücksicht auf Paul, darauf verzichtete. Vielleicht hatte sie ja doch so was wie Gefühle.

»Hey, ihr zwei«, sagte ich jetzt und lächelte.

Paul legte den Strauß vor mir aufs Bett und setzte sich. »Hallo, Mama. Wie geht's dir?«

»Danke. Alles bestens.«

»Ich besorge eine Vase«, sagte Janina und ging hinaus.

Mit großen Augen schaute Paul auf die drei Drainageflaschen, die ich nicht mehr rechtzeitig hatte verstecken können.

»Mir geht's wirklich gut«, sagte ich. »Du musst dir absolut keine Sorgen mehr machen.«

Das sagte ich jedem, der fragte, wie es mir ginge. Und seltsamerweise ging es mir dann jedes Mal ein kleines bisschen besser. Dieses blöde positive Denken, das mich so nervte und an das ich überhaupt nicht glaubte, schien trotzdem zu wirken.

Am fünften Tag erschien die Angestellte eines nahe gelegenen Sanitätshauses und brachte mir ein Kompressionsoberteil, das glücklicherweise weniger nach Sanitätshaus als nach Yogadress aussah. Um es anziehen zu können, nahm mir die Schwester den Verband ab, wobei die Drainageschläuche in der Wunde verblieben. Ich wollte nicht hinsehen. Mit geschlossenen Augen ließ ich mir den Verband abnehmen und das Oberteil aus festem, dehnbarem Material anlegen, das bequem mit drei Haken zu verschließen war und sich sehr angenehm anfühlte. Ich kaufte gleich noch ein zweites.

»Ab jetzt sollten Sie viel gehen«, empfahl mir die Schwester. »Bewegung fördert das Abfließen der Wundflüssigkeit.«

Und so spazierte ich mehrmals täglich für zwanzig Minuten den Gang entlang, manchmal auch die Treppen hinauf oder hinunter. Ich musste daran denken, wie ich kurz vor Pauls Geburt durchs Krankenhaus gewandert war, weil das wehenfördernd wirken sollte. In immer kürzer werdenden Abständen hatte ich mich an einer Wand oder einem Treppengeländer festgehalten, weil die nächste Wehe kam. Wenigstens das würde ich nicht mehr erleben müssen.

Am sechsten Tag wurden die Drainageschläuche entfernt. Es tat gemein weh, und ich musste mir auf die Lippen beißen, um nicht aufzuschreien. Als sie endlich draußen waren und die Operationswunde nur noch mit Pflaster verklebt war, überflutete mich eine Woge der Erleichterung. Hinzusehen schaffte ich aber immer noch nicht.

Vorsichtig tastete ich den Bereich um die Brust herum mit den Fingerspitzen ab. Er fühlte sich taub an. Nerven waren durchtrennt, die Durchblutung gestört. Ob das Gefühl wieder zurückkommen würde?

Ich konnte mir noch nicht vorstellen, wie es sein würde, mit diesem Fremdkörper zu leben. Ob er jemals ein Teil von mir werden würde, ob ich ihn akzeptieren und irgendwann sogar würde vergessen können? Oder ob ich für immer mit dem Schmerz des Verlustes leben müsste, mit dem Gefühl, versehrt zu sein?

Mir fiel wieder Kintsugi ein, die japanische Kultur des Reparierens, die das Reparierte als besonders wertvoll betrachtete. Vielleicht könnte ich es ja schaffen, nicht nur reparierte Beziehungen durch diese positive Brille zu sehen, sondern auch meinen reparierten Körper. In der Tradition des Kintsugi müsste ich diesen Körper nun besonders wertschätzen, ihn schmücken und seine Narben mit Goldlack verzieren.

Im Geiste sah ich mich bereits im teuersten Dessousgeschäft der Stadt, um edle Unterwäsche zu kaufen. Eine Leidenschaft, die ich viele Jahre gepflegt und irgendwann aufgegeben hatte, als es niemanden mehr interessierte, welche Wäsche ich trug.

Am sechsten Tag sollte auch Frau Doktor Nadler kommen, um mir das Ergebnis der Gewebeuntersuchung mitzuteilen. Ich hatte dem Moment entgegengefiebert, mit einer nervenzerfetzenden Mischung aus Hoffnung und Sorge, die sich von Tag zu Tag gesteigert hatte und mich in der Nacht davor nicht schlafen ließ.

Als sie am späten Vormittag die Tür zu meinem Zimmer öffnete, strahlte sie mich an. Und da wusste ich, dass alles gut war.

Der Terrorist war tot.

»Diesmal haben wir alles erwischt!«, sagte sie triumphierend. »Und es war richtig, dass Sie sich für die radikalere Variante entschieden haben.«

»Ich bin eben keine Frau für die halben Sachen«, zitierte ich sie lächelnd und hatte zum ersten Mal das Gefühl, dass es stimmte.

Ich spürte eine neuartige Kraft in mir, eine Entschlossenheit, keine halben Sachen mehr zu dulden. Viel zu lange hatte ich vieles hingenommen, hatte Dinge verdrängt und immer wieder faule Kompromisse geschlossen, aus Bequemlichkeit und weil ich konfliktscheu war. Ich hatte weggesehen, wo ich hätte hinsehen müssen. In der Annahme, noch endlos Zeit zu haben, hatte ich Dinge aufgeschoben. Damit war jetzt Schluss. Ich war entschlossen, in meinem Leben aufzuräumen.

»Morgen können Sie nach Hause«, sagte die Ärztin. »Nächste Woche ziehen wir die Fäden.« Sie nahm meine Hand und hielt sie einen Moment lang fest. »Versprechen Sie mir was, Frau Schiller?«

Überrascht sah ich sie an. »Was soll ich Ihnen versprechen?«

»Dass Sie in Zukunft regelmäßig zur Vorsorge gehen. Ich will Sie hier nicht mehr sehen. Außer zu den Nachuntersuchungen, natürlich.«

Wir lächelten uns an, und ich nickte.

»Versprochen.«

NEUNZEHN

Ivan umkreiste mich wie ein Hund, der nicht einschätzen konnte, in welcher Stimmung sein Frauchen war. Ging es ihr gut? Hatte sie Schmerzen? War sie traurig? Machte er alles richtig? Einerseits rührte es mich, andererseits machte es mich wahnsinnig.

Ich verstand, dass die Situation schwierig für ihn war, aber eigentlich war doch ich die Betroffene. Ich hatte nächtliche Todesängste ausgestanden, weil ich fürchtete, nicht mehr aus der Narkose zu erwachen. Ich war diejenige, die eine mehrstündige, schwere Operation hinter sich hatte. Ich musste mit einem Ersatzteil im Körper leben. Ich wäre schon zufrieden gewesen, wenn er mir ein bisschen Anteilnahme und Zuwendung gezeigt hätte. Stattdessen stellte er permanent seine Unsicherheit zur Schau, fragte mich immer wieder, wie es mir gehe. Sobald ich aber anfing, es ihm zu beschreiben, wurde er wortkarg und wechselte das Thema oder suchte nach einer Ausrede, den Raum zu verlassen.

Immerhin hatte er nicht mehr von Italien gesprochen. Sogar ihm war wohl klar geworden, dass er in dieser Situation nicht abhauen und seine frisch brustamputierte Frau im Stich lassen konnte. Auch wenn er mir keine große emotionale Hilfe war, wenigstens war er da, reparierte Sachen in der Wohnung und kochte für mich. Immer wieder ermahnte er mich, ich solle mich schonen. Ich war dankbar, trotzdem hätte ich dringend jemanden zum Reden gebraucht, irgendwen, der mir zuhörte und mich verstand.

Mein Gemütszustand war äußerst wechselhaft. Mal war ich einfach nur erleichtert, dass ich die Operation hinter mir hatte. Dann packte mich wieder die Traurigkeit, und ich heulte los. Und manchmal spürte ich auch eine diffuse Angst. Wenn es in meiner linken Brust passiert war – wer sagte mir, dass es nicht auch auf der rechten Seite passieren könnte? Angelina Jolie hatte sich vorsorglich beide Brüste abnehmen lassen. War meine OP doch nur eine halbe Sache gewesen?

Beim Fädenziehen fragte ich Frau Doktor Nadler. Sie beruhigte mich, ich hätte kein genetisch erhöhtes Risiko für Brustkrebs, daher sei die Entfernung der zweiten Brust absolut nicht angezeigt gewesen.

Sie erkundigte sich, wie ich mit der neuen Situation zurechtkäme. Als Antwort brach ich in Tränen aus. Stammelnd und schluchzend, erzählte ich von Ivans Unfähigkeit, mir seelisch beizustehen. Davon, wie sehr ich mir wünschte, er würde mich einfach mal in den Arm nehmen und mir sagen, dass alles gut werden würde. Dass wir zusammengehörten und er mich auch mit dem Ersatzteil in der Brust liebte.

»Viele Männer haben anfangs ein Problem mit dieser neuen Situation«, erklärte Frau Doktor Nadler. »Haben Sie Geduld mit Ihrem Mann.«

Logisch, wieder war es ich, die Geduld mit ihm haben sollte. Warum war es eigentlich nicht mal umgekehrt?

»Das wird schon wieder«, sagte sie. »Wenn der erste Schock überwunden ist, kommen die meisten Männer gut damit klar.«

Ich stand zu Hause vor dem Spiegel und betrachtete meine Brüste. Die rechte kannte ich, die linke lernte ich gerade kennen, und sie war mir noch ein wenig fremd. Um ihre Brustwarze verlief eine blasser werdende Narbe von der ersten Operation. Um die zweite Naht zu sehen, musste ich sie ein wenig anheben. Gut, dass man in meinem Alter ohnehin einen Hängebusen hat, da kann man einiges drunter verstecken.

»Sieht doch gut aus!«, sagte eine vertraute Stimme.

»Findest du? Sie gucken in verschiedene Richtungen.«

»Brüste sind immer unterschiedlich.«

»Passt die neue zu mir?«, fragte ich skeptisch.

»Wie für dich gemacht«, sagte die Stimme.

»Sehr witzig.«

Ich drückte erst auf die rechte, dann auf die linke Brust. Die linke fühlte sich fester und kühler an. Wenn es kalt war, wurde auch das Silikon kalt und wärmte sich nur langsam wieder auf. Ich hatte mir schon mal eine Wärmflasche gemacht und sie auf die Seite mit dem Implantat gelegt, weil das kalte Ding am Körper so unangenehm war. Interessant fand ich, dass die Brustwarze immer noch auf Kälte reagierte, wenn auch nicht mehr so stark. Berührungen konnte ich noch nicht spüren. Angeblich würde das noch besser werden, aber nie mehr so wie früher. Ich war immer zufrieden mit meinen Brüsten gewesen. Sie waren nicht zu groß und nicht zu klein, und selbst als sie etwas älter wurden und sich allmählich absenkten, behielten sie eine schöne Form. Sie waren eine meiner erregbarsten Zonen, ich hatte es immer gemocht, dort berührt zu werden. Wenn ich zukünftig nur noch halb so viel spüren würde wie früher, würde ich dann überhaupt noch Spaß am Sex haben können? Ob Ivan wohl jemals wieder mit mir schlafen wollte?

Wir saßen in der Küche und aßen Ratatouille mit Schafskäse. Ivan hatte gekocht, und ich hatte es genossen, mich an einen gedeckten Tisch zu setzen. Insgeheim überlegte ich, wie es wäre, wieder mit ihm unter einem Dach zu wohnen. Obwohl er schon so lange in seiner Atelierwohnung lebte, waren wir ein perfekt eingespieltes Team. Sobald wir zu zweit in der Wohnung waren, gingen wir so selbstverständlich miteinander um, als wäre es nie anders gewesen. Bis heute hatte ich eigentlich nicht begriffen, warum Ivan damals ausgezogen war. Vermutlich war ich ihm auf die Nerven gegangen. Aber welches Paar ging sich nicht mal auf die Nerven?

Heute hatte ich zum ersten Mal wieder Klienten beraten, und zu meiner Überraschung erkundigte sich Ivan beim Essen, wie es gelaufen war. Ohne ins Detail zu gehen, erzählte ich ihm von den Missverständnissen zwischen Herrn und Frau Buntin und wie wir diese gemeinsam aufzulösen versuchten. Ivan hörte aufmerksam zu; dann erzählte er mir von einer neuen Ausstellung, die er sich gern ansehen wollte. »Natürlich mit dir, wenn du Lust hast!«, fügte er hinzu.

Das war das erste Mal seit Langem, dass er eine gemeinsame Unternehmung vorschlug. Überhaupt kam er mir aufmerksamer und entspannter vor als noch vor ein paar Tagen. Vielleicht hatte Frau Doktor Nadler ja recht gehabt.

»Willst du's eigentlich mal sehen?«, fragte ich.

Ich fand es absurd, dass Ivan, der meinen Körper in- und auswendig kannte, noch nicht den Wunsch geäußert hatte, die operierte Stelle anzusehen. Dass er nicht wissen wollte, wie meine neue Brust aussah und wie sie sich anfühlte.

Ich begann, meine Bluse aufzuknöpfen. Ivan blickte mich erschrocken an. Ich knöpfte weiter und zog die Bluse aus.

»Was du hier siehst, ist der tolle BH, von dem ich dir erzählt habe«, sagte ich wie eine Museumsführerin, die ein Kunstwerk erklärt. »Und was du hier siehst …« Damit streifte ich den BH ab. »… ist meine neue Brust. Ich finde, ihr solltet euch mal kennenlernen.«

Ivan starrte auf meinen Oberkörper. »Sieht gar nicht … so schlecht aus«, sagte er schließlich gepresst. »Hast du noch Schmerzen?«

»Nein.« Ich schüttelte den Kopf. Dann nahm ich seine rechte Hand und führte sie zu meiner linken Brust. Kurz vor der Berührung zuckte er zurück und entzog mir die Hand.

»Ich habe Angst, dir wehzutun.«

Ich sah ihn gekränkt an. »Du führst dich auf, als wäre ich Frankensteins Braut! Das ist es, was wehtut.«

»Tut mir leid«, sagte er und blickte hilflos.

Es war demütigend, mit nacktem Oberkörper vor meinem Mann zu sitzen und ihn anzuflehen, meine operierte Brust zu berühren. Mit einer abrupten Bewegung zog ich den BH wieder nach oben und warf mir meine Bluse über. Ich stand auf und ging in mein Zimmer. Dort legte ich mich auf mein Bett und starrte in die Luft.

Nach einer Weile hörte ich, wie die Tür geöffnet wurde. Schritte näherten sich dem Bett, dann sank neben mir ein Körper nieder. Ich spürte Ivans Brust an meinem Rücken und machte ihm Platz. Er schlang den Arm um mich, seine Hand ragte unbeholfen in der Luft. Ich nahm sie und legte sie vorsichtig auf meine linke Brust.

Schweigend lagen wir eine Weile da. Ich genoss das Gefühl seiner Nähe. Er war mir so unendlich vertraut, wahrscheinlich würde ich seinen Körper unter allen Körpern der Welt herausfühlen können. Ich schnupperte an seinem Arm und nahm seinen Duft in mich auf. Eine Welle der Zuneigung überflutete mich. Was hatten wir nicht schon alles miteinander erlebt. Höhen und Tiefen, Krisen und Versöhnungen, Momente höchster Lust und höchster Verzweiflung. Und wir waren immer noch ein Paar, wenn auch ein ziemlich ungewöhnliches. Eigentlich könnte es so einfach sein, dachte ich, warum machen wir es uns bloß so schwer?

Ich versuchte, mich in Ivan hineinzuversetzen. Stellte mir vor, dass auch er Ängste hatte. Dass er nicht wusste, wie er mit meinem veränderten Körper umgehen sollte und mit den seelischen Auswirkungen, die der Eingriff auf mich hatte. Dass er sich schwertat, über Gefühle zu sprechen, war nun wirklich keine Neuigkeit. Wieso bloß hatte ich die fixe Idee, er müsste es jetzt, in dieser Situation, plötzlich können? Menschen ändern sich nicht, schon gar nicht mehr in unserem Alter. Aus dem Schweiger Ivan würde kein munteres Plaudertäschchen werden. Ich sollte wohl endlich lernen, das zu akzeptieren.

Leise seufzte ich und drückte seine Hand. »Danke, dass du da bist.«

Als ich am nächsten Morgen aufwachte, hörte ich Ivan in der Küche herumwerkeln. Er hatte tatsächlich hier geschlafen, das erste Mal seit Langem.

Der Duft von Kaffee zog durch die Wohnung. Ich dachte an unseren ersten gemeinsamen Morgen vor über dreißig Jahren. Auch damals war Ivan vor mir aufgestanden und hatte Frühstück gemacht. Es war der Moment gewesen, wo alles begann. In dem wir beide spürten, dass es kein Abenteuer mehr war, sondern wir es ernst miteinander meinten.

Ein Gefühl der Zuversicht durchströmte mich plötzlich. Warum könnte dieser Morgen nicht der Beginn von etwas Neuem sein? Wir könnten gemeinsam einen Neustart wagen, alles Schwere hinter uns lassen und uns auf das Positive konzentrieren, das vor uns lag.

Ivan würde nicht für ein Jahr weggehen, er würde hierbleiben und in seinem Atelier arbeiten, wie er es immer getan hatte. Wir würden Zeit miteinander verbringen können, wann immer wir es wollten. Und vielleicht würde er ja Lust bekommen, wieder hier einzuziehen.

Mit diesen ermutigenden Gedanken stand ich auf und ging in die Küche.

Der Kaffee stand bereit, ich schenkte mir eine Tasse ein. Die spätsommerliche Sonne schien durch staubige Scheiben. Das Fensterputzen hatte ich bei meiner präoperativen Putzaktion vergessen. Voller Tatendrang öffnete ich den Küchenschrank und holte Glasreiniger und Zeitungspapier heraus, das ich extra für diesen Zweck aufgehoben hatte.

Da hörte ich ein Rumpeln vom anderen Ende der Wohnung und steckte den Kopf zum Flur hinaus.

»Wo bist du?«, rief ich.

Ich ging den Flur entlang in Richtung der Abstellkammer, einem kleinen Raum, in den wir alles hineinstopften, was wir nicht brauchten, und hörte Ivan aus dem Innern fluchen. Dann rumpelte es wieder.

»Was suchst du denn?«, rief ich.

Keine Antwort.

Ich blieb stehen. In diesem Moment kam er heraus, das Haar verstrubbelt, Staub auf den Schultern seines T-Shirts.

»Da ist er ja«, sagte er zufrieden.

Ungläubig starrte ich auf den riesigen Koffer, den er hinter sich herzog.

ZWANZIG

Es gibt Momente, in denen die Zeit zu gefrieren scheint. Sekunden, in denen etwas geschieht, das wir aufgrund seiner Größe nicht fassen können. Wenn ein geliebter Mensch stirbt. Wenn wir ein Kind zur Welt gebracht haben. Wenn etwas Neues beginnt oder etwas unwiderruflich endet.

In dem Augenblick, als ich begriff, dass Ivan keineswegs vorhatte, auf seinen Italienaufenthalt zu verzichten, ging unwiderruflich etwas zu Ende. Ich stand auf dem Flur, starrte auf den riesigen Koffer und rang nach Luft, so zugeschnürt fühlte mein Hals sich an. Kein Wort hätte ich herausgebracht, selbst wenn ich gewollt hätte. Schweigend sah ich zu, wie Ivan den Koffer abstaubte, ein paar Sachen einpackte, die noch in der Wohnung waren, und sich schließlich verabschiedete, um ins Atelier zu fahren.

»Also, bis bald«, sagte er fröhlich, küsste mich auf die Wange und schloss die Wohnungstür, ohne eine Antwort abzuwarten.

Ich stand benommen im Flur und wusste nicht, wohin mit mir. Mein Kopf war wie in einem Nebel, mein ganzer Körper fühlte sich an wie die Stelle mit der künstlichen Brust: taub und gefühllos.

Langsam ging ich in die Küche, griff nach dem Glasreiniger und einem Packen Zeitungspapier und fing an, Fenster zu putzen. Mechanisch wischte ich hin und her, auf und ab. Meine Bewegungen wurden schneller, die Betäubung wich Stück für Stück einem Zorn, der sich in immer energischer werdenden Bewegungen entlud. Dazu liefen mir unaufhaltsam die Tränen übers Gesicht.

Du Scheißkerl, dachte ich. Du verdammter, egoistischer Scheißkerl!

Als ich mit den Fenstern in der Küche fertig war, machte ich im Bad weiter, schließlich öffnete ich die Tür zum Gäste-WC. Ich klappte den Toilettendeckel zu und hockte mich rittlings darauf, um das dahinter liegende Fenster zu erreichen. Dann griff ich nach der Flasche mit dem Glasreiniger und sprühte die Scheibe ein. Versehentlich spritzte ich mir etwas von der Flüssigkeit ins Auge, was heftig brannte und die Tränen noch mehr laufen ließ. Mit der geballten Faust holte ich aus und stieß sie, einen Schrei ausstoßend, mitten in das dünne Glas des alten Fensters, durch das es im Winter immer so zog. Interessiert blickte ich den Scherben nach, die zu Boden fielen.

Im nächsten Moment sah ich das Blut. Aus einem Schnitt in der Handkante tropfte es auf den schwarz-weißen Fliesenboden. Es war ein seltsam befriedigendes Gefühl. Wenn nur genügend Blut aus mir herauslief, würde der Schmerz in meinem Inneren aufhören.

Ich beobachtete die Blutung eine Weile, und als sie schwächer wurde, sah ich mir meine Hand genauer an. Erstaunlicherweise war es nur ein einziger Schnitt, und auch der war nicht sehr tief. Ich würde nicht ins Krankenhaus fahren müssen, ich würde nicht genäht werden müssen. Fast war ich enttäuscht.

Ich stand auf und ging, die Hand nach oben gereckt, zum

Medizinschränkchen. Irgendwie schaffte ich es, mir einhändig einen Verband anzulegen. Der Schnitt schmerzte und pochte, und plötzlich wich alle Energie aus meinem Körper, wie die Luft aus einem geplatzten Fahrradschlauch. Ich wankte zum Sofa und ließ mich darauffallen.

Der Mensch, von dem ich gedacht hatte, er wäre mir so nah wie kein anderer, war ein ruchloser Verräter. In einer der schlimmsten Phasen meines Lebens ließ er mich allein, zog rücksichtslos seinen Plan durch, ohne auch nur mit mir darüber zu sprechen. Ganz offensichtlich war es ihm nicht mal in den Sinn gekommen, das Stipendium abzulehnen. Nein, er hatte sich nach meiner Rückkehr aus dem Krankenhaus um mich gekümmert und dafür gesorgt, dass ich mich möglichst schnell erholte. Nicht etwa, weil er wollte, dass es mir gut ging, sondern weil er beabsichtigte, mich, ohne ein schlechtes Gewissen haben zu müssen, allein zu lassen.

Nachdem der Zorn verflogen war, wurde ich innerlich ganz ruhig. Als wären alle Gefühle, die ich bis dahin noch für Ivan gehegt hatte, schlagartig verschwunden. Plötzlich fühlte ich nichts mehr. Keine Enttäuschung, keine Wut, keinen Schmerz.

»Was ist denn mit dem Klofenster passiert?«, fragte Ivan, als er das nächste Mal in die Wohnung kam.

»Beim Putzen kaputtgegangen«, sagte ich beiläufig.

Er entdeckte das Pflaster. »Hast du dich geschnitten?« Anteilnehmend nahm er meine Hand in seine, und für einen Moment glaubte ich, er würde darauf pusten, wie man es bei Kindern machte, die sich wehgetan haben.

Ja, wollte ich sagen, ich hab mich geschnitten, und übrigens hat man mir die Brust abgenommen, falls du es noch nicht bemerkt hast, und es wäre schön, wenn du dafür nur halb so viel

Mitgefühl aufbringen könntest wie für den lächerlichen Schnitt in meiner Hand.

Ich half ihm beim Packen, wie ich es immer getan hatte, wenn wir verreisten. Ich dachte an die vielen Male, als wir gemeinsam aufgebrochen waren, um irgendwo ein Wochenende zu verbringen oder Freunde zu besuchen. Sogar seine Hemden faltete ich, wie ich es in den letzten dreißig Jahren getan hatte. Weil er behauptete, es nicht zu können, und weil ich es als liebevolle Geste verstand.

Es verschaffte mir eine perverse Befriedigung, meinem Mann vorzuspielen, alles sei in Ordnung, während ich gleichzeitig in meinem Inneren die Trennung von ihm vollzog. Mit jedem Handgriff, den ich für ihn verrichtete, wuchs meine Entfernung zu ihm. Mit jeder Unterhaltung zwischen uns bewies ich mir selbst, wie souverän und beherrscht ich war. Wie weit ich schon über den Dingen stand. Dass er keine Macht mehr über mich hatte und mich nicht mehr verletzen konnte.

Am Tag seiner Abreise brachte ich ihn zum Bahnhof. Ich hätte ihn einfach dort absetzen können, aber ich wollte unseren Abschied bis zum Schluss zelebrieren, also stieg ich aus und begleitete ihn hinein. Ich durfte noch nichts Schweres tragen, deshalb konnte ich nur neben ihm herlaufen, während er seine Koffer und Taschen schleppte. Er redete munter drauflos, als müsste er die Leere füllen, die sich zwischen uns aufgetan hatte und die offenbar auch er langsam zu spüren begann. Ich antwortete einsilbig.

Nachdem er seinen Platz im Abteil gefunden und das Gepäck verstaut hatte, stieg er noch mal aus, um sich von mir zu verabschieden. Ich musste an die vielen Bahnsteigszenen denken, die ich im Kino gesehen hatte. Lange Umarmungen, leidenschaftliche

Küsse, Tränen und Winken mit dem Taschentuch, während der Zug stampfend und zischend den Bahnhof verließ. Ich dachte an die vielen Male, die ich Ivan hergebracht oder abgeholt hatte. An die Wehmut, wenn er weggefahren, an die Freude, wenn er zu mir zurückgekehrt war.

»Danke für deine Hilfe«, sagte Ivan und zog mich an sich. »Ich melde mich, wenn ich da bin.«

Ein flüchtiger Kuss, schon drehte er sich von mir weg und stieg die Stufen hoch, ungeduldig wie ein Teenager, der es nicht erwarten konnte, der elterlichen Kontrolle zu entkommen.

Ich ging ein paar Schritte an seinem Waggon entlang, und er winkte mir noch mal zu, als er mich entdeckte. Dann ließ er sich auf seinen Sitz fallen. Ich warf ihm einen letzten Blick zu und wandte mich ab. Als ich den Anfang des Bahnsteiges erreicht hatte, ertönte ein Pfiff, und der Zug setzte sich in Bewegung.

Zu Hause nahm ich meinen Kalender zur Hand und malte feierlich ein kleines Kreuz hinein. Tag eins meines Lebens als getrennte Frau. Ich legte den Kalender zur Seite und horchte in mich, aber da war nichts. Kein Gefühl. Nur die nüchterne Erkenntnis: Ob Ivan da war oder nicht, spielte für mein Leben praktisch keine Rolle.

Schon seit zehn Jahren wachte ich morgens allein auf, trank meinen Kaffee allein und las allein die Zeitung. Ich organisierte meinen Alltag selbst, verbrachte meine Freizeit überwiegend mit anderen Menschen. Hie und da hatten Ivan und ich uns gesehen, hatten Ehepaar oder – wenn Paul dabei war – Familie gespielt, waren wieder auseinandergegangen. Äußerlich hatten wir die Fassade aufrechterhalten, aus Gewohnheit, Bequemlichkeit oder Angst. Innerlich waren wir, wenn ich ehrlich zu mir war, schon lange nicht mehr miteinander verbunden.

Ich hatte es nicht wahrhaben wollen. Hatte mir vorgemacht, wir wären eben ein unkonventionelles Paar und lebten unsere eigene Art von Beziehung. Hatte gehofft, Ivan würde eines Tages merken, wie viel ich ihm bedeutete. Spätestens die Operation hätte ihn doch aufschrecken und ihm deutlich machen müssen, wie sehr mein Verlust ihn schmerzen würde. Und insgeheim hatte ich auf den Moment gewartet, wo er mir mitteilen würde, dass er gern in unsere gemeinsame Wohnung zurückkehren würde.

Ich konnte nur den Kopf über mich schütteln. Darüber, wie hartnäckig ich mich selbst belogen hatte. Da waren die unzähligen kleinen Lieblosigkeiten, die er mir zugemutet und die ich ihm verziehen hatte, weil ich den offenen Konflikt scheute. Die vielen Male, in denen ich seine Nähe gebraucht und er sich zurückgezogen hatte. Die Momente, in denen ich mich körperlich nach ihm gesehnt und er mich hatte abblitzen lassen.

Tatsächlich war ich bereits seit vielen Jahren eine getrennte Frau, hatte es aber nicht wahrhaben wollen. Um jeden Preis hatte ich aufrechterhalten wollen, was wir mal gewesen waren: ein Paar, eine Familie.

In wenigen Stunden würde Ivan aus dem Nachtzug München–Rom steigen und sich auf den Weg zu seiner Unterkunft machen. Er hatte mir Bilder gezeigt. Ein Herrenhaus mit Nebengebäuden im Renaissancestil inmitten einer weitläufigen Parklandschaft mit Pinien, Zypressen und Olivenbäumen. Ich stellte mir vor, wie die Stipendiaten durch den Garten lustwandelten, sich nachmittags auf der Terrasse zum Cappuccino und abends zu ausführlichen Fressgelagen mit viel Rotwein trafen.

Mit Ivan würden elf andere Künstlerinnen und Künstler aus

Europa dort leben und arbeiten, in einer kreativen Wohngemeinschaft, in der jeder Einzelne mehr Raum zur Verfügung hatte als eine durchschnittliche Familie.

Allein das Atelier, in dem Ivan arbeiten würde, war fünfzig Quadratmeter groß, und auf dem Foto konnte man einen wunderschönen alten Parkettboden erkennen und eine beeindruckend hohe Zimmerdecke, an der sich Faune und pausbäckige Engelchen tummelten.

Ich war überwältigt gewesen.

»Komm mich doch mal besuchen«, hatte Ivan vorgeschlagen.

»Um dich von der Arbeit abzuhalten? Das willst du doch gar nicht.«

Er hatte nicht widersprochen.

Ich hatte ihn verloren. Nicht an eine andere Frau, sondern an seine größte Leidenschaft, mit der ich vielleicht noch nie hatte mithalten können, an die Kunst.

EINUNDZWANZIG

Liebe Marianne,
ich bin Cora, Elsies Nichte. Ich nehme an, du bist ziemlich überrascht, von mir zu hören. Als Kind war ich oft bei dir, du hast mir Buttermilchsuppe mit Rosinen gekocht, das mochte ich so gern. Zuletzt haben wir uns bei Tante Elsies Beerdigung gesehen. Hast du das Bild mit der englischen Landschaft noch, das Elsie dir vermacht hat?

Eigentlich sollte ich mich schämen, dass ich nie in meine alte Heimat gekommen bin, um dich zu besuchen.

Aber zu der Zeit, als Elsie starb, hatte ich gerade meinen heutigen Mann kennengelernt, bald darauf kam mein Sohn zur Welt, und du weißt wahrscheinlich, wie es ist: Der Alltag mit Beruf und Familie und allen sonstigen Verpflichtungen frisst einen auf. Vielleicht hatte ich auch Angst vor den Erinnerungen, die wieder hochkommen könnten …

Vor Kurzem habe ich eine Kiste mit Fotos meiner Eltern und Briefen meines Vaters gefunden, die Elsie für mich gesammelt hat. Wenn ich Vater sage, meine ich natürlich Klaus, die Geschichte kennst du ja bestimmt. Viele Jahre habe ich nicht mehr an meine Eltern gedacht, aber seit ich die Bilder gesehen und die Briefe gelesen

habe, sind plötzlich eine Menge Fragen aufgetaucht, und ich dachte, vielleicht kannst du mir einige davon beantworten? Darf ich dich mal anrufen?
Ich freue mich, von dir zu hören,
herzliche Grüße,
Cora

Ich las den Brief ein letztes Mal durch, dann steckte ich ihn in ein Kuvert und befeuchtete die Gummierung mit der Zunge, bevor ich die Lasche andrückte. Ich hatte ewig keinen Brief mehr verschickt, aber ich hatte nur Mariannes Postadresse und hoffte, dass sie noch in ihrem Häuschen lebte. Dass sie überhaupt noch lebte.

Nach der Operation hatte ich mir vorgenommen, in meinem Leben aufzuräumen. Und dazu gehörte auch, mich endlich der Vergangenheit zu stellen, die ich so lange von mir weggeschoben hatte. Marianne war die einzige Person, die mich – seit Elsie nicht mehr lebte – mit dieser Vergangenheit verband. Sie war eine der beiden Freundinnen, die für Elsie die Familie ersetzt hatten, nachdem ihr Sohn und ihr Mann kurz nacheinander gestorben waren. Die andere war Greta. Ich sah die beiden noch vor mir in ihren Kittelschürzen, bepackt mit Taschen und Körben, immer für eine Tasse Kaffee und ein Schwätzchen zu haben. Gemeinsam mit Elsie waren sie ein verlässliches Trio gewesen, das mein Aufwachsen begleitet und beschützt hatte.

Wenn Elsie keine Zeit für mich hatte, weil sie in ihrer Fabrik eine Sonderschicht einlegen musste, war ich meistens bei Marianne. Sie hatte Kinder und Hunde und Hühner, und in ihrem kleinen Haus am Ortsrand war immer was los, ganz anders als bei Elsie und mir. Da war es meistens still, denn es gab nur sie und mich und eine Katze, die nie auf den Schoß kommen wollte, obwohl ich so dringend ein Lebewesen zum Schmusen gebraucht hätte.

Greta war irgendwann weggezogen, ich wusste nicht, wohin. Also blieb nur Marianne. Ich war gespannt, ob sie mir antworten würde.

Zielstrebig ging ich durch die spätsommerlichen Straßen Schwabings, des einstmals hippen Münchner Stadtteils, der inzwischen verbürgerlicht und zum Teil auch ein bisschen heruntergekommen war. Die witzigen Shops, die es früher auf der Leopoldstraße gegeben hatte, waren längst den Filialen irgendwelcher Fastfoodketten und Mobilfunkanbieter gewichen. In den schläfrigen Seitenstraßen gab es im Schatten alter Bäume da und dort ein nettes Café oder einen schicken Kinder-Secondhandladen. Die Edelboutique, in der Uli arbeitete, erfreute sich großer Beliebtheit bei wohlhabenden Gattinnen und jung gebliebenen Hippieschönheiten mit Modelvergangenheit. Eigentlich nicht meine Preisklasse, aber ich hatte mir vorgenommen, mir zur Feier meines neuen Busens mal etwas zu gönnen.

Als ich die Tür zum Laden öffnete, ertönte eine Glocke, und Uli kam aus einem Hinterzimmer.

»Welch seltene Ehre«, begrüßte sie mich und küsste mich auf die Wangen. »Was führt dich denn hierher?«

»Ich brauche was zum Anziehen«, erklärte ich.

Uli lachte. »Wer was zum Anziehen *braucht*, ist hier verkehrt«, sagte sie. »Hier kauft man Sachen, die man *nicht* braucht.«

»Dann suche ich eben was, was ich nicht brauche, aber unbedingt will.«

»Und was willst du?«

»Keine Ahnung«, sagte ich seufzend. »Bin total aus der Übung. Du weißt doch, ich war seit zehn Jahren nicht mehr beim Einkaufen.«

»Das sieht man.« Uli, die wie immer makellos elegant gekleidet war, musterte mit einem mitleidigen Blick mein Outfit. Sie ging zu einem der Kleiderständer. »Rock, Hose, Kleid, Anzug?«

Ich zuckte die Schultern. »Etwas, in dem ich zum Anbeten aussehe. Du entscheidest.«

Mit schnellem Griff nahm sie fünf verschiedene Kleidungsstücke vom Ständer und hängte sie in eine der geräumigen Umkleidekabinen.

»Die Teile sind alle superschön. Sag Bescheid, wenn du so weit bist.«

Sie machte den Vorhang zu, und ich begann, mich auszuziehen.

Schmeichelhaftes Licht beleuchtete den kleinen Raum, sodass man keinen Schock erlitt, wenn man in den Spiegel schaute. Plötzlich ging der Vorhang wieder auf.

»Sag mal … darf ich mal sehen?«, fragte Uli.

Mit einem schnellen Blick vergewisserte ich mich, dass niemand außer uns im Geschäft war. Dann öffnete ich den BH und legte ihn zur Seite. Nebeneinander standen wir vor dem Ankleidespiegel und betrachteten meine Brüste, die alte und die neue.

»Nicht schlecht.« Uli staunte. »Sieht fast aus wie deine eigene. Ein bisschen … jünger vielleicht.«

»Jünger?«

»Na ja, sie hängt ein bisschen weniger, aber das wird sicher noch.«

Ich feixte. »Da bin ich zuversichtlich.«

»Darf ich mal …« Uli brach ab.

»… anfassen?«

Sie nickte.

»Klar«, sagte ich. Hätte ich an ihrer Stelle wahrscheinlich auch gefragt.

Vorsichtig betastete Uli meine linke Brust. »Schon toll, was alles möglich ist. Vor hundert Jahren wärst du vielleicht gestorben.«

Seltsam, dass meine Freundin sich mehr für das Ergebnis meiner Operation interessierte als mein Mann. Der Gedanke an Ivan versetzte mir einen Stich, schnell schob ich ihn von mir.

Ich zog den BH wieder an. »Und jetzt raus mit dir, ich will endlich Klamotten anprobieren.«

Als Erstes schlüpfte ich in ein bordeauxrotes Wickelkleid aus fließendem Jersey, das meine Rundungen umschmeichelte und den Rest Taille betonte, den ich noch hatte. Leider trug ich Sneakers, die überhaupt nicht dazu passten. Ich öffnete den Vorhang.

»Na, was sagst du?«

Uli kam hinter dem Ladentisch hervor und sah mich an. »Super! Steht dir fantastisch.«

Ich stellte mich auf die Zehenspitzen, um hohe Absätze zu imitieren.

»Warte«, befahl sie, verschwand im Hinterzimmer und kam mit einem Paar Pumps zurück.

Ich schlüpfte hinein und war schlagartig eine andere Frau. Oder besser gesagt, ich war wieder ein bisschen die Frau, die ich mal gewesen war. Schick, selbstbewusst und weiblich.

Ich ging zurück und tauschte das Kleid gegen einen edlen, grauen Hosenanzug. Auch der gefiel mir, hätte aber eher zu Uli gepasst. Die Hosenbeine waren etwas zu eng und zu lang.

»Wir können ihn ändern lassen«, schlug Uli vor, aber ich lehnte ab. Mit Klamotten war es wie mit Sexpartnern: Entweder sie passten auf Anhieb, oder man sollte die Finger davonlassen.

Das dritte Teil war eine Tunika im Ethnolook, die aussah, als hätte sie nur auf mich gewartet. Ich schaute bewusst nicht aufs Preisschild und reichte sie Uli hinaus.

»Nehm ich.«

Teil vier war eine Art Overall mit Bändern zum Wickeln und Schnüren, die ich so wickelte und schnürte, wie es mir sinnvoll erschien. Als ich damit vor den Vorhang trat, bekam Uli einen Lachanfall. Sie befreite mich und arrangierte alles auf die richtige Weise, und wer hätte es gedacht: Es sah gut aus. Trotzdem fühlte ich mich darin ein bisschen fremd.

»Dafür bin ich zu alt«, stellte ich fest.

Uli sah mich an, als hätte ich ein schlimmes Schimpfwort gesagt.

»Zu alt gibt es nicht, okay? Du musst gut darin aussehen und dich wohlfühlen, nur darauf kommt es an.«

»Okay«.

Das letzte Teil war ein graugrünes Kostüm mit einem wadenlangen, schwingenden Rock und einer kurzen Jacke mit ausladendem Kragen. Am Bügel fand ich es langweilig, kaum hatte ich es an, war ich begeistert. Kleider machen Leute. Aber Leute machen eben auch Kleider. Manches Kleidungsstück musste nur die richtige Trägerin finden, um zum Leben erweckt zu werden.

Diesmal schaute ich aufs Preisschild und wäre fast rückwärts aus den Pumps gekippt. Davon hatte ich früher einen Monat gelebt. Dann wurde mir klar, dass früher bedeutete: vor dreißig Jahren. Der Preis war hoch, aber nicht völlig absurd.

Während ich mich anzog, hörte ich die Klingel der Ladentür. Ich linste durch den Vorhang und sah zwei Kundinnen hereinkommen, die bereits mit mehreren Taschen und Tüten beladen waren. Unglaublich, wie viel manche Frauen an einem Tag einkauften!

Ich legte das Kostüm zum Kleid und zu der Tunika auf den Ladentisch. Während Uli die beiden Frauen bediente, streifte ich weiter durch das Geschäft, prüfte da den Stoff eines Mantels, hielt dort eine Bluse vor mich hin und betrachtete mich im Spiegel.

Schließlich ließ ich mich auf einen der zwei Stühle im Fünfzigerjahrestil fallen, wo sonst vermutlich genervte Männer auf ihre Frauen warteten und hofften, dass die bald aus ihrem Einkaufsrausch erwachten. Im Traum würde es mir nicht einfallen, einen Mann zum Klamottenkaufen mitzunehmen. Und als Mann würde ich mich rundweg weigern. Keine Ahnung, wie man gestrickt sein musste, um daran Spaß zu haben.

Endlich waren die beiden Frauen fertig und zogen mit einer weiteren Tüte ab.

»So«, sagte Uli und stellte zufrieden das Kartenlesegerät an seinen Platz zurück. »Hast du dich entschieden?«

Ich deutete auf die Teile, die ich ausgewählt hatte.

Uli blickte überrascht. »Hast du … auf die Preise geachtet?« So verschwenderisch kannte sie mich nicht.

»Mhm«, sagte ich und zog meine Kreditkarte heraus. Sei's drum. Schließlich fing ich gerade ein neues Leben an. Ohne Mann und mit Implantat.

»Ich kann dir zehn Prozent geben«, sagte Uli. »Stammkundenrabatt.«

Ich lachte. »Damit willst du wohl eine Stammkundin gewinnen?«

»Halt einfach die Klappe«, sagte sie.

Nachdem ich bezahlt hatte, fragte ich beiläufig: »Hast du dich eigentlich mit Laura wieder vertragen?«

Uli erstarrte. Ihre Hand, mit der sie den Kreditkartenbeleg abgerissen hatte, verharrte in der Luft.

»Wieso … vertragen?«

»Ich habe Laura neulich getroffen«, sagte ich. »Sie hat mir von eurem Krach erzählt.«

»Ach, die kleine Auseinandersetzung«, sagte Uli und winkte ab. »Längst vergessen.«

»Dann siehst du den Kleinen also wieder regelmäßig?«

»Na klar! Laura kann ja gar nicht auf mich verzichten, seit sie wieder arbeitet. Sie braucht einen Babysitter.«

Obwohl sie durchaus überzeugend klang, glaubte ich ihr nicht. Etwas war seltsam an ihrer Art, als spielte sie eine Rolle.

»Und wie geht's dir sonst?«, wollte ich wissen. »Hast du mal wieder jemanden kennengelernt?«

»Ich lerne ständig Männer kennen«, sagte sie. »Aber ich hab einfach kein Interesse an einer festen Beziehung.«

Das war eine noch dickere Lüge als die Version, die sie Hella und mir bisher aufgetischt hatte: dass sie sich zwar eine Beziehung wünsche, aber bedauerlicherweise nur an Männer gerate, die verheiratet, beziehungsgestört oder ausschließlich an Sex interessiert seien. Das hatte glaubwürdig geklungen, und wir hatten es nie in Zweifel gezogen.

»Ich mache mir Sorgen um dich, Uli«, sagte ich.

»Sorgen, wieso denn? Mir geht's super!« Sie blickte mich mit dieser aufgesetzten Fröhlichkeit an, die mir in letzter Zeit häufiger an ihr aufgefallen war. Es tat mir weh, sie so zu sehen. Ich musste herausfinden, was mit ihr los war.

»Ich glaube, dass du manchmal … nicht die Wahrheit sagst.«

Ihr Blick flackerte unruhig. »Du meinst … diese Kreta-Geschichte?«

»Auch«, sagte ich. »Aber nicht nur.«

Uli hatte meine Einkäufe in Seidenpapier eingeschlagen und in eine Tüte gepackt, die sie mir nun reichte.

»Tut mir leid, Cora, aber ich weiß nicht, was ich dazu sagen soll. Du bist wirklich … paranoid. Vielleicht solltest du mal überlegen, ob was mit dir nicht in Ordnung ist.«

Unfassbar, wie sie alles verdrehte! Sie war diejenige, die ein Problem hatte, nicht ich. Energisch schüttelte ich den Kopf.

»Ich glaube, dass du dir diese ganzen Männergeschichten nur ausdenkst.«

Sie lachte auf. »Und warum sollte ich das tun?«

»Dafür gibt es viele mögliche Gründe«, erwiderte ich. »Vielleicht wäre es gut, wenn du jemanden hättest, mit dem du darüber sprechen könntest.«

»Ich kenne genügend Menschen, mit denen ich sprechen kann«, gab sie zurück. »Aber es gibt nichts zu besprechen.«

Ich fasste sie am Arm. »Uli! Hör auf, dir was vorzumachen. Du hast ein Problem!«

»Mein Problem ist, dass meine Freundin mich pathologisieren will«, fauchte sie. »Wer gibt dir das Recht, dich in mein Leben einzumischen?«

»Ich will dir helfen«, erklärte ich geduldig. »Bei meiner Ausbildung habe ich einen sehr sympathischen Therapeuten kennengelernt. Ich schicke dir seine Kontaktdaten, und du entscheidest, ob du ihn anrufen möchtest.«

Zum Abschied zog ich sie an mich. Ich wollte ihr zeigen, dass sie mir wichtig war. Sie machte sich ganz steif, und ich hatte das Gefühl, eine Kunststoffpuppe im Arm zu halten.

Auf dem Nachhauseweg grübelte ich über das Gespräch mit

Uli nach. Ich fragte mich, ob sie selbst an ihre Geschichten glaubte oder ob ihr bewusst war, dass sie log. Das Komische war, dass sie unbeirrt an ihren Erzählungen festhielt, auch wenn man ihr einen Gegenbeweis präsentierte. Schließlich hatte ich ihr gesagt, dass Laura mir von dem Zerwürfnis erzählt hatte. Trotzdem behauptete sie, es sei nur eine kleine Auseinandersetzung gewesen, die längst beigelegt sei. Auch an der Kreta-Geschichte hatte sie stur festgehalten, obwohl sie sich damit nur selbst schadete.

Zu Hause suchte ich den Kontakt von Kai Melzer in meinem Adressbuch. Er war Psychotherapeut und hatte einen Teil meiner Beratungsausbildung geleitet. Mich hatte beeindruckt, mit welcher unermüdlichen Neugier und Leidenschaft er seinen Beruf ausübte. Ich sah noch den interessierten, irgendwie verschmitzten Blick vor mir, mit dem er mich über den Rand seiner Brille hinweg zu mustern pflegte. Ich hatte damals sofort Vertrauen zu ihm gefasst.

Auch wenn er Uli nicht selbst behandeln würde, so wüsste er sicher jemanden, an den sie sich wenden könnte. Ich hoffte, ihr Leidensdruck würde eines Tages so groß werden, dass sie etwas unternehmen müsste.

Seit dem Ende der Ausbildung hatten Kai und ich uns immer wieder mal gesehen, wenn unsere Ausbildungsgruppe sich getroffen hatte oder bei Fachkongressen und anderen Veranstaltungen. Nun hatte ich allerdings längere Zeit nichts von ihm gehört.

Ich wählte Kais Nummer, und nach dem dritten Klingeln meldete er sich.

»Hier ist Cora. Erinnerst du dich an mich?«

»Wie könnte man dich vergessen«, sagte eine angenehme Männerstimme. »Oder darf man so was heute nicht mehr sagen?«

»Kommt drauf an«, gab ich zurück. »Wenn du dich aufgrund meiner intellektuellen Brillanz und fachlichen Kompetenz an mich erinnerst, ist es erlaubt.«

Er lachte. »Ich freue mich, dich zu hören, Cora. Wie geht's dir?«

Natürlich erzählte ich ihm nicht, dass ich gerade sechzig geworden war, eine Brustamputation hinter mir hatte und versuchte, die Trennung von meinem Mann zu vollziehen. Ich hatte ihn ja auch nie gefragt, was eigentlich aus seiner jungen Freundin geworden war, mit der er zur Zeit unserer Ausbildung eine Beziehung gehabt hatte. Lilli hatte sie geheißen und war ungefähr halb so alt gewesen wie er.

»Was kann ich für dich tun?«, fragte er, und ich erzählte ihm von Uli. Er hörte aufmerksam zu, stellte ein paar Fragen und sagte schließlich: »Das klingt, soweit ich es aufgrund dieser kurzen Schilderung beurteilen kann, nach einer Pseudologia phantastica. Das ist der Zwang, Geschichten zu erfinden und Lügen zu erzählen, oft um ein traumatisches Erleben zu kaschieren. Das Problem ist, dass zwanghafte Lügner keine Krankheitseinsicht haben. Sie gehen – wenn überhaupt – meist wegen anderer Beschwerden zum Arzt, wegen Kopfschmerzen, Suchtproblemen oder Depressionen. Hat deine Freundin solche Symptome?«

Ich überlegte. »Ich habe den Eindruck, sie trinkt relativ viel. Aber sie würde es ganz sicher bestreiten, wenn ich sie darauf anspräche.«

»Klar, das ist Teil des Problems«, sagte Kai. »Du kannst deiner Freundin meine Kontaktdaten geben, ich habe aber nicht viel Hoffnung, dass sie Gebrauch davon machen wird. Sie hält sich ja offenbar nicht für behandlungsbedürftig.«

Da hatte er recht. Aber wie könnte man Uli dazu bewegen, sich bei Kai zu melden?

»Uli sucht dringend einen Mann«, sagte ich scherzhaft. »Wenn ich ein Date zwischen euch arrangieren würde, käme sie bestimmt!«

Er lachte. »Jetzt musst du dich aber entscheiden. Soll ich sie daten oder behandeln?«

»Ich glaube, noch dringender als einen Mann braucht sie einen Therapeuten.«

Eigentlich war unser Gespräch am Ende, aber nun siegte meine Neugier. »Wie geht's eigentlich Lilli?«, fragte ich betont beiläufig. »Hast du noch Kontakt zu ihr?«

Ich hörte Kai theatralisch seufzen. »Bitte erinnere mich nicht an dieses düstere Kapitel meines Lebens!«

»Tut mir leid«, sagte ich.

Ich hatte Lilli alles andere als düster in Erinnerung. Sie war hübsch und lebhaft, und man konnte sehen, wie verliebt Kai in sie war. Aber das schien wohl nicht genug gewesen zu sein, um den extremen Altersunterschied zu überbrücken.

»Wenn der Trieb regiert, setzt der Verstand aus«, sagte Kai. »Ein Wunder, dass ihr mich damals überhaupt ernst genommen habt.«

Ich lachte. »Hauptsache, dein Verstand funktioniert jetzt wieder.«

Nachdem wir uns für einen Kaffee verabredet hatten, verabschiedeten wir uns. Gleich darauf schickte ich Uli eine Nachricht mit Kais Kontaktdaten.

ZWEIUNDZWANZIG

Was wird denn aus unserem Familiendinner, solange Dad weg ist?

Ich ließ das Handy sinken. Paul ahnte nicht, dass es keine Familiendinner mehr geben würde. Nicht, solange Ivan weg war, und auch nicht danach. Jedenfalls keines, bei dem Ivan und ich gleichzeitig anwesend sein würden.

Janina schlägt vor, dass du ab jetzt einfach zu uns kommst. Der erste Freitag im Monat ist übermorgen. Wir freuen uns!

Ein Jahr lang alle vier Wochen ein Abend mit Janina? Besten Dank auch.

Fieberhaft dachte ich über eine Ausrede nach, aber mir fiel keine ein, die einer eingehenderen Nachfrage standgehalten hätte. Ich war zwar großartig im Erfinden von Ausreden, aber ganz schwach darin, bei meiner Geschichte zu bleiben, wenn jemand nachhakte.

Sehr gern! Freue mich auch.

O Mann. Ich wollte eigentlich mit Paul allein sprechen, schließlich hatte er ein Recht zu erfahren, dass ich mich von seinem Vater getrennt hatte. Der wusste zwar noch nichts davon, aber das spielte für mich keine Rolle. Man konnte, wie ich seit meiner Ausbildung wusste, einen Konflikt mit jemandem haben, der nichts davon ahnte. Ebenso gut konnte man sich von jemandem trennen, ohne ihn ausdrücklich davon in Kenntnis zu setzen. Ivan würde es schon noch merken.

Paul würde sofort versuchen, uns zu versöhnen. Er würde Ivan bequatschen, nach Hause zu kommen, und mich dazu drängen, ihm noch eine Chance zu geben. Ich kannte meinen Sohn: Er würde die Trennung seiner Eltern schlichtweg nicht akzeptieren. Er hielt uns beide für durchgeknallt, war aber überzeugt, dass wir zusammengehörten. Er hatte so viele Auseinandersetzungen und Krisen zwischen uns erlebt, dass er meinen Entschluss zur endgültigen Trennung nicht ernst nehmen würde. Außerdem erwartete er einfach von uns, dass wir uns zusammenrauften.

»Ihr seid mein Maßstab für Beziehungen«, hatte er mal gesagt. »Wenn ihr zwei es hinkriegt, kann es jeder hinkriegen. Sogar ich.«

Vermutlich wäre es das Beste, ich behielte meine Entscheidung vorerst einfach für mich.

Am übernächsten Abend klingelte ich also wieder an der Tür des viel zu schicken Penthouse, in dem mein Sohn mit der falschen Frau lebte.

Paul öffnete, umarmte mich und nahm die Flasche edlen italienischen Rotweins entgegen, die ich mitgebracht hatte. Interessiert studierte er das Etikett. Bestimmt würde Janina später googeln, was die Flasche gekostet hatte.

Er brachte mich in die Küche und bot mir einen Aperitif an. Seit der Operation hatte ich auf Alkohol verzichtet, weil ich meinen Körper nicht zusätzlich belasten wollte. Ich hatte das Gefühl gehabt, dass er seine Energie für den Heilungsprozess brauchte. Jetzt überkam mich plötzlich unbändige Lust auf einen Drink.

»Hast du noch was von dem tollen Gin?«

Paul zögerte kurz. »Ich glaub schon.«

»Keine Sorge«, sagte ich und zwinkerte ihm zu. »Heute benehme ich mich einwandfrei.«

Er grinste verlegen und mixte mir einen Gin Tonic.

Aus dem Badezimmer ertönte Janinas Stimme. »Hallo, Cora, ich bin gleich bei euch!«

Paul schnitt Zwiebeln auf einem Holzbrett. Auf dem Herd stand ein großer Topf mit Wasser, daneben lag eine Packung Spaghetti. Kein Thunfisch-Teriyaki, kein Bœuf Bourguignon.

»Heute kocht der Chef selbst?«, hörte ich mich sagen und bereute es im selben Moment.

Pauls Gesicht rötete sich. »Was … meinst du?«

Ich gestand ihm, dass ich beim letzten Mal zufällig die Verpackungen des Cateringservice entdeckt hatte.

Augenrollend blickte er in Richtung Badezimmer. »Sie wollte, dass an deinem Geburtstag alles perfekt ist. Sie hat's gut gemeint.«

»Weiß ich doch«, sagte ich und legte ihm eine Hand auf den Arm. »Sie meint es immer gut.«

Verlegen schwiegen wir. Pauls Augenrollen war der einzige Moment der Illoyalität gewesen, den er in Bezug auf Janina je gezeigt hatte. Der erste winzige Riss in der bisher so glatten Fassade. Ich hatte es sofort bemerkt. Und vermutlich hatte Paul bemerkt, dass ich es bemerkt hatte.

»Sie ist eine prima Frau«, sagte ich. »Und eine richtig gute Ärztin. Du kannst stolz auf sie sein.«

Paul nickte und wich meinem Blick aus.

In diesem Moment kam Janina herein, ging auf mich zu und umarmte mich in ihrer distanzierten, unkörperlichen Art.

»Hallo, Cora! Willkommen zum Familiendinner! Wie geht's dir?« Sie deutete in die Richtung meiner linken Brust.

Das war das Letzte, worüber ich mit ihr sprechen wollte, jedenfalls solange Paul danebenstand.

»Alles bestens«, sagte ich. »Was gibt's denn heute Leckeres?«

Paul hatte inzwischen Zwiebeln, Zucchini, Tomaten und Kräuter in eine Pfanne mit heißem Olivenöl geworfen und rührte darin herum.

»Spaghetti mit Gurkensoße«, sagte er lächelnd.

Zucchini, die er als Kind Gurken genannt hatte, waren – außer Tomaten – lange Zeit das einzige Gemüse gewesen, das er gegessen hatte. Entsprechend gab es bei uns jahrelang Spaghetti mit Gurkensoße. Er hob den Deckel des Topfes und kontrollierte, ob das Wasser schon kochte.

»Ist schon Salz drin?«, erkundigte sich Janina.

»Klar«, sagte Paul.

»Bist du dir sicher, dass es genug ist?« Janina nahm einen Löffel und probierte das Nudelwasser. »Zu wenig«, sagte sie und kippte einen Esslöffel Salz dazu.

Paul sagte nichts.

»Soll ich schon mal Parmesan reiben?«, bot ich an.

Paul holte den Käse und suchte nach der Reibe. Janina griff in ein Fach, holte sie heraus und stellte sie vor mich auf den Küchenblock.

»Für diese Küche braucht man echt einen Stadtplan«, sagte Paul.

Irgendwas stimmte nicht mit ihm. Er wirkte gestresst. Er hob die Flasche mit dem Gin. »Noch einen Schluck?«

Ich schob ihm mein Glas hin.

Die ungewohnte Spannung, die ich zwischen ihm und Janina zu spüren glaubte, irritierte mich. Was war los? Hatten sie Streit gehabt?

»Ist Dad eigentlich gut in Rom angekommen?«, wechselte er abrupt das Thema. »Ich hab noch gar nichts von ihm gehört.«

»Alles in Ordnung«, sagte ich. »Das wird sicher ein tolles Jahr für ihn.«

Janina legte den Kopf schief. »Wie hältst du das bloß aus, so lange von deinem Mann getrennt zu sein?«

War ja klar, dass sie mir ausgerechnet jetzt ein Gespräch über Ivan aufzwingen musste. So, wie sie uns damals das Gespräch über Corinne aufgezwungen hatte. Janina schien untrügliche Antennen dafür zu haben, was in der jeweiligen Situation das unangenehmste Gesprächsthema war.

»Wir lassen uns gegenseitig große Freiheiten«, erklärte ich. »Das ist das Geheimnis unserer langen Ehe.«

»Also, ich könnte das nicht«, sagte Janina und schenkte Paul einen tiefen Blick. »Ich möchte nicht so lange von dir getrennt sein.«

Paul wiegte den Kopf. Das war nicht die Reaktion, die ich von ihm erwartet hatte.

»Es ist schon wichtig, sich gegenseitig nicht einzuengen«, sagte er.

»Enge ich dich etwa ein?«, fragte Janina, und ich hätte nicht sagen können, ob ihr Erschrecken echt oder gespielt war.

»Natürlich nicht«, sagte Paul.

»Das müsstest du mir unbedingt sagen.«

»Du engst mich nicht ein, Schatz«, wiederholte Paul.

Mit einem gekünstelten Lachen sprang sie auf und ging zum Herd, wo das Wasser zu sprudeln begonnen hatte. Sie riss die Packung auf und ließ die Spaghetti ins Wasser gleiten.

»Das Verhältnis von Nähe und Distanz ist sehr wichtig in einer Beziehung«, sagte sie. »Man muss gemeinsam in Bewegung bleiben, damit sich nichts festsetzt.« Sie griff nach einem Holzlöffel. »Das ist wie bei den Nudeln hier, die müssen umgerührt werden, sonst kleben sie aneinander.«

Energisch rührte sie im Topf.

Verblüfft über diesen eigenwilligen Vergleich griff ich nach meinem Glas und trank meinen Gin Tonic in einem Zug aus.

Janina kehrte zum Tisch zurück, wo Paul inzwischen den Wein geöffnet hatte.

Sie schnupperte.

»Korkt der?«, fragte sie und hielt ihm den Korken unter die Nase.

Bis vor Kurzem war Paul noch nicht mal in der Lage gewesen, eine Flasche Wein von einer Flasche Weinessig zu unterscheiden. Nun roch er fachmännisch zuerst am Korken, dann an der Flaschenöffnung.

»Ich glaube nicht.«

Janina schnupperte noch einmal.

»Irgendwas riecht komisch.«

Paul reichte mir Korken und Flasche.

»Was meinst du, Mom?«

Ich hätte am liebsten einen kräftigen Schluck aus der Pulle genommen und anschließend demonstrativ gerülpst, so sehr ging mir das Getue der beiden auf die Nerven. Aber ich riss mich zusammen, schnupperte ebenfalls und sagte zu Janina: »Ich glaube, was du riechst, ist das Barrique.«

»Ach so, ja, das kann sein«, sagte sie, und ich sah ihr an, dass sie keine Ahnung hatte, wovon ich sprach.

Paul schenkte ein, und wir stießen an. Der Wein korkte.

Auch während des Essens erwies Janina sich als unerschöpflicher Quell nutzloser Weisheiten. Sie sprang von einem Thema zum nächsten, erzählte von Leuten, die ich nicht kannte, und gab Erlebnisse aus dem Klinikalltag zum Besten. Ich spürte ihr Bemühen, den Raum zwischen uns mit Worten zu füllen und bloß keinen Moment der Leere entstehen zu lassen. Zum hundertsten Mal fragte ich mich, wie Paul diesen Schwall an Belanglosigkeiten tagtäglich ertrug. Ich konnte mir kaum vorstellen, dass Janina im Zweiergespräch plötzlich zu einer geistreichen Gesprächspartnerin mutierte. Nein, sie war wohl einfach so, wie ich sie jetzt erlebte.

Gut, dass Ivan nicht da war. Bestimmt hätte er Janinas Gequatsche noch weniger ertragen als ich. Vielleicht wäre es wieder zu einem Eklat gekommen. Ivans Abwesenheit hatte durchaus Vorteile: Von nun an war ich vor seinen unberechenbaren Auftritten sicher.

Eine Gesprächspause entstand. Nun war ich es, die fieberhaft überlegte, welches Thema ich anschneiden könnte. Es gab einfach zu viele Minenfelder zwischen mir und meiner zukünftigen Schwiegertochter. Über Politik mochte ich mit ihr nicht reden, weil sie die typischen wirtschaftsfreundlichen Thesen ihrer Unternehmer-Eltern vertrat. Das Frauenthema war, wie ich seit dem verkorksten Abend beim Vietnamesen wusste, ebenfalls tabu. Über ihre Karriere- und Lebensplanung wusste ich bereits mehr, als mir lieb war.

»Schmeckt übrigens köstlich«, sagte ich.

Konzentriert wickelte ich meine Nudeln um die Gabel und

versuchte den Eindruck zu erwecken, von dieser Tätigkeit vollständig in Anspruch genommen zu sein.

»Freut mich«, sagte Paul.

»Um noch mal auf Ivan zurückzukommen …«, begann Janina, und am liebsten hätte ich sie gewürgt. »… meine Eltern interessieren sich ja sehr für Kunst und haben sich in der Szene nach ihm erkundigt. Kann es sein, dass er gar keinen Galeristen hat?«

Paul blickte gequält. »Lass doch, Schatz. Das ist alles sehr kompliziert.«

»Es interessiert mich aber«, beharrte sie.

»Etablierte Künstler wie Ivan brauchen keinen Galeristen«, sagte ich. »Er ist inzwischen so bekannt, dass Interessenten ihn direkt über seine Webseite kontaktieren.«

Nicht dass die Interessenten in den letzten Jahren Schlange gestanden hätten. Aber ich konnte ihr ja schlecht sagen, dass Ivan sich im Streit von seiner letzten Galeristin getrennt und danach niemanden mehr gefunden hatte, der bereit gewesen wäre, eine Geschäftsbeziehung mit ihm einzugehen. In der Kunstbranche galt er als eigenwillig und störrisch.

»Ich find's jedenfalls toll, dass er jetzt diesen Preis bekommen hat«, sagte Janina und hob ihr Glas. »Auf Ivan!«

Ich trank, setzte mein Glas ab und fragte: »Welchen Preis?«

»Na, diesen italienischen Kunstpreis. Deshalb ist er doch in Rom, oder?«

»Na ja …«, sagte ich. »Genau genommen ist es weniger ein Preis als eine Art …«

»… Auszeichnung«, fiel Paul mir ins Wort.

»Stipendium«, schloss ich.

Janina blickte verwirrt. »Warum bewirbt ein etablierter Künstler wie Ivan sich um ein Stipendium?«

»Sage ich doch, das ist alles sehr kompliziert«, wiederholte Paul.

In mir fing es an zu brodeln. Nicht genug, dass Janina mich mit ihrer Fragerei nervte, offenbar hatte Paul ihr etwas von einem Kunstpreis erzählt, weil er meinte, das höre sich besser an. Bevor ich antworten konnte, klingelte es.

»Das ist Mama!« Janina sprang auf und lief zur Tür.

Mama? Wieso tauchte ihre Mutter einfach hier auf? Kam sie etwa öfter zu Besuch? Die hatte mir gerade noch gefehlt.

Als sie außer Hörweite war, sah ich Paul streng an. »Wieso hast du Janina wegen des Stipendiums angeschwindelt?«

Wieder rollte er die Augen. »Ich fand's halt peinlich. Lauter junge Künstler und dazwischen Dad.«

»Wieso lauter junge Künstler?«, fragte ich. »Woher willst du das wissen?«

»Dad hat mir die Liste der Stipendiaten gezeigt, ich habe alle gegoogelt. Da ist keiner über fünfunddreißig.«

Das war neu für mich. Mir hatte Ivan keine Liste mit Stipendiaten gezeigt. Auch sonst hatte er mir kaum etwas über das Stipendium erzählt. Da er grundsätzlich nicht viel erzählte, war es mir nicht weiter aufgefallen.

»Und überhaupt – als hätte Dad ein Stipendium nötig«, fuhr Paul fort.

Ich schnaubte. »Er hat es nötig, glaub mir.«

In diesem Moment kehrte Janina mit ihrer Mutter zurück. Mit ausgebreiteten Armen kam Andrea auf mich zu.

»Grüß dich, Cora! Ich hab schon gehört, dass du eine arme, einsame Strohwitwe bist. Wenn wir dich aufmuntern können, lass es uns wissen!«

»Ich bin keine arme, einsame Strohwitwe, und ich muss nicht aufgemuntert werden«, sagte ich und entwand mich ihrer Umarmung. »Es geht mir bestens ohne meinen Mann.«

Andrea drohte scherzhaft mit dem Zeigefinger. »Aber nicht übermütig werden, gell?«

Ich schluckte eine Entgegnung herunter.

»Magst du was essen, Mama?« Janina lächelte, ganz vorbildliche Tochter.

»Dank dir, mein Schatz. Ich nehme ein Glas Wein.«

Paul schenkte seiner zukünftigen Schwiegermutter ein, und wir stießen an. Nach dem ersten Schluck setzte sie das Glas ab und inspizierte die Flüssigkeit.

»Korkt der?«

Ich prustete los. In letzter Sekunde schaffte ich es, mir die Serviette vor den Mund zu halten, sonst hätte ich den Wein quer über den Tisch gespuckt.

Paul, Janina und Andrea sahen mich befremdet an. Je entsetzter ihre Blicke wurden, desto hysterischer lachte ich weiter. Ich konnte nicht mehr aufhören.

»'tschuldigung«, japste ich und verließ fluchtartig den Tisch.

Ich rannte ins Bad. Als ich mein gerötetes, verschwitztes Gesicht im Spiegel erblickte, verging mir das Lachen.

»Mensch Alte, wie führst du dich denn auf?«, ertönte die bekannte Stimme. »Die müssen ja denken, du spinnst.«

»Sollen sie doch«, gab ich zurück.

Ich drehte den Wasserhahn auf und kühlte mein Gesicht. Dabei verlief meine Wimperntusche. Ich sah aus wie eine Drogensüchtige.

»Lass es ruhig so«, sagte sie. »Sieht cool aus.«

In der Hoffnung, irgendetwas zu finden, mit dem ich die schwarzen Ränder unter meinen Augen wegwischen könnte, öffnete ich eine Schublade. Darin befand sich eine Anzahl teurer Pflegeprodukte, ordentlich aufgereiht. Ich riss ein bisschen Klopapier ab, schmierte Tagescreme darauf und entfernte die Tusche.

Aus reiner Neugier zog ich eine weitere Schublade auf und wusste sofort, dass es die von Paul war. Ein Durcheinander von Zeug, darunter ein Rasierapparat, ein Deoroller, Eau de Toilette und … Kondome?! Mit spitzen Fingern fischte ich die Packung heraus. Sie war geöffnet. Vier der zehn eingeschweißten Gummis fehlten. Mir wurde heiß.

»Wenn die so verhüten, wirst du ja sicher bald Oma!«, sagte die Stimme schadenfroh.

»Hör bloß auf!«

Ich wusste, dass viele gesundheitsbewusste junge Frauen die Pille nicht nehmen wollten, war mir aber sicher gewesen, dass Janina nicht zu ihnen gehörte, perfektionistisch, wie sie sonst war.

»So kann man sich irren«, sagte die Stimme. »Und was hast du jetzt vor?«

Gute Frage. Ich konnte ja schlecht mit der Kondompackung an den Esstisch zurückkehren und den beiden einen Vortrag über die Unsicherheit dieser Methode halten, sosehr es mich in den Fingern juckte.

Ich schloss die Schublade, überprüfte mein Gesicht im Spiegel und kehrte an den Esstisch zurück.

»Entschuldigt bitte.«

»Alles gut?«, fragte Janina.

»Bist du okay?« Paul schenkte mir ein Glas Wasser ein, und ich nahm einen Schluck.

»Neulich musste ich auch mal so furchtbar lachen …«, fing Andrea an zu plappern, aber ich fiel ihr ins Wort.

Ohne nachzudenken, öffnete ich den Mund und sagte: »Ich habe mich übrigens von Ivan getrennt.«

Schlagartig wurde es still. Alle starrten mich an.

Dann beugte Janina sich vor. »Moment mal, Cora, was hast du gerade gesagt?«

»Ich habe mich von Ivan getrennt.«

»Das ist doch Quatsch«, sagte Paul.

»Ich habe mich von Ivan getrennt«, wiederholte ich.

»Hör auf damit«, sagte Paul heftig. »Das ist nicht lustig!«

»Wir haben doch alle unsere Krisen«, mischte Andrea sich ein, kam zurück an den Tisch und öffnete mit einem Ploppen eine neue Weinflasche.

Die Einzige, die zu begreifen schien, war Janina. Sie blickte Paul besorgt an und sagte: »Ich glaube, Cora meint es ernst.«

Längst bereute ich, dass ich überhaupt etwas gesagt hatte. Endlich hätten wir mal einen Abend ohne Drama erleben können, und ich musste es wieder vermasseln. Aber jetzt gab's kein Zurück.

»Ich verstehe, dass du sauer auf deinen Mann bist«, sagte Andrea und schenkte Wein in die Gläser. »Wenn Martin für ein Jahr weggehen wollte, wäre ich auch zuerst sauer. Aber am Ende würde ich einfach mitgehen.«

»Ihr habt euch doch schon so oft getrennt und wieder versöhnt«, sagte Paul.

»Diesmal ist es anders.«

Er starrte mich an, dann stand er auf und ging hinaus. Janina folgte ihm.

Nun schien auch Andrea gecheckt zu haben, dass es sich offenbar um mehr handelte als eine kleine Ehekrise. Sie legte mir die Hand auf den Arm.

»Tut mir echt leid, Cora. Aber warum erzählst du uns das ausgerechnet heute Abend?«

Weil ich die Kondome im Bad gesehen habe, wollte ich sagen. Weil ich um keinen Preis will, dass mein Sohn deine Tochter schwängert. Weil ich verhindern will, dass die beiden so enden wie Ivan und ich, nur fünfundzwanzig Jahre früher.

»Tut mir leid«, sagte ich lahm.

Paul kam, gefolgt von Janina, in die Küche zurückgestürmt.

»Dad hat keine Ahnung, wovon du redest«, sagte er triumphierend. »Er weiß nicht, was mit dir los ist, er ist jedenfalls nicht von dir getrennt.«

Janinas Lippen waren zusammengepresst, die Augen gerötet. Sie baute sich vor mir auf und stemmte die Hände in die Hüften.

»Wie soll Paul Vertrauen in die Ehe haben, wenn seine Eltern sich benehmen wie … wild gewordene Teenager?« Mit blitzenden Augen stand sie vor mir. »Seit ich mit Paul zusammen bin, gibst du mir das Gefühl, ich hätte dir deinen Sohn gestohlen. Kannst du mir sagen, was ich falsch mache?«

Endlich war dieser aufgesetzt nette Tonfall weg, und sie wirkte ausnahmsweise authentisch. Zum ersten Mal empfand ich so etwas wie Sympathie für Janina.

»Du machst nichts falsch«, sagte ich ruhig. »Du machst so vieles richtig, dass es manchmal schwer auszuhalten ist.«

Janina sah mich verständnislos an, dann brach sie in Tränen aus. Schließlich hob sie den Kopf. »Wenn du mich nicht leiden kannst, müssen wir uns ja nicht mehr sehen.«

»Dann sehen wir uns aber auch nicht mehr«, warf Paul mir hin.

Ich sah ihn an. »Du hast recht, du musst zu Janina halten. Sie muss die wichtigste Frau in deinem Leben sein. Aber deshalb brauchst du dich nicht zwischen ihr und mir zu entscheiden. Wir spielen verschiedene Rollen in deinem Leben.«

Janina saß da und knetete ihre Hände. Die sonst so selbstsichere, unerschütterliche Person war verschwunden, sie wirkte nur noch wie ein Häufchen Elend.

»Was zwischen Ivan und mir passiert, ist unsere Sache«, fuhr ich fort. »Und was zwischen euch beiden passiert, ist eure Sache. Können wir uns darauf einigen?«

»Ihr sollt euch nicht trennen«, sagte Paul und sah aus, als würde er jeden Moment zu weinen beginnen.

»Ich rufe Dad an«, sagte ich. »Versprochen.« Dann stand ich auf. »Danke für die Einladung.«

Janina stand ebenfalls auf. »Ich bring dich zur Tür.«

Schweigend gingen wir den Flur entlang. An der Wohnungstür blieben wir stehen und blickten uns an. Da war keine Feindseligkeit, nur Hilflosigkeit. Als spürten wir beide die Kluft zwischen uns – und unsere Unfähigkeit, sie zu überwinden.

Einem plötzlichen Impuls folgend umarmte ich sie.

»Tut mir leid, Janina«, murmelte ich.

Zu Hause angekommen, wählte ich Ivans Nummer. Die Mailbox meldete sich. Ich überlegte kurz, dann hinterließ ich ihm eine Nachricht.

Hallo, Ivan, ich hoffe, es geht dir gut. Ich weiß, ich hätte es dir sagen sollen, bevor du abgefahren bist, aber ich hab es irgendwie nicht hingekriegt … Faktisch sind wir doch schon seit zehn Jahren getrennt, wir haben es nur nicht so genannt. Ich finde, es ist Zeit, endlich klare Verhältnisse zu schaffen. An deinem Leben ändert sich nichts, du machst sowieso, was du willst … Und an meinem Leben ändert sich auch nichts, außer dass ich mir endlich eingestanden habe, dass wir kein Paar mehr sind. Lass uns kein Drama draus machen. Vor allem Paul gegenüber nicht. Und wenn wir uns bei seiner Hochzeit begegnen sollten, kannst du sicher sein, dass ich ganz entspannt bin. Liebe Grüße!

Ein paar Stunden später kam eine WhatsApp von Ivan.

Keine Ahnung, was du meinst. Ich betrachte mich nicht als getrennt. Lass uns reden, wenn wir uns sehen. Gruß, Ivan

Verblüfft starrte ich aufs Display.

Wie war es möglich, dass Ivan die Realität dermaßen verleugnen konnte?

Was müsste ich denn noch tun, um ihm klarzumachen, dass es aus war zwischen uns?

DREIUNDZWANZIG

Liebe Cora,
ich habe mich sehr über Deinen Brief gefreut! Neulich habe ich durch Zufall eine Radiosendung mit dem Titel »Weiberklatsch« gehört, bei der Du zu Gast warst. Da hast Du so treffende Dinge übers Alter gesagt, danach hätte ich Dir fast geschrieben.

Ich bin ja viel älter als Du, achtundachtzig, aber zum Glück gesund. Ich sehe und höre noch gut, und mit einem Stock kann ich auch noch ganz ordentlich gehen. Meine Enkel haben mich so lange bearbeitet, bis ich mir einen Computer angeschafft habe. Sie haben mir das Nötigste beigebracht, und seither schreibe ich E-Mails statt Briefe, da spare ich mir das Porto und den Weg zum Briefkasten. Neulich habe ich mir einen Staubsauger beim Internet bestellt – und stell Dir vor, er ist wirklich angekommen.

Elsie fehlt mir bis heute, und ich denke immer noch viel an sie und an Dich als kleines Mädchen. Natürlich habe ich das Bild noch, und auch den Esstisch und die Stühle, die Du mir damals geschenkt hast. Wir können gern mal telefonieren oder sogar skypen, das kann ich nämlich auch!
Alles Gute und viele Grüße,
Deine Marianne

Das Gesicht auf meinem Monitor war fremd und vertraut zugleich. Ich kannte es seit meiner frühen Kindheit, aber seit unserer letzten Begegnung war es um mehr als dreißig Jahre gealtert. Es war, als wäre ein Vorhang aus Falten davor gezogen worden, den ich mit einer Handbewegung wegschieben könnte.

»Cora, Kindchen«, sagte das Gesicht.

Kindchen. So hatte mich Tante Elsie auch immer genannt.

»Marianne! Es ist so schön, dich zu sehen!«

»Du bist älter geworden«, sagte Marianne.

»Du nicht!«, gab ich, unter Tränen lächelnd, zurück.

»Ha!«, sagte sie. »Schön wär's. Jenseits der achtzig hört der Spaß auf. Du solltest alles dransetzen, nicht so alt zu werden.«

»In Ordnung«, erwiderte ich. »Was muss ich dafür tun?«

»Süß und fettig essen. Ordentlich rauchen und trinken. Nicht zu nett zu den Leuten sein.«

Ich lachte. »Dann bin ich auf einem guten Weg.«

»Ich hab diese Sendung gehört, mit der Frau Kellermann«, fuhr Marianne fort. »Die mag ich gern, die fragt so frech. Du hast ihr aber ganz schön Saures gegeben.«

Sie kicherte bei der Erinnerung an den Podcast.

»Findest du?«, fragte ich. »Ich hab einfach gesagt, was ich denke.«

»Schade, dass die arme Frau so entstellt ist«, sagte Marianne. »Sonst könnte sie auch im Fernsehen arbeiten.«

»Ich verstehe auch nicht, wieso eine kluge Frau wie Karin Kellermann sich liften lässt.«

»Die ist nicht geliftet«, sagte Marianne. »Die hatte einen schlimmen Unfall, deshalb sieht sie so aus. Wusstest du das nicht? Stand in allen Zeitungen.«

Shit. Und ich hatte mich innerlich über sie lustig gemacht.

Ich nahm mir fest vor, zukünftig nicht mehr so vorschnell zu urteilen.

»Bist du denn geliftet?«, fragte ich Marianne scherzhaft.

»Ob du's glaubst oder nicht, ich hab tatsächlich darüber nachgedacht«, sagte Marianne lächelnd. »Aber dann hab ich mich dagegen entschieden. Es war mir zu teuer. Und wenn man damit einmal angefangen hat, muss man es ja immer wieder tun. Sonst springt das Gesicht zwischen alt und jung und wieder alt hin und her. Das wollte ich meinen Enkeln nicht antun.«

Ich lachte und fragte sie nach ihren Kindern und Enkeln und einigen Nachbarn, an die ich mich noch erinnerte. Während sie mir Geschichte um Geschichte erzählte, erinnerte ich mich wehmütig an das kleine Dorf in Schleswig-Holstein, in dem ich aufgewachsen war. Der weite Himmel, die endlosen Wiesen, die Rhododendren, die im Frühsommer so üppig blühten. Auch wenn meine Kindheit schwierig gewesen war, da oben im Norden war meine Heimat, und ich hatte mich dort geborgen gefühlt. In Bayern gedieh Rhododendron nicht.

»Weißt du noch, wie sehr du dir als kleines Mädchen ein Pony gewünscht hast?«, fragte Marianne. »Du hast bei jedem Preisausschreiben mitgemacht, und bei euch im Garten hast du schon den Platz für einen Stall vermessen.«

»Keine Ahnung, warum ich mir ein Pony eingebildet habe«, sagte ich lachend. »Ich habe bis heute Angst vor Pferden.«

Wahrscheinlich hatte ich mich von meinen Mitschülerinnen anstecken lassen, die alle auf dem Ponytrip waren.

»Elsie hat es dann mit einem Segelkurs versucht, um dich auf andere Gedanken zu bringen«, erinnerte sich Marianne.

Ich lachte. »Da bin ich gleich zu Beginn über Bord gegangen.«

»War vielleicht besser so, sonst hättest du dir statt des Ponys ein Segelboot gewünscht!«

Wir lachten beide, und ein warmes Gefühl erfüllte mich bei der Erinnerung an meine Tante.

»Wie oft … besuchst du Elsie?«, wollte ich wissen.

»Ich gehe jede Woche auf den Friedhof. Seit sie dort liegt.«

Das waren über dreißig Jahre! Ich schämte mich. Seit der Beerdigung hatte ich mich dort nicht mehr blicken lassen. Dabei war Elsie der wichtigste Mensch in meinem Leben gewesen. Meine ganze Familie.

»Sagst du ihr … viele Grüße von mir?«, bat ich.

»Mach ich«, versprach sie. »Aber jetzt erzähl von dir.«

Ich versuchte, die drei Jahrzehnte in ein paar Sätzen zusammenzufassen. Die Operation und die Trennung ließ ich geflissentlich weg. Von Paul erzählte ich, dass er ein Tonstudio leitete – wo auch der Podcast aufgenommen worden war – und mit einer Ärztin verlobt war.

»Du bist also glücklich?«, fragte Marianne.

Die Frage kam so überraschend, dass ich einen Moment nachdenken musste.

»Ich glaube, ich bin in einer … Umbruchphase«, sagte ich. »Dabei wollte ich die ganze Zeit nur, dass alles so bleibt, wie es ist. Habe ich irgendwie nicht geschafft.«

»Zum Glück«, sagte Marianne. »Ist doch furchtbar, wenn sich nichts verändert.«

»Ich weiß«, sagte ich und seufzte. »Aber die meisten Veränderungen sind nicht unbedingt Verbesserungen.«

»Du hast mir geschrieben, dass du so viele Fragen hast«, sagte sie. »Was willst du denn wissen?«

»Alles über meine Eltern.«

»Aber Kindchen, wo soll ich denn da anfangen?« Sie erzählte

mir, was ich schon wusste. Dass meine Mutter gestorben war, als ich drei war, dass mein Vater nicht mein Erzeuger war und irgendwann von der Bildfläche verschwand. Dass Elsie sich meiner angenommen hatte und wir jahrelang vergeblich darauf warteten, dass er zurückkam.

»Aber warum ist er abgehauen?«, fragte ich.

»Wer weiß das schon«, sagte sie. »Die einen sagen, weil deine Mutter ihm mit diesem Spanier das Herz gebrochen hat. Die anderen, weil er irgendwelche dubiosen Geschäfte gemacht hatte und ihm eine Gefängnisstrafe drohte.«

»Und was davon stimmt?«

Marianne hob die Schultern und ließ sie fallen. »Warum fragst du ihn nicht selbst?«

Die Nachricht, dass Klaus noch lebte, haute mich völlig um. Ich fragte mich, warum er nie Kontakt zu mir aufgenommen hatte, und wusste im nächsten Moment die Antwort. So, wie ich ihn bei unserer letzten Begegnung behandelt hatte, gab es keine Veranlassung für ihn, sich zu melden.

Er war an Elsies Grab auf Ivan und mich zugekommen und hatte gesagt: »Ich bin Klaus, Elsies Bruder. Du musst Corinna sein.«

Wie er damals so vor mir stand, der Mann, der mich und meine Mutter siebenundzwanzig Jahre zuvor verlassen hatte und nie zurückgekommen war, auf den ich so verzweifelt gewartet und den ich schließlich aus meinem Gedächtnis getilgt hatte, empfand ich einfach gar nichts, nicht einmal Zorn. Ich sah ihn an, betrachtete die dichten, grauen Haare, die blauen Augen hinter seiner Brille, den eleganten, aber leicht abgetragenen Anzug und sagte: »Bedaure. Ich heiße nicht Corinna. Und jetzt entschuldigen Sie mich.«

Danach war er für mich nicht mehr existent gewesen, bis ich vor Kurzem auf die Fotos in dem Karton stieß. Und damit auf die offenen Fragen, die ich irgendwo tief in meinem Inneren schon ein Leben lang mit mir herumtrug.

Dass Klaus noch leben könnte, war mir nie in den Sinn gekommen. In meiner Vorstellung war er schon lange tot. Die kurze Begegnung am Grab war so unwirklich gewesen, dass es mir nicht möglich war, den Mann, den ich dort gesehen hatte, mit der Erinnerung an meinen Vater in Verbindung zu bringen.

Marianne hatte mir den Namen eines Alten- und Pflegeheimes in der Nähe von Heilbronn gegeben. Ich rechnete nach. Klaus musste jetzt einundneunzig sein.

Nachdem Marianne und ich uns verabschiedet hatten, lief ich aufgeregt durch die Wohnung. Ich musste diese Neuigkeit unbedingt mit jemandem teilen! Früher wäre es natürlich Ivan gewesen, dem ich als Erstes davon erzählt hätte. Aber zu einem Gespräch mit ihm fühlte ich mich gerade nicht in der Lage.

Also warf ich mir eine Jacke über und stürmte aus dem Haus, immer die Isar entlang bis in den Englischen Garten. Ich ging fast zwei Stunden, und allmählich klärten sich meine Gedanken.

Warum hatte ich all die Jahre nicht an die Möglichkeit gedacht, dass Klaus noch leben könnte? Ich hätte viel früher mit meinen Nachforschungen beginnen und entsprechend früher Antworten auf meine Fragen erhalten können. Warum hatte ich den Karton ins Regal gestellt und vergessen? Warum war ich erst jetzt auf den Gedanken gekommen, Marianne zu schreiben? Je gründlicher ich darüber nachdachte, desto offensichtlicher wurde es: In Wirklichkeit hatte ich es gar nicht wissen wollen. Ich hatte mich in der Rolle des armen, verlassenen Kindes bequem eingerichtet. Alle Gelegenheiten, Licht ins Dunkel meiner frühen Kindheit zu bringen, hatte ich ungenutzt verstreichen lassen. Und so musste ich mir jetzt die Frage stellen, ob ich wieder kneifen wollte oder ob ich die – vermutlich letzte – Gelegenheit wahrnehmen sollte, mich mit der Wahrheit zu konfrontieren, der ich so lange ausgewichen war.

Auf dem Rückweg kam ich an der Wohnung von Katja und Nathalie vorbei. Einem plötzlichen Impuls folgend, klingelte ich. Der Summer ertönte, ich drückte die Tür auf und ging hoch zur Wohnung.

»Cora!«

Corinnes Freudenschrei schallte durchs Treppenhaus.

Ich drückte meine Patentochter an mich. »Hallo, meine Süße! Bist du allein?«

»Mama ist da.«

In diesem Moment erschien Nathalie an der Tür.

»Was für eine schöne Überraschung! Katja ist in der Praxis, aber ich wollte sowieso gerade Pause machen.«

Auf dem Weg in die Küche hüpfte Corinne neben mir her. »Weißt du eigentlich schon, dass der Ivan mein Papa ist?«

Ich lächelte. »Davon hab ich gehört.«

»Tee oder Kaffee?« Nathalie strahlte mich an.

»Was du trinkst.«

Nathalie schaltete die Espressomaschine an und schäumte Milch auf.

»Aber warum ist Ivan so lange weg?«, maulte Corinne. »Ich find's gut, dass ich weiß, wer mein Papa ist. Die doofen Typen in der Schule können mich jetzt nämlich nicht mehr ärgern.«

Diesen Aspekt hatten wir damals, als wir gemeinsam beschlossen hatten, die Vaterschaft geheim zu halten, nicht ausreichend bedacht: dass ein Kind mit gleichgeschlechtlichen Eltern gemobbt und zum Außenseiter werden könnte. Wie naiv wir gewesen waren.

Corinne setzte sich an den Tisch und begann, etwas zu malen. Nathalie zeigte mir die Entwürfe für ein Bühnenbild. Sie studierte mit den Schülerinnen und Schülern ihrer Ballettschule gerade eine Aufführung ein.

»In drei Wochen ist Premiere! Ihr müsst unbedingt kommen.«

Bevor ich antworten konnte, wurde ein Schlüssel im Schloss der Wohnungstür gedreht.

»Mami!«, rief Corinne und lief auf den Flur, um Katja zu begrüßen.

Die beiden kamen eng umschlungen in die Küche zurück, Katja umarmte mich zur Begrüßung, und Corinne setzte sich wieder hin und malte weiter an ihrem Bild.

Wir plauderten und lachten; ich fühlte mich entspannt und glücklich, wie immer, wenn ich mit Katja, Nathalie und Corinne zusammen war. Auch wenn ich als Kind meine Eltern verloren hatte – inzwischen waren diese Menschen zu einem wichtigen Teil meiner Familie geworden.

»So, fertig.« Corinne hob das Bild hoch, das sie gemalt hatte. Ich erkannte auf Anhieb, wen sie in bunten Farben darauf verewigt hatte: sich selbst, zwischen Nathalie und Katja stehend, direkt hinter ihr ein breitschultrig gezeichneter Ivan. Neben Katja stand Paul, die Figur daneben war vermutlich ich. Hinter Nathalie erkannte ich einen weiteren Mann. Ich zeigte auf ihn.

»Wer ist das?«

»Na, mein Opa. Mamas Papa. Mein anderer Opa ist leider schon tot.«

Ihr kam ein Gedanke, und sie blickte zu uns auf. »Hat Paul eigentlich einen Opa?«

»Leider nein«, sagte Katja, die meine Geschichte kannte.

Ich überlegte kurz, dann sagte ich zögernd: »Seit heute sieht es so aus, als hätte er doch noch einen.«

Katja und Nathalie blickten mich entgeistert an.

VIERUNDZWANZIG

Die Fahrt zog sich. Je näher ich meinem Ziel kam, desto ungeduldiger wurde ich. Ich fürchtete, zu spät zu kommen. Einen Mann vorzufinden, der nicht mehr in der Lage sein würde, mit mir zu sprechen. Der schwer krank oder dement war, mich höchstwahrscheinlich nicht mal mehr erkannte.

Ich hatte überlegt, ob ich meinen Besuch ankündigen sollte, mich aber dagegen entschieden. Falls er geistig noch klar war, würde er mich vielleicht nicht sehen wollen. Diese Möglichkeit wollte ich auf jeden Fall ausschließen. Plötzlich hatte ich das Gefühl, mein Leben hinge von dieser Begegnung ab.

Ich bog von der Autobahn ab und fuhr auf der Landstraße weiter, bis mein Navi mir anzeigte, dass ich nur noch vier Minuten von meinem Ziel entfernt war. Ich hielt Ausschau nach einer Parkmöglichkeit und fuhr von der Straße ab. Nachdem ich den Motor ausgeschaltet hatte, blieb ich noch einen Moment sitzen. Mein Herz klopfte wie wild. Ich stieg aus und versuchte, mich durch Herumgehen und bewusstes Atmen zu entspannen. Dann fielen mir die Tropfen ein, die Hella mir mal gegeben hatte. Irgendwas mit Bachblüten, Notfalltropfen. Ich kramte in meiner Handtasche, bis ich sie gefunden hatte, und schraubte das Fläschchen auf. Statt, wie empfohlen, einige Tropfen auf die Zunge zu nehmen, setzte ich es an den Mund und nahm einen kräftigen Schluck.

Keine Ahnung, ob es das Atmen oder die Tropfen waren, jedenfalls fühlte ich mich nach ein paar Minuten ruhiger. Ich setzte mich wieder ins Auto, kontrollierte im Rückspiegel Frisur und Make-up und erneuerte meinen Lippenstift. Dann startete ich den Motor und fuhr die letzten Kilometer zur Alten- und Pflegeresidenz Am Gänseblümchenweg.

Der niedliche Name täuschte. Es handelte sich um einen riesigen Betonblock, der so gar nichts Einladendes hatte. Ob einem das im Alter egal war, weil man eh kaum noch vor die Tür kam? Ich stellte meinen Wagen auf dem großen Parkplatz ab, der nur zur Hälfte besetzt war. Klar, es war Mittwoch, ein Arbeitstag. Die meisten Besucher würden wohl am Wochenende kommen.

Noch einmal atmete ich tief durch, dann betrat ich die Eingangshalle und ging mit energischen Schritten zur Anmeldung. Hinter dem Tresen saß eine junge Frau und sah mich gelangweilt an.

»Ich möchte gern zu Herrn Schiller«, sagte ich. »Klaus Schiller. Ich bin seine Tochter.«

Die Frau tippte auf ihrer Tastatur und blickte auf einen Bildschirm. Sie schob ihre Maus hin und her, schließlich sagte sie: »Herr Schiller ist nicht hier.«

Mein Herz setzte aus.

»Wie bitte? Aber … wo ist er denn?«

»Im Krankenhaus. Städtische Kliniken.«

»Wieso? Ist es was Schlimmes?«

»Darüber kann ich Ihnen keine Auskunft geben.«

»Können Sie nicht, oder wollen Sie nicht?« Am liebsten hätte ich mich über den Tresen gelehnt und sie geschüttelt.

»Ich darf nicht.«

Ich nestelte in meiner Handtasche. »Und wenn ich mich ausweise?«

»Das Beste wäre, Sie fahren gleich ins Krankenhaus«, sagte sie und kritzelte eine Adresse auf einen Zettel, den sie mir reichte.

Ich riss ihr das Papier aus der Hand und raste zurück zu meinem Wagen.

Zwanzig Minuten später bog ich auf den Parkplatz der Städtischen Kliniken ein. Ich vergewisserte mich, dass ich am richtigen Eingang war, und sprintete zur Tür. Die Frau an der Anmeldung sah, nachdem ich ihr den Namen von Klaus genannt hatte, abwechselnd auf ihren Bildschirm und eine Kladde, in der sie umständlich blätterte.

»Geht's vielleicht ein bisschen schneller?«, sagte ich ungeduldig. »Ich habe meinen Vater dreißig Jahre nicht gesehen!«

»Dann kommt's ja auf die paar Minuten auch nicht mehr an«, sagte die Frau ungerührt. »Zweiter Stock. Melden Sie sich im Stationszimmer.«

Aufatmend stieg ich in den Aufzug. Immerhin lag er nicht auf der Intensivstation. Im zweiten Stock hetzte ich den Flur entlang. Der vertraute Krankenhausgeruch ließ mich schaudern. Ich fand das Stationszimmer, wo sich zwei Schwestern unterhielten, Kaffeetassen in der Hand.

»Entschuldigen Sie, ich möchte zu Klaus Schiller«, sagte ich atemlos. »Der liegt doch hier, oder?«

Die eine Schwester nickte und stellte die Tasse ab.

»Darf der denn schon Besuch kriegen?«, fragte sie ihre ältere Kollegin.

»Kannst ihn ja mal fragen.«

»Ich bin seine Tochter«, erklärte ich und verkniff mir die Frage, warum er in der Klinik war. Es würde komisch wirken, wenn ich das als Angehörige nicht wusste.

Ich folgte der Schwester durch den nächsten Flur. Vor einer der Türen blieb sie stehen, klopfte und streckte den Kopf ins Zimmer.

»Sie haben Besuch.«

Von innen hörte ich ein leises Geräusch, ein Stöhnen oder Murmeln. Mir wurde flau im Magen, am liebsten hätte ich auf dem Absatz kehrtgemacht und wäre weggelaufen. Die Schwester winkte mich heran. Zögernd trat ich ein. Hinter mir schloss sich die Tür.

Der Greis im Bett hatte nicht die geringste Ähnlichkeit mit dem Mann, den ich dreißig Jahre zuvor gesehen hatte. Es schien, als wäre er auf die Hälfte seiner Größe geschrumpft, und die Haut, in der er steckte, schien viel zu groß für ihn zu sein. Das einstmals dichte, graue Haar war weiß und schütter. Nur die blauen Augen hinter den Brillengläsern blickten so hell und wach, wie ich sie in Erinnerung hatte. Sie sahen mich fragend an, dann blitzte ein Funke des Erkennens auf.

»Corinna?« Die Stimme war kaum hörbar.

Ich nickte stumm.

Mit zittriger Hand deutete er auf einen Stuhl neben dem Bett. Ich trat näher und setzte mich. Mein Hals war wie zugeschnürt.

»Hallo … Klaus«, brachte ich schließlich heraus. Es war mir unmöglich, ihn Papa oder Vater zu nennen.

Er murmelte etwas. Ich verstand nur »… eine Überraschung.«

»Ich weiß, es ist eine Überraschung nach all den Jahren«, sagte ich. »Danke, dass du mich nicht hinauswirfst.«

Ein schwaches Lächeln huschte über sein Gesicht. Er schien geistig klar zu sein, wenn auch sehr schwach. Schwer vorstellbar, dass er längere Sätze sprechen oder gar Fragen beantworten konnte. Sein Blick ruhte ohne Unterbrechung auf mir, als traute er seinen Augen nicht.

»Wie geht's dir?«, fragte ich.

Er hob langsam die Hand und machte mit dem Daumen eine Bewegung, die wohl etwas wie »einigermaßen« bedeuten sollte.

»Warum bist du hier?«

Er deutete auf sein Herz.

»Ein Herzinfarkt?«

Er verneinte mit einer leichten Kopfbewegung und bewegte schnell die Finger seiner Hand. Ich versuchte zu raten.

»Herzrhythmusstörungen?«

Er nickte.

Mit dem Zeigefinger deutete er auf mich. »Und du?«

Ich lächelte. »Warum ich hier bin? Das ist eine lange Geschichte. Willst du sie wirklich hören?«

Wieder nickte er, und ich begann zögernd zu sprechen. Ich versuchte, mich auf das Wichtigste zu konzentrieren und nicht zu schnell zu sprechen, um ihn nicht zu ermüden. Er hörte zu, den Blick unablässig auf mich gerichtet.

Es war eine unglaubliche Wohltat, endlich all das auszusprechen, was ich mein Leben lang mit mir herumgetragen hatte. Die Trauer, von der meine Kindheit überschattet war, die Wut meiner Teenagerjahre, die Gleichgültigkeit, hinter der ich als erwachsene Frau Schutz gefunden hatte. Ich sprach über den Moment unserer letzten Begegnung, warum ich unfähig gewesen war, seine ausgestreckte Hand anzunehmen. Darüber, dass ich nun endlich meinen Frieden machen wollte mit der

Vergangenheit und mit ihm. Und wie dankbar ich war, dass er noch lebte.

Als ich geendet hatte, schwammen seine Augen in Tränen. Ich griff nach seiner Hand. Schweigend erwiderte er meinen Händedruck.

»Kannst du mir eine Frage beantworten?«, sagte ich.

Er blickte mich an und machte eine auffordernde Kopfbewegung.

»Warum bist du weggegangen?«

Er schwieg lange, dann versuchte er zu sprechen, dabei atmete er schwer. Ich bekam Angst, dass er sich überanstrengen könnte und womöglich in meinem Beisein kollabierte. Andererseits war es vermutlich meine letzte Chance, noch eine Antwort zu bekommen.

»Warte, wir machen es anders«, sagte ich. »Ich stelle dir Ja/Nein-Fragen. Okay?«

Er nickte.

Ich versuchte, mich zu erinnern, welche Erklärungsversuche mir im Lauf der Jahre aufgetischt worden waren. Von Elsie, von Marianne, von einem Bekannten von Klaus, den ich vor Jahren getroffen hatte.

»Warst du damals in kriminelle Geschäfte verwickelt und bist deshalb abgehauen?«

»Nein«, flüsterte er lächelnd.

»Hattest du in deiner Firma Geld unterschlagen und musstest eine Gefängnisstrafe befürchten?«

Ein kaum hörbares Lachen. »Nein.«

»War es … weil ich nicht dein Kind bin?«

Er schüttelte so energisch den Kopf, wie es ihm möglich war. Plötzlich sah er ganz ernst aus.

»Ich … habe dich geliebt.«

Nun schossen mir die Tränen in die Augen, und ich konnte nicht weitersprechen. Das war der Satz, nach dem ich mich mein Leben lang gesehnt hatte. Die Bestätigung dafür, dass ich nicht schuld war am Scheitern meiner Eltern und dem Drama meiner Kindheit.

Ich hob seine Hand an mein tränenüberströmtes Gesicht und küsste sie.

»Ich … habe … auch … deine … Mutter … geliebt«, sagte er mit größter Anstrengung. »Aber … sie … mich … nicht. Nicht … genug.«

Ich dachte an den Brief, den ich gefunden hatte.

Rosa, mein Darlingeling, Du fehlst mir … Wie geht es unserer kleinen Maus? Ich wusste nicht, dass man nach einem so kleinen Menschen so große Sehnsucht haben kann … Ich umarme Euch, Klaus

»Wenn du mich geliebt hast, warum bist du dann weggegangen?«

Er sah mich an, die wässrigen Augen voller Trauer. »Da … war … kein … Platz … mehr … für … mich.«

Na klar, dachte ich. Das ganze Dorf hatte gewusst, dass meine Mutter ihn mit einem anderen Mann betrogen hatte. Dass das Kind, das er so abgöttisch liebte, nicht von ihm war. Für einen Mann seiner Generation musste das eine ungeheure Demütigung gewesen sein. Aber noch schlimmer war offenbar, dass meine Mutter ihn nicht in dem Maß geliebt hatte wie er sie. Sein Leben mit einer Frau zu verbringen, die ihn jeden Tag daran erinnert hätte, dass er nur die zweite Wahl war, dass sie lieber bei einem anderen wäre, bei dem, der sich davongemacht hatte und den sie umso heftiger idealisieren würde, je länger er weg wäre – das war wohl nicht zu ertragen gewesen. Er hatte keinen Platz mehr für sich gesehen, er musste gehen.

»Warum bist du nicht irgendwann zurückgekommen?«, fragte ich schließlich. »Warum erst zu Elsies Beerdigung?«

Statt einer Antwort deutete er auf die Schublade des fahrbaren Nachttisches. Zögernd zog ich sie auf. Eine Brieftasche, ein Brillenetui, ein Schlüsselbund – was man so an persönlichen Gegenständen bei sich hat. Er zeigte auf die Brieftasche, ich nahm sie heraus und gab sie ihm. Er klappte sie auf und zog ein Foto heraus.

Das schon leicht verblasste Bild zeigte ihn als ungefähr vierzigjährigen Mann mit einer hübschen, dunkelhaarigen Frau und einem kleinen Jungen. Eine Werbetafel im Hintergrund zeigte einen spanischen Werbeslogan.

Mit großen Augen blickte ich ihn an. »Du hast noch mal eine Familie gegründet?«

Er nickte.

»Wo ist das?« Ich zeigte auf das Foto.

»Buenos … Aires.«

Ich ließ das Bild sinken. Eigentlich keine Überraschung. Ein Mann Anfang dreißig fühlt sich aus seinem Leben verstoßen, geht so weit weg, wie er kann, und fängt ein neues Leben an. Ich war froh, dass er doch noch sein Glück gefunden hatte.

»Deshalb bist du nicht zurückgekommen? Weil du nicht zum zweiten Mal eine Familie zerstören wolltest?«

Eine lange Pause. Dann ein Nicken.

»Was ist aus den beiden geworden?«

Er deutete auf die Frau. »Sie … ist … gestorben. Mein Junge … lebt noch dort.«

Ich hatte also einen Halbbruder in Argentinien, der nicht mein Halbbruder war, weil mein Vater nicht mein Vater war.

Damit blieb eine letzte Frage.

»Lebt … Oriol noch?«

Klaus hob die Schultern und senkte sie wieder.

Egal, dachte ich. Oriol war nur mein Erzeuger gewesen, ein Samenspender. Ich war zwar ein Kind der Leidenschaft, aber auch ein Unfall. In Oriol sah ich außerdem den Mann, der die Ehe meiner Eltern zerstört hatte. Er hatte mich nie interessiert. Der Mann, den ich als meinen Vater betrachtete, war Klaus.

Mit einem Mal war es in meinem Inneren ganz ruhig. In das Bedauern darüber, dass ich diese Begegnung nicht früher hatte, mischte sich Dankbarkeit, dass sie überhaupt noch hatte stattfinden können. Ich hatte endlich eine Antwort auf meine Frage.

Der alte Mann wirkte erschöpft. Er hielt die Augen geschlossen und atmete schwer. Ich beugte mich vor und küsste ihn auf die Stirn.

»Danke«, sagte ich.

Er griff nach meiner Hand und drückte sie stumm, die Augen weiter geschlossen. Ich spürte, dass er mit seiner Kraft am Ende war.

»Leb wohl … Vater«, sagte ich und stand auf.

Er murmelte etwas, was ich nicht verstand.

Leise ging ich aus dem Zimmer.

FÜNFUNDZWANZIG

In der Nacht nach meiner Rückkehr lag ich wach im Bett und dachte nach. Darüber, was ich in meinem Leben alles falsch gemacht hatte – aus verletztem Stolz, aus Trotz, weil ich gekränkt gewesen war. Und darüber, was ich ab jetzt auf keinen Fall mehr falsch machen wollte.

Das Gefühl, nicht genügend geliebt zu werden, das Klaus von meiner Mutter weggetrieben hatte, kannte ich zur Genüge. Ich trug es schon mein Leben lang mit mir herum.

Während meiner Ausbildung hatte ich ein langes Gespräch mit Kai Melzer darüber geführt. Drei Sätze hatten sich mir tief eingeprägt: »Deine erste Erfahrung mit einem Mann war, von ihm verlassen zu werden. Das ist die größte aller denkbaren Zurückweisungen. Deine Ehe scheint mir eine ständige Reinszenierung dieser Erfahrung zu sein.«

Damals war ich verblüfft gewesen, fast empört. Das klang ja so, als würde ich mir die Zurückweisungen von Ivan bewusst abholen! Jetzt wurde mir zunehmend klar, dass ich natürlich einen Anteil daran hatte, weil ich dazu neigte, mehr oder weniger alles, was Ivan tat oder sagte, als gegen mich gerichtet zu interpretieren. Aufgrund meiner negativen Erwartungshaltung konnte er eigentlich gar nichts mehr richtig machen.

Und weil ich das begriffen hatte, saß ich nun, zwei Tage nach meiner Rückkehr aus Heilbronn, im Nachtzug nach Rom.

Ich wollte einen letzten Versuch machen, mit Ivan zu sprechen. Ich war feige gewesen, hatte mich vor der Auseinandersetzung mit ihm gedrückt und mich einfach davongestohlen. Das hatte er nicht verdient, das hatte unsere Beziehung nicht verdient. Ivan war, trotz allem, die große Liebe meines Lebens. Ich musste einfach herausfinden, wie viel von dieser Liebe noch übrig war.

Mal wieder wunderte ich mich darüber, dass ich die Beziehungskrisen meiner Klienten so gut einzuschätzen und aufzulösen vermochte, während ich, wenn ich selbst Probleme hatte, alles falsch machte, was man falsch machen konnte. Sobald es um meine eigenen Verletzungen ging, setzte mein Verstand aus.

Der Zug glitt durch die Nacht. Ich hatte mir ein Schlafwagenabteil gegönnt, lag auf dem erstaunlich komfortablen Bett und genoss das Gefühl der Geschwindigkeit, mit der wir uns Richtung Süden bewegten. Wir mussten irgendwo zwischen Salzburg und Villach sein, in den frühen Morgenstunden würden wir Bologna erreichen, dann Florenz und schließlich, um kurz nach neun Uhr, Rom.

Beim Zugbegleiter hatte ich Mineralwasser, ein Sandwich und eine kleine Flasche Chianti bestellt. Ich hoffte, dass der Wein mich müde machen würde.

Meine erste Romreise hatte am Münchner Flughafen geendet. Es war der Tag meines dreißigsten Geburtstages gewesen, und mein damaliger Freund Flori hatte mir spontan ein Ticket nach Rom geschenkt. Leider war der Flug überbucht gewesen, und ich war nicht mitgekommen. Was am Ende ein Glück war, denn in einer Fabrikhalle warteten Hunderte von Gästen darauf, eine Riesenparty mit mir zu feiern. Mit Flori war sowieso bald darauf Schluss gewesen.

Dann war Ivan in mein Leben getreten. Er hatte mich dazu gebracht, mein oberflächliches Leben als PR-Frau aufzugeben und mich für ein wohltätiges Projekt zu engagieren. Zu Beginn hatte ich ihn unerträglich gefunden, besserwisserisch und überheblich. Aber auch irgendwie anziehend. Schließlich hatten wir bei einer Versteigerung von Kunstwerken nicht nur über 260 000 Mark für ein Kinderheim gesammelt, wir hatten auch zueinandergefunden.

Und dreißig Jahre später saß ich hier, mit einem Sandwich und billigem Wein im Plastikbecher. Ich hatte einen Sohn, der nichts mehr von mir wissen wollte, und war auf dem Weg zu einem Mann, der vor mir davongelaufen war.

»Das nenn ich mal eine Erfolgsgeschichte«, sagte die Stimme meiner besseren Hälfte.

Ich seufzte. »Du schaffst es wirklich immer, im falschen Moment aufzukreuzen.«

»Der falsche Moment für dich ist der richtige für mich«, sagte sie fröhlich. »Das sind die Momente, in denen du mich brauchst.«

»Und wozu brauche ich dich?«

»Einer muss dir doch sagen, wenn du Mist gemacht hast.«

»Im Nachhinein weiß ich auch, wenn was Mist war«, sagte ich. »Du solltest mich vorher warnen!«

»Als könnte man dich von einer Dummheit abhalten.«

Da hatte sie natürlich recht. Wenn ich mal etwas beschlossen hatte, war es kaum möglich, mich zu bremsen.

»Bin ich denn gerade im Begriff, eine Dummheit zu begehen?«, wollte ich wissen.

»Das kann ich dir nicht sagen.«

»Na toll.«

»Du weißt es eigentlich immer selbst. Manchmal muss ich dich nur dran erinnern.«

»Und was heißt das jetzt? Soll ich nicht zu Ivan fahren?«

»Du bist doch schon auf dem Weg.«

»Jetzt halt endlich den Mund und lass mich schlafen«, befahl ich.

Ich glaubte, ihr spöttisches Lachen zu hören, das immer leiser wurde.

Irgendwann nickte ich ein, wachte aber an jedem Bahnhof auf. Das Ruckeln des zum Stehen kommenden Zuges, das Zischen der automatischen Türen, das Rumpeln der aus- und einsteigenden Gäste auf dem Gang. Selbst mit Ohrstöpseln gelang es mir nicht, diese Störungen auszublenden.

Die Stazione Termini empfing mich laut, betriebsam, voller Leben.

Ich dachte an meine Romreise mit Ivan vor ungefähr zehn Jahren. Damals waren wir ebenfalls mit dem Nachtzug gefahren und frühmorgens angekommen. Es war die Zeit gewesen, als Ivan mit seiner Bilderserie Furore gemacht und mehrere Ausstellungen im Ausland gehabt hatte – darunter hier. Er hatte die Aufmerksamkeit genossen, die Begegnungen mit interessanten Menschen aus der Kunstszene, das Gefühl, es endlich geschafft zu haben. Und ich hatte sein Glück aus vollem Herzen teilen können. Ein Anflug von Wehmut packte mich. Warum hatten wir es nicht geschafft, diese Nähe zwischen uns zu bewahren?

Eine blasse Morgensonne schien, als ich aus dem Gebäude trat. Massen von Autos schoben sich hupend durch die Straßen, Horden von Fußgängern bevölkerten die Gehsteige. Mit der einen Hand hielt ich meinen Koffergriff umklammert, mit der anderen den Schulterriemen meiner Handtasche. Ich erinnerte mich daran, wie Ivan damals unmittelbar nach unserer Ankunft um ein Haar das Opfer eines Taschendiebstahls geworden wäre. Jemand rempelte ihn an, wir waren kurz abgelenkt, und im nächsten Moment spürte er eine Hand an seiner Gesäßtasche. Er stieß einen wütenden Schrei aus und drehte sich blitzschnell um. Der Dieb ließ Ivans Brieftasche fallen und rannte weg, verfolgt von zwei Passanten, die den Vorfall beobachtet hatten.

Ich steuerte ein Taxi an und ließ mich zur Piazza Navona bringen. Die Fahrt durchs morgendliche Rom erforderte gute Nerven. Der Fahrer hupte, schrie und drohte gelegentlich mit der Faust durchs geöffnete Fenster, durch das abgasgeschwängerte Luft hereindrang. Immer wieder stockte der Verkehr, und wir brauchten fast eine Dreiviertelstunde, bis wir am Ziel waren. Trotzdem genoss ich es, die wunderschönen Häuser und Paläste an mir vorbeigleiten zu sehen, die belebten Straßen und Plätze, die kleinen Gassen mit ihren Geschäften, Handwerksbetrieben und Espressobars, in denen die Menschen gestikulierend miteinander sprachen. Ich hatte Italien immer geliebt, obwohl mir Spanien eigentlich näher sein müsste – schließlich war ich halbe Spanierin.

Ich bezahlte den Fahrer und betrat den Vorraum des kleinen Stadthotels, in dem ich mich eingemietet hatte. Die Empfangsdame teilte mir mit, dass mein Zimmer leider noch nicht fertig sei.

»*Troppo presto, early, early*«, rief sie.

Wir vereinbarten, dass ich den Koffer abstellen und zum Frühstücken in eine der Bars im Viertel gehen würde.

»Un'ora, poi is ready«, ließ sie mich wissen.

Ich bummelte durch die Gassen, ließ mich hierhin und dorthin treiben. Die ganze Zeit kam ich mir vor wie in einem nicht enden wollenden Déjà-vu. Die Tage, die ich mit Ivan hier verbracht hatte, waren so präsent, dass ich mich einmal sogar nach ihm umblickte, weil ich ihn hinter mir wähnte.

In diesem Lokal hatten wir gegessen, in jener Bar einen Cappuccino getrunken. Dort hatten wir ein T-Shirt für Paul gekauft, da drüben ein Paar Schuhe für mich. Sogar an dem Hotel, in dem wir damals gewohnt hatten, kam ich vorbei.

Schließlich kehrte ich zur Piazza zurück und setzte mich in eines der Cafés. Ich bestellte Milchkaffee und Brioche mit Marmelade. Während ich aß, beobachtete ich die Menschen auf dem Platz. Junge Frauen mit Buggys, die in ihre Handys starrten, rennende Kinder, zwei alte Männer mit riesigen Hornbrillen und auf dem Rücken gefalteten Händen, die angeregt miteinander diskutierten.

Ich machte ein Selfie vor dem Brunnen und schickte es an Hella und Uli. Dazu schrieb ich: *Wo bin ich?*

Hella antwortete sofort.

Dann hast du dir's also doch überlegt, das ist gut! Wünsche euch beiden eine tolle Zeit!

Uli ließ sich Zeit mit der Antwort. Erst, als ich schon im Hotel war, poppte ihre Nachricht auf.

Mir egal.

Das gab mir einen Stich. Sie war immer noch sauer, weil ich ihr geraten hatte, einen Therapeuten zu konsultieren. Allmählich hatte ich Sorge, dass unsere Freundschaft die vielen Bewährungsproben der letzten Zeit doch nicht überstehen könnte.

Wie traurig wäre es, wenn ich meine älteste Freundin verlieren würde.

Nachdem ich mein Köfferchen ausgepackt hatte, merkte ich, wie müde ich war. Die wenigen Stunden Schlaf mit den zahlreichen Unterbrechungen steckten mir in den Knochen. Ich zog die Vorhänge zu, legte mich ins Bett und war innerhalb weniger Minuten eingeschlafen.

Als ich erwachte, war es schon Nachmittag. Ich nahm eine Dusche, zog frische Sachen an und trank einen eiskalten Orangensaft aus der Minibar. Ich öffnete Google Maps und sah nach, wie weit Ivans Residenz von meinem Hotel entfernt war.

Einen Teil des Wegs wollte ich zu Fuß gehen, da er mich an einigen der wichtigsten Sehenswürdigkeiten vorbeiführen würde. Als ich auf die Straße hinaustrat, endete gerade die Mittagsruhe. Rollläden von Geschäften wurden hochgezogen, Frauen mit Einkaufstüten bummelten paarweise die prächtigen Einkaufsstraßen entlang, Geschäftsleute in gut geschnittenen Anzügen sprachen lauthals in ihre Handymikrofone, Jugendliche hingen in Trauben vor Fastfoodläden. Die deutschen Touristen in ihren Funktionsjacken, kurzen Hosen und Trekkingsandalen erkannte man von Weitem.

Ich kehrte kurz in eine Bar ein, um einen Espresso zu trinken, dann spazierte ich weiter, passierte das Pantheon, das Forum Romanum und das Colosseum, wo ich mich einer Führung anschloss. Danach winkte ich einem Taxi, mit dem ich den Rest des Weges zurücklegen würde.

Gegen sieben erreichte ich den Park mit dem antiken Palazzo, in dem die Stipendiaten untergebracht waren. Eine Reihe von Zypressen säumte wie eine Ehrengarde die Auffahrt, ausladende Schirmpinien zeichneten sich gegen die beginnende

Dämmerung ab. Staunend betrachtete ich das eindrucksvolle Renaissancegebäude und stellte mir vor, wie es wohl wäre, in einer so schönen Umgebung zu leben und zu arbeiten.

Plötzlich überfiel mich heftige Aufregung. Die Idee eines Überraschungsbesuchs erschien mir nicht mehr ganz so genial, und überhaupt fragte ich mich, was gleich passieren würde. In welcher Situation würde ich Ivan antreffen? Wie würde er reagieren? Würde er sich über mein unerwartetes Auftauchen freuen, oder wäre er genervt? Und was wollte ich mit meinem Besuch eigentlich erreichen?

Ich stieg aus dem Taxi und spazierte in den Park hinein, um meine Gedanken zu ordnen. Versuchte, mich an alles zu erinnern, was ich während meiner Ausbildung in Bezug auf Beziehungsgespräche gelernt hatte. Ich-Botschaften formulieren, dem anderen keine Vorwürfe machen, Wendungen wie »immer tust du« und »noch nie hast du« vermeiden, die Regeln der gewaltfreien Kommunikation einhalten. Als ich diesen Begriff zum ersten Mal hörte, bekam ich einen Lachanfall. Ich stellte mir vor, wie kleine Männchen sich gegenseitig anbrüllten und einander mit Schaufeln auf den Kopf schlugen, während eine Stimme sie ermahnte, doch bitte gewaltfrei zu kommunizieren. In Wahrheit ging es in den Regeln darum, einander wertschätzend zu begegnen, vor allem, wenn man sich wünschte, der andere würde etwas an seinem Verhalten ändern.

Aber würde es genügen, Ivan zu einem anderen Verhalten zu bewegen? Ging es nicht eher darum herauszufinden, was wir füreinander fühlten? Ob da noch ein Funke glomm, oder ob es so war, wie ich es schon länger empfand: dass unsere innere Verbindung abgerissen war.

Ich musste ihm sagen, wie sehr ich mir wünschte, dass wir

wieder ein Team würden, wie in unserer Anfangszeit. Damals hatte das gemeinsame Projekt Waisenhaus uns zusammengeschweißt, später dann das Projekt Paul.

Seit zehn Jahren war das Projekt Paul, zumindest offiziell, beendet. Und seit damals hatte sich diese Entfremdung zwischen uns eingeschlichen, die ich immer stärker wahrnahm, sosehr ich auch versuchte, sie vor mir selbst zu verleugnen.

In meiner Beratungspraxis hatte ich viele Male erlebt, dass Paare in die Krise gerieten, wenn die Kinder aus dem Haus gingen. Auch wir hatten diese Krise durchlebt, rund um meinen fünfzigsten Geburtstag. Ich hatte eine Affäre gehabt und Ivan eine unterstellt, Paul war völlig aus dem Ruder gelaufen, und der Streit über den richtigen Umgang mit ihm hatte uns zusätzlich entzweit.

Damals war Ivan ins Atelier gezogen, vorübergehend, wie er sagte. Aus dem Provisorium war schließlich eine feste Einrichtung geworden, und vermutlich war ich die Einzige, die all die Jahre geglaubt hatte, dass er irgendwann zurückkommen würde.

Ich näherte mich dem Palazzo von der Parkseite. Inzwischen war es fast dunkel, und einige der Fenster waren bereits erleuchtet. Um den Haupteingang zu erreichen, müsste ich das Gebäude einmal umrunden.

Über knirschenden Kies ging ich an einer hohen Fensterfront entlang, die den Blick in die pompösen Arbeitsräume freigab, die ich schon aus dem Internet kannte. In der Realität waren sie noch viel eindrucksvoller, mit ihren hohen Decken und kunstvollen Fresken und Säulen.

In einem Raum befanden sich halb fertige Skulpturen, in einem anderen standen Staffeleien, auf denen angefangene

Bilder darauf warteten, zu Ende gemalt zu werden. Ein pittoreskes Durcheinander von Tuben, Dosen und Pinseln in Farbeimern war so kunstvoll arrangiert, dass der Anblick selbst wie ein Gemälde wirkte.

Ich schlenderte zum nächsten Fenster und blieb ruckartig stehen.

Vor einer großformatigen Leinwand standen und hockten mehrere junge Menschen, den Blick auf einen Mann gerichtet, der mit einem Pinsel in der Hand dastand und sprach. Auch diese Szenerie erinnerte mich an Gemälde mit Titeln wie *Der Künstler bei der Arbeit* oder *Der Meister und seine Schüler*, die ich aus der klassischen Kunst kannte.

Gebannt schaute ich zu. Ivan erklärte etwas. Zwischendurch setzte er mit dem Pinsel Linien oder andere Formen auf die Leinwand, die seine Ausführungen illustrierten. Die jungen Leute hingen an seinen Lippen. Zwischendurch stellten sie Fragen, die er ausführlich beantwortete. Er war mit Abstand der Älteste, wirkte eher wie ein Lehrer, nicht wie ein Stipendiat. Vielleicht hatten die Veranstalter ihn bewusst eingeladen. So wie man einen älteren Schüler auf Klassenfahrt mitnahm, damit die Jüngeren nicht über die Stränge schlugen.

Ich konnte nicht hören, was gesprochen wurde, weil die Fenster geschlossen waren. Aber ich konnte Ivans Gesicht sehen, das vor Freude zu glühen schien. Offenbar fand er hier etwas, was ihm die letzten Jahre gefehlt hatte: Bewunderung, Anerkennung, Applaus. Selbst der größte Eigenbrötler – und Ivan war zweifellos einer – konnte auf Dauer nicht ohne Resonanz der Außenwelt leben.

Plötzlich fühlte ich mich wie ein Eindringling. Als hätte ich kein Recht, hier zu sein und Forderungen an ihn zu stellen, vor denen er gerade erst hierhergeflüchtet war.

Für einen Moment wanderte sein Blick in meine Richtung, und fast hätte ich die Hand gehoben, um ihm zuzuwinken. Dann realisierte ich, dass er mich draußen im Dunkeln wohl nicht sehen konnte. Ich ließ die Szene noch eine Weile auf mich wirken. Dann drehte ich mich um und ging.

SECHSUNDZWANZIG

Ich kehrte nach Hause zurück, und es war, als wäre ich nie fort gewesen. Manchmal dachte ich noch an meine Romreise zurück und fragte mich, ob es ein Fehler gewesen war, unverrichteter Dinge abzureisen. Aber immer wieder kam ich zu dem Ergebnis, dass ich das Richtige getan hatte. Denn obwohl ich nicht mit Ivan gesprochen hatte, ging es mir jetzt besser. Das, was ich die ganze Zeit auf diffuse Weise gespürt hatte, war plötzlich als gestochen scharfes Bild sichtbar geworden. Ich hatte keinen Platz mehr im Leben von Ivan. Und ich war nicht mehr bereit, ihm einen Platz in meinem freizuhalten.

Wie erwartet, änderte sich dadurch praktisch nichts für mich. Es gab nur das Bewusstsein, dass Ivan nicht mehr greifbar, kein Teil meines Alltags mehr war. Immer mal wieder hatte ich den Impuls, ihn anzurufen oder ihm eine Nachricht zu schicken, wie ich es früher getan hatte. Dann ermahnte ich mich, ihn in Ruhe zu lassen.

Meine Praxis lief so gut wie lange nicht, fast täglich erreichten mich neue Anfragen. Ich fragte mich, ob immer mehr Menschen Probleme hatten oder ob mehr Menschen als früher sich dazu entschlossen, Hilfe in Anspruch zu nehmen. Nach wie vor waren es häufiger die Frauen, die aktiv wurden und ihre Männer dazu überredeten, »einfach mal mitzukommen«. Oft klappte es, und die Männer waren nach der ersten Sitzung bereit, die Beratung fortzusetzen. Aber ich hörte auch Sätze wie: »Ich habe kein Problem. Wenn du eines hast, musst du eben was dagegen tun.« Für solche Männer schien die Auseinandersetzung mit sich selbst eine solche Bedrohung darzustellen, dass sie eher ihre Beziehung riskierten, als einer Beratung oder Therapie zuzustimmen.

Es kam mir außerdem so vor, als würde der Anteil der Klienten mit einer mehr oder minder ausgeprägten narzisstischen Persönlichkeit immer größer werden. Männer und – deutlich seltener Frauen –, die unaufhörlich um ihr eigenes Ego und ihre persönlichen Befindlichkeiten kreisten und sich als Mittelpunkt der Welt zu empfinden schienen.

Früher war ich eher bereit gewesen, solche Menschen als zielstrebig, durchsetzungsfähig und führungsstark wahrzunehmen, zumal sie oft beeindruckende berufliche Werdegänge aufzuweisen hatten. Inzwischen erlebte ich sie als rücksichtslos und unfähig oder unwillig, sich in andere hineinzuversetzen. Ich fühlte mich von diesem Typus getriggert und musste sehr aufpassen, mich nicht in eine persönliche Abneigung gegen solche Klienten hineinzusteigern.

Ich konzentrierte mich auf meine Freunde, verbrachte viel Zeit mit Katja, Nathalie und Corinne und hoffte darauf, dass Paul sich wieder beruhigen würde. Der Satz *Du musst Paul endlich loslassen* war zu meinem Mantra geworden. Und auch wenn's mir nicht leichtfiel, ich hielt mich daran und ließ ihn in Ruhe.

Meine neue Leidenschaft war Binge Watching. Ich hatte Abonnements bei drei Streamingdiensten abgeschlossen und zog mir an manchen Abenden bis zu drei, vier Folgen einer Serie rein. Familienserien, Politdramen, Krimis – alles, was spannend und gut gemacht war, konnte meine Aufmerksamkeit fesseln.

Eines Abends, ich war mal wieder in eine Episode von *Die Brücke* versunken, einer schwedisch-dänischen Serie mit einer autistischen Ermittlerin, klingelte es an meiner Wohnungstür. Unwillig hielt ich den Film an, verließ meinen gemütlichen Platz auf der Couch und öffnete die Tür. Eine weinende Uli fiel mir um den Hals. Überrascht hielt ich sie fest, während sie mich umklammerte und mein Sweatshirt vollheulte.

Es war nicht das erste Mal, dass ich die verzweifelte Uli im Arm hielt. Vor dreißig Jahren hatte ihr Freund sie betrogen, nachdem er von ihrer Schwangerschaft erfahren hatte. Jahre später hatte sich ihr Mann in eine andere Frau verliebt. Und auch sonst waren die Gelegenheiten zahlreich gewesen, sich bei mir auszuheulen. So verzweifelt wie heute hatte ich sie allerdings lange nicht mehr erlebt.

»Komm rein«, sagte ich, zog sie in die Wohnung und schloss die Tür. Eine Weile standen wir einfach da und hielten uns umarmt.

»Was ist los?«, fragte ich, als ihr Schluchzen etwas nachließ.

Als Antwort wurde ihr Weinen wieder stärker.

Ich führte sie an der Hand hinter mir her, bettete sie aufs Sofa im Wohnzimmer und machte den Fernseher aus. Diesen Fall würde die clevere Ermittlerin Saga ohne mich lösen müssen. Ich brachte Uli ein Glas Wasser und hockte mich neben sie auf den Boden, um ihr ins Gesicht sehen zu können. Liebevoll strich ich ihr über die Stirn. Mein Zorn über ihre sture Uneinsichtigkeit war wie weggeblasen, sie tat mir einfach nur leid.

»Sag schon, Uli, was ist denn?«

Eine ganze Weile blieb sie stumm, schluchzte nur hie und da auf.

»Hast du auch was Stärkeres?«, fragte sie schließlich und stellte das Wasserglas auf den Couchtisch zurück.

»Wie viel hast du denn schon intus?«

Sie zuckte nur die Schultern.

»Vielleicht wäre es besser, wenn du dich nicht weiter zuschüttest«, schlug ich vor. »Erzähl mir doch erst mal, was passiert ist.«

Sie presste die Lippen zusammen und schluchzte erneut auf. »Eva … hat mir gekündigt.«

Eva war ihre Arbeitgeberin, eine Münchner Millionärin, die – mehr aus Vergnügen als zum Gelderwerb – mehrere Modeboutiquen betrieb. In einer davon war Uli angestellt. Gewesen.

»Shit«, sagte ich. »Warum?«

Uli drehte den Kopf weg, als schämte sie sich.

Ich fasste sie an der Schulter und drehte sie zurück. »Mir kannst du es doch sagen!«

Sie setzte sich halb auf und vergrub das Gesicht in den Händen. »Ich habe … Scheiße gebaut.«

Davon war ich ausgegangen, wollte aber gern wissen, um welche Art von Scheiße es sich handelte.

»Was heißt das konkret?«

Sie blickte auf. »Ich war … nicht ehrlich zu ihr.«

Dass Uli ein eigenwilliges Verhältnis zur Wahrheit hatte, war mir ja inzwischen bekannt. Ich hatte aber nicht damit gerechnet, dass sich dieser Defekt auch auf ihr Arbeitsleben auswirken würde.

»Hast du etwa Geld unterschlagen?«

Wieder schüttelte sie den Kopf. »Nicht … direkt.« Flehend sah sie mich an. »Kannst du mir bitte … was zu trinken bringen?«

Ich gab auf. Wenn ich irgendwas aus ihr herausbekommen wollte, musste ich offenbar mit Alkohol nachhelfen. Ich ging in die Küche und kramte eine uralte Flasche Brandy hervor, die verstaubt in einer Ecke stand. Sie stammte noch von Ivan. Ich trank schon länger keine harten Sachen mehr. Außer ich bekam einen Gin Tonic angeboten.

Ich trug die Flasche und ein frisches Glas ins Wohnzimmer und goss Uli einen kräftigen Schluck ein. Sie kippte ihn mit zwei Zügen hinunter und hielt mir das Glas erneut hin.

»Gleich«, sagte ich und brachte den Brandy aus ihrer Reichweite. »Erst sagst du mir, was du getan hast.«

Sie senkte den Blick und begann zögernd zu sprechen. »Wenn wir … Kleidungsstücke mit kleinen Fehlern haben, reklamieren wir die beim Hersteller, und die schicken uns sofort neue, damit das Sortiment komplett ist. Irgendwann schicken wir dann die beschädigten Sachen zurück. Ich habe … ein paar solcher Teile nicht zurückgeschickt, sondern für mich behalten.«

»Und das ist nicht aufgefallen?«

»Nicht sofort«, sagte Uli. »Und wenn die Hersteller irgendwann nachfragten, habe ich Stein und Bein geschworen, dass ich die Sachen zurückgeschickt habe. Weil unser Geschäft einen so guten Ruf hat, haben sie das geglaubt. Aber jetzt hat sich einer bei Eva beklagt …«

»… und die ist stinksauer, weil du sie belogen und ihren guten Ruf beschädigt hast«, vervollständigte ich ihren Satz.

Uli fing wieder an zu weinen. Ich konnte nicht fassen, wie dumm sie sich verhalten hatte, am liebsten hätte ich sie gründlich zusammengestaucht. Aber mir war klar, dass ich damit nichts erreichen würde. Ich streichelte ihren Rücken und wartete, dass sie sich beruhigte.

»Überleg mal, Uli«, sagte ich vorsichtig. »Gibt es da vielleicht irgendeinen Zusammenhang zwischen unserem Streit und deiner Kündigung?«

Sie blickte mich an, als hätte ich in einer ihr nicht bekannten Fremdsprache gesprochen.

»Äh … nein.«

»Du hast also nicht das Gefühl, dass du ein grundsätzliches Problem mit der Wahrheit hast?«

Sie warf sich aufs Sofa zurück und krümmte sich zusammen. »Alle hassen mich«, sagte sie schluchzend. »Warum hassen mich alle?«

»Niemand hasst dich«, sagte ich geduldig. »Hella und ich, wir machen uns Sorgen um dich. Laura macht sich Sorgen um dich.«

»Laura?« Uli horchte auf. »Wann hast du denn mit Laura gesprochen?«

»Ich hab sie neulich auf der Straße getroffen. Habe ich dir doch erzählt.«

Sie schien sich nicht zu erinnern. Ihr Blick war panisch, ihr Körper angespannt, als vollbrächte er eine große Kraftanstrengung. Vielleicht war es die Anstrengung, sich selbst vor der Wahrheit zu schützen. Vor der schwierigen Einsicht, dass sie ein Problem hatte, vielleicht sogar krank war.

»Alles läuft schief«, jammerte sie. »Warum habe ich so viel Pech?«

»Wieso willst du dir denn nicht helfen lassen?«, fragte ich. »Manchmal schafft man es einfach nicht allein.«

»Mir ist nicht zu helfen«, murmelte sie.

Mit einer schnellen Bewegung griff sie nach der Brandyflasche, bevor ich es verhindern konnte. Sie schraubte sie auf und setzte sie an den Mund. Ich riss ihr die Flasche weg, worauf sie einen fast animalischen Schrei ausstieß. Es war zwecklos, und so überließ ich ihr den Schnaps.

»Ich bin gleich zurück«, sagte ich, ging ins Bad und verschloss die Tür. Dann ließ ich mich auf den Toilettensitz sinken und überlegte, was ich tun sollte. Schließlich hob ich mein Handy und wählte eine Nummer.

»Kai, ich bin's. Cora. Ich habe hier einen Notfall. Einer Freundin von mir geht's schlecht, und ich weiß mir nicht zu helfen. Könntest du … vielleicht kommen?

Eine halbe Stunde später klingelte es. Uli war eingenickt, schreckte nun aber hoch. Verwirrt sah sie sich um, dann schwang sie die Beine vom Sofa.

»Ich … sollte gehen.«

»Bleib hier«, sagte ich sanft. »Das ist nur ein Kollege von mir. Er war gerade in der Nähe.«

Sie sah mich misstrauisch an. »Was für ein Kollege?«

Ich antwortete nicht, sondern ging zur Tür, um Kai zu öffnen. Fast wäre ich ihm um den Hals gefallen, so erleichtert war ich, ihn zu sehen. Stattdessen begrüßten wir uns nur kurz und sprachen ab, dass wir auch weiterhin so tun würden, als wäre er zufällig hier. Wenn Uli durchschaute, dass ich ihn herbestellt hatte, würde sie ausflippen.

Ich kehrte mit Kai ins Wohnzimmer zurück und stellte die beiden einander vor.

Uli setzte sich aufrecht hin, strich verlegen die Haare aus dem Gesicht und tupfte sich mit einem Taschentuch die Augen.

»Sie müssen entschuldigen, mir geht's gerade nicht so gut«, sagte sie. »Deshalb sehe ich so schrecklich aus.«

»Sie sehen überhaupt nicht schrecklich aus«, sagte Kai.

Uli setzte ein gewinnendes Lächeln auf. »Sie sind ein Kollege von Cora? Wieso kennen wir uns nicht?«

Es war immer wieder faszinierend, wie Ulis Verhalten sich veränderte, sobald ein Mann auftauchte. Auch ihre Körpersprache war dann eine ganz andere. Ihre Bewegungen bekamen etwas Laszives, ihr Blick wirkte offen, sogar ihre Stimme klang einige Nuancen höher als normal.

Kai erzählte, dass wir uns während meiner Ausbildung kennengelernt hatten und uns seither immer mal wieder sahen.

»Kaum ist Ivan weg, triffst du dich also mit fremden Männern«, stellte Uli in neckischem Ton fest.

»Na klar, wann denn sonst?«, gab ich lächelnd zurück.

Uli schenkte sich noch mal ein und hob die Flasche. »Wollen Sie auch einen? Cora, hast du noch ein Glas für … wie war noch gleich Ihr Name?«

»Kai Melzer.«

Uli stutzte. Sie suchte nach ihrer Tasche, die sie achtlos neben das Sofa geworfen hatte. Aus einer Seitentasche zog sie ihr Handy und tippte darauf herum, dann hielt sie es triumphierend hoch.

»Wusste ich's doch. Sie sind der Therapeut, den Cora mir empfohlen hat!«

»Wie nett von ihr«, sagte Kai. »Ich freue mich immer über Empfehlungen.«

»Und Sie wollen zufällig hier sein?« Uli drehte sich zu mir um. »Willst du mich verarschen?«

»Es ist tatsächlich ein Zufall«, behauptete ich. »Aber wenn Kai schon mal hier ist, könnt ihr doch auch miteinander reden.« Ich stand auf. »Wisst ihr was, ich mache uns eine Kleinigkeit zu essen. Ich sterbe vor Hunger.«

Damit ging ich aus dem Wohnzimmer und lauschte auf Ulis

Schritte, wartete geradezu auf das Türenknallen, mit dem sie die Wohnung gleich verlassen würde. Aber es blieb still.

Ich hoffte inständig, Kai könnte sie dazu bewegen, zu ihm in die Praxis zu kommen oder sich einen Kollegen oder eine Kollegin empfehlen zu lassen. Ich jedenfalls war mit meinem Latein am Ende. Ganz offensichtlich hatte sie neben ihrer Lügerei inzwischen ein massives Alkoholproblem. Schon deshalb gehörte sie aus meiner Sicht dringend in Behandlung.

Ich wärmte schnell einen Rest Grießnockerlsuppe auf und belegte einige Brote. Nach einer guten Viertelstunde ging ich mit einem Tablett zurück ins Wohnzimmer.

Uli und Kai unterhielten sich wie alte Freunde. In Ulis Gesicht war die Farbe zurückgekehrt, ihren Zusammenbruch merkte man ihr kaum noch an. Entspannt lehnte sie auf dem Sofa, die langen Beine dekorativ vor sich drapiert, und lachte über etwas, was Kai gesagt hatte. Überrascht sah ich zu ihm. In seinem Gesicht entdeckte ich einen Ausdruck, den ich wiedererkannte: So hatte er vor zehn Jahren Lilli angesehen.

SIEBENUNDZWANZIG

Am nächsten Tag nahm ich mir Kai vor. Ich hielt mein Handy zwischen Kinn und Schulter eingeklemmt, während ich die Spuren des Vorabends in meinem Wohnzimmer beseitigte.

»Sag mal, was war das bitte gestern?«, fragte ich und stellte die Gläser aufs Tablett. »Eine therapeutische Intervention sieht jedenfalls anders aus.«

Bis lange nach Mitternacht hatten wir zusammengesessen und geplaudert, als wäre nichts vorgefallen. Uli war geradezu aufgeblüht, und wenn ich es nicht besser gewusst hätte, wäre ich niemals auf den Gedanken gekommen, dass sie noch kurz zuvor ein heulendes Häufchen Elend gewesen war.

Kai räusperte sich verlegen. »Also, ich werde Uli nicht behandeln.«

»Und wieso nicht?«, fragte ich, während ich die Teller einsammelte.

Er zögerte. »Du … hast es doch sicher bemerkt.«

»Ich hatte den Eindruck, du fühlst dich von ihr … angezogen«, sagte ich so neutral wie möglich. Tatsächlich hatte er sie regelrecht angehimmelt. Nichts gegen Uli, aber dass sie eine derartige Wirkung auf Männer haben konnte, war dann doch eine Überraschung für mich gewesen.

»So ist es«, erwiderte er. »Deshalb kann ich sie nicht als Patientin annehmen.«

»Na super«, sagte ich. »Versteh mich nicht falsch, ich wünsche Uli von Herzen, dass sie einen tollen Mann findet. Aber noch mehr wünsche ich ihr, dass sie einen tollen Therapeuten findet.«

»Beides kann ich nicht sein«, sagte er. Und natürlich hatte er recht.

Ich trug das Tablett mit dem Geschirr in die Küche.

»Uli hat gestern perfekt geblufft«, sagte ich. »Aber sie hat ein massives Alkoholproblem, und ihre Unehrlichkeit hat sie gerade ihren Job gekostet. Sie braucht dringend Hilfe.«

»Das ist mir klar«, sagte er. »Ich verspreche dir, dass ich alles tun werde, um sie zu einer Therapie zu bewegen. Nur eben nicht bei mir.«

»Und … was wird das zwischen euch?«

Ich setzte das Tablett ab.

»Keine Ahnung«, sagte er seufzend. »Ich weiß nur, dass ich sie faszinierend finde.«

Seine Faszination war sogar so weit gegangen, dass er angeboten hatte, einen riesigen Umweg zu fahren, um Uli mitten in der Nacht nach Hause zu bringen. Einerseits fand ich das übertrieben, andererseits war ich froh, sie in Sicherheit zu wissen.

»Ihr habt aber nicht … ich meine …?«, fragte ich.

Er räusperte sich. »Nicht dass es dich was anginge, aber ich habe sie selbstverständlich vor ihrem Haus abgesetzt und gewartet, bis sie drin war. Ich würde mich nie einer Frau in diesem Zustand annähern.«

»'tschuldige«, murmelte ich verlegen.

Einen Moment lang blieb es still. Dann fragte ich: »Und du bist dir sicher, dass du nicht das Opfer einer Déformation professionelle geworden bist? Vielleicht fühlst du dich ja weniger von Uli selbst angezogen als von ihrer Störung?«

Ich räumte das Geschirr und die Gläser in die Spülmaschine, während ich weiter telefonierte.

»Was ist denn das für ein Krach?«, beschwerte sich Kai. »Es klingt, als würde neben dir ein Haus abgerissen!«

»Sorry, schon vorbei.« Mit Schwung schloss ich die Tür der Maschine und drückte auf Start.

»Mir ist diese Gefahr bewusst, aber ich glaube, es ist nicht so«, sagte er. »Ich sehe die Person hinter der Störung, und ich bin zuversichtlich, dass ihr Problem behandelbar ist. Vielleicht kann ich sie ja dabei unterstützen, auch ohne ihr Therapeut zu sein.«

Na, super. Ich hatte Uli helfen wollen, indem ich Kai hinzugezogen hatte. Nun war zu befürchten, dass ich womöglich für noch größeres Chaos in ihrem Leben gesorgt hatte. Was sie gerade am wenigsten brauchte, waren Komplikationen mit einem Typen, der sich über seine Rolle nicht im Klaren war.

»Uli ist meine älteste Freundin«, sagte ich bittend. »Ich verlass mich auf dich.«

»Alles klar«, sagte Kai. »Ich halte dich auf dem Laufenden.«

Ob das gut ging? Ein Mann, der sich in eine Frau verguckt, ist in seiner Urteilsfähigkeit eingeschränkt. Das hatte Kai selbst schon mal unter Beweis gestellt, als er wie ein Idiot einer viel zu jungen Frau nachgelaufen war.

Dass er auf Uli fliegen würde, damit hatte ich im Traum nicht gerechnet. Sie war ein völlig anderer Typ als seine damalige Freundin, ganz abgesehen vom Altersunterschied. Lilli hatte süß, weibchenhaft und anschmiegsam gewirkt. Uli war eher der burschikose Typ, an ihr war nichts süß oder anschmiegsam. Sie konnte sehr eigenwillig sein und auch ziemlich kratzbürstig. Wie ein Mann zwei so unterschiedliche Frauen gut finden konnte, war für mich ein Mysterium.

Ich hätte gern gewusst, wie Uli über ihn dachte. Sie wählte ihre Männer eher nach der Devise: *Mit einem Kerl, der mich will, möchte ich nichts zu tun haben*. Nicht umsonst war ihr Liebesleben seit dreißig Jahren ein Desaster. Dass sich daran plötzlich etwas ändern würde, hielt ich für unwahrscheinlich.

Am Abend desselben Tages rief sie mich an.

»Ich bin's«, sagte sie leicht atemlos. »Ich wollte mich bei dir bedanken.«

»*That's what friends are for*«, zitierte ich einen Song aus unserer Jugend.

»Du bist echt eine gute Freundin«, sagte sie. »Ich kann gar nicht zählen, wie oft du schon für mich da warst.«

Es war schön, dass Uli meine Freundschaft so zu würdigen wusste, aber lieber wäre es mir, wenn sie ihr Leben besser in den Griff kriegen und meine Dienste nicht mehr benötigen würde.

»Geht's dir denn heute besser?«, erkundigte ich mich.

»Viel besser. Ich hatte nicht mal einen Kater.«

Das war keine gute Nachricht. Wer so viel trinken konnte, ohne sich am nächsten Tag schlecht zu fühlen, war offenbar daran gewöhnt.

Wir plauderten über dies und das, dann fragte ich beiläufig: »Wie hat Kai dir eigentlich gefallen?«

Uli lachte. »Ganz gut, dafür dass er einer von diesen Psychoheinis ist.«

»Was hast du gegen Psychoheinis?«, fragte ich. »Schließlich

gehöre ich auch zu dieser Spezies, wenn du Beratung mitzählst.«

»Stimmt, und das kann gehörig nerven«, sagte sie. »Manchmal weiß ich bei dir nicht, ob du gerade als Freundin oder als Beraterin unterwegs bist.«

Die Bemerkung traf mich, aber dann dachte ich: Vielleicht hat sie recht. Obwohl ich mir einbildete, meine Rollen gut auseinanderhalten zu können, war es möglich, dass mir das in manchen Momenten nicht gelang.

»Ich habe übrigens mit Eva geredet«, sagte Uli. »Sie nimmt die Kündigung zurück, wenn ich mit den Herstellern alles in Ordnung bringe und mich bei den Leuten entschuldige, die ich angelogen habe.«

Wow. Ob das schon Kais segensreicher Einfluss war?

»Zu den Leuten, die du angelogen hast, gehöre übrigens auch ich«, erinnerte ich sie.

Am anderen Ende der Leitung blieb es still.

»Ich kann nicht glauben, dass du mir schon wieder Vorwürfe machst«, sagte sie schließlich. Ihre Stimme klang plötzlich ganz anders, kühl und unpersönlich.

»Ich mache dir keine Vorwürfe! Ich weise dich nur darauf hin, dass du auch mich und Hella und sicher noch andere Menschen, die dir etwas bedeuten, angeschwindelt hast. Darüber, wie du damit umgehen willst, solltest du auch mal nachdenken.«

»So lasse ich mich nicht behandeln«, sagte sie in einem Ton, als hätte ich ihr eine schwere Kränkung zugefügt.

Plötzlich wurde ich sauer. Ganz und gar unprofessionell sauer.

»Liegt es daran, dass ich keinen Job zu vergeben habe?«, fragte ich spitz. »Lohnt es sich etwa nicht, sich bei mir zu entschuldigen?«

»Ich nehme das mit der guten Freundin zurück«, sagte Uli, und im nächsten Moment war die Leitung unterbrochen.

Ungläubig blickte ich aufs Display, dann legte ich das Telefon weg und schüttelte den Kopf. Das war doch nicht möglich! Wie konnte sie Eva gegenüber so schnell einlenken und bei mir so stur bleiben? Sah sie nicht, dass die beiden Vorgänge zwei Seiten der gleichen Medaille waren? Und dass sie aus ihrer Misere nur herauskommen würde, wenn sie sich ihren Problemen stellen und richtig aufräumen würde?

Es war für Uli wohl doch ein längerer Weg, als ich gehofft hatte, und das machte mich traurig. Auch weil ich nicht wusste, ob wir am Ende dieses Wegs noch Freundinnen wären.

Ich stand mit meinem Wochenendeinkauf in der Schlange vor der Kasse und verglich den Inhalt meines Einkaufwagens mit den Einkäufen anderer Kunden. Ich bildete mir ein, mich gesund, fettarm und vitaminreich zu ernähren, aber zu meiner Überraschung stellte ich fest, dass dieses Bild sich nicht vollständig mit dem Inhalt meines Einkaufswagens deckte. Neben ein bisschen Obst und Gemüse, einer Packung Vollkornbrot und ein paar Bechern Biojoghurt fanden sich dort zwei Packungen Schokoladenkekse, vier Tüten Kartoffelchips, ein großes Glas crunchy Erdnussbutter, mehrere Flaschen pappsüßen Ingwerbiers und eine Familienpackung Walnusseis.

Nun ja, dachte ich, der Mensch braucht eben Soulfood, um die Härten des Lebens abzufedern.

»Soulfood«, hörte ich eine spöttische Stimme. »Ich würde eher von Frustfraß sprechen.«

»Ich bin nicht frustriert.«

»Wer freiwillig Erdnussbutterbrote zu sich nimmt, ist definitiv frustriert.«

»Nur wenn er auch noch Honig draufschmiert und sie mit Bananenstücken garniert«, gab ich zurück. »Siehst du hier irgendwo Honig?«

Ich behielt für mich, dass ich ein großes Glas zu Hause stehen hatte.

»Du kannst dir ja gern weiter was vormachen, aber dann beklag dich nicht, wenn du demnächst nicht mehr in die teuren Klamotten passt, die du dir gerade gekauft hast«, sagte die Stimme. »Abgesehen davon, dass Übergewicht eine der Hauptursachen für Herz-Kreislauf-Erkrankungen ist.«

Ich schwieg. Ich hasste es, wenn sie recht hatte.

Kurz bevor ich die Kasse erreicht hatte, nahm ich die Packung Walnusseis und sprintete zurück zum Gefrierschrank.

Als ich zur Kasse zurückkam, hatte jemand meinen Wagen zur Seite geschoben, und drei weitere Kunden hatten sich vorgedrängelt.

»Und, bist du jetzt zufrieden?«, zischte ich.

Zu Hause kochte ich mir Pasta mit Gemüse und aß nur vier von den Schokoladenkeksen statt eine halbe Packung. Sehnsüchtig dachte ich an das Walnusseis.

Mit einem Glas Wein hockte ich mich aufs Sofa.

Inzwischen hatte ich alle drei Staffeln der schwedisch-dänischen Serie *Die Brücke* angesehen und schwelgte gerade in der amerikanischen Familienserie *Bloodline,* als es wieder unerwartet an der Tür klingelte.

Ich hoffte, dass keine weiteren Katastrophen auf mich warteten, sondern ein freundlicher Nachbar ein Päckchen für mich entgegengenommen oder sich aus seiner Wohnung ausgeschlossen hatte. Von einigen Nachbarn besaß ich für solche Fälle einen Zweitschlüssel.

Als ich die Tür öffnete, stand zu meiner Überraschung Paul vor mir. Neben ihm ein Koffer. Ich trat einen Schritt zurück und ließ Paul samt Koffer herein.

»Hi, Mom«, sagte er und ging an mir vorbei in sein früheres Zimmer, das inzwischen als Gästezimmer diente. Ich blickte ihm perplex hinterher. Dann folgte ich ihm. Er lag auf dem Bett und starrte in die Luft. Der Koffer stand aufrecht mitten im Raum.

»Was wird das? Ferien im Hotel Mama?«

Paul schwieg.

Die Situation kam mir bekannt vor. Vor ziemlich genau zehn Jahren hatte er schon mal vor der Tür gestanden und wieder einziehen wollen. Er war aus seiner WG geflogen, weil er die Miete nicht bezahlt hatte. Die Miete hatte er nicht bezahlt, weil er all sein Geld dafür verwendet hatte, seine damalige Freundin Sybille zu beeindrucken. Heute war die Situation eine völlig andere. Was also konnte ihn hierhergetrieben haben?

Ich setzte mich zu ihm aufs Bett. »Sag schon, Paul, was ist los?«

Er richtete sich auf, vergrub seinen Kopf in den Händen und murmelte etwas, was ich nicht verstand.

»Wie bitte?«

Er sah auf. »Du wirst Großmutter.«

Ich rang nach Luft. Für einen kurzen Moment hoffte ich, mich verhört zu haben, aber es bestand kein Zweifel an dem, was Paul mir gerade offenbart hatte. Nun war es also passiert, das Unglück, das ich kommen sehen und nicht hatte verhindern können. Am liebsten hätte ich laut geschrien, aber natürlich riss ich mich zusammen und atmete nur tief durch.

Ab jetzt würden Janina und ihre Eltern für immer zu meinem Leben gehören, ob ich das wollte oder nicht. Andrea würde mit mir um die Gunst unseres Enkelkindes konkurrieren, und dabei wäre sie von Anfang an im Vorteil, weil die Großmutter mütterlicherseits emotional einfach näher dran war als die väterlicherseits, das wusste ich von all meinen Freundinnen, die schon Enkel hatten.

Janina würde in ihrer dominanten Art alles bestimmen, was das Kind betraf; sie würde ihm beibringen, dass das Wichtigste im Leben war, erfolgreich zu sein, sie würde es in spießige Klamotten stecken und auf die stille Treppe schicken, wenn es nicht brav war. Sie würde Paul bei allen Entscheidungen übergehen, wie sie es jetzt schon machte, und ich würde mit der geballten Faust in der Tasche zusehen müssen, ohne irgendwas sagen oder tun zu können. Sie würde das Kind in einen elitären Kindergarten schicken, in dem es Mandarin lernen müsste, um für die Globalisierung gerüstet zu sein, es würde in der Schule Wirtschaftsmathematik belegen und danach Bauingenieurwesen studieren, damit es später die Firma übernehmen könnte (falls Paul die nicht zwischenzeitlich in den Sand gesetzt hatte).

Ivan und ich wären die komischen Hippiegroßeltern, für die man sich ein bisschen schämte, denen man aber mit gespielter Großzügigkeit begegnete. Nur zu oft sollte das Kind nicht bei ihnen sein, das wäre kein guter Einfluss. Andrea und Martin würden sich tolle Attraktionen für die Ferien ausdenken, denen kein Kind widerstehen könnte. Besuche in Vergnügungsparks und Urlaube in Tauchresorts auf den Malediven – Dinge, die es mit uns nie erleben würde. Mir wäre mein eigenes Enkelkind genauso fremd wie seine Mutter, und ich würde mir wünschen, lieber keines zu haben.

»Herzlichen Glückwunsch«, sagte ich und legte den Arm um Paul. »Das kommt … überraschend.«

»Nicht nur für dich«, sagte er dumpf.

Was sollte das heißen? Hatte Janina ihn reingelegt? Aber wie war das möglich, wenn sie keine Pille nahm und kein Diaphragma verwendete? Die einzige Verhütungsmethode, bei der die Männer die Verantwortung hatten, war das Kondom.

Eine Weile blieb ich sitzen und wartete, ob noch etwas von Paul kam, aber der schwieg hartnäckig, den Kopf weiter in den Händen vergraben. Wenn es ein Verhütungsunfall gewesen war, stand er wohl noch unter Schock. Aber früher oder später würde er beginnen, sich zu freuen. Schließlich war es doch das, was er sich gewünscht hatte: Janina zu heiraten und eine Familie mit ihr zu gründen.

Entschlossen sprang ich auf. »Ich rufe Janina an und gratuliere ihr.«

»Nein!«, rief Paul und riss den Kopf nach oben.

»Wieso nicht?« Nun hatte ich mich zu dieser großmütigen Geste durchgerungen, da wollte ich nicht gebremst werden.

»Es ist … kein guter Moment.«

Ich setzte mich wieder hin.

»Jetzt rede endlich, Paul. Warum bist du hier? Warum steht dieser Koffer da?«

Er legte sich wieder hin und drehte mir den Rücken zu.

»Können wir morgen reden, Mom?«

»Okay«. Ich stand auf und ging zur Tür. Dort drehte ich mich noch einmal um. »Wenn du was brauchst, sag Bescheid.«

Eine Stunde später, als ich mitten in der nächsten Episode von *Bloodline* und bei einer halb geleerten Flasche Rotwein angelangt war, öffnete sich die Tür und Paul kam ins Zimmer.

»Was schaust du?«

Eine Serie über eine Familie, die noch dysfunktionaler ist als unsere, wollte ich sagen. Und wie tröstlich ich es fand, angesichts der jüngsten Ereignisse bei uns das emotionale Chaos anderer Leute zu betrachten.

»Eine echt spannende Familienserie«, sagte ich.

Immerhin dealte bei uns niemand mit Drogen, außerdem hatten Ivan und ich keine Eltern, die für Ärger sorgen könnten, wie bei den Rayburns.

»Ich hab Hunger«, sagte Paul.

Ich stoppte den Film.

»Im Kühlschrank ist ein Rest Nudeln, außerdem gibt's Brot und Käse. Bier ist auch da.«

Ich wollte den Film wieder starten, da sagte Paul leise: »Kommst du mit in die Küche?«

Überrascht sah ich ihn an, dann stand ich auf.

In der Küche fiel Paul auf einen Stuhl, als hätte ihm jemand einen rechten Haken verpasst. Ich öffnete ein Bier und reichte es ihm. Dann wärmte ich den Rest der Pasta in der Mikrowelle auf.

Ich stellte den Teller vor Paul hin.

»Guten Appetit.«

Er schien mich nicht gehört zu haben.

»Es ist nicht Janina«, sagte er.

»Was?« Verständnislos blickte ich ihn an.

»Janina ist nicht schwanger.«

Ich ließ mich ebenfalls auf einen Stuhl sinken.

»Ich ... ich verstehe nicht«, brachte ich stammelnd hervor. »Wenn Janina nicht schwanger ist, wie kann ich dann Großmutter werden? Wollt ihr ein Kind adoptieren?«

Paul sah mich halb mitleidig, halb genervt an.

»Mom. Stell dich nicht blöder, als du bist.«

Ich stellte mich nicht blöd. Ich konnte bloß nicht glauben, was ich da hörte.

»Wer … ist es?«, fragte ich heiser.

»Du wirst dich freuen«, sagte Paul. »Es ist Marie.«

Ich starrte ihn an. Marie? Seine Ex-Freundin?

»Das … musst du mir bitte erklären.«

Paul begann schweigend zu essen. Nach ein paar Bissen legte er die Gabel zur Seite und nahm einen Schluck Bier. Dann begann er zu erzählen.

Wie verliebt er anfangs in Janina gewesen sei, und wie stolz, dass eine so erfolgreiche und emanzipierte Frau sich für ihn interessierte. Wie sie ihm das Gefühl gegeben hatte, etwas Großes in ihm zu sehen, etwas, was er selbst noch nicht erkannte, aber eines Tages entdecken würde. Wie sie ihm durch ihre Pläne für eine gemeinsame Zukunft Sicherheit und Halt gegeben hätte, die Gewissheit, seinen Platz in der Welt gefunden zu haben. Wie froh er gewesen war, als sie über Andrea und Martin die Wohnung bekommen hatten, die sie sich sonst nie hätten leisten können. Wie er sich sogar eine Zeit lang habe vorstellen können, sein Tonstudio zu verkaufen und ins Familienunternehmen der Hartmanns einzusteigen.

»Und was ist dann passiert?«, fragte ich.

Er nahm einen weiteren Schluck.

»Ich habe gespürt, dass ihr Janina nicht mögt. Zuerst hat mich das nur noch mehr mit ihr zusammengeschweißt, weil ich mich wie so eine Art … Ritter gefühlt habe, der die Prinzessin gegen seine bösen Eltern verteidigt. Dabei habe ich mich eine ganze Weile … ziemlich cool gefühlt. Aber irgendwann habe ich angefangen, Janina mit euren Augen zu sehen. Mir ist aufgefallen, wie … dominant sie sein kann. Dass sie mir oft über den Mund fährt oder mich im Gespräch übergeht. Dass sie … du weißt schon …« Er suchte nach einem Wort.

»… rechthaberisch ist?«, half ich aus.

»Genau. Am schlimmsten war der Abend mit Katja und Nathalie. Ich habe mich so geschämt … einerseits für euch, andererseits für sie … Es war der Horror.«

Die Erinnerung daran, wie verzweifelt Paul an diesem Abend gewesen war, stand mir deutlich vor Augen.

»Und irgendwann kam die Angst, dass ich mir was vormache und sie vielleicht wirklich nicht die richtige Frau für mich ist. Dass ihr mit eurer Einschätzung … recht haben könntet.«

Dieses Eingeständnis fiel Paul sichtlich schwer. Er kämpfte mit den Tränen. Ich legte meine Hand auf seine. Eine Weile saßen wir schweigend da, dann nahm er seine Gabel und stocherte in den Nudeln. Offenbar hatte es ihm den Appetit verschlagen. Er ließ die Gabel wieder sinken und schob den Teller von sich.

»Vor ein paar Wochen hat Marie sich total überraschend bei mir gemeldet«, erzählte er weiter. »Sie hätte noch ein Buch von mir, und ob wir uns nicht mal zum Kaffee sehen wollten. Ich hatte das Gefühl, es war … ein Vorwand, aber ich hab mich echt gefreut.« Mit einem Mal wurde er lebhaft, seine Wangen röteten sich. »Es war dann total schön mit ihr, und ich hab wieder gemerkt, was für eine tolle Frau sie ist und was mir … na ja, was mir eben bei Janina fehlt …« Er brach ab.

»Hast du Janina davon erzählt?«

Er sah mich erschrocken an. »Natürlich nicht. Sie war immer schon wahnsinnig eifersüchtig auf Marie!«

»Und wie ging's dann weiter?«

»Na, wie wohl«, sagte er und bedachte mich wieder mit seinem Spiel-nicht-die-blöde-Mama-Blick. »Wir haben uns noch ein paarmal getroffen, und irgendwann … sind wir halt im Bett gelandet.«

»Und das hast du Janina auch nicht gesagt?«

»Bist du verrückt! Sex mit der Ex, meine Güte, das kommt vor. Es war ja nichts Ernstes und sollte keine Konsequenzen haben …«

»Aber die hat es jetzt«, stellte ich fest. »Ich frage nicht, wie es passieren konnte, dass Marie ungeplant schwanger geworden ist.«

Ich war so erleichtert, dass Paul nicht Janina geschwängert hatte, dass mir alles andere egal war.

Hoffentlich würde Marie das Kind bekommen! Marie, die ich tausendmal lieber mochte als Janina und die so viel besser zu Paul passte. Sie wäre ganz bestimmt eine wundervolle Mutter. Und ich würde die absolut glücklichste Großmutter der Welt werden.

»Es gibt ein Problem«, sagte Paul. »Janina weiß inzwischen Bescheid. Sie hat in meinem Handy geschnüffelt und mich zur Rede gestellt. Da konnte ich nicht mehr anders … ich hab es ihr erzählt.«

Das erklärte endlich, warum er und der Koffer hier waren.

»Sie tobt«, fuhr er fort. »Sie verlangt, dass Marie abtreibt …«

»Das kann nicht ihr Ernst sein!«, sagte ich empört.

Einerseits immer auf die konservativen Werte pochen, aber von einer anderen Frau eine Abtreibung verlangen, wenn man die eigene Zukunft bedroht sah? Diese scheinheilige Person!

»Ist es aber«, sagte Paul. »Sie hat mich vor die Wahl gestellt. Falls Marie das Kind nicht bekommt und ich den Kontakt zu ihr abbreche, gibt Janina mir noch eine Chance. Wenn nicht, ist es aus zwischen uns.«

Na und, wollte ich sagen, was zögerst du? Die Trennung wäre doch das Beste, was uns allen passieren könnte! Aber ich musste vorsichtig sein. So weit war Paul offensichtlich noch nicht.

»Was willst du denn?«, fragte ich vorsichtig.

Er rieb sich erschöpft das Gesicht. »Ich weiß überhaupt nicht mehr, was ich will.«

»Und was will Marie? Darüber habt ihr doch bestimmt schon gesprochen.«

Er hob die Hände in einer Geste der Ratlosigkeit und ließ sie wieder fallen.

»Sie sagt, es ist ihre Entscheidung. Sie brauche Zeit.«

Plötzlich kam mir ein Gedanke. Was hatte Marie sich bei alldem eigentlich gedacht? Sie hatte doch gewusst, dass Paul verlobt war – wieso schlief sie mit ihm? Und obendrein noch, ohne zu verhüten?

»Sag mal … was hast du eigentlich Marie über Janina erzählt?«, wollte ich wissen. »Es passt überhaupt nicht zu ihr, dass sie sich in eine Beziehung drängt.«

Paul nestelte nervös an seiner Serviette.

»Es ist so …«, begann er und brach ab. »Vielleicht habe ich mich ihr gegenüber ein bisschen vage ausgedrückt.«

»Wie bitte?« Ich schaute ihn empört an. »Soll das etwa heißen, du hast Marie im Unklaren darüber gelassen, dass du eine Freundin hast? Nein, eine Ver-lob-te!«

Seine Wangen färbten sich rötlich. »Ich weiß, das war nicht okay. Aber wenn ich es ihr gesagt hätte …«

»… wäre sie nicht mit dir ins Bett gegangen?«, vervollständigte ich seinen Satz.

»… hätte ich mich Janina gegenüber noch schlechter gefühlt«, sagte er.

Einem plötzlichen Impuls folgend, griff er nach dem Teller und begann die kalt gewordene Pasta in sich hineinzuschaufeln, als müsste er Energie sammeln. Nachdem er aufgegessen hatte, seufzte er.

»Hast du noch ein Bier?«

Ich stellte ihm eine weitere Flasche hin und nahm mir vor, dass der Rundumservice, den ich ihm heute Abend angedeihen ließ, eine Ausnahme bleiben würde. Für den Fall, dass er tatsächlich länger hierbleiben wollte, müssten wir regeln, in welcher Weise er sich am Haushalt beteiligte. Das Hotel Mama würde nicht wiedereröffnet werden, das stand fest.

»Und dann gibt's noch ein Problem«, fuhr Paul fort.

Na klar, was sonst. Es sah so aus, als hätten wir es hier mit einer Fülle von Problemen zu tun, an deren Entstehung mein Sohn erheblichen Anteil hatte. Er tat mir leid, aber ich wurde auch zunehmend sauer auf ihn.

»Martin hat mir Geld für den Ausbau des Tonstudios geliehen«, sagte er.

Ich zuckte die Schultern. »Dann gibst du es ihm eben zurück.«

»Ich hab's schon investiert«, sagte Paul. »Das Synchronstudio wird gerade gebaut.«

»Was heißt … Geld?«, fragte ich gedehnt. »Über welchen Betrag sprechen wir?«

»Fünfzigtausend.«

Ich schluckte trocken. »Bin gleich wieder da.«

Ich stand auf und holte die angebrochene Flasche Rotwein aus dem Wohnzimmer.

»Es gibt für alles eine Lösung«, sagte ich, als ich zurück war. »Dann leihst du dir eben Geld von der Bank.«

Was ich eigentlich sagen wollte, war: Das Geld kann unmöglich der Grund sein, weshalb du bei Janina bleibst.

Als hätte er meine Gedanken gelesen, sagte Paul: »Mom, ich weiß, dass es dir am liebsten wäre, ich würde mich von Janina trennen. Aber da hängt so viel dran … das Geld, die Firma, die Eltern, die so viel für uns getan haben. Ich würde mich so scheiße fühlen …«

»Was glaubst du, wie scheiße du dich fühlst, wenn du eine schwangere Frau sitzen lässt«, sagte ich.

Pauls Gesicht verschloss sich. Für seine Verhältnisse war er ungewöhnlich offen gewesen, aber nun hatte ich sichtlich eine Grenze überschritten. Schlagartig fiel er zurück in seine übliche Muschelhaftigkeit.

»Lass uns morgen weiterreden«, sagte er. »Ich bin müde. Danke fürs Essen.«

Er umarmte mich kurz, dann verließ er die Küche.

In Gedanken versunken, blieb ich zurück und versuchte, zu verarbeiten, was ich gerade gehört hatte. Wie gern hätte ich jetzt mit Ivan gesprochen! Ich sah ihn vor mir, wie er in seinem römischen Atelier vor der Leinwand stand, die Augen der jungen Leute auf sich gerichtet, erfüllt und glücklich. Sollte er nicht erfahren, dass er vielleicht Großvater werden würde? Ich hatte das Telefon schon in der Hand, da besann ich mich und legte es wieder weg.

Am nächsten Morgen verschlief ich. Kein Wunder, ich hatte mich die halbe Nacht im Bett gewälzt, den Kopf voll wirrer Gedanken. Erschrocken setzte ich mich auf und sah auf die Uhr, es war schon halb neun. In einer halben Stunde würden meine ersten Klienten kommen.

Als ich gerade im Bad stand und Zähne putzte, klingelte mein Handy. Ob das meine Klienten waren, die kurzfristig absagten?

Ich spuckte den Zahnpastaschaum ins Waschbecken und wischte mir den Mund ab.

»Schiller«, meldete ich mich.

»Ich muss mit dir sprechen!« Andreas schrille Stimme schmerzte in meinem Kopf.

Ich spülte die Zahnbürste mit einer Hand ab.

»Okay«, sagte ich, obwohl ich es nicht okay fand, dass Andrea um diese Zeit anrief. Dass sie mich überhaupt anrief.

»Ich bin so enttäuscht von Paul«, legte sie los. »Wie konnte er Janina so wehtun? Sie tut alles für ihn, und das ist der Dank?«

Mein Gehirn begann zu arbeiten. Dieser Satz enthielt mindestens drei Aussagen, die ich bei einer Beratung gründlich analysieren und zur Diskussion stellen würde. In Gedanken schrieb ich schon eine Liste.

– *Warum ist Andrea enttäuscht? Sie ist doch nicht mit Paul verlobt.*
– *Was tut Janina »alles« für Paul?*
– *Und wieso soll Paul dankbar für etwas sein, das Janina freiwillig für ihn tut?*

Die Frage war, welche Rolle ich bei diesem Gespräch einnehmen sollte. Vermutlich wollte Andrea nicht mit der Paarberaterin Cora Schiller sprechen, sondern mit der Ex-Schwiegermutter in spe ihrer Tochter. Denn das war ich jetzt hoffentlich.

Ich räusperte mich.

»Andrea, ich verstehe deine Enttäuschung«, sagte ich sanft. »Ich war auch sehr … überrascht. Aber das ist eine Sache zwischen Janina und Paul. Ich denke, wir sollten uns da raushalten.«

»Ich kann mich aber nicht raushalten, wenn meine Tochter so behandelt wird!«, keifte Andrea.

Sicher war sie früher zu jeder Elternsprechstunde in die Schule ihrer Kinder gekommen und hatte sich mit den Lehrern angelegt. Ob sie auch zum Schnuppertag an die Uni mitgegangen war? Und jetzt den Chefarzt zurechtstutzte, wenn der ungerecht zu ihrer Tochter war?

»Andrea, unsere Kinder sind erwachsen«, sagte ich ruhig. »Sie treffen ihre eigenen Entscheidungen. Die mögen uns manchmal nicht gefallen, aber wir müssen sie akzeptieren.«

»Was habt ihr Paul eigentlich beigebracht, wie man mit Frauen umgeht?« Ihr Ton wurde angriffslustig. »Dass man sich mit der erfolgreichen Ärztin aus gutem Hause verlobt und heimlich die Ex-Freundin fickt?«

Ich schluckte. So klang es also, wenn die Mutter aus gutem Hause sprach.

»Ich wäre froh, wenn du dich weniger vulgär ausdrücken könntest«, sagte ich.

»Wie bitte?«, kreischte Andrea. »Vulgär ist, wie dein Sohn sich benimmt!«

Dann seid doch froh, dass ihr ihn loshabt, hätte ich am liebsten gesagt, aber ich hatte mir vorgenommen, ruhig zu bleiben und die Lage nicht eskalieren zu lassen. Es war so schon schwierig genug.

»Ich glaube nicht, dass wir mit Vorwürfen weiterkommen, Andrea. Es tut mir sehr leid, dass Paul Janina verletzt hat. Ich bin aber davon überzeugt, dass es nicht in böser Absicht geschehen ist. Menschen machen Fehler. Entscheidend ist, wie sie mit diesen Fehlern umgehen.«

»Und wie gedenkt dein Sohn damit umzugehen?«

Schon zwanzig vor neun.

»Das weiß ich nicht, und das geht mich auch nichts an«, sagte ich, während ich versuchte, aus meinem Nachthemd zu schlüpfen, um wenigstens eine Katzenwäsche zu machen.

»Uns geht es aber eine Menge an«, konterte Andrea. »Wir haben Paul Geld geliehen, und zwar eine beträchtliche Summe. Sollte er nicht zur Vernunft kommen, erwarten wir die sofortige Rückzahlung.«

Ich fasste es nicht. Sie schreckte tatsächlich nicht davor zurück, Paul zu erpressen.

»Ich dachte, es geht dir um Janinas verletzte Gefühle«, sagte ich. »Was hilft es ihr da, wenn Paul das Geld an euch zurückzahlt?«

Es blieb still in der Leitung. Auf diese Frage wusste sie keine Antwort.

»Ihr wollt ihn doch nur bestrafen«, sagte ich. »Aber mach dir keine Sorgen, ihr bekommt euer Geld.«

Und wenn ich dafür eine Bank ausrauben muss, fügte ich in Gedanken dazu.

»Wir erwarten, dass Paul sich bei uns meldet«, sagte Andrea in geschäftsmäßigem Ton.

»Ich muss Schluss machen«, sagte ich kühl. »Ich habe gleich Klienten.«

Damit drückte ich den Ausschaltknopf und warf das Handy von mir, als könnte es mich mit der abstoßenden Kleingeistigkeit von Andrea infizieren.

Ich versuchte, mich mit dem seltsamen Zustand abzufinden, vielleicht Großmutter zu werden – vielleicht aber auch nicht. Sosehr der Gedanke mich schmerzte, dass Marie sich gegen das Kind entscheiden könnte, so sehr war ich davon überzeugt, dass es ihr Recht war, die Entscheidung über die Fortsetzung der Schwangerschaft allein zu treffen.

Paul kam und ging, ohne Erklärungen abzugeben, und ich fragte ihn nicht. Ich nahm an, dass er abwechselnd mit Janina und Marie sprach und dabei herauszufinden versuchte, was er eigentlich wollte. Für mich war klar, wie es nun weitergehen sollte, aber ich hatte verstanden, dass die Situation für ihn ungeheuer kompliziert war.

Irgendwann tauchte sein Freund und Geschäftspartner Felix auf, mit dem er sich in Krisenfällen schon beraten hatte, als die beiden noch Kinder waren. Damals ging es um verlorene Fußbälle oder Ärger mit den Eltern. Nun ging es wohl um das geliehene Geld.

Nach dem Telefonat mit Andrea war ich so aufgebracht gewesen, dass ich kurz davor war, Paul alles zu erzählen. Aber dann hatte ich es geschafft, meine Empörung für mich zu behalten und das zu beherzigen, was ich im Telefonat mit Andrea so vollmundig postuliert hatte: mich rauszuhalten.

Ich war abgestoßen von Andreas Verhalten und fühlte mich in meiner Einschätzung der Familie Hartmann bestätigt. Offenbar hatten sie Paul wirklich als nützlichen Trottel betrachtet, den man mit Geld kaufen und fortan nach Wunsch herumdirigieren kann. Natürlich war es sein Fehler gewesen, das Darlehen anzunehmen. Der viel größere Fehler war wohl, sich so lange Janinas Dominanz zu unterwerfen. Dadurch war der Eindruck entstanden, mit ihm könne man es machen. Ich vertraute darauf, dass Paul all das jetzt durchschauen und die richtige Entscheidung treffen würde.

So viele Fragen türmten sich vor mir auf. Allen voran die, was Marie tun würde. Wie viel Druck würde Janina ausüben, und wie viel davon würde Paul weitergeben? Selbst wenn Marie das Kind bekäme, welche Art von Beziehung würden Paul und Marie zukünftig führen?

Es machte nicht den Eindruck, dass Paul mit fliegenden Fahnen zu ihr zurückkehren wollte, sonst hätte er das doch längst getan. Und es war ja auch längst nicht geklärt, wie Marie zu ihm stand. Sex mit dem oder der Ex passierte aus den unterschiedlichsten Gründen. Weil man noch mal überprüfen will, ob die Entscheidung zur Trennung die richtige war, weil man immer noch verliebt ist oder weil man sich endgültig voneinander verabschieden will. Oder auch nur, weil einem der eigene Partner oder die eigene Partnerin so auf die Nerven geht, dass man sich Ablenkung und ein bisschen Selbstbestätigung verschaffen möchte.

Vielleicht war ja auch Marie in einer Beziehung. Womöglich würde sie das Kind bekommen, aber mit einem anderen Mann aufziehen. Und Paul wäre nur der Zahlvater, der – wenn er Glück hatte – sein Kind hie und da sehen dürfte.

Und was wäre dann ich? Im Geiste sah ich mich, wie ich Marie heimlich folgte, um unbemerkt einen Blick in den Buggy zu werfen. Wie ich vor einem Kindergarten herumlungerte und sehnsüchtig ein Kind mit roten Locken und hellen Augen beobachtete, das keine Ahnung hatte, wer ich war. Wie ich jedes Jahr an seinem Geburtstag und an Weihnachten Geschenke schicken würde, von denen ich nicht wusste, ob es sie je erhielt.

Ach herrje. Es war tatsächlich alles viel komplizierter, als ich gedacht hatte.

ACHTUNDZWANZIG

Seit meiner Operation waren vier Monate vergangen. Ich hatte eine weitere Nachuntersuchung hinter mich gebracht und an diesem Morgen die Mitteilung erhalten, dass alles in Ordnung war. Als ich das Zimmer von Frau Doktor Nadler verließ, wäre ich vor Erleichterung fast den Krankenhausflur entlanggehüpft. Aber Hüpfen fühlte sich komisch an. Die alte Brust hopste auf und ab, die neue blieb starr in ihrem BH-Bettchen liegen. Das würde ich lieber bleiben lassen.

Als ich durch den Stationsflur ging, fiel mir Thekla ein. Hatte ich ihr nicht versprochen, sie mal in ihrem Lokal zu besuchen? Es war Mittagszeit, und in einer spontanen Anwandlung ging ich zu Fuß eine halbe Stunde bis zum Gasthaus Bayerwald. Ich freute mich auf einen knusprigen Schweinsbraten mit Knödel und Krautsalat, schließlich hatte ich Grund zum Feiern.

Ich setzte mich an einen kleinen Tisch am Fenster. Ob ich mir auch ein Weißbier gönnen sollte? Mittags schon Alkohol war völlig gegen meine Gewohnheit, danach könnte ich mich vermutlich direkt ins Bett legen. Ich einigte mich mit mir selbst auf eine leichte Weiße.

Eine junge Kellnerin kam, um meine Bestellung aufzunehmen. Ich fragte, ob Thekla heute in der Küche wäre.

»Ich kenne noch nicht alle Kollegen«, sagte sie. »Ich bin neu hier. Aber gleich kommt der Chef.«

Mit Genuss verspeiste ich mein Mittagessen und leerte das große Weißbierglas. Danach fragte ich mich, wie die Bayern es mit diesen Ernährungsgewohnheiten geschafft hatten, bis heute zu überleben und dabei wirtschaftlich erfolgreich zu sein.

Als ich zahlte, zeigte die Kellnerin auf einen ungefähr fünfzigjährigen Mann hinter dem Tresen. Ich bedankte mich und ging auf ihn zu.

»Grüß Gott, mein Name ist Schiller, ich suche die Thekla.«

»Die ist krankgeschrieben. Was wollen Sie denn von ihr?«

Ich erklärte ihm, dass wir Bettnachbarinnen im Krankenhaus gewesen waren und sie mir vom Bayerwald erzählt hatte. Und dass sie mir Tipps verraten hatte, wie man ein zartes Gulasch zubereitet.

»Die Thekla ist eine gute Köchin«, bestätigte er. »Sie fehlt uns.«

Ich erkundigte mich, seit wann sie krankgeschrieben sei.

»Eine Weile schon.«

»Ist sie etwa wieder im Krankenhaus?«, fragte ich erschrocken.

»Ich glaub nicht«, sagte der Wirt.

Das klang beruhigend. Dann konnte es ja nicht so schlimm sein.

»Ich weiß, dass Sie das nicht dürfen, aber würden Sie mir den Gefallen tun und mir Theklas Adresse verraten?«, sagte ich und setzte mein charmantestes Lächeln auf. »Ich hab ihr damals versprochen, sie zu besuchen, und ich würde mein Versprechen so gern halten!«

Er zögerte. Dann verschwand er in einem Hinterzimmer. Nach einer Weile kam er mit einem Zettel in der Hand zurück, den er mir reichte.

»Sagen Sie ihr einen Gruß. Wir warten auf sie.«

Ich bedankte mich überschwänglich und ging los. Unterwegs stoppte ich an einem Blumenladen. Mit einem großen Strauß bunter Herbstblumen in der Hand erreichte ich mein Ziel.

Thekla wohnte in einem schmucklosen Fünfzigerjahrebau, davor eine Grünfläche mit Wäschestangen. Einige Jugendliche lümmelten um eine Bank herum und blickten gelangweilt zu mir herüber.

Ich klingelte. Nach einer Weile knackte es in der Gegensprechanlage, und eine junge Frauenstimme erklang: »Wer ist da?«

»Cora Schiller«, sagte ich. »Eine Bekannte von Thekla.«

Ich hörte Stimmengemurmel, dann wieder die Stimme der Frau: »Kommen Sie rauf.«

Es summte, und ich drückte gegen die Tür.

Als ich im vierten Stock aus dem Lift stieg, erwartete mich an der gegenüberliegenden Wohnungstür eine ungefähr fünfundzwanzigjährige Frau mit langen Haaren, die vom Scheitel bis zu den Spitzen immer heller wurden. Sie trug enge Jeans und ein rosafarbenes Sweatshirt.

Ich rief mir ins Gedächtnis, wie Thekla von ihren Kindern gesprochen hatte. Das musste Samantha sein, die Älteste. Dann gab es noch zwei Söhne im Pubertätsalter, Jimmie und Kevin, wenn ich mich richtig erinnerte.

»Hallo«, sagte ich lächelnd. »Danke, dass Sie mir aufgemacht haben. Ist Thekla da?«

Samantha sah mich regungslos an.

Ich hielt ihr meinen Blumenstrauß entgegen. »Ich wollte nur schnell vorbeikommen und gute Besserung wünschen.«

»Sie ist nicht da«, sagte die junge Frau und nahm mechanisch den Strauß entgegen.

»Wo ist sie denn?«, fragte ich erstaunt. »Ich dachte, sie ist krankgeschrieben?«

Samantha senkte den Blick, die Haare fielen ihr wie ein Vorhang übers Gesicht.

»Sie ist heute Nacht gestorben.«

Wie vom Donner gerührt, stand ich da und starrte sie an, ohne ein Wort herauszubringen.

Samantha hob die Blumen hoch. »Ich stell die mal ins Wasser. Wollen Sie reinkommen?«

Benommen stolperte ich hinter ihr her bis in die Küche. Dort saß ein junger Typ in schwarzer Lederkluft, an den Fingern dicke silberfarbene Ringe, die schwarzen Haare bis auf ein paar Strähnen abrasiert.

Ich blieb an der Tür stehen. »Du musst Jimmie sein«, sagte ich. »Tut mir leid, dass ich … ungelegen komme …«

Misstrauisch beäugte er mich. »Sind Sie die Tante vom Jugendamt?«

»Nein, nein«, sagte ich schnell. »Ich kenne eure Mutter aus dem Krankenhaus. Wir lagen im selben Zimmer. Sie … hat mir von euch erzählt.«

Er sah überrascht hoch, dann griff er nach einem Päckchen Zigaretten, das auf dem Tisch lag. Er zündete sich eine an und blies den Rauch provozierend in meine Richtung.

»Was hat sie denn erzählt?«

»Dass ihr eine große Stütze für sie seid, und wie sehr … sie euch liebt«, sagte ich.

Er nahm einen weiteren Zug und rieb sich die Augen, als hätte er Rauch hineinbekommen.

Ich sah mich um. »Ihr habt noch einen kleinen Bruder, stimmt's?«

»Kevin ist unten«, sagte Jimmie und stand auf. »Ich sehe mal nach ihm.«

Samantha stellte die Vase mit meinen Blumen auf den Tisch. »Die sind schön«, sagte sie mit zittriger Stimme. »Mama hätte sich gefreut.«

Ja, Thekla hätte sich gefreut, dachte ich bitter. Wenn ich Versagerin nicht zu spät gekommen wäre. Ein einziger verdammter Tag hatte alles verändert. Wieso hatte ich bloß so lange damit gewartet, mein Versprechen einzulösen?

»Kann ich Ihnen was anbieten?«, fragte Samantha.

Es war herzzerreißend. Da stand diese junge Frau, die gerade ihre Mutter verloren hatte, und kramte alles an Erziehung heraus, was diese Mutter ihr mitgegeben hatte. Dass man höflich zu Besuchern ist, egal in welchem Moment sie kommen. Dass man ihnen was anbietet, auch wenn man sie gern schnell wieder loshätte. Dass man nicht herumheult, ganz gleich, wie schlecht es einem geht. Dafür war Thekla selbst das beste Vorbild gewesen.

»Vielen Dank, Samantha, ich will Sie nicht weiter stören.«

»Sie stören mich nicht.«

Sie setzte sich an den Tisch. Zögernd ging ich zu ihr und setzte mich ebenfalls.

»Ihre Mutter … war eine sehr tapfere Frau«, sagte ich.

»Sie können mich gern duzen.«

»Deine Mutter war eine sehr tapfere Frau«, wiederholte ich. »Dafür habe ich sie bewundert.«

Samantha nickte stumm. Ich sah, wie sie mit den Tränen kämpfte.

»Es tut mir so leid, dass ich zu spät gekommen bin. Das werde ich mir nie verzeihen.«

»Man weiß ja nicht, wann es zu spät ist.« Sie zuckte die

Schultern. »Vor ein paar Tagen hätten wir nie gedacht, dass … es so schnell geht.«

Umso schlimmer, dachte ich. Vor ein paar Tagen hätte ich also noch die Chance gehabt, Thekla eine Freude zu machen. Ich nahm mir vor, wichtige Dinge nie mehr so lange aufzuschieben. Und hoffte, dass ich mich an diesen Vorsatz erinnern würde, wenn es darauf ankam.

»Mama hat mir von Ihnen erzählt«, sagte Samantha und wischte sich die Tränen aus dem Gesicht.

Überrascht sah ich sie an. »Wirklich?«

»Dass Sie so geduldig mit ihr waren, als sie vor Aufregung gar nicht mehr mit dem Reden aufgehört hat. Und dass Sie einen netten Mann haben.«

Es gab mir einen Stich.

»Kommen Sie mal mit«, sagte Samantha und stand auf.

Ich folgte ihr ins Wohnzimmer. Ein abgeschabtes Sofa, ein schäbiger Teppich. Ein älterer Fernseher, gerahmte Billigdrucke an der Wand. Diese Familie war arm, das war nicht zu übersehen. Ich fragte mich, wie es für die beiden minderjährigen Jungen weitergehen würde. Offenbar hatte das Jugendamt sie bereits im Blick. Ich hoffte, dass man sich gut um sie kümmern würde.

Fragend blickte ich zu Samantha. Was wollte sie mir zeigen? Und da sah ich es.

Auf einer Kommode lag ein getrockneter Blumenstrauß. Er bestand aus Rosen, Hortensien und Schleierkraut. Die Farben der Blüten waren verblasst, einige waren abgefallen. Aber man konnte immer noch sehen, dass es ein prächtiger Strauß gewesen war.

Ungläubig blickte ich zu Samantha. »Ist das …?«

»Ja«, sagte sie. »Das ist der Strauß, den Sie meiner Mama

damals ins Krankenhaus geschickt haben. Sie hat gesagt, das wären die schönsten Blumen, die sie in ihrem Leben bekommen hat.«

Nun war es um mich geschehen. Ich schluchzte auf.

Samantha machte einen Schritt auf mich zu, und im nächsten Moment standen wir eng umschlungen da, zwei fremde Frauen, die sich aneinander festhielten und gemeinsam weinten.

Ich weinte um Thekla, die es trotz all ihrer Tapferkeit nicht geschafft hatte. Ich weinte, weil ich zu spät gekommen war. Und ich weinte aus Dankbarkeit, dass ich noch lebte.

Als ich nach Hause kam, hörte ich bereits an der Wohnungstür Stimmen, die aus Pauls Zimmer drangen, eine männliche und eine weibliche. Ich blieb stehen und lauschte, konnte aber die Frauenstimme nicht identifizieren. War etwa Janina hier aufgetaucht? Oder, noch schlimmer, Andrea? Setzten sie Paul jetzt schon in seinen eigenen vier Wänden unter Druck? Das würde ich nicht zulassen. Wie ein Feldwebel im Einsatz marschierte ich auf die Zimmertür zu und riss sie auf.

»Marie!«, sagte ich überrascht.

Marie saß auf dem Bett. Paul war offenbar im Zimmer hin und her gelaufen und blieb nun stehen.

»Mom«, sagte er.

»Hallo, Cora«, sagte Marie und lächelte.

Die hellen Augen in ihrem zarten Gesicht leuchteten. In diesem Moment merkte ich, wie sehr Marie mir die letzten Jahre gefehlt hatte. Ich freute mich so, sie zu sehen, dass ich sie am liebsten in meine Arme gerissen hätte. Aber das hätte Paul bestimmt als Parteinahme und unerlaubte Einmischung in seine Angelegenheiten interpretiert, deshalb beherrschte ich mich und lächelte nur strahlend zurück.

»Wie schön, dich zu sehen. Tut mir leid, dass ich so reingeplatzt bin. Braucht ihr irgendwas? Soll ich euch was zu trinken bringen?«

Ich fühlte mich wie früher, wenn ich gelegentlich unter einem Vorwand in Pauls Zimmer gekommen war, wenn er Mädchenbesuch hatte. Ich wollte sichergehen, dass sich dort nichts abspielte, was ich den Eltern des Mädchens gegenüber später rechtfertigen müsste. Da fielen mir Maries Eltern ein. Ob die schon wussten, was passiert war?

»Gut, dass du da bist, Mom«, sagte Paul. »Wir wollten dich um Rat fragen.«

»Mich?«, sagte ich überrascht. »Seid ihr euch da sicher?«

»Nicht als Mutter von Paul«, erklärte Marie. »Sondern mehr so als … Beraterin?«

Ich lehnte mich an den Türrahmen und holte tief Luft.

»Das … lässt sich in diesem Fall ziemlich schwer voneinander trennen«, sagte ich. »Wenn man persönlich in eine Angelegenheit involviert ist, fällt man eigentlich als Beraterin aus.«

»Dann fragen wir dich eben doch als Mutter«, sagte Marie. »Oder einfach als Cora.«

»Was haltet ihr davon, wenn wir einen Tee trinken und in Ruhe reden?«, schlug ich vor.

Die beiden waren so schnell in der Küche wie früher Paul und seine Freunde, wenn ich Nutella-Pfannkuchen angekündigt hatte.

Ich stellte den Wasserkocher an und füllte Teeblätter in die Kanne. Dabei beobachtete ich die beiden aus den Augenwinkeln. Sie saßen nebeneinander und sprachen so leise miteinander, dass ich es neben dem lärmenden Kocher nicht verstand.

»Holst du mal Tassen, Paul?«, bat ich.

Er stand auf und holte Tassen und Löffel.

»Hast du Kekse?«, fragte er. »Ich glaube, Marie braucht dringend was zu essen. Stimmt's, Marie?« Er warf ihr einen besorgten Blick zu.

Ich lächelte unmerklich in mich hinein.

»Ich kann dir ein Brot schmieren«, bot ich an.

»Das wäre echt cool«, sagte Marie. »Ich hab seit dem Frühstück nichts mehr gegessen.«

Ich goss den Tee auf. Während er zog, schnitt ich Brotscheiben von einem Laib ab und schmierte Butter darauf.

»Bist du noch Vegetarierin?«, fragte ich.

»Dass du dich daran erinnerst«, sagte Marie staunend.

Ich lächelte und belegte die Butterbrote mit Käsescheiben und Tomaten.

»Machst du mir eins mit?«, fragte Paul.

Ich belegte weitere Brote. War es nicht ziemlich absurd, dass ich hier in der Küche stand und für zwei fast Dreißigjährige Brote schmierte? Ja, es war absurd. Und ich war glücklich dabei.

»Also, wie kann ich euch helfen?«, fragte ich, als wir schließlich alle um den Tisch saßen.

Wieder tauschten die beiden einen Blick.

»Was würdest du denn an meiner Stelle tun?«, fragte mich Marie.

»Du meinst, wenn ich fast dreißig und schwanger von einem Mann wäre, mit dem ich mehrere Jahre zusammen und eigentlich ziemlich glücklich war?«

Marie lachte, sie hatte mich durchschaut. »Oder wenn du gerade mal achtundzwanzig und schwanger von deinem Ex-Freund wärst, der dir verschwiegen hat, dass er verlobt ist und obendrein nicht mit Kondomen umgehen kann«, sagte sie.

Ups. Wenn das so war, musste ich ja einmal mehr dankbar sein, dass es nicht bei Janina schiefgegangen war.

Pauls Wangen überzogen sich rötlich. »Du musst nicht so ins Detail gehen.«

»Doch, muss ich«, sagte Marie. »Sonst begreifst du nicht, in welcher Lage ich mich befinde.«

»Ich begreife es«, sagte Paul. »Aber ich befinde mich auch in einer Lage.«

Janina war also immer noch im Spiel.

Ich fühlte mich an das Gespräch mit Nuria und Samuel erinnert, nachdem Nuria schwanger geworden war. Die Situation war nicht die gleiche, aber doch sehr ähnlich. Auf jedem Fall gab es eine statistische Häufung ungeplanter Schwangerschaften in meinem Umfeld, die mich erstaunte.

»Lass Paul mal beiseite«, sagte ich zu Marie. »Kannst du dir vorstellen, das Kind zu bekommen, ganz unabhängig davon, ob Paul als Vater in Erscheinung tritt oder nicht?«

Sie blies die Backen auf und ließ langsam die Luft ab.

»Phhh. Schwierig. Ich habe gerade einen neuen Job angefangen und muss demnächst aus meiner Wohnung raus.«

»Du hast also Sorge, dass du bald auf der Straße stehst und keine Betreuung für das Kind findest.«

Sie nickte. »Genau.«

Ich fuhr fort: »Angenommen, für diese Probleme gäbe es eine Lösung – wie würde das deine Entscheidung beeinflussen?«

Sie dachte lange nach. »Dann … würde ich in Erwägung ziehen, das Kind zu bekommen.«

»Sind es nur diese praktischen Probleme, die dich davon abhalten könnten, das Kind zu bekommen?«, fragte ich weiter.

Ihr Blick flog zu Paul. »Es wäre schon schön, wenn das Kind einen Vater hätte, der sich mitverantwortlich fühlt.«

Daraus schloss ich, dass sie keinen Partner hatte, mit dem sie das Kind aufziehen könnte.

»Paul?« Ich blickte meinen Sohn an.

»Ich bin so ein Idiot«, sagte der und schüttelte den Kopf. »Wieso habe ich uns bloß in diese Situation gebracht.«

»Ja«, sagte ich. »Wieso bloß?«

Ich war der festen Überzeugung, dass er die Situation unterbewusst heraufbeschworen hatte, weil er im Grunde der Beziehung mit Janina entkommen wollte.

»Ich würde mich gern freiwillig dazu entscheiden, Vater zu werden«, sagte er. »Aber jetzt habe ich eigentlich keine Wahl, wenn ich nicht als Schwein dastehen will.«

Marie legte ihre Hand auf seine. »Ich würde dir nie einen Vorwurf machen«, sagte sie. »Natürlich wäre es schön, wenn wir es irgendwie gemeinsam hinkriegen könnten. Aber wenn nicht, dann eben nicht. Am Ende ist es doch sowieso meine Entscheidung.«

»Was würde dir denn bei der Klärung der Situation helfen, Paul?«, fragte ich.

Seine Antwort kam prompt. »Wenn es eine Entscheidung gäbe, bei der ich mich nicht wie ein Schwein fühlen würde.«

Offenbar hatte er immer noch große Schuldgefühle Janina gegenüber. Er war niemand, der ein einmal gegebenes Versprechen leichthin brach. Eine Verlobung war ein ziemlich großes Versprechen. Und deshalb sah er sich einer Situation gegenüber, in der es aus seiner Sicht keine gute Lösung gab. Nur eine schlechte und eine noch schlechtere.

»Und was bräuchtest du, um dich trotzdem entscheiden zu können?«

Er dachte lange nach. »Den Mut, auf mein Gefühl zu hören statt auf mein Über-Ich.«

Bevor ich ihn fragen konnte, was denn sein Gefühl sagte, klingelte es.

An der Wohnungstür drückte ich auf den Knopf der Gegensprechanlage.

»Ja, bitte?«

Eine männliche Stimme sagte: »Ich soll was abgeben.«

Ich drückte auf den Türöffner. Unten im Hausflur rumpelte es. Der Aufzug bewegte sich nach oben, die Tür öffnete sich. Ein mir nicht bekannter Mann zerrte zwei riesige Koffer aus dem Lift und rollte sie vor meine Tür.

»Das macht sechsundzwanzig fünfzig«, sagte er und zog einen Quittungsblock aus der Tasche.

Ich griff nach meiner Handtasche, die auf einem Stuhl neben der Tür lag, und zog mein Portemonnaie heraus. Ich drückte ihm dreißig Euro in die Hand und nahm die Quittung entgegen.

Hinter mir erschien Paul und blickte auf die Koffer.

»Sieht so aus, als hätte dir jemand die Entscheidung abgenommen«, sagte ich.

Einen Moment lang blieb er wie erstarrt stehen, dann umarmte er mich.

Als er sich wieder von mir löste, war sein Gesicht wie verwandelt. Alle Anspannung war daraus verschwunden. Er strahlte.

NEUNUNDZWANZIG

Ich atmete die heiße Luft ein, die in meiner Nase und meinem Hals brannte, und widerstand dem Impuls, den holzverkleideten Raum fluchtartig zu verlassen. Was an Sauna toll sein sollte, konnte ich bis heute nicht verstehen. Ich bekam darin Platzangst und fürchtete, in der Hitze einen Kreislaufkollaps zu erleiden.

»Wie lange bleibt man denn normalerweise hier drin?«, fragte ich mit gepresster Stimme.

»So lange, wie es angenehm ist.«

Uli hatte sich nackt auf der Bank gegenüber platziert, während ich krampfhaft ein Handtuch festhielt, das ich mir um den Oberkörper geschlungen hatte. Ich war noch nicht so weit, allen, die sich mit mir in diese Sauna verirrt hatten, meine operierte Brust vor die Nase zu halten.

»Äh … angenehm?«, fragte ich.

»Du weiß gar nicht, wie gesund Sauna ist«, schwärmte Hella. »Die Muskeln entspannen sich, der Kreislauf wird stabilisiert, das Immunsystem gestärkt. Man sollte viel öfter in die Sauna gehen.«

Hella hatte ebenfalls keinerlei Hemmungen, ihre Rundungen

unverhüllt zu präsentieren. Sie war auf dem Trip, sich für nichts mehr schämen zu wollen. »Scham ist das Gefühl, das uns am meisten behindert« war ihr neues Mantra. »Nur wenn wir ohne Scham sind, können wir zu freien und glücklichen Menschen werden.«

Zehn Jahre zuvor, nach der Trennung von Hennemann, hatte sie ein eisernes Diätprogramm durchgezogen und war ganz schlank gewesen. Inzwischen schien es ihr egal zu sein, was die Waage anzeigte. Ihr Lebensgefährte Werner hatte sich damals in die schlanke Hella verliebt, aber offenbar mochte er auch die üppige Version seiner Liebsten.

Seit meiner Operation hatte sich meine Körperwahrnehmung völlig verändert. Ich kontrollierte nicht mehr, ob sich weitere Dellen an meinen Oberschenkeln gebildet oder die Bauchfalten sich vergrößert hatten. Ich wog mich auch nicht mehr regelmäßig, wobei es mir so vorkam, als hielte ich trotz Erdnussbutter und Schokokeksen mein Gewicht leichter als früher.

Meine Aufmerksamkeit richtete sich ausschließlich auf meine Brüste. Vor allem darauf, ob sie sich weiterhin normal anfühlten. Regelmäßig tastete ich sie ab, wie Frau Doktor Nadler es mir gezeigt hatte, um mögliche Veränderungen sofort zu bemerken. An das Aussehen meiner operierten Brust hatte ich mich gewöhnt, es störte mich nicht mehr. Aber kein Mann außer Ivan (und auch der nur kurz) hatte sie bislang zu sehen bekommen. Es war fraglich, ob mir überhaupt jemals wieder ein Mann nahe genug käme, um die Aufschrift *Don't panic, it's organic* auf meinem T-Shirt entziffern zu können.

Dass ich hier auf dieser Saunabank saß und litt, war das Ergebnis der Versöhnung mit Uli. Nachdem ich über zwei Monate nichts von ihr gehört hatte, meldete sie sich plötzlich.

Üblicherweise lief es nach unseren Krächen so ab, dass sie irgendwann wieder bei mir auftauchte und so tat, als wäre nichts gewesen. Anders bei diesem Mal. Ich hatte es schon an ihrer Stimme gehört.

»Hi, Cora, ich bin's.« Ihre Stimme hatte gepresst geklungen. »Können wir reden?«

»Klar.«

Sie stieß hörbar die Luft aus. »Ich weiß gar nicht, wo ich anfangen soll. Ich habe so viel Mist gebaut. Aber ich bin dabei …« Sie brach ab und lachte nervös. »Ich bin dabei auszumisten, um im Bild zu bleiben.«

»Das ist schön«, sagte ich.

»Ich habe eine Therapie angefangen. Nicht bei Kai, falls du das denkst. Er hat mir eine Kollegin empfohlen. Ganz schön hart, sich so … mit sich selbst zu konfrontieren.« Sie seufzte. »Aber ich steh das durch.«

»Das hoffe ich wirklich sehr«, sagte ich aus vollem Herzen. Ich wünschte Uli das Beste, und ich wünschte sie mir als Freundin zurück. Sie konnte eine furchtbare Zicke sein, und dass sie Hella und mir all die Lügen aufgetischt hatte, war schockierend gewesen. Aber immerhin glaubte ich zu verstehen, wie sie da reingeraten war.

»Du hast gesagt, dass ich mich auch bei dir entschuldigen muss«, fuhr Uli fort. »Und ich weiß, dass das nicht einfach mal so am Telefon geht. Deshalb möchte ich dich und Hella für ein Wochenende in den Bergerhof einladen.«

»In den Bergerhof?«, wiederholte ich ungläubig. Das war ein superedles Wellnesshotel am Alpenrand, das man als Normalsterblicher eigentlich nur betrat, wenn jemand die Rechnung übernahm. Für eine Übernachtung zahlte man ungefähr so viel wie monatlich für ein Einzimmerapartment in München, dafür waren Frühstück und Abendessen und das gesamte SPA-Angebot inbegriffen. Nur Anwendungen und Massagen kosteten extra. Ich wusste das, weil Uli mir immer wieder vorgeschwärmt hatte, wie gern sie dort mal ein Wochenende verbringen würde.

»Woher hast du denn so viel Kohle?«, erkundigte ich mich. »Hast du die Ladenkasse ausgeräumt?«

Uli ging auf meinen Scherz nicht ein. »Eine Kundin von mir ist seit Kurzem Geschäftsführerin dort. Sie hat mir einen super Preis gemacht.«

Trotzdem würde diese Einladung Uli eine Stange Geld kosten. Es zeigte mir, wie viel es ihr bedeutete, sich mit Hella und mir zu versöhnen.

Und so waren wir gestern Abend im Bergerhof angekommen, hatten ehrfürchtig unser Zimmer mit Bergblick bezogen und ausgelost, wer im Doppelbett schlafen durfte. Ich hatte die Schlafcouch erwischt, worüber ich eigentlich ganz froh war. Zu lange hatte ich mit niemandem mehr das Bett geteilt, wahrscheinlich würde es mich nerven.

Beim Abendessen im gediegenen Restaurant des Hotels stellte Hella unsere Toleranz auf die Probe, indem sie – die Kleiderordnung missachtend – in Jogginghose und Sweatshirt auftauchte und auf Ulis erschrockene Frage, ob sie keine angemessene Garderobe eingepackt hätte, lauthals verkündete, sie lasse sich nicht von albernen Konventionen einengen. Ihr Wert als Mensch bemesse sich nicht daran, ob sie Gucci, Mutschi oder Putschi trage. Ihr sei eben gerade nach was Bequemem zumute. Entspannt ignorierte sie die Blicke von den Nebentischen und die eine oder andere getuschelte Bemerkung.

Ich war neugierig, ob die Kellner etwas sagen würden, aber die Klasse eines Hotels konnte man offenbar auch daran ablesen, dass das Personal nahezu jede Exzentrik von Gästen tolerierte. Jedenfalls war man zu uns ebenso zuvorkommend wie zu der Familie neben uns, denen der Reichtum aus jedem Knopfloch ihrer Designerklamotten zu quellen schien.

Das Essen war so köstlich, dass wir alles andere vergaßen. Verzückt löffelten wir die klare Tomatenconsommé mit Käsecroutons und genossen einen Rehbraten mit Rosenkohl, Spätzle und Preiselbeeren. Zweierlei Mousse von der Schokolade bildete den Abschluss des Dinners. Danach lümmelten wir uns vor einen der offenen Kamine in der Bar und tranken Verveinetee.

»Aaah«, sagte Hella und streckte sich wohlig. »Was geht's uns gut!«

Ich musste daran denken, dass sie ihren Mann auch deshalb verlassen hatte, weil der nur noch Golf spielen, reisen und in Hotels wie diesen herumhängen wollte, um, wie er sagte, »das Leben zu genießen«. Ein solches Leben war Hella undenkbar erschienen. Sie hatte sich scheiden lassen und meine Agentur übernommen. Seither arbeitete sie so viel wie nie zuvor, aber es ging ihr besser denn je. Und sie konnte sich über einen Luxusaufenthalt wie diesen aus vollem Herzen freuen, weil er das war, was er sein sollte: etwas Besonderes.

Zu meinem Erstaunen hatte Uli bisher keinen Schluck Alkohol getrunken. Beim Essen hatte sie den Wein zurückgewiesen, jetzt nippte sie an ihrem Tee.

Hella fragte unsicher: »Ist es okay, wenn ich mir einen Brandy bestelle?«

»Klar ist das okay«, sagte Uli. »Bestellt euch, was ihr wollt.«

Ich beschloss, mich solidarisch mit Uli zu zeigen und ebenfalls auf Alkohol zu verzichten. Wir stießen mit zwei Teetassen und einem Brandyglas an.

»Danke, dass ihr mitgekommen seid«, sagte Uli.

»Es gibt Einladungen, die man schwer ablehnen kann«, sagte Hella und grinste.

Ich spürte, dass es Uli ernst war und sie dringend etwas loswerden wollte.

»Ich glaube, du willst uns was sagen«, ermunterte ich sie.

Und dann brach es regelrecht aus ihr heraus. Sie begann mit der Trennung von Thomas zehn Jahre zuvor. Wie betrogen sie sich damals gefühlt hatte, weil er so schnell eine neue Partnerin fand, ohne sich jemals mit den Gründen für die Trennung zu beschäftigen.

»Kennt ihr auch nur einen einzigen Mann, der nach einer Trennung länger als drei Wochen alleine bleibt?«, sagte sie bitter. »Ich nicht. Es ist, als könnten die Männer einfach einen Haken an die Vergangenheit machen. Und wir quälen uns ewig mit der Aufarbeitung.«

Sie beschrieb, wie es sich anfühlt, immer allein unter Paaren zu sein, bis man nicht mehr eingeladen wird, weil die Ehefrauen einen als Bedrohung wahrnehmen. Wie sie sich allmählich erholt und ihr Selbstbewusstsein wiedergefunden hatte, wie sie Spaß daran gefunden hatte, ein bisschen weiblicher und verführerischer aufzutreten.

An diese Phase konnte ich mich erinnern. Mit Überraschung und einem Anflug von Neid hatte ich damals die Veränderung an Uli festgestellt.

»Ein paar Jahre lief es bombig«, sagte sie. »Ich habe wirklich jeden Typen gekriegt, der mir gefiel. Aber vor …« Sie überlegte. »Vor ungefähr drei Jahren hatte ich eine Begegnung, die mich echt aus den Latschen gehauen hat.«

Sie brach ab und biss sich auf die Zunge. Hella bot ihr stumm ihren Brandy an, doch Uli lehnte mit einem Kopfschütteln ab.

»Ich hatte mich ein paarmal mit einem Mann getroffen, und es lief eigentlich ganz gut. Er war zehn Jahre jünger als ich, und es war mehr als eine Bettgeschichte, wir haben auch Sachen unternommen, waren mal im Kino oder bei einem Konzert. Er hieß Christian, ich glaube, ich hab euch von ihm erzählt.«

Ich erinnerte mich nicht, und auch Hella schüttelte den Kopf. Kein Wunder, über die Jahre hatte Uli uns von so vielen Begegnungen mit Männern erzählt, dass wir den Überblick verloren hatten.

»Irgendwann, ich war gerade mit Laura unterwegs, lief er uns zufällig über den Weg«, erzählte Uli. »Ich stellte die beiden einander vor, wir machten ein bisschen Small Talk, und ich merkte, wie froh Laura war, dass ich wieder eine Beziehung hatte. Aber danach war Christian … irgendwie verändert. Er meldete sich kaum noch, fand immer irgendwelche Ausreden, wenn ich ein Treffen vorschlug. Und wenn wir uns sahen, hatte er keine Lust mehr, mit mir zu schlafen. Als ich ihn fragte, was los sei, sagte er, ich sei doch eigentlich viel zu alt für ihn. Er wolle gern Laura kennenlernen, ob ich nicht den Kontakt zu ihr machen könnte. Es bliebe ja gewissermaßen in der Familie, und falls es mich trösten würde, könnten wir ja …« Sie brach ab.

Hella stöhnte auf. »Sag nicht, dass er dir einen Dreier mit deiner Tochter vorgeschlagen hat.«

Uli nickte stumm.

»Was für ein ekelhaftes Arschloch«, sagte Hella inbrünstig.

Uli schloss kurz die Augen und sammelte sich.

»Danach war ich innerlich wie … ausgeknipst.« Sie schloss für einen Moment die Augen. »Ich fühlte mich alt und hässlich, hatte zu nichts mehr Lust und hab mich nur noch zu Hause verkrochen.«

»Wieso hast du uns das damals nicht erzählt?«, fragte ich.

»Was glaubst du denn?« Hella schüttelte den Kopf über meine Begriffsstutzigkeit. »Sie hat sich geschämt!«

Wieder nickte Uli. »Ich habe mich geschämt, dass ich mir immer noch einen Partner wünsche, obwohl ich doch alt und hässlich bin. Dass ich nicht einfach als cooler Single leben kann, sondern neidisch auf jede Frau bin, die in einer Beziehung ist.«

Sie nahm einen Schluck von ihrem Tee. Ihr Blick irrte suchend herum. »Ich glaube, ich brauch jetzt doch einen Drink.«

Ich legte ihr die Hand auf den Arm. »Tu's nicht, Uli. Bleib standhaft.«

»Okay.« Sie seufzte, nahm einen weiteren Schluck Tee und verzog kurz das Gesicht. »Ich war auch neidisch auf euch.« Sie blickte zu Hella. »Dass du jemanden gefunden hast, obwohl du gar nicht gesucht hast. Das fand ich echt ungerecht.« Dann sah sie mich an. »Und auf dich, weil du schon so lange mit Ivan zusammen bist. Weil ihr einfach stur zusammengeblieben seid, obwohl rund um euch her die Beziehungen reihenweise in die Brüche gegangen sind. Irgendwann habe ich mir gewünscht … ihr würdet euch endlich auch trennen.« Sie senkte den Blick. »Dafür schäme ich mich auch.«

Ich beugte mich zu ihr und nahm sie in den Arm. Dass sie zugeben konnte, was ich so oft gespürt und sie immer geleugnet hatte, tat mir unendlich gut. Mit einem Schlag war auch der letzte Rest meines Grolls verflogen.

»Ich … konnte vor euch einfach nicht zugeben, wie schlecht es mir ging«, sagte Uli stockend. »Ihr wolltet ja auch immer alles über meine Erlebnisse hören, deshalb habe ich angefangen, Begegnungen mit Männern zu erfinden. Es fiel mir nicht schwer, ich hatte ja genügend erlebt. Am Ende habe ich meine Geschichten selbst geglaubt. Ich konnte Einbildung und Wirklichkeit nicht mehr auseinanderhalten.«

»Du hast also wirklich geglaubt, du hättest damals auf Kreta mit Ivan geschlafen?«, fragte ich.

Sie lachte kurz auf. »Du hast mich doch gefragt, ob auf Kreta was vorgefallen ist! Und plötzlich glaubte ich, mich an die Situation zu erinnern. Tief in meinem Inneren wusste ich, dass es nicht stimmte. Aber ein anderer Teil von mir bestand darauf, dass es so war. Es ist … schwer zu erklären.«

Ich zögerte. »Hättest du es dir denn gewünscht?«

»Du meinst, ob ich mit Ivan schlafen wollte? Nein. Es ging überhaupt nicht um ihn. Ich wünschte mir damals ein Abenteuer, Aufregung, echte Leidenschaft, eben alles, was in meiner Beziehung zu Thomas gefehlt hat. Und angeregt durch deine Frage habe ich das … gewissermaßen im Nachhinein für mich hergestellt.«

Schweigen breitete sich aus. Uli wirkte erschöpft. Es musste sie große Überwindung gekostet haben, uns all das zu gestehen. Und Hella und ich versuchten zu verarbeiten, was wir gehört hatten.

Uli nahm den Faden wieder auf. »Was ich sagen will: Ich bitte euch beide von ganzem Herzen um Entschuldigung. Ich schäme mich zutiefst und kann nur hoffen, dass ihr mir verzeiht.«

Sie begann zu weinen.

Im nächsten Moment lagen wir uns alle drei in den Armen. Eine Woge aus Mitgefühl und Erleichterung überflutete mich und trieb auch mir die Tränen in die Augen. Ich verstand plötzlich, wie schlimm diese Zeit für Uli gewesen war, und dass auch wir mit unserer Sensationslust einen Anteil an der unheilvollen Entwicklung gehabt hatten. Und ich war so froh, dass unsere alte Uli wieder zurück war.

Der Kellner kam und fragte: »Kann ich Ihnen irgendwie behilflich sein?«

Der arme Kerl stand da und drehte verlegen seinen Bestellblock in den Händen. Unser Weinen schlug um in Gekicher. Ich bekam einen Schluckauf. Irgendwann gelang es mir zu sagen: »Wir – hicks – hätten gern noch – hicks – eine Kanne Verveinetee.«

Nachdem wir die nächste Kanne Tee ausgetrunken hatten, kehrten wir plaudernd und lachend in unser Zimmer zurück. Es war, als wäre mit Ulis Geständnis eine schwere Last von uns gefallen, die uns fast erdrückt hätte.

Es war nach Mitternacht, als wir schließlich im Bett lagen.

»Gute Nacht«, sagte ich gähnend und drehte mich auf dem Schlafsofa zur Wand. »Wer schnarcht, fliegt raus.«

»Pass auf, dass du nicht die Erste bist«, gab Uli zurück und knipste das Licht aus.

Beim Frühstück am nächsten Morgen kam Hella mit einem überladenen Teller voller Köstlichkeiten zum Tisch zurück, Uli löffelte ein üppiges Müsli mit Früchten und Nüssen. Nur ich hatte so kurz nach dem Aufstehen noch keinen rechten Appetit.

Am Nebentisch bekam das jüngste Kind der Designerfamilie einen Wutanfall, weil seine Schwester ihm ein Stück vom Croissant stibitzt hatte.

Der ungefähr dreijährige Junge kreischte laut und ließ sich durch nichts beruhigen, auch nicht dadurch, dass die Mutter ein neues Croissant für ihn holte.

»Aber das war meins!«, rief er anklagend und zeigte auf seine Schwester, die gerade den letzten Bissen runterschluckte. Die tippte sich mit dem Finger an die Stirn und streckte ihm ihre croissantverschmierte Zunge raus. Das veranlasste den Vater, ihr in gedämpftem Ton einen Vortrag über angemessenes Benehmen zu halten.

Ich bemerkte, dass wir alle drei zum Nebentisch hinüberglotzten, mit einer kaum verhohlenen Mischung aus Sensationslust und Schadenfreude.

»Bin ich froh, dass ich das hinter mir habe«, sagte Hella. »Enkelkinder kann man zurückgeben, wenn sie nerven.«

»Ich werde vielleicht Großmutter«, platzte ich heraus.

Hella und Uli blickten mich perplex an.

»Vielleicht?«, sagte Uli amüsiert. »Wie geht das denn?«

Ich erzählte von Pauls Wiederbegegnung mit Marie und der ungeplanten Schwangerschaft.

»Inzwischen hat Janina ihm seine Sachen zurückgeschickt«, schloss ich.

»Dann ist ja jetzt wohl endgültig Schluss zwischen den beiden«, sagte Uli. »Ein Segen!«

Ich hob die Schultern und ließ sie fallen. »Wir werden sehen. Auf jeden Fall ist zwischen mir und Ivan Schluss. Ich habe mich von ihm getrennt.«

»What?« Ulis Stimme überschlug sich fast. »Warst du nicht neulich erst bei ihm in Rom?«

»Ich war in Rom, hab ihn aber nicht getroffen.«

Meine Freundinnen blickten mich an, als hätte ich den Verstand verloren.

Hella schüttelte den Kopf. »Wenn ihr euch jetzt auch noch trennt, verliere ich echt den Glauben an die Liebe.«

»Das geht mir genauso«, sagte Uli. »Ihr dürft doch nicht einfach so aufgeben!«

Ich war überrascht. »Meint ihr das ernst?«

Beide nickten traurig.

»Aber du wolltest doch immer, dass ich Ivan verlasse«, sagte ich zu Uli.

»Ach, was. Ich wollte bloß nicht als Einzige allein bleiben.«

»Wenn du keinen Mann mehr findest, könnten wir wieder zusammenziehen und eine Altweiber-WG gründen«, sagte ich munter.

»Noch besteht Hoffnung«, sagte Uli und lächelte vielsagend. »Die Sache mit Kai lässt sich nicht schlecht an. Und das mit eurer Trennung glaube ich auch noch nicht.«

Hella hatte ihre angebissene Brötchenhälfte auf den Teller zurückgelegt. Sie sah nachdenklich aus.

»Ich würde alles tun, um im Alter nicht einsam zu sein. Oder jedenfalls eine Menge. Deshalb… sind wir jetzt auch zu dritt.«

»Wie bitte?«, sagte ich überrascht. »Habt ihr euch doch einen Hund gekauft?«

Ich wusste, dass Werner von einem Cockapoo träumte, einer putzigen Mischung aus Cockerspaniel und Pudel, die zurzeit sehr en vogue war.

»Nein«, rief Uli. »Du hast dir endlich eine Zugehfrau gegönnt!«

Hellas Abneigung gegen Hausarbeit war bekannt, und sie hatte wirklich wenig Zeit. Aber von Werner zu verlangen, dass er putzte und bügelte – das schaffte sie trotz aller Emanzipation nicht. Da steckte immer noch zu viel von ihrer Sozialisation auf einem bayerischen Bauernhof in ihr, und die sehr traditionelle Ehe mit Hennemann war auch nicht spurlos an ihr vorbeigegangen.

»Beides falsch«, sagte Hella. Und nach einer Pause: »Werner hat jetzt eine … Gespielin.«

Kurz verschlug es uns die Sprache, dann fingen Uli und ich gleichzeitig an zu sprechen.

»Wie bitte?«

»Was meinst du damit?«

Gleichzeitig brachen wir beide wieder ab.

»Um es klarzustellen, es war meine Idee«, sagte Hella. »Erinnert ihr euch nicht mehr, dass ich auf der Geburtstagsfeier davon erzählt habe?

Ich erinnerte mich, dass sie davon gesprochen hatte, Werner teilen zu wollen.

»Und wo findet man so eine … Gespielin?«, fragte Uli gedehnt.

»Im Internet. Wir nennen sie übrigens Beziehungshilfe. Analog zur Haushaltshilfe.«

Fast hätte ich losgelacht, konnte mich aber gerade noch beherrschen.

Hella erzählte uns, wie sie in einem einschlägigen Internetportal eine Suchanzeige aufgegeben hatte. Die Frau sollte zwischen fünfzig und sechzig sein, attraktiv und gepflegt, gern verheiratet oder anderweitig gebunden, das war aber nicht Bedingung. Sie sollte den Wunsch nach einer rein sexuellen Beziehung mit einem sympathischen, vitalen Siebzigjährigen haben, der kein Interesse an einer Bindung hat.

»Und wie willst du das mit der Bindung verhindern?«, wollte ich wissen.

Hella holte tief Luft. »Das war meine größte Sorge. Dass es mit Sex beginnt und dann doch Gefühle dazukommen.«

»Dass die Frau sich verliebt?«, sagte Uli.

»Wieso nur die Frau?«, sagte Hella. »Werner ist auch ein sehr gefühlvoller Mann.«

»Nicht gefühlvoll genug, um dir dieses seltsame Arrangement zu ersparen«, sagte Uli.

»Ich sehe das anders«, wandte Hella ein. »Ich liebe Werner. Aber ich kann ihm sexuell nicht geben, was er sich wünscht. Er hat eine lebendige Sexualität, wäre es da nicht grausam, ihn daran zu hindern, sie auszuleben?«

»Zur Liebe gehört auch Verzicht«, sagte Uli. »Kann man mit siebzig nicht andere Formen von Sex praktizieren? Muss es ausgerechnet die Penetration sein, von der du Blasenentzündung kriegst?«

»Machen wir ja. Aber das ist halt … Seniorensex. Ich verstehe, dass er sich noch was anderes wünscht.«

»Solange er noch kann«, sagte ich. »Wie lange sind Männer denn im Durchschnitt potent?«

Ich griff nach meinem Handy und scrollte. Dann las ich vor.

»Bei den Sechzig- bis Siebzigjährigen leiden drei von fünf Männern an leichten bis mittelschweren Erektionsstörungen. Fünfzehn Prozent aus dieser Altersgruppe haben ihre Erektionsfähigkeit bereits eingebüßt. Ab siebzig hat nur noch einer von vier Männern Erektionen.« Ich sah auf. »Da kann Werner ja echt stolz sein.«

Der Mann am Nebentisch räusperte sich hörbar. »Müssen Sie dieses Gespräch unbedingt in Anwesenheit von Kindern führen?«

Hella blickte auf. »Was haben Sie denn? Entweder, Ihre Kinder sind aufgeklärt, dann sollte es eigentlich kein Problem sein. Oder sie sind noch nicht aufgeklärt, dann verstehen sie doch sowieso nicht, worum es geht.«

Ich legte Hella eine Hand auf den Arm und nickte besänftigend zum Nebentisch hinüber.

»Ist gut.«

Wir steckten die Köpfe zusammen.

»Also, wie ist es ab achtzig?«, fragte Uli leise.

Ich suchte weiter. Erst nach einer Weile fand ich einen Artikel, den ich überflog. In der Zwischenzeit stand der Mann am Nebentisch auf und verließ, nicht ohne uns einen vernichtenden Blick zuzuwerfen, mit seiner Familie den Speisesaal.

»Schlechte Nachrichten, Mädels«, verkündete ich. »Angeblich hat noch jeder dritte achtzigjährige Mann Sex.«

»Wie soll das denn gehen, wenn ein Viertel der Männer schon mit siebzig keinen mehr hochkriegt?«, fragte Hella, und Uli lachte.

Ich wollte noch mehr über Hellas Beziehungshilfe erfahren. »Wie oft haben sich die beiden denn schon gesehen?«

»Zwei Mal«, sagte sie.

»Und … wie geht es dir damit?«

Sie seufzte. »Mal bin ich ganz entspannt, dann denke ich plötzlich, dass es eine idiotische Idee war.«

»Und wie habt ihr die Frau ausgesucht?«, fragte ich.

Sie erzählte uns vom Aufmarsch der Bewerberinnen, die sie jeweils einzeln eingeladen und befragt hatten. Frustrierte Ehefrauen, deren Männer keine Notiz mehr von ihnen nahmen, waren ebenso dabei wie alleinerziehende Mütter, die sich etwas Geld dazuverdienen wollten und überrascht waren, dass es sich nicht um eine bezahlte Dienstleistung handelte. Alle waren befremdet gewesen, dass die Initiative von Hella ausgegangen war und sie mitentscheiden würde.

»Und wer ist es dann geworden?«

Hella beschrieb eine aktive und lebensfrohe Frau, die allein lebte, viel beruflich unterwegs war und keine Lust mehr auf Zufallsbegegnungen mit Männern hatte. Sie hatte den Wunsch nach Nähe und Sex, aber nicht den nach einem festen Partner. Sie wünschte sich gelegentliche Treffen mit Werner, mehr nicht. Und sie hatte große Wertschätzung für Hella und ihre Motive zum Ausdruck gebracht.

»Sie gefiel uns beiden, und so haben Werner und ich uns auf sie geeinigt«, sagte Hella. »Es fühlt sich auch für mich besser an, dass ich sie mag.«

»Hast du ein Foto?«, wollte Uli wissen.

Hella nahm ihr Handy aus der Tasche und suchte ein Bild. Uli blickte interessiert aufs Display.

»Will sie auch sehen!« Ich wedelte aufgeregt mit der Hand, und sie reichte mir das Telefon.

Ich sah eine Frau mit kurz geschnittenem, grauem Haar, ausdrucksvollem Gesicht und einem klaren Blick aus dunklen Augen. Sie mochte Ende fünfzig, Anfang sechzig sein. Vom Typ her engagierte Lehrerin oder Betriebsrätin. Sie war mir sympathisch. Trotzdem fand ich die Vorstellung schwierig, meinen Mann mit einer anderen Frau zu teilen. Aber vielleicht teilte ich meinen längst, ohne es zu wissen.

Zum Abschluss unseres gemeinsamen Wochenendes hatten sich Hella und Uli einen weiteren Saunabesuch gewünscht und so lange auf mich eingeredet, bis ich mich geschlagen gegeben hatte. Nun saß ich also wieder auf einer glühend heißen Holzbank und zählte die Sekunden, bis sich der nächste Schweißtropfen von meiner Nase löste und nach unten fiel.

Eine automatische Vorrichtung hatte gerade einen Aufguss durchgeführt, der mir noch mehr Schweiß aus den Poren trieb. Die Hitze in der Sauna wurde nahezu unerträglich.

»Ich zähle bis zehn, und dann bin ich raus«, kündigte ich japsend an.

»Okay«, sagte Hella. »Bin dabei.«

Uli nickte stumm.

Außer uns waren noch eine Frau und zwei Männer in der Sauna. Alle waren so mit Schwitzen beschäftigt, dass sie kaum Notiz voneinander nahmen. Es schien eine ungeschriebene Saunaregel zu sein, dass man die Nacktheit der anderen ignorierte.

Ich holte tief Luft und zählte: »… fünf … vier … drei … zwei … eins.« Dann stand ich auf und ließ das Handtuch fallen, unter dem ich bisher meine Brüste versteckt hatte. Ich stellte mich nackt in die Mitte der Sauna und drehte mich einmal um mich selbst.

Die Frau sah mich freundlich an. Einer der beiden Männer blickte peinlich berührt zur Seite. Der andere ruckelte auf seiner Bank hin und her und fragte: »Ist irgendwas?«

»Nein«, sagte ich lächelnd. »Was soll sein?«

Hella sprang auf, griff nach meinem Arm und führte ein Freudentänzchen mit mir auf.

»Und jetzt raus hier!«, schrie Uli und öffnete die Tür.

Alle drei rannten wir aus dem verdammten Schwitzkasten ins Freie und warfen uns kreischend und lachend in einen Schneehaufen. Seit Langem hatte ich mich nicht mehr so gut gefühlt.

Als ich am Sonntagabend nach Hause kam, fand ich zwei Nachrichten vor. Die erste steckte in einem Briefumschlag, der mit der Post gekommen war. Ich öffnete ihn und zog eine bedruckte Karte heraus.

Klaus Schiller

geb. 30. März 1930

gest. 10. Dezember 2021

wurde nach eigenem Wunsch in aller Stille beigesetzt.

Wir werden ihn sehr vermissen.

Alten- und Pflegeresidenz Am Gänseblümchenweg/Heilbronn

Nun war er also für immer gegangen, der Vater, der nicht mein Vater gewesen war. Der Mann, auf den ich als Kind so lange vergeblich gewartet hatte, dass er genauso gut hätte tot sein können.

Was für ein Glück, dass ich ihn noch rechtzeitig gefunden und mit ihm hatte sprechen können! Ein Gefühl von Dankbarkeit und Frieden breitete sich in mir aus. Endlich konnte ich mit meiner Vergangenheit abschließen.

Ein zweiter Umschlag lehnte an einem dekorativen Adventsgesteck mit silbernen Kerzen und Tannenzapfen, das jemand für mich auf den Küchentisch gestellt hatte. Ich vermutete, dass dieser Jemand Marie gewesen war. Seit sie aus ihrem Apartment hatte ausziehen müssen, war sie in Ivans Wohnung untergekommen und kam mich regelmäßig besuchen. Paul wohnte offiziell nach wie vor bei mir, war aber meistens bei ihr. Welche Art Beziehung die beiden führten, hätte ich nicht sagen können, und ich fragte auch nicht, obwohl mich die Neugier plagte. Ich war so etwas wie die Großmeisterin im Loslassen geworden.

Ich öffnete den Umschlag. Anstelle der erwarteten Grußkarte zog ich ein zusammengefaltetes Blatt Papier heraus. Neugierig faltete ich es auseinander.

Die Umrisse eines Babys waren zu erkennen, Kopf und Bauch, Arme und Beine. Das erste Ultraschallbild meines Enkelkindes! Überwältigt ließ ich mich auf einen Stuhl fallen. Wieder und wieder studierte ich die Aufnahme. War das etwa ein kleiner Penis, der sich unterhalb des Bauches frech nach oben reckte?

Aufgeregt suchte ich Pauls Nummer.

»Es wird ein Junge, stimmt's?«, sagte ich ohne Begrüßung.

Paul lachte. »Vielleicht hält es ja nur den Finger zwischen die Beine«, neckte er mich.

»Ein Junge«, wiederholte ich andächtig. »Ein kleiner Paul.«

»Na, hoffentlich nicht«, sagte der große Paul trocken. »Ich war ja eine ziemliche Zumutung für euch.«

»Du warst nie eine Zumutung«, widersprach ich energisch. »Du hast es dir manchmal selbst nicht leicht gemacht, aber wir haben dich immer geliebt, in jedem Moment.«

»Weiß ich doch, Mom«, sagte Paul. »Ich hoffe, ich werde … ein brauchbarer Vater.«

»Da mache ich mir nicht die geringsten Sorgen«, sagte ich. »Familiendinner am Freitag?«

»Klar«, sagte er. »Darf ich meine Freundin mitbringen?«

Seine Freundin? Mein Herz setzte kurz aus. Für einen Moment hatte ich die Vision, Janina wäre wieder aufgetaucht, wie Glenn Close in *Eine verhängnisvolle Affäre*. Wenn Paul in den letzten zwei Jahren von seiner *Freundin* gesprochen hatte, hatte er immer Janina gemeint. Wenn er von Marie sprach, war es einfach Marie oder, scherzhaft, die Kindsmutter.

»Wer ist denn jetzt … deine Freundin?«, fragte ich sicherheitshalber.

Paul gluckste. »Ach, Mom, stell dich doch nicht blöder, als du bist.«

»Also dann, bis Freitag!«, sagte ich, drückte den Ausschaltknopf und stieß triumphierend die rechte Faust in die Luft.

Nun war der richtige Moment gekommen, mit Ivan zu reden. Wir hatten hie und da Nachrichten ausgetauscht und auch mal telefoniert, wenn es organisatorische Dinge zu regeln gab. Aber wir hatten nie über uns beide gesprochen. Offenbar fand er, dieses Gespräch müsse von mir ausgehen; schließlich war ich diejenige, die sich von ihm trennen wollte.

Ich verabredete mich mit ihm für den nächsten Nachmittag.

Mit meinen ultramodernen neuen In-Ear-Kopfhörern, mit denen ich sonst Hörbücher und Podcasts hörte, zog ich los. Es fiel mir leichter, beim Gehen zu sprechen. Schon früher hatten wir wichtige Unterhaltungen während unserer Spaziergänge geführt.

»Na, Opa, wie geht's?«, begrüßte ich ihn gut gelaunt.

Er seufzte. »Willst du, dass ich mich noch älter fühle, als ich eh schon bin?«

»Tja«, sagte ich. »Wenn man den ganzen Tag unter jungen Leuten verbringt, fühlt man sich eben alt.«

Er antwortete nicht.

»Ich weiß übrigens schon, was es wird«, verkündete ich. »Willst du's auch wissen?«

»Du wirst sicher nicht darauf verzichten, dein Wissen mit mir zu teilen«, sagte er spöttisch.

Ich lachte. Er kannte mich eben doch ziemlich gut.

»Gibt ja nur zwei Möglichkeiten.«

»Phhh, das denkst du«, sagte Ivan. »Wenn du in den sozialen Medien aktiv wärst, wüsstest du, dass das nicht stimmt. Bei Facebook kannst du aus sechzig Begriffen für deine Geschlechtszugehörigkeiten auswählen.«

»Jetzt weißt du, warum ich nicht auf Facebook bin.«

»Am tollsten finde ich Two-Spirits«, fuhr er fort. »Das kommt aus der indigenen Kultur und bedeutet, dass jemand zwei Seelen mit unterschiedlichen Geschlechtern in sich hat.«

Das mit den zwei Seelen passte eigentlich ganz gut auf mich, dachte ich. Nur, welches Geschlecht die beiden hatten, müsste ich noch genauer untersuchen.

»Also, willst du's wissen oder nicht?«, fragte ich ungeduldig.

»Ich tippe … auf einen Jungen.«

»Wie kommst du darauf?«

»Hmmm.« Ivan machte eine Pause. »Wie wär's mit gendersensibler Intuition?«

»Blödsinn.«

»Also gut. Paul hat mir das Ultraschallbild geschickt.«

»Und freust du dich?«

Er atmete tief ein und aus. »Es ist … noch so abstrakt. Irgendwie unwirklich.«

»Wenn der Bub dir irgendwann aufs Hemd kotzt, wird es schon konkret«, tröstete ich ihn. »Schade, dass du Marie nicht sehen kannst. Sie ist so eine schöne Schwangere.«

Er blieb einen Moment lang still.

»Ich dachte, ich könnte an Weihnachten nach Hause kommen«, sagte er. »Dann könnte ich euch sehen, und wir könnten endlich in Ruhe über alles reden.«

»Wir reden doch gerade.«

»Findest du nicht, dass wir das persönlich besprechen sollten?«

Ich schluckte. »Aber … Marie wohnt in deiner Wohnung.«

»Ich weiß.«

»Und Paul wohnt bei mir.«

Wieder blieb es still in der Leitung.

»Es gab eine Zeit, in der wir zu dritt in dieser Wohnung gelebt haben«, sagte Ivan. Er klang gekränkt.

Die zwei Seelen in mir führten einen heftigen Kampf. Die eine stellte sich vor, wie wir als Familie vereint zusammensitzen würden. Wie wir essen und trinken, reden und lachen und mit Gitarrenbegleitung von Paul Weihnachtslieder singen würden. Vielleicht wäre es sogar ein guter Anlass, mit Marie und ihren Eltern gemeinsam zu feiern, als fröhliche Großfamilie, in der alle sich gernhatten.

Die andere Seele quengelte, das sei ja nicht gerade das, was sie sich unter einer Trennung vorgestellt habe, dass am Ende doch wieder alle um den Weihnachtsbaum herumsäßen. Ich solle jetzt endlich mal konsequent sein und durchziehen, was ich mir vorgenommen hatte.

Fast hätte ich meine innere Stimme dazu aufgefordert, zwischen den beiden Seelen zu vermitteln. Aber die würde sowieso wieder nur herumstänkern und für noch mehr Unfrieden sorgen, also verbot ich ihr vorsorglich den Mund.

»Paul könnte ja dann vielleicht zu Marie rüberziehen«, hörte ich mich sagen. »Das wollte er eigentlich sowieso.« Wie eine Einladung klang das nicht gerade. Also holte ich tief Luft und sagte: »Ich fände es wirklich schön, wenn du kommst.«

Kaum hatte ich es ausgesprochen, merkte ich, dass es stimmte. Gegen meinen Willen freute ich mich auf Ivan.

DREISSIG

Fünf Monate später

Der Hubschrauber stieg knatternd in den blauen Frühsommerhimmel auf. Ringsum erhob sich ein majestätisches Alpenpanorama, auf den höchsten Gipfeln glitzerten Reste von Schnee. Ich saß, in einen festen Ganzkörperanzug gehüllt, auf dem Sitz neben dem Piloten, direkt vor Ludwig, genannt Luggi, einem wettergegerbten Naturburschen, der auch als Skilehrer oder Mountain Bike Instructor eine gute Figur gemacht hätte. Wir waren durch Gurte an Oberkörper, Bauch und Becken fest miteinander verbunden.

Der Pilot flog einen weiten Bogen übers Tegernseer Tal, damit wir den Ausblick genießen konnten. Das Wasser des Sees schimmerte silberblau, rund um das Ufer lagen Häuser, Höfe und Kirchen wie hingewürfelt.

»Eigentlich genügt mir das schon«, sagte ich. »So ein Hubschrauberrundflug ist doch auch eine tolle Sache.«

Ich hörte Hella kichern. Sie saß mit Uli auf der Rückbank und hielt das Handy vors Gesicht, um zu filmen.

»Kommt nicht infrage«, sagte sie. »Es wird nicht gekniffen.«

»Wir sind zu alt zum Prokrastinieren«, bekräftigte Uli. »Nächstes Jahr kann es schon zu spät sein.«

Wer wusste das besser als ich. Heute vor einem Jahr war Thekla noch am Leben gewesen, ein paar Monate später nicht mehr. Und ich hatte solches Glück gehabt und war immer noch hier.

»Da sind wir«, sagte der Pilot und hob den Daumen.

Der Hubschrauber schien in der Luft zu verharren, auf einer Höhe von viertausend Metern, wie ich zuvor gelernt hatte. Plötzlich wurde mir angst und bange. Was, zur Hölle, tat ich hier? Sechzig Jahre lang war ich vernünftig gewesen, und nun wollte ich aus einem Helikopter springen? Ich musste von allen guten Geistern verlassen sein.

»Du warst viel zu lange vernünftig«, sagte eine vertraute Stimme. »Höchste Zeit, dass du mal ein bisschen was Verrücktes machst. Am Ende bereust du sowieso nur die Dinge, die du nicht getan hast.«

Luggi reichte mir eine Kappe, die ich überstreifte, dann eine Spezialbrille. Meine Freundinnen riefen aufmunternde Sätze und warfen mir Kusshände zu. Doch unter der eng anliegenden Kappe hörte ich nicht mehr, was sie sagten. In meinem Kopf entstand eine Art Tunnel, mein Blick verengte sich, in meinen Ohren dröhnte es.

Luggi öffnete die Tür und schob mich an den Rand. Meine Beine hingen schon in der Luft.

»Füße auf die Kufen«, schrie er. »Kopf nach hinten, Oberkörper durchdrücken.«

Ein kräftiger Schubs, und wir stürzten aus dem Hubschrauber.

»Aaaaaaaaah!«

Ich riss die Arme auseinander, spürte den Widerstand der kalten Luft, die hart auf meinen ausgebreiteten Körper traf und meine Gesichtszüge auseinanderzuziehen schien. Der Wind donnerte und knatterte um uns her, während wir im freien Fall in die Tiefe rasten. Tränen schossen mir in die Augen. Es war ein Gefühl absoluter Freiheit, unendlichen Glücks. Wenn ich jetzt sterben würde, hätte mein Leben sich gelohnt.

Ich wünschte, dieses Gefühl würde nie enden, aber plötzlich wurden wir abrupt abgebremst, das Knattern hörte auf. Ich blickte nach oben, der Fallschirm hatte sich geöffnet. Lautlos schwebten wir der Erde entgegen.

»Geht's dir gut?«, hörte ich Luggis Stimme.

»Super!«

»Möchtest du mal lenken?«

Ich zog an den Steuerleinen, wie er es mir vorher gezeigt hatte, und wir bewegten uns eine Weile fast geradeaus. Vor der Landung übernahm Luggi die Leinen wieder. Als unsere Füße den Boden berührten, stolperten wir ein paar Schritte nach vorn und kamen dann gemeinsam zum Stehen. Mit einem sanften Rascheln fiel der Schirm hinter uns in sich zusammen.

Luggi öffnete die Gurte, die uns zusammenhielten. Ich drehte mich um.

Er strahlte mich erwartungsvoll an. »Und?«

»Das war das Beste, was ich je erlebt habe«, sagte ich aus tiefstem Herzen. »Außer der Geburt meines Sohnes.«

Luggi lachte. »Da kann ich nicht mitreden.«

Ich platzte fast vor Stolz und hatte das Gefühl, es gäbe nichts auf der Welt, was ich nicht schaffen könnte. Ich hatte es gewagt, in viertausend Metern Höhe aus einem Flugzeug zu springen – was sollte mir noch passieren?

Auf der Rückfahrt in die Stadt konnte ich gar nicht aufhören, Hella und Uli von meinem Sprung vorzuschwärmen.

»Ihr könnt euch nicht vorstellen, was für ein Gefühl das ist«, sagte ich. »Stellt euch einen Orgasmus, eine Geburt und einen Drogenrausch zusammen vor.«

»Um Himmels willen«, sagte Hella trocken.

»Das ist das Adrenalin«, sagte Uli. »Kann süchtig machen.«

Um eine Sucht zu entwickeln, war Skydiving zum Glück zu teuer. Aber noch nie in meinem Leben hatte ich das Gefühl gehabt, mein Geld besser angelegt zu haben.

»Hätte ich schon viel früher machen sollen«, sagte ich bedauernd.

Uli, die am Steuer saß, tätschelte mir die Hand. »Besser spät als nie.«

Mein Telefon klingelte. Paul. Ich nahm das Gespräch an und wollte gerade lossprudeln, da bremste er mich.

»Mom! Hör zu!«

Ich verstummte. »Was?«

»Marie ist im Krankenhaus. Es geht los.«

Mich traf fast der Schlag. »Aber … es ist doch zwei Wochen zu früh!«

»Erzähl das dem Kind«, hörte ich Paul sagen. »Reg dich nicht auf, okay? Ich melde mich wieder.«

Und weg war er.

Reg dich nicht auf. Sehr witzig. Was sollte ich denn sonst tun?

Uli fuhr mich nach Hause. Sie hatte noch eine Verabredung mit Kai, deshalb konnte sie nicht bleiben. Hella war der Meinung, man könne eine werdende Großmutter nicht allein lassen, deshalb kam sie mit in meine Wohnung. Sie befahl mir, mich aufs Sofa zu setzen, drückte mir ein Glas Wein in die Hand und verschwand in der Küche, um uns etwas zu essen zu machen. Mir war alles recht. Ich konnte kaum einen klaren Gedanken fassen.

Kaum saß ich, nahm ich mein Telefon und schrieb eine Nachricht an Ivan.

Marie ist im Krankenhaus. Die Geburt hat begonnen. Ich halte dich auf dem Laufenden, liebe Grüße, Cora

Wie gern hätte ich diesen Moment mit Ivan geteilt! Wir könnten jetzt zu zweit hier sitzen und uns daran erinnern, wie es gewesen war, als Paul zur Welt kam. Wir wären überrascht, weil jeder sich ein bisschen anders erinnerte, wir würden uns gegenseitig ins Wort fallen, würden lachen und vielleicht eine Träne verdrücken; und uns irgendwann gerührt in den Armen liegen, weil wir es geschafft hatten und nun gemeinsam Großeltern wurden.

Zuletzt hatte ich Ivan an Weihnachten gesehen, und es war so harmonisch gewesen, wie ich es mir erträumt hatte. Am Vierundzwanzigsten hatten wir zu dritt zusammen gefeiert, später war Marie dazugekommen, und am ersten Weihnachtsfeiertag hatten wir uns mit ihr und ihren Eltern zum Mittagessen getroffen.

Am zweiten Weihnachtsfeiertag waren Ivan und ich zu einem langen Spaziergang aufgebrochen und sprachen uns aus.

»Du willst dich also von mir trennen?«, sagte er, und es klang einen Hauch spöttisch.

In den Tagen zuvor hatten wir uns so gut verstanden, dass mir dieses Vorhaben plötzlich selbst lächerlich vorkam. Aber es ging nicht um die letzten paar Tage und nicht darum, ob wir uns gut verstanden. Wir verstanden uns meistens gut. Unsere Probleme lagen tiefer.

Ich schilderte ihm meine Verletzung, meine Enttäuschung und das Gefühl von Verlassenheit, das mich schon mein Leben lang begleitete und durch sein Verhalten immer wieder von Neuem getriggert wurde. Ich versuchte, ihm zu erklären, was ich mir von ihm gewünscht hätte, dass ich aber inzwischen begriffen hatte, dass er es mir nicht geben konnte. Nicht weil er nicht wollte, sondern weil er offenbar nicht dazu in der Lage war. Ich sprach mir alles von der Seele, was sich in den letzten Jahren dort angesammelt hatte, und schaffte es, nicht vorwurfsvoll zu klingen. Zumindest hoffte ich das.

Ivan hörte mir zu, ohne mich zu unterbrechen. Als ich geendet hatte, schwieg er lange. Schließlich sagte er: »Dafür, dass wir so wenig zusammenpassen, hatten wir eine ganz gute Zeit miteinander, oder?«

Ich musste lächeln. »Die hatten wir. Und ich will keinen Tag davon missen. Aber vielleicht müssen wir endlich beide akzeptieren, dass wir … kein Paar mehr sind.«

»Aha. Und was sind wir dann?«

»Freunde«, sagte ich. »Gute Freunde. Und das werden wir immer bleiben.«

Ivan überlegte. »Dürfen gute Freunde auch mal miteinander ins Bett gehen?«

»Du bist unmöglich«, sagte ich und knuffte ihn lachend. Dann wurde ich wieder ernst. »Ich möchte, dass du mir den Wohnungsschlüssel zurückgibst«, sagte ich. »Es ist absurd, dass du deine eigene Wohnung hast, aber jederzeit plötzlich bei mir im Schlafzimmer stehen kannst.«

»Einverstanden«, sagte Ivan.

»Und ich möchte, dass du mich zukünftig in deine Pläne einbeziehst, sofern sie unsere Familie betreffen. Die Sache mit Italien war …« Ich suchte nach Worten. »Total egoistisch von dir.«

Er blieb stehen und blickte mich schuldbewusst an. »Du hast recht, das war mies. Es war mir so wichtig, dass ich auf nichts und niemanden Rücksicht nehmen wollte.« Sein Blick wurde flehend. »Kannst du mir verzeihen?«

Ich seufzte. Ich musste begreifen, dass er sich nicht ändern würde. Dass ich immer wieder enttäuscht werden würde, wenn ich nicht aufhörte, darauf zu hoffen.

Ich hob resigniert die Schultern und ließ sie fallen. »Was bleibt mir denn anderes übrig?«

Ivan zog mich an sich, und ich ließ es geschehen. Lange standen wir da und hielten uns umarmt.

Hella kam mit zwei Tellern Spaghetti und setzte sich zu mir aufs Sofa. Von einem Moment zum nächsten war ich wieder in der Gegenwart. Paul! Marie! Krankenhaus! Geburt!

»Du bist ein Schatz.«

Ich nahm den Teller entgegen und verspeiste gierig meine Portion. Erst jetzt merkte ich, wie hungrig ich war. Vor dem Fallschirmsprung hatte ich vor lauter Aufregung nichts hinuntergebracht.

»Wie verhält man sich denn als werdende Großmutter?«, fragte ich, als ich fertig gegessen hatte. Wenn ich nur irgendwas tun könnte! Mit Marie herumwandern, um die Wehen zu fördern, Paul mit Kaffee und Pizza versorgen, mit den werdenden Vätern in der Raucherecke eine paffen … Ich musste mich schwer beherrschen, nicht aufzuspringen und in die Klinik zu fahren. Zur Untätigkeit verdammt zu sein war das Schlimmste für mich.

»Wie war's denn bei dir?«, wollte ich von Hella wissen.

Sie war wenige Wochen zuvor zum ersten Mal Großmutter geworden.

»Wir haben endlos Monopoly gespielt«, sagte sie. »Bis fünf Uhr morgens.«

»Ich hasse Monopoly.«

In der Zeit, in der man irgendein Spiel spielte, konnte man doch auch was Vernünftiges machen.

»Lass uns spazieren gehen«, schlug ich vor.

Es war ein milder Abend, viele Menschen waren unterwegs, die Restaurants und Straßencafés waren gut besetzt. Wir schlenderten herum, stellten uns da und dort an einen Tresen und tranken etwas. In Fünf-Minuten-Abständen kontrollierte ich mein Handy, aber es kamen keine Neuigkeiten.

»Soll ich nicht doch mal nachfragen?« Ich fing an zu tippen.

Hella nahm mir das Telefon weg. »Lass den armen Jungen in Ruhe.«

In diesem Moment piepte es. Ich riss Hella das Telefon aus der Hand und las.

Danke für deine Nachricht. Das Baby ist ein bisschen früh dran, oder? Bin in Gedanken bei euch! Umarmung, Ivan

Ich seufzte, steckte das Handy weg und bestellte noch was zu trinken. Wir beschlossen, in dieser Bar zu bleiben, und ließen uns auf zwei Hockern nieder.

Irgendwann spürte ich den Alkohol. Ich fühlte mich zunehmend leicht und beschwingt.

»Irgendwelche werdenden Väter hier?«, rief ich ins Lokal.

Einige Leute wandten sich mir amüsiert zu, zwei junge Typen riefen: »Hier!«

Ich winkte dem Barkeeper. »Eine Runde für die Herren!«

Nun riefen auch andere Männer. »Ich werde auch Vater!« – »Hier!« – »Wir auch!«

Ich lachte und hob mein Glas. »Auf alle werdenden Väter, Mütter und Großmütter! Lokalrunde!«

Hella sah mich entsetzt an. »Spinnst du?«

»Sei nicht so schwäbisch!«, sagte ich lachend.

Das ganze Lokal johlte, die Gäste stießen auf mich an.

»Bist du eine werdende Mutter oder eine werdende Großmutter?«, fragte einer mit keckem Grinsen.

»Komm du mir nach Hause!«, drohte ich scherzhaft.

»Gern«, rief der Typ. »Wenn du mir sagst, wo du wohnst.«

Wieder lachten alle. Ich fühlte mich in alte Zeiten zurückversetzt, als ich oft der Mittelpunkt fröhlicher Runden gewesen war und Leute unterhalten hatte. Diese Seite an mir war mit zunehmendem Alter immer mehr in den Hintergrund getreten. Aber heute, an dem Tag, an dem ich aus einem Flugzeug gesprungen war, traute ich mir plötzlich alles zu.

Wir tranken, lachten und redeten mit wildfremden Leuten. Auch Hella taute immer mehr auf. Zwischendurch vergaß ich völlig, warum wir hier waren und dass ich im Begriff war, ein Enkelkind zu bekommen. Ich war dankbar für die Ablenkung, und es wurde ein sehr langer, sehr lustiger Abend.

Am anderen Morgen erwachte ich mit dem Kater des Jahrhunderts. Als ich zu mir kam, lag ich angezogen auf dem Sofa. Neben mir auf dem Teppich schlief Hella, eingekuschelt in eine Decke und ein paar Kissen, die sie vom Sofa heruntergezogen hatte.

Stöhnend setzte ich mich auf und hielt mir den Kopf.

Auf dem Couchtisch stand eine halb leere Flasche Mineralwasser, daneben eine Packung Aspirin. Immerhin war ich geistesgegenwärtig genug gewesen, vor dem Schlafengehen ein Schmerzmittel einzuwerfen, um die Absturzfolgen etwas zu lindern. Ich griff nach der Flasche und trank sie aus.

Dann nahm ich mein Handy. Drei neue Nachrichten wurden angezeigt, darunter eine von Paul. Mit zitternden Fingern öffnete ich sie.

Auf dem Display prangte ein Foto von Marie mit zerzaustem Haar und erschöpftem Lächeln auf dem Gesicht. Sie hielt ein Neugeborenes im Arm.

Ich rüttelte Hella. »Wach auf! Das Baby ist da!«

Hella stöhnte und drehte sich weg. »Das ist auch morgen noch da«, murmelte sie schlaftrunken. Dann fuhr sie hoch. »Was?«

Ich zeigte ihr das Foto, das Paul um 4.38 Uhr geschickt hatte. Gerührt blickten wir beide aufs Display. Dann fiel sie mir um den Hals.

»Willkommen im Club, Großmutti!«

Ein paar Stunden später stand ich da, völlig bezaubert, und blickte mit tränenverschleiertem Blick auf das winzige Wesen in meinen Armen. Jonas. Mein erstes Enkelkind.

Wie schon beim Anblick des neugeborenen Paul, damals vor dreißig Jahren, war ich fasziniert von dem Gedanken, dass dieser Mensch einzigartig war. Dass noch nie zuvor jemand gelebt hatte, der mit diesem Kind identisch war, und dass es auch danach niemanden mehr geben würde – jedenfalls nicht auf natürlichem Wege. Dass die Natur in ihrem unerschöpflichen Reichtum für jeden Menschen eine eigene genetische Ausstattung im Programm hatte, die ihn zu einer einmaligen Persönlichkeit machte.

Ich drückte vorsichtig meine Lippen auf die Stirn des schlafenden Kindes und atmete seinen Duft ein. Was dieses kleine Menschlein wohl in die Welt bringen würde?

Im Eingangsbereich der Klinik waren mir Maries Eltern entgegengekommen. Ich hatte ihnen den Vortritt am Wochenbett gelassen. Wir hatten uns gegenseitig umarmt und beglückwünscht und vereinbart, uns bald zu treffen. Ich liebte sie jetzt schon, einfach dafür, dass sie nicht die Hartmanns waren!

Als ich mich gerade mit dem Baby im Arm hinsetzen wollte, öffnete sich die Tür des Krankenhauszimmers.

»Wo kommst du denn so schnell her?«, fragte ich entgeistert.

Ivan feixte. »Schon mal von Flugzeugen gehört?«

Normalerweise fuhr man in unserer Familie mit dem Zug. Er musste es sehr eilig gehabt haben, seinen ersten Enkel kennenzulernen.

Ich drehte mich zu ihm, sodass er das Baby gut sehen konnte.

»Ist er nicht … wunderschön?«, sagte ich ergriffen.

Ivan legte den Kopf schief. »Ich weiß nicht. Sehen nicht alle Neugeborenen so aus?«

»Dad!« Paul knuffte seinen Vater. »Das ist mit Abstand das schönste Baby, das je geboren wurde!«

»Natürlich, du hast recht«, beeilte Ivan sich zu versichern.

»Kein Wunder, bei der Mutter.« Paul blickte Marie verliebt an.

Ivan zog seinen Sohn an sich und hielt ihn lange fest. Dann beugte er sich zu Marie und küsste sie auf die Stirn.

»Ich gratuliere euch. Das habt ihr echt gut gemacht.«

Paul und Marie tauschten lächelnd einen Blick. Dieses Kind war nun wirklich alles andere als geplant, aber noch bevor es da war, hatte es viel Gutes bewirkt: Es hatte Paul vor der größten Fehlentscheidung seines Lebens bewahrt und ihn wieder mit Marie zusammengeführt. Wenn ich sah, wie glücklich die beiden waren, konnte ich dem Schicksal gar nicht genug dafür danken.

Vorsichtig gab ich Marie den Kleinen zurück. Nun schloss Ivan mich endlich in seine Arme. Es fühlte sich angenehm an, innig und vertraut.

»Hallo, Oma.«

»Hallo, Opa.«

Wir lösten uns voneinander, hielten uns gegenseitig an den Schultern fest und grinsten uns an.

»Dass wir das mal erleb…«, begann er.

In diesem Moment flog die Tür auf, und Corinne stürmte herein, gefolgt von Katja und Nathalie mit einem gigantischen Blumenstrauß in der Hand. Corinne bremste ab und ließ sich vorsichtig neben Marie auf dem Bettrand nieder. Sie hielt ein Päckchen umklammert, das sie offenbar selbst eingewickelt und mit einer Schleife versehen hatte. All die Monate hatte sie sich unbändig auf das Kind gefreut und es kaum erwarten können. Nun wurde sie plötzlich ganz still und betrachtete andächtig das Neugeborene.

»Wie winzig er ist«, sagte sie staunend.

Das Baby gähnte.

»Und wie heißt er jetzt?«

Die Diskussion um den Namen war bis zum letzten Moment geführt worden. Zum Schluss waren noch Jakob, Joshua und Jonas im Rennen gewesen. Schließlich hatten Paul und Marie gelost.

»Jonas«, sagte Marie.

»Hallo, kleiner Jonas«, flüsterte Corinne und strich zart mit einem Finger über die Hand des Babys. »Ich bin's, deine Tante Corinne!«

»Was für ein Glück wir haben«, sagte Marie lächelnd. »Da wissen wir doch schon, wer unser Babysitter wird!«

»O ja!«, jubelte Corinne.

Ich drückte verstohlen Ivans Hand. Ganz egal, was aus uns werden würde – das hier war unsere Familie. Eine unkonventionelle, anstrengende und manchmal leicht verrückte Familie, in der wir uns gegenseitig liebten. Und das war wichtiger als alles andere.

Trotzdem. Alt zu werden war eine Herausforderung, die nicht mal ich ignorieren konnte, und ich war bekanntlich eine Meisterin der Verdrängung. Ich dachte an meine Freundinnen. Hella nahm das Älterwerden zum Anlass, sich immer freier zu fühlen. Uli hätte fast den Verstand darüber verloren. Und ich? Ich hatte begriffen, dass es weit Schlimmeres gab, als ein paar Falten oder Dellen. Wie heißt doch der alte Hippie-Spruch: *Heute ist der erste Tag vom Rest deines Lebens*. Ich hatte keine Zeit zu verlieren. Ich würde aus dem Rest ein Fest machen.